A

KJERSTI HERLAND
JOHNSEN

Sommer im Himmelfjell Hotel

Roman

Aus dem Norwegischen von
Daniela Stilzebach

ATLANTIK

Die Originalausgabe erschien 2024 unter dem Titel
Sommer på Himmelfjell bei Cappelen Damm AS.

*Atlantik ist ein Imprint des
Hoffmann und Campe Verlags, Hamburg.*
1. Auflage 2025
Copyright © 2024 Kjersti Herland Johnsen
Für die deutschsprachige Ausgabe:
Copyright © 2025 Hoffmann und Campe Verlag
Harvestehuder Weg 42, 20149 Hamburg, produktsicherheit@hoca.de
www.hoffmann-und-campe.de
Umschlaggestaltung: © Johannes Wiebel | punchdesign, München
Umschlagabbildung: © stock.adobe.com und shutterstock.com
Satz: Dörlemann Satz, Lemförde
Gesetzt aus der Trump Mediäval
Druck und Bindung: GGP Media GmbH, Pößneck
Printed in Germany
ISBN 978-3-455-01987-2

Die automatisierte Analyse des Werkes, um daraus Informationen
insbesondere über Muster, Trends und Korrelationen gemäß
§ 44b UrhG (»Text und Data Mining«) zu gewinnen, ist untersagt.

Ein Unternehmen der
GANSKE VERLAGSGRUPPE

Für AR

»Die Berge haben einen seltsamen Einfluss auf all jene, die sie über alles lieben. Alle Bergsteiger, denen ich begegnet bin, haben sich durch Höflichkeit, Rücksichtnahme und Hilfsbereitschaft ausgezeichnet. Mir ist wirklich nicht eine einzige Ausnahme bekannt, Bergsteiger sind ein netter Menschenschlag.«

THERESE BERTHEAU

Prolog
Mütterheim Heineåsen

Über dem Nadelwald im Osten machen sich die ersten Sonnenstrahlen bemerkbar, die Geburt ist schwierig und langwierig. Die ganze Nacht hindurch ist Schwester Lovise mit sauberem Wasser und Lappen die Treppen des großen weißen Hauses hinauf und hinab gelaufen, in dem sie arbeitete, seit die Witwe Hilma Heine in ihrem Testament verfügt hatte, es solle zu einem *Geburtshaus für gefallene und unglücklich gestellte Frauen* werden.

Die Schreie der werdenden Mutter sind verstummt, eine Stille hat sich herabgesenkt, die nur durch leichtes Wimmern unterbrochen wird, wenn die Wehen sich durch den mageren Körper arbeiten. Jetzt passiert es wieder, allerdings ist es nun offensichtlich schmerzhafter, und das Wimmern geht in eine Art Heulen über.

Das junge Mädchen, das im Bett halb sitzt, halb liegt, heißt Eli und ist sechzehn Jahre alt. Ihre Geschichte kennt Schwester Lovise nicht, an ihrem Tonfall hört sie jedoch, dass Eli aus dem Norden stammt. Das Mädchen ist vor ein paar Wochen ins Heineåsen gekommen – im achten Monat schwanger, wortkarg, blass und viel zu dünn. Eli ist groß, aber immer ging sie gebeugt, als würde sie sich um den schwangeren Bauch herum krümmen. Um ihn zu beschützen gegen – was?

Der Geburtstermin lag eigentlich noch einige Wochen entfernt, gestern Morgen aber war die Fruchtblase geplatzt und alsbald hatten die Wehen eingesetzt. Die waren so heftig, dass sie glaubten, das Ganze würde schnell vonstattengehen. Jetzt aber dauerte es bald einen Tag an. Der Arzt war gestern Abend gekommen und hatte, zusammen mit der Hebamme, die ganze Nacht hindurch gearbeitet. Jetzt liegen Elis Beine auf Bügeln, während sich ihr Kopf ins Kissen presst. Ihre Augen sind geschlossen. Die Haare kleben an der Stirn, feucht von Schweiß.

»Jetzt bewegt es sich«, sagt Doktor Hedlund, über die Gebärende gebeugt. Er richtet sich auf und wischt sich mit dem Ärmel des Arztkittels über die Stirn. »Aber es ... es ist zu eng. Würden Sie mir die Schere reichen?«, bittet er die Hebamme.

Schwester Lovise hat bereits vielen Geburten beigewohnt, aber selten waren sie so hart wie diese. Sie hat den Arzt und die Hebamme über einen Kaiserschnitt diskutieren hören, aber die Geburt ist bereits zu weit fortgeschritten, als dass sie noch ins Krankenhaus fahren könnten, und im Mütterheim kann ein solcher Eingriff nicht durchgeführt werden.

Eine weitere Wehe, ein leises Heulen des Mädchens.

»Die Zange, bitte«, sagt der Arzt entschlossen und greift nach dem Instrument, das die Hebamme ihm reicht. Und dann, endlich: Ein paar Sekunden später ist das Ganze überstanden.

»Es ist ein Mädchen«, sagt Doktor Hedlund und reicht der Hebamme das blutige Bündel. »Es ist am Leben. Aber Sie, Schwester Lovise, sollten dennoch umgehend den Pfarrer rufen.«

Kapitel 1

Mit einem Satz stürzt sich Ingrid in den See und keucht, als sie nach dem Schock des eisigen Wassers wieder Luft bekommt.

Das Herz pumpt, und in den ersten Sekunden befindet sich der Körper in Alarmbereitschaft, bevor er sich anpasst, zulässt, dass sie sich bewegt und die Lunge Sauerstoff aufnimmt.

»Es war deine Idee zu baden!«, lacht Tor. Er dreht sich um und schwimmt ein paar Züge in Rückenlage, wirkt vollkommen unbeschwert. »Ich dachte, du seist das gewohnt?«, fährt er fort. »Du als Kind der Berge!«

Tor macht ein paar schnelle Züge, und Ingrid schwimmt ihm hinterher. Es stimmt, was er sagt, sie hatte vorgeschlagen, die morgendliche Tour mit einem Bad im See zu kombinieren. Sie vergisst jedes Mal, wie schmerzhaft das ist.

»Dieser See wird immer eiskalt sein, auch wenn ich hier schon tausendmal gebadet habe«, sagt sie. Sie erhöht das Tempo, holt Tor ein und gibt ihm einen Kuss. »Aber jetzt müssen wir wieder raus, bevor wir erfrieren!«

Sie machen kehrt und kommen auf sandigem Untergrund an Land. Spüren die Morgenluft auf der Haut. Es sind nur wenige Grad über null, aber im Vergleich zum Wasser ist die Luft warm. Sie nimmt die Handtücher aus dem Rucksack, reicht Tor eins und rubbelt sich selbst kräftig ab, spürt, wie die Haut kribbelt, als die Wärme schrittweise in den Körper zurückkehrt. Sie hat auch eine Wolldecke dabei, die sie ausbreitet, sobald sie sich wieder angezogen hat. Sie legt sie über das Heidekraut und setzt sich hin. Tor nimmt neben ihr Platz. Er legt den Arm um ihre Schulter, und sie lehnt sich an ihn. Alles fühlt sich so lebendig an, die Haut, der Atem, das Wasser, die Natur. Er zieht sie näher zu sich heran und legt seinen Kopf auf ihre Haare.

Direkt neben ihnen, halb im Gebüsch versteckt, liegt ein kleines Boot. Seit sie sich erinnern kann, liegt das alte Ruderboot am Seeufer. Sie wickelt eine Hand aus der Decke und streckt sie zum Holz hin aus. Es ist feucht. Hat das Boot jemand benutzt? Wer könnte das sein?

Der Gedanke verschwindet, ohne sich zu verfestigen. Sie lehnt sich wieder gegen Tors Schulter und genießt seine Wärme.

»Ich liebe dich«, sagt sie.

»Ich liebe dich auch«, entgegnet er. Dann ist es, als wolle er noch etwas sagen, entscheidet sich jedoch dagegen. Stattdessen küsst er sie. Erst vorsichtig, dann intensiver und fordernder.

Tor hat heute Nacht bei ihr geschlafen. Nun, nicht nur geschlafen. Die Erinnerung an warme Hände, Küsse, Zärtlichkeiten, aber auch etwas anderes – etwas Forderndes, Verlangendes, Heftiges – lässt ihren Körper weich werden. Warm und zufrieden war sie in seinen Armen aufgewacht. Nun lehnt sie sich an ihn, sie sinken zusammen auf die Decke. Begierig nimmt Ingrid seinen Geruch wahr, will ihn erneut haben.

Kapitel 2

Jetzt ist die schönste Zeit des Jahres, diese hellen Wochen, wenn der Sommer noch ganz jung ist. Hier oben im Gebirge dauert der Winter so lange an. Der Schnee bedeckt die Hochebenen auch dann noch, wenn die Menschen unten in der Stadt bereits ihre Sommersachen angezogen und Badestrände und Biergärten in Beschlag genommen haben. Aber jetzt ist Juni, und es ist ein heller, schöner Morgen im Himmelfjell.

Wenn man nach Dalen, dem kleinen, an einem reißenden, grünen Fluss gelegenen Ort, fährt, an der Kirche rechts abbiegt und der kurvenreichen Gebirgsstraße bis hinauf zur Baumgrenze folgt, gelangt man zum Himmelfjell. Dort, am Ende der Straße, befindet sich das Himmelfjell Hotel. Das prächtige, große, braun gebeizte Gebäude mit weißen Fensterrahmen und Schnitzereien im Drachenstil wird seit der Zeit, als Ende des 19. Jahrhunderts die ersten Touristen die Gebirgswelt für sich entdeckten, von Ingrids Familie betrieben. Ingrid ist hier aufgewachsen. Und nach vielen Jahren ist sie zurückgekehrt. Nach Hause.

Das Hochgebirge ist die Landschaft ihrer Kindheit, die sie nunmehr mit Tor teilt. An diesem Morgen gehen sie hier zusammen entlang, über Gestein und Heidekraut, zwischen Wacholderwurzeln und Weidenbüschen. Der Mond präsentiert sich am Himmel als Sichel, sie aber recken die Köpfe zur Sonne. Obwohl Tor und Ingrid früh auf den Beinen waren, hatte die Sonne sich bereits vor ihnen rausgetraut. So richtig Nacht wird es zu dieser Zeit des Jahres sowieso nicht. Die Sonne hatte für ein paar Stunden im Schatten der Berge geschlummert, nunmehr liegen Nebelschwaden in den Talsenken und sorgen dafür, dass die Feuchtigkeit der Nacht noch ein wenig anhält. Aber richtig dunkel wird es im Sommer nicht, und um sieben Uhr, als sie zu ihrer morgendlichen Tour aufgebrochen waren, hatte die Sonne bereits mehrere Stunden durch die Gardinen gelugt und sie gelockt, hinaus in die Berge zu kommen. Dort hat sich die Landschaft bereits ein wenig erwärmt, sodass Moos und Heidekraut förmlich dampfen.

Jetzt, da die Sonne immer länger wärmt, sind die Heiden weitestgehend schneefrei. Lediglich auf schattigen Hängen finden sich noch ein paar gefrorene Schneewehen, die schmelzen werden, bevor der Sommer vorüber ist. Einzig auf den höchsten Gipfeln bleibt der Schnee liegen; funkelnd weiß ragt der Himmelnuten das ganze Jahr über ihnen auf.

Heidekraut und Büsche sorgen für einen frischen Geruch. Die Weiden sind graugrün; die Gebirgsbuchen haben kleine, dicke Blätter bekommen. Von einem Stein aus beäugt sie ein Wiesenpieper. Klein und braun sitzt er eine Weile dort, bevor er sich mit seinem charakteristischen *Piep-piep! Piep-piep!* in die Lüfte erhebt. Sicher eine Warnung an die anderen Vögel: Da kommt wer, da kommt wer!

In der Ferne ist ein Kuckuck zu hören. *Ku-ku! Ku-ku!* Dem Volksglauben nach soll es Glück bringen, unter dem Baum zu sitzen, von dem aus der Kuckuck ruft. Allerdings ist es zu weit, um dorthin zu laufen.

Aus der Schlucht weht ihnen ein kalter Lufthauch entgegen. Tor trägt eine Windjacke, während Ingrid mit einem der Wollpullover aus dem großen Vorrat bekleidet ist, den Mutter Borghild für sie gestrickt hat. Ingrid bewegt sich mit großen Schritten, schlenkert mit den Armen, lockert die Schultern. Der Körper ist noch immer nicht ganz wach. Die langen, lockigen Haare trägt sie offen; nach dem Bad im See sind die Spitzen feucht.

»Du siehst aus wie diese Waldelfe, wie eine Huldra«, merkt Tor an.

»Wirklich? Ich habe aber keinen Schweif«, entgegnet Ingrid und bleibt stehen.

»Hmm«, lautet seine Antwort. Er legt die Arme um sie. »Bist du dir sicher? Vielleicht sollte ich mal nachsehen.«

Als sie den Kopf von seiner Schulter nimmt, sieht sie, wie ein Raubvogel gen Boden stürzt.

»Sieh nur! Ein Raufußbussard!« Sie zeigt auf ihn; Tor nickt und schaut dem Vogel hinterher.

Sie hatte gedacht, dass sie nach dem Bad direkt zum Hotel zurückgehen würden, schließlich hatten sie beide viel zu tun. Als sie jedoch am Trollstein vorbeikommen, dem riesigen Felsblock, der hochkant in dem moosgrünen Terrain steht, überkommt sie der heftige Drang hinaufzuklettern. Sie setzt an, mittlerweile ist es einfacher als damals, als sie klein war; noch immer erinnert sie sich an den Triumph, als sie zum ersten Mal ganz oben gestanden hat. Jetzt winkt sie Tor zu, der ihr ohne große Mühe nach oben folgt. Sie setzen sich auf den Rand und lassen die Beine baumeln. Dem Volksglauben nach hat einst ein Riese den Stein hierher geworfen. Ungestört hatte der Riese über Jahrhunderte hinweg geschlafen, weshalb es nicht unwahrscheinlich ist, dass er wütend wurde, als die Menschen ins Gebirge hinaufkamen, Bäume schlugen und Gestein wegsprengten, um Häuser zu errichten.

Tor pult einen Kieselstein aus einer Felsspalte und wirft ihn ins Gelände. »Ich frage mich, was aus dem Riesen geworden ist«, sagt er. »Hat er einfach aufgegeben und ist seiner Wege gezogen?«

»Er ist zu Stein geworden«, sagt Ingrid. »Bei all dem Spektakel hat er die Zeit vergessen und es verpasst, sich vor Sonnenaufgang zurückzuziehen. Und dann – *boom!* Jetzt ist er nur noch ein moosbewachsener Hügel irgendwo.«

»Vielleicht wacht er eines Tages wieder auf«, wirft Tor ein.

»Wer weiß«, entgegnet Ingrid. »Vielleicht hat er ein Auge bereits einen Spaltbreit geöffnet?«

Sie greift nach Tors Hand, sie ist warm.

»Ich hätte früher kommen sollen«, sagt sie.

»Was?« Tor dreht sich zu ihr um.

»Nach Hause. Ich hätte früher nach Hause kommen sollen. Mutter Borghild ablösen. Sie ist so offenkundig froh und erleichtert, jetzt, da sie den Staffelstab hat weiterreichen können, dass der Gedanke daran beinahe wehtut.«

Tor nickt. »Nun ja, sie ist über achtzig und hat das Hotel mehrere Jahrzehnte lang alleine geführt. Ist doch klar, dass sie sich über die Ablösung freut.«

»Ja«, bestätigt Ingrid. »Aber ... sie hat alles immer so gut gemeistert, und das Hotel war bei ihr in den besten Händen.« Sie zögert ein wenig. »Das hatte ich zumindest geglaubt. Oder beschlossen zu glauben.«

Im Laufe der Monate, die nach ihrer Rückkehr vergangen waren, hatte sie verstanden, dass Mutter Borghild sich wohl mehr Sorgen gemacht hatte und die Herausforderungen für das Hotel größer waren, als Ingrid es in all den Jahren, in denen Bergsteigen und Expeditionen ganz oben auf ihrer Agenda gestanden hatten, begriffen hatte.

»Sie hat mich geschont«, sagt sie zu Tor. »Wollte mir nichts kaputtmachen oder mich zwingen zurückzukehren.«

»Hättest du es denn getan?«, fragt Tor. »Das Bergsteigen war schließlich dein Leben. Und dein Beruf. Du warst – nein, bist – schließlich Weltspitze.«

»Das bin ich nun nicht mehr«, entgegnet sie. »Und das ist in Ordnung. Ich habe genug erreicht. Auch wenn ich mir ein anderes Ende gewünscht hätte.«

Das Lawinenunglück im Himalaya, als Ingrid und ihr damaliger Freund, Preben Wexelsen, sich inmitten eines Seven-Summits-Rekordversuchs befanden, hatte einen katastrophalen Schlusspunkt hinter ihre Bergsteigerkarriere gesetzt. Es hatte von einer Sekunde auf die andere das ihr bekannte Leben verändert und sie zur Rückkehr nach Hause gezwungen.

»Aber jetzt bin ich hier«, sagt sie.

Tor drückt ihre Hand. »Ja, jetzt bist du hier, und du bist es, die das Himmelfjell Hotel in eine neue Ära führen wird. Und so schlecht läuft es doch wohl nicht?«

Sie lächelt. »Nein, in der Tat, schlecht läuft es keineswegs.«

Sie hatte das Hotel heil durch die Wintersaison gebracht – ein Winter, der dramatischer werden sollte, als jemand sich hätte vorstellen können. Die Pläne, das Hotel zu verkaufen, hatte sie auf Eis gelegt, sie hatte einige der dringlichsten Reparaturen durchführen lassen, und mit der Hilfe guter Freunde hatte sie auch das Marketing in den Griff bekommen. Und sie hatte Tor wiedergefunden.

Tor, der jetzt hier neben ihr auf dem Trollstein sitzt, so nah, so erdverbunden. Sie hält seine Hand. Er hat kräftige Hände, wie geschaffen für die Arbeit, von der es auf seinem Hof genug gibt. Jetzt streicht er sich mit der anderen Hand die widerspenstigen Haare aus der Stirn. Im Sommer sind sie noch heller als sonst und bilden einen Kontrast zum Gesicht, das nach der vielen Arbeit im Freien bereits sonnengebräunt ist. Seine blauen Augen funkeln im Sonnenlicht.

Als Freunde hatten Tor und sie den Kontakt wieder aufgenommen, als sie im vergangenen Jahr heimgekehrt war. Die ereignisreichen Wochen rund um ihr erstes Weihnachten als

Direktorin des Himmelfjell Hotels hatten sie einander jedoch nähergebracht, ja, sie beinahe schicksalhaft zusammengeführt.

Im Nachhinein ist es schwer zu verstehen, dass es so fern schien, dass der nette und zuverlässige Freund aus Kindheitstagen ihr Partner werden sollte. Jetzt fühlt es sich natürlich an. Es ist gut, mit Tor zusammen zu sein.

»Weißt du, was mich momentan am meisten beschäftigt?«, fragt sie, nachdem sie vom Stein heruntergekrabbelt sind und ihren Weg fortsetzen. »Dass ich mit den Kursteilnehmern den Himmelnuten besteigen soll. Als ich nach dem Unglück hierher zurückgekommen bin, habe ich geweint, weil ich glaubte, dass ich nie wieder dort klettern würde. Und dann habe ich es doch getan.«

Tor nickt. Die Geschehnisse an Weihnachten, als sie den sechsjährigen Hussein von einem Ausflug gerettet hatte, zu dem er niemals hätte aufbrechen dürfen, sind ihnen beiden noch immer in sehr guter Erinnerung. Ingrid war geklettert – weil sie hatte klettern *müssen*. In diesem Augenblick hatte sie gewusst, dass sie neu anfangen konnte. Dass das Bergsteigen für sie nicht verloren war, dass sie es nicht verloren gehen lassen konnte. Sie hatte sich verpflichtet, nicht aufzugeben. Und das Anlernen anderer ist eine Art und Weise, sich selbst an diese Verpflichtung zu binden. Also hat sie wieder begonnen zu trainieren sowie Kletterkurse und Gebirgswanderungen für Touristen aus dem In- und Ausland zu planen.

Aber Tor weiß auch, wie viel Unbehagen ihr das bereitet, und wie sehr ihr daran gelegen ist, das zu verbergen. Will man Kurse für Touristen abhalten, die dafür eine gehörige Summe bezahlen, kann man sie nicht spüren lassen, dass man selbst beim Gedanken an Stürze, Eis und steile Felswände zu zittern beginnt. Denn so ist es. Ingrid, die einst so kühn gewesen ist, ihr ganzes Leben lang geklettert ist und alles erklommen hat, was erklommen werden konnte, fürchtet sich nunmehr. Sie ist sich nicht mehr sicher, ob sie ihren eigenen Einschätzungen und Kräften vertrauen kann.

»Du schaffst das. Schließlich bist du schon immer eine Bergsteigerin gewesen«, sagt Tor.

»Ja, ab und an spüre auch ich das wieder«, entgegnet sie. »Wenn der Körper gehorcht und ich wie gewünscht Halt finde. Aber dann ist da diese Angst. Ein Fehltritt, ein misslungener Griff, eine bedrohlich aussehende Schneewehe, und schon bin ich wieder *dort*.«

Dort bedeutet: am Berghang im Himalaya, unter dem Schnee, während sie bei stetig knapper werdendem Sauerstoff panisch kämpft. *Dort* bedeutet im Krankenhaus in Kathmandu, mit den weißen Laken, den Schmerzen und dem Blut.

Noch immer kommt es vor, dass Ingrid mit einem kleinen Schrei aufwacht, nachdem sie von Schnee geträumt hat. Das Unglück hat sie noch immer im Griff. Der Gedanke an steile Felswände und Lawinen – herumgewirbelt, von dem weißen Drachen in die Tiefe gezogen zu werden – lässt sie noch immer nach Luft japsen. Sie müsse akzeptieren, dass es viele Jahre dauern könne, hatten die Therapeuten gesagt. Der Körper hat sein eigenes Gedächtnis, und oft erinnert er sie an das, was im Himalaya geschehen ist. Allerdings kommt es immer seltener vor.

Sie folgt dem gewohnten Pfad, lässt die Füße den Weg finden, spürt Tors warme Hand in ihrer. An der Schlucht bleiben sie stehen und schauen zum Himmelnuten hinauf. Der aufrechte, schneebedeckte Gipfel ragt vor dem Himmelsgewölbe empor. Darunter poltert der Styggfossen, lautstark, ausgelassen, überwältigend. In der abschüssigen Geröllhalde unter dem Berg hat der Polarfuchs seinen Bau. Auf den Hängen dahinter kann man ab und an wilde Rentierherden sehen.

In den Nächten, in denen sie nicht unten bei Tor in Dalen übernachten, gehen sie jeden Morgen diese Runde, so früh wie möglich, am liebsten vor dem Frühstück. Wenn Tor nicht da ist, geht Ingrid alleine. Das tut sie, seit sie vor knapp einem Jahr zurückgekehrt ist. Die Routine tut gut, sie hilft ihr dabei, zur Ruhe zu kommen.

Jetzt überqueren sie die Wiese, und dort vor ihnen erhebt es sich majestätisch, das Himmelfjell Hotel, in dunklem Kontrast zu den umgebenden Hochebenen. Das Hotel, das der feste Punkt in ihrem Leben ist, solide, groß und – zumindest in angemessener Weise – gut bewahrt. Das Ergebnis eines generationenübergreifenden Einsatzes. Sie wird es von den Klauen der großen Hotelketten fernhalten, denn das ist ihr Zuhause. Das Zuhause von Mutter Borghild. Der Arbeitsplatz von Maja und Alfred, von Perle und Aisha, das Zuhause von Hussein. Sie hat nicht vor, es in fremde Hände zu geben.

Sie stehen ganz am Anfang der Sommersaison, aber die eifrigsten Bergtouristen sind schon bereit für Touren und Aktivitäten an der frischen Luft. Ihr erster Kletterkurs ist fast komplett ausgebucht, und für Juli und August sehen die Gästezahlen vielversprechend aus. Es sind nicht so viele, wie es für die angespannte Finanzlage des Hotels ideal wäre, aber genug, um keine vollkommene Krise auszulösen. Nach einigen Jahren des Rückgangs sind es jetzt immer mehr, die die höchstgelegenen Regionen Norwegens erkunden und im legendären Himmelfjell Hotel wohnen wollen.

Das Gras ist weich und an einigen Stellen noch mit Tau bedeckt. Vor ihnen tanzt ein kleiner, blauer Schmetterling über die Wiese. Da kommt Svartlaug wie ein dunkler Schatten um die Ecke einer der Anbauten und schleicht sich an Ingrid und Tor vorbei, ohne die beiden zu beachten. Majas Katze ist alt und kräftig – nun, manch einer würde sogar sagen, ziemlich dick –, jedoch bewegt sie sich überraschend geschmeidig durch das Gras. Der Schwanz wedelt von einer Seite zur anderen, während sich der Kopf dicht am Boden befindet. Svartlaug ist im Jagdmodus, ein schwarzer Panther zwischen Grashalmen und Heidekraut. Ihr Blick fokussiert sich auf den blauen Schmetterling. Ein jäher Sprung, dann ist er weg.

Das Telefon in ihrer Tasche klingelt. Ingrid weiß, dass es Vegard ist, da er beschlossen hatte, auf ihrem Handy einen eigenen Klingelton zu haben. Für gewöhnlich wechselt er ihn, wenn sie sich treffen, momentan ist es *Dancing Queen*.

Sie zieht das Handy aus der Tasche und schaltet den Ton aus. Der Anruf passt ihr besser, wenn sie wieder oben in ihrem Büro ist. Denn Vegard hat ganz sicher sowohl neue Ideen als auch neue Sorgen hinsichtlich des Großereignisses dieses Sommers – der Hochzeit!

Kapitel 3

Schon bevor sie die Küchentür öffnen, vernehmen sie den Duft von Maja Seters frisch gebackenen Brötchen und frisch aufgebrühtem Kaffee. Ingrid schaut auf die Uhr. Es ist Viertel nach acht, und sie weiß, dass die Köchin bereits seit zwei oder drei Stunden zugange ist.

Sobald das Frühstück beendet und Tor nach Dalen hinunter gefahren ist, ruft Ingrid Vegard an.

»*Oh my God*, Ingrid!«, legt er los. »Du *glaubst* nicht, wie gestresst ich momentan bin!«

Ingrid verdreht die Augen und lacht. »Doch, das tue ich in der Tat. Was ist es jetzt wieder?«

Es ist fast ein halbes Jahr her, dass ihr bester Freund mit der guten Nachricht angerufen hatte.

»Wir wollen eine Sommerhochzeit im Himmelfjell feiern!«

Beziehungsweise war es nicht das, womit er begonnen hatte, sondern mit: »David hat um meine Hand angehalten! Als wir im Statholdergaarden gegessen haben! Ingrid, es war so romantisch.«

Seine Stimme war kurz davor gewesen, ihm den Dienst zu versagen.

»Oh, wie schön!«, hatte sie gesagt. »Was hast du geantwortet?«

Vegard hatte glücklich gelacht. »Machst du Witze? Selbstverständlich habe ich Ja gesagt!«

Sie hatte sich so gefreut für Vegard. David und er wohnten

seit mehreren Jahren zusammen, und sie hatten eine gute Beziehung. Warum das Ganze also nicht formell machen und es feiern?

»Phantastisch! Wann ist es so weit? Ich muss es mir in den Kalender schreiben. Denn ich rechne damit, dass wir eingeladen werden?«

»Ja, nicht nur eingeladen, Ingrid«, hatte Vegard entgegnet. »Ich möchte dich bitten, meine Trauzeugin zu werden.«

Da waren ihr die Tränen in die Augen gestiegen.

»Was für eine Ehre, Vegard! Das übernehme ich selbstverständlich gern.«

»Prima! Und dann frage ich mich, ob das Hotel im Sommer schon komplett ausgebucht ist?«

Sie hatte kurz gezögert, nicht verstanden, worauf er hinauswollte.

»Nein ... wir haben zwar einige dieser Kurse, aber ... Es kommt darauf an, an welchen Zeitraum du gedacht hattest?«

»Zum Beispiel rund um das Mittsommerwochenende?«

Da hatte es ihr angefangen zu dämmern.

»Ah, jetzt ... Ich hatte angenommen, ihr wollt in einer angesagten Location in Oslo feiern, aber du meinst, dass ...?«

»Ja, selbstverständlich meine ich, dass wir im Himmelfjell feiern wollen!«, hatte Vegard klargestellt.

»Hast du gewusst, dass es so viel Arbeit macht, eine Hochzeit zu planen?«, fragt er jetzt.

»Nein, wenn ich ganz ehrlich sein soll, wusste ich das nicht«, lacht sie. »Zwar habe ich schon an einigen teilgenommen, allerdings nur als Gast. Da wirkte alles immer so einfach. Trauung und Abendessen, Geschenke, Kuchen, ein bisschen Tanzen, eine gute Zeit haben, viel Glück wünschen und dann nach Hause und die schicken Schuhe abstreifen – fertig. Aber jetzt!«

Sie hatten die vergangenen Monate darauf verwendet zu planen. Vegard und David wollten das komplette Paket: Trauung in der Dalener Kirche, mit Pferd und Wagen hinauf zum Hotel, eine große Tafel auf der Wiese, Leinendecken, lokales Bier, Blumenkränze, Trachten und Tanz. Sonnenwendfeuer in der Sommernacht, Tau in den Haaren und Grillengezirpe zwischen den Grashalmen.

Ein reiner, klarer Sommertraum. Aber auch, wie Ingrid festgestellt hatte: Wenn nicht gerade ein Albtraum, so zumindest doch ziemlich anstrengend. (Außerdem zirpen Gebirgsheuschrecken nicht, weil sie keine Flügel haben. Dem wohnt sicher irgendeine Symbolik inne, denkt sie, weiß jedoch nicht genau, was für eine.)

Als Trauzeugin hatte sie die Dokumente unterzeichnet und den Junggesellenabschied ausgerichtet; selbstverständlich wird sie in der Kirche zugegen sein und während des Essens eine schöne Rede halten. Jetzt ist sie zudem aber auch noch die Gastgeberin der Hochzeitsfeier, Hoteldirektorin und Reisebüro. Und um ehrlich zu sein: Es ist, als sei sie in einen Strudel geraten: Da wären Blumen, Menüs, Beförderung und Zimmerbestellungen, um die sie sich kümmern muss, außerdem Lieder und Servietten, Besteck, Farbkombinationen, Champagnergläser, der Teufel und seine Großmutter.

»Aber von dem Junggesellenabschied werde ich noch lange zehren!«, sagt Vegard.

Sie lacht. »Ja, genau genommen wusste ich doch, dass du es lieben würdest! Auch wenn du mehrfach betont hast, keinen Junggesellenabschied haben zu wollen.«

Ingrid hatte begriffen, dass Vegard das nur gesagt hatte, um sie nicht zu belasten, weil sie so schon genug zu tun hatte. Aber schließlich kannte sie ihn und verstand, dass das, was er nicht wollte, ein peinlicher Junggesellenabschied war. Vermutlich wäre er lieber gestorben, als mit Bierweste und Elchmütze ausgestattet auf der Karl Johans gate mitten in Oslo Kondome zu verkaufen. Hingegen hatte er absolut keinen Widerstand geleistet, als er zur Spa-Behandlung gekidnappt und anschließend zu der eleganten Partylocation gefahren wurde, wo Champagner, Sonnenschein und Freunde auf ihn warteten.

Pia hatte Ingrid so viel geholfen, dass diese beinahe ein wenig beschämt war – schließlich war *sie* die Trauzeugin. Aber vor allem war sie dankbar gewesen, denn Pia wusste wirklich, was sie tat. Sie hatte das mit der Limousine und dem Styling geregelt und zudem das Wunder vollbracht, einen freien Termin in dem legendären funktionalistischen Restaurant aus den dreißiger Jahren zu ergattern, einem Lokal, das die meisten kannten, die wenigsten jedoch schon einmal von innen gesehen hatten. Sie waren eine Weile auf dem mit Platten ausgelegten Fußweg stehen geblieben, Pia, Vegard und sie, und hatten die eleganten abgerundeten Formen des Gebäudes bewundert, die Fenster, in denen sich das Meer spiegelte, all die Blumen, die alten Kiefern, die sich kräuselnde Wasseroberfläche, die in der Sonne glitzerte. Es hatte salzig und warm nach Meer, Tang und Kiefernadeln gerochen. *Es ist aufgrund einer abgesagten Hochzeit kurzfristig frei geworden. Die armen Leute!*, hatte Pia gesagt. *Aber des einen Tod, des anderen Junggesellenabschied. Oder so was in der Richtung.*

Nunmehr ist die Gästeliste für die Hochzeit das ständig wiederkehrende Thema. Vegards Familie und die gemeinsamen Freunde der zukünftigen Eheleute bilden den Kern, aber es gibt immer wieder kleine Änderungen, was anstrengend ist, wenn man sechzig Gäste einquartieren und verköstigen soll. Wenn sie alles, was sie an Suiten und Doppelzimmern zur Verfügung haben, belegen und die Familienappartements mit zusätzlichen Betten ausstatten, bekommen sie gerade so alle unter. Wenn dann aber Leute auftauchen, die sich kurzfristig nahezu selbst eingeladen haben und noch eine weitere Person mitbringen wollen und andere aus guten oder weniger guten Gründen doch nicht kommen, wird das eine Art Patience, die aufgehen muss. Nach dem Junggesellenabschied ist kaum ein Tag vergangen, ohne dass Ingrid und Vegard praktische Details miteinander besprochen haben. Er ruft sie wegen des Essens, der Dekoration, der Sitzordnung und der Musik an. Vegard entwickelt schlichtweg ernsthafte Brautzilla-Allüren.

Ingrid erscheinen die Themen oft ziemlich bagatellmäßig: die Schriftgröße der Tischkarten oder der Inhalt der kleinen Geschenktüten, die an die Gäste verteilt werden sollen. *Geschenke für die Gäste? Macht man das im Ausland so?*, hatte Maja Seter gefragt, als ihr das zu Ohren gekommen war.

Heute geht es um das Menü.

»Ich habe ein paar neue Mitteilungen erhalten«, sagt Vegard, was Ingrid innerlich seufzen lässt.

»Schreibst du mit?«, fragt Vegard, was sie mit einem Nicken beantwortet, auch wenn er es nicht sehen kann.

»Also, Cousine Erika ist Veganerin. Und Vetter Thomas verträgt keine Gurken.«

»Ich habe noch nie gehört, dass jemand keine Gurken verträgt«, entgegnet Ingrid. »Aber das werden wir selbstverständlich berücksichtigen.«

»Ja, prima! Und dann wäre da noch Onkel Einar.«

»Was ist mit Onkel Einar?«

»Nun, ich habe von Mama Bescheid bekommen, dass er nicht in der Nähe von Tante Kari sitzen darf. Außerdem darf er nicht zu viel zu trinken bekommen.«

»Okay ...« Ingrid zögert ein wenig. »Aber wie verdammt noch mal sollen wir das hinkriegen? Schließlich servieren wir

Alkohol; wer soll Onkel Einar verweigern, seinen Teil zu bekommen?«

»Vielleicht könnte Maja aufpassen ...?«

Ingrid bricht in lautes Lachen aus, verstummt dann jedoch. Es ist durchaus nicht gänzlich ausgeschlossen, dass die resolute Köchin einen gewissen erzieherischen Effekt auf trinkfreudige Onkel haben könnte.

»Das besprechen wir, wenn du morgen herkommst«, sagt sie schließlich. »Ich freu mich schon darauf, dich zu sehen!«

Kapitel 4

Mutter Borghild reicht Ingrid bis zur Schulter. Neben ihr wirkt die Großmutter so zart. Ist sie in letzter Zeit noch kleiner geworden? Das konnte im Alter gewiss vorkommen. Dünner ist sie auf jeden Fall. Früher hatten Ingrid und Mutter Borghild jeden Morgen zusammen Kaffee getrunken; seit aber Tor und Ingrid ein Paar sind, ist diese Routine ein wenig aus dem Gleichgewicht geraten. Heute wird es stattdessen eine gemeinsame Mittagspause. Sie haben belegte Brote mit nach draußen genommen und setzen sich auf eine der braun gebeizten Bänke auf der Terrasse. Es duftet nach Gras und warmem Holz.

»Wie geht es dir, Großmutter?«

»Gut, gut, meine Liebe«, entgegnet Borghild.

Hat sie mit der Antwort gezögert?, überlegt Ingrid. Und ist der Bereich um ihre Augen leicht geschwollen? Vielleicht schläft sie nicht so gut? Für ihre über achtzig Jahre ist Mutter Borghild rüstig. Der Körper noch immer zierlich und der Rücken noch immer aufrecht. Die weißen Haare sind im Nacken hübsch zu einem Dutt zusammengefasst, und die Bluse scheint frisch gebügelt. Wie immer trägt sie ihre Perlenohrringe; sie ist das Paradebeispiel einer adretten älteren Dame.

Bevor Ingrid weitere Fragen stellen kann, kommt Mutter Borghild ihr zuvor.

»Wie laufen die Hochzeitsvorbereitungen?«

»Es gibt noch viel zu regeln«, sagt Ingrid. »Was für eine Aufregung. Ich bin froh, dass nicht ich es bin, die heiratet.«

Sie bereut es in dem Moment, als sie es ausspricht.

Denn als Ingrid Mutter Borghild gegenüber die anstehende Feierlichkeit erwähnt hatte, hatte die Großmutter zuerst geglaubt, dass Ingrid und Tor heiraten würden. Das Missverständnis wurde schnell aufgeklärt, jedoch meinte Ingrid, in den Augen der Großmutter eine gewisse Enttäuschung auszumachen. Selbstverständlich nichts, was sie laut geäußert hätte.

»Nun, das werdet ihr herausfinden«, hatte sie angemerkt. »Ich bin auf jeden Fall froh, dass du Tor in dein Leben gelassen hast.«

Als Ingrid und Tor ein Paar wurden, meinten alle um sie herum, dass sie es hätten kommen sehen. Vegard hatte sie monatelang mit »dem attraktiven Schafbauer« aufgezogen, sie hatte die Andeutungen jedoch nur mit einem Schnauben abgetan. Tor sei schließlich nur ein guter Freund, hatte sie behauptet. Und lange war es auch so gewesen. Bis ihr bewusst wurde, dass er so viel mehr war.

Die anderen waren offensichtlich der Meinung, sie sei ein wenig träge, sie selbst fand es hingegen keineswegs verwunderlich, dass sie etwas Zeit brauchte, um sich nach der Trennung von Preben Wexelsen überhaupt vorstellen zu können, eine neue Beziehung einzugehen. Denn anstatt nach ihrer Rückkehr ins Himmelfjell Ruhe und Frieden zu finden, war sie direkt mit zahlreichen Problemen konfrontiert worden: praktische Katastrophen, ein wildes Familiendrama, eine Rettungsaktion, und nicht zu vergessen, dass inmitten von all dem Chaos und dem Weihnachtsstress plötzlich und unerwartet Preben aufgetaucht war. Sein Besuch hätte das, was sich zwischen Tor und ihr im Begriff war zu entwickeln, beinahe kaputtgemacht. Aber schließlich endete es damit, dass Tor sich ein Herz fasste und Ingrid anvertraute, was er für sie empfand, und dass es ihr selbst gelang, ihre Gefühle für ihn zuzulassen.

Die Beziehung zu Tor tut ihr gut. Er ist liebevoll, tüchtig und stark, und er verfügt über eine stille Autorität, die dafür sorgt, dass die Leute im Dorf zuhören, wenn er spricht – auch wenn er dies nicht unnötig tut. Gut im Bett ist er auch. Sie muss lächeln, und ihr wird heiß, wenn sie daran denkt. Sie wusste nicht, dass eine Beziehung so viel Nähe und Sicherheit bieten konnte. Mit Preben war es ständig auf und ab gegangen (auch im wortwörtlichen Sinne), es hatte viele Unstimmigkeiten und viel Unruhe gegeben. Mit Tor hingegen fühlte sich das Leben gut an, beständig.

Jetzt hat die Großmutter anscheinend beschlossen, dass das Thema doch reif ist. Sie blinzelt in die Sonne, um sich anschließend mit einem verschmitzten Blick an Ingrid zu wenden. »Ihr habt nicht darüber nachgedacht, du und Tor? Zu heiraten? Es könnte doch eine Doppelhochzeit geben?«

»Haha! Mit drei Wochen Vorlaufzeit? Nein, dieses Fest überlassen wir allein Vegard und David«, lacht Ingrid. »Tor und ich, wir befinden uns nicht an diesem Punkt. Zumindest noch nicht.«

»Nein?«

»Nein, wir haben noch nie darüber gesprochen. Schließlich sind wir auch noch nicht *so* lange zusammen«, sagt Ingrid. »Wenn wir die paar Wochen in der fünften Klasse mal außen vor lassen.«

Sie trinkt einen Schluck Kaffee. »Eigentlich weiß ich gar nicht, ob ich der Typ zum Heiraten bin. Kann mir das irgendwie gar nicht richtig vorstellen.«

»Warum nicht?«, hakt Mutter Borghild nach.

Ein Teil von Ingrid möchte das Gespräch an diesem Punkt gern beenden. Es gibt Themen, über die sie nicht allzu viel nachdenken möchte. Wie daran, dass Tor schon einmal verheiratet war, ohne dass diese Ehe besonders geglückt gewesen wäre. Wie daran, dass eine Hochzeit auch andere Erwartungen nach sich ziehen würde, bei Tor und bei seinen Eltern.

Puh, nein. Sie ist kurz davor, die To-do-Liste hervorzuholen und sich wieder dem Praktischen zuzuwenden. Dann aber betrachtet sie die Großmutter, ihre weißen Haare, die dünnen Hände. Mittlerweile ist ihr bewusst geworden, dass Mutter Borghild in der Tat alt ist. Es fällt schwer, sich an den Gedanken zu gewöhnen, dass sie, die immer stark und beständig war, allmählich vom Alter geschwächt wird. Dass Ingrid sie nicht für immer bei sich haben kann. *Ich werde immer auf dich aufpassen*, hatte die Großmutter immer gesagt, als Ingrid klein war. *Aber manchmal heißt es zu lernen, auf sich selbst aufzupassen.*

Irgendwann werden die Rollen sich umkehren. Oder ist dies bereits geschehen? Geschieht es jetzt?

Als Ingrid jünger war, waren sie so vertraut miteinander, Mutter Borghild und sie. Aber irgendwann hatte das aufgehört, die Gespräche waren weniger persönlich geworden, hatten sich mehr um praktische Dinge gedreht. Nach den vielen Enthüllungen an Weihnachten hatte Ingrid sich selbst versprochen, den Versuch zu unternehmen, zu den vertrauten Gesprächen mit der Großmutter zurückzufinden, bevor es zu spät war. Es ist unmöglich zu wissen, wie viele Gelegenheiten sich noch bieten werden, ordentlich miteinander zu reden.

Sie räuspert sich.

»Nein ... Ich weiß nicht genau, warum ich es so empfinde. Aber schließlich bin ich es gewohnt, mein Leben allein zu meistern. Und dann habe ja ich meine Arbeit hier oben, während Tor den Hof und die Tiere hat. Vielleicht fange ich wieder an, ein wenig zu reisen, während er immer an Dalen gebunden sein wird. Wie also sollte eine Ehe zwischen uns eigentlich funktionieren?«

Die Großmutter sieht sie ernst an.

»Dafür würdet ihr doch wohl eine Lösung finden, meinst du nicht? Und ... was ist mit später?«

Autsch, jetzt kommt's, denkt Ingrid. Und ganz richtig.

»Willst du zum Beispiel Kinder haben?«, fragt die Großmutter. »Das ist sicher etwas, worüber du selbst auch nachdenkst?«

Sie braucht nicht hinzuzufügen: »Schließlich bist du bald fünfunddreißig.«

»Sicher«, sagt Ingrid. »Ich habe über Kinder nachgedacht. Du weißt ...«

Eine Welle durchfährt sie ... ist es ein Gefühl von Verlust? Trauer?

»Genau genommen war ich bereit ... Prebens Kind zu behalten«, sagt sie. »Zumindest hatte ich nicht an einen Abbruch gedacht. Wäre also nicht ...«

Sie schweigt. Die Großmutter weiß schließlich, was in Worte zu fassen sie nicht in der Lage ist. Hätte es das Lawinenunglück nicht gegeben, das vor zwei Jahren die von ihr und Preben im Himalaya geleitete Expedition getroffen hatte, wäre Ingrid jetzt Mutter. Sie war schwanger gewesen, als sie zu der Tour aufbrachen, hatte es jedoch erst unterwegs bemerkt und niemandem davon erzählt. Infolge der Lawine hatte sie das Kind verloren, wahrscheinlich aufgrund der Belastungen, denen ihr Körper ausgesetzt gewesen war. Sie war im vierten Monat.

Aisha, die leitende Hausdame, kommt auf sie zu und grüßt freundlich. »Ich werde bald aufbrechen, um Hussein von der Schule abzuholen«, sagt sie. »Braucht ihr etwas aus dem Laden?«

»Nein, mir fällt nichts ein«, antwortet Ingrid. »Aber danke, dass du gefragt hast.«

»Stell dir vor, dass sie die Erste war, die davon wusste«, sagt sie zu Mutter Borghild, nachdem Aisha zum Parkplatz gegangen ist. »Bevor ich es überhaupt selbst wusste!«

Mutter Borghild nimmt Ingrids Hand und drückt diese.

Ingrid war Aisha zum ersten Mal in der Norwegischen Botschaft in Kathmandu begegnet, und nach einer etwas unglücklichen Episode mit Erbrechen im Atrium war es Aisha gewesen, die Ingrid zu der Einsicht verhalf, dass sie schwanger war. Und Aisha war auch die Erste, die erfahren hatte, dass Ingrid nicht mehr schwanger war. Einer Reihe glücklicher Umstände war es zu verdanken, dass Ingrid später die Möglichkeit bekam, Aisha eine Stelle im Hotel anzubieten, und mittlerweile ist sie ihre engste Mitarbeiterin – und hat zudem den Sonnenschein Hussein mit ins Himmelfjell gebracht.

Erst an Weihnachten hatte sie Mutter Borghild, und auch dem Kindsvater, Preben, von der Fehlgeburt erzählt. Lange hatte sie den Gedanken daran nicht ertragen, Kontakt zu ihm zu haben, noch weniger, das anzusprechen, was sie da oben im Gebirge geheim gehalten hatte: Dass sie beide hatten Eltern werden sollen. Erst infolge der Dramatik rund um Weihnachten und der gemeinsamen Rettungsaktion von Hussein waren sie einander wieder so nahegekommen, dass sie ihm davon hatte erzählen können.

Allmählich ist sie dabei, Preben das Unglück zu vergeben, von dem sie lange der Meinung war, es sei seinem Fehler geschuldet gewesen. Größere Schwierigkeiten hat sie jedoch damit, sich selbst zu verzeihen, dass sie sich auf diese Expedition begeben und so viel aufs Spiel gesetzt hatte. Jedes Mal, wenn sie aus den weißen, kalten Albträumen erwacht, war sie wieder dort gewesen, hatte mit dem Drachen gekämpft, der sie in einem wilden Reigen nach unten zog, und in der Stille danach, mit den Schmerzen, dem Blut, das in den weißen Schnee, in die weißen Krankenhauslaken floss.

»Hast du mit Tor darüber gesprochen?«

»Er weiß, was passiert ist. Aber ... wir haben nicht *richtig* darüber gesprochen. Nicht, dass es für mich und ihn aktuell wäre. Vermutlich habe ich dieses Gespräch wohl auch nicht gesucht«, sagt Ingrid. »Schließlich weiß ich, dass er sich eigentlich immer Kinder gewünscht hat.«

Ihre Stimme bricht weg.

»Es tut mir leid, meine Liebe«, sagt Mutter Borghild. »Ich hätte das nicht ansprechen sollen. Wenn es jemanden gibt, der wirklich niemandem Kinder und die Ehe aufschwatzen will, dann bin es wohl ich.«

Kapitel 5

Das Himmelfjell Hotel ist voller Schafe. Sie belagern den Empfangsbereich, den Speisesaal sowie mehrere Flure. Es handelt sich um grasende Schafe, rennende Schafe, Schafe, die geschoren werden, und saugende Lämmer. Schafherden, die ruhigen Schrittes auf entfernte Horizonte zutrotten, und einzelne Schafe, die den Betrachter mit unergründlichem Blick anstarren. Überall sind Schafe. In der Nacht hat Ingrid sogar von Schafen geträumt. Es ist, als könne sie sie selbst hier drinnen hören und riechen.

Tor nimmt einen kleinen Stapel eingerahmter Fotos aus einem Karton.

»Noch mehr?«, fragt Ingrid. »Wo sollen wir die alle unterbringen?«

»Die Wände bieten durchaus genug Platz«, entgegnet Tor.

Und was das betrifft, hat er recht. Das Himmelfjell Hotel ist groß und war mehrfach erweitert worden. Sollte es etwas geben, wovon sie viel haben, dann ist es Platz.

Wochenlang haben sie an der Ausstellung gearbeitet. Tors Ausstellung. Neben der Arbeit auf dem Hof hat er in den vergangenen Jahren viel Zeit aufs Fotografieren verwendet. Er braucht nicht weit zu reisen, um Motive zu finden. In seinen Bildern spiegeln sich die Natur und das Leben auf dem Hof wider, besonders die Schafe. Und wie sich gezeigt hat, finden die Fotos bei vielen Anklang. Mehrere von ihnen wurden bereits in der

Lokalzeitung *Dalen Tidene* abgedruckt, und vor ein paar Jahren hatte er unten im Dorf auch eine Ausstellung und dabei ziemlich gut an Touristen verkauft. Ist es das Gefühl der Nähe zu einem natürlichen Lebensstil, das die Anziehungskraft ausmacht? Die Unschuld in den glotzenden Schafgesichtern? Ingrid weiß es nicht, aber auch ihr gefallen die Aufnahmen.

Sie nimmt eines der Fotos und hält es an die Wand. »Hier?«

»Ein bisschen höher«, antwortet Tor. Ingrid streckt die Arme durch.

»Noch höher«, ertönt es von Tor. »Sodass es auf eine Linie mit dem anderen dort kommt.«

Ingrid stellt sich auf die Zehenspitzen und spürt, wie das weiße T-Shirt aus dem Hosenbund rutscht. Sie hatte die Wandersachen ausgezogen und gegen Hose und T-Shirt getauscht, was ihrer gängigen Arbeitskleidung im Hotel entsprach. Den Blazer hatte sie hängen gelassen, für den ist es im Moment zu warm, zumindest solange sie hier mit den Bildern beschäftigt sind.

»So?«, keucht sie. »Kommst du her und markierst die Stelle, Tor?«

»Warte! Halte es genau so!«, sagt Perle und zückt das Handy. »Das macht sich supergut auf Instagram! Kannst du deine Haare ein bisschen richten, sodass man auf dem Foto dein Gesicht sehen kann?«

Machten sie sich gerade über sie lustig? Mit einer Hand hält Ingrid das Bild fest und streicht sich mit der anderen die langen, ungestümen Locken hinters Ohr. Sie steht noch immer auf den Zehenspitzen, die Luft im Raum ist stickig, und jetzt fängt sie auch noch an zu schwitzen. Veranstaltungskoordinatorin, Hausmeisterin und Fotomodell. Offenbar gibt es keine Grenzen dafür, welche Rollen eine Hoteldirektorin ausfüllen muss.

»So, ja! Toll!«, ruft Perle. »Sieh mich an! Und lächeln bitte!«
Und Ingrid lächelt. Genau genommen ist es nicht so schwer zu lächeln, wenn man Perle anschaut, oder Erle Pedersen, wie sie eigentlich heißt. Die Jüngste im Hotelbetrieb ist schon jetzt ein Star in Sachen Marketing, Arbeitsweltforschung und Führungsphilosophie. Auf effektive Weise hat Perle im vergangenen Jahr die Schar der Follower in den sozialen Medien aufgebaut, während sie gleichzeitig an ihrer Abschlussarbeit schreibt und ihre vielen anderen Arbeitsaufgaben bewältigt. Perle serviert Essen, bereitet Zimmer vor und nimmt Buchungen entgegen, zwischendurch aktualisiert sie zudem die Accounts und die Internetseite des Hotels. Leider wird sie nur noch ein paar Monate da sein, denn im September geht sie in die USA, um eine neue Etappe ihrer Karriere in Angriff zu nehmen. Zuerst aber wird sie Ingrid während der Sommersaison helfen.

»Und jetzt du, Tor!«, ertönt es von Perle.

Tor stellt sich neben Ingrid; er versucht, Perles Anweisungen Folge zu leisten, während er gleichzeitig mit einem Bleistift markiert, wo das Bild hängen soll. Ingrid atmet seinen Duft ein. Er riecht nach Wiese, Holz und Seife. Einem Hauch Schweiß. Auf eine gute Art und Weise nach Mann.

»Großartig!«, lässt Perle sie wissen und macht sich auf den Weg ins Treppenhaus. Neue Beiträge müssen auf Insta gepostet werden, oder war es Snapchat? X? TikTok? Zumindest kann Ingrid die Arme jetzt runternehmen, einen Schluck aus dem Wasserglas nehmen, das auf einem Sideboard steht, und es Tor überlassen, den Nagel in die Wand zu befördern.

Vegard hatte den Vorschlag gemacht, die Ausstellung hier im Hotel zu machen. Ingrid hatte es für eine gute Idee gehalten, als er sie Weihnachten vorgebracht hatte, und das denkt sie genau genommen noch immer, auch wenn es vielleicht ungeschickt war, sie mitten in die Zeit des Saisonbeginns, des Kletterkurses und der Hochzeitsvorbereitungen zu legen.

Sie hatten beschlossen, die Bilder über mehrere Bereiche des Hotels zu verteilen. Die Ausstellung ist in verschiedene Themenkomplexe unterteilt, die Tiere im Stall und auf dem Hof, auf den Wiesen unten im Dorf sowie auf den Weiden im Gebirge. So wird die Ausstellung für das Publikum zu einer Art *kulturhistorischen Entdeckungsreise* – wie Perle es formuliert hatte. Kurze Gedichte, Erklärungen und historische Texte sind in einer App veröffentlicht und in einem kleinen Heft abgedruckt worden, damit die Besucher, parallel zum Kunsterlebnis, mehr über die Region erfahren können, in der sie sich befinden.

Tor hatte mehrere Monate darauf verwendet, die Bilder auszuwählen, zu vergrößern und professionell rahmen zu lassen, während Ingrid ihn dabei nach bestem Ermessen unterstützt hatte. Sie freut sich, dass sie dieses Projekt gemeinsam auf die Beine stellen, wird aber auch drei Kreuze machen, wenn das Ganze überstanden ist. Das Einzige, was sie jetzt noch tun muss, ist, die Rede zu schreiben, die sie – das hat sie jedenfalls versprochen – zur Ausstellungseröffnung halten wird.

Sie schaut aus dem Fenster. Der Sommertag lockt; sie wird sich etwas Leichteres anziehen und draußen ein paar Arbeiten verrichten. Vielleicht könnten sie heute die Wand an der Rückseite des Hauses beizen? Sie hatte Alfred versprochen, ihm dabei zu helfen, und sie freut sich darauf.

Auf dem Flur sind schnelle, leichte Schritte zu vernehmen. Mutter Borghilds zügiger Gang ist unverkennbar, auch wenn das Energische in den letzten Jahren vielleicht ein bisschen nachgelassen hat.

»Einen schönen Vormittag«, wünscht Mutter Borghild. »Wie hübsch das hier aussieht!« Sie betrachtet eine Reihe von Fotos, die über ihnen an der Wand hängen. »Aber hängen die Bilder nicht ein bisschen hoch?«

»Tor möchte es so haben«, lacht Ingrid.

»Hei, Borghild! Wie läuft es mit der historischen Forschung?«, erkundigt sich Tor.

Mutter Borghild ist nämlich im Begriff, die Geschichte des Himmelfjell Hotels und der Pionierinnen des Bergsteigens aus der Region aufzuschreiben. Die Menschen im Himmelfjell haben Bergsport betrieben, lange bevor jemand daran dachte, es als Sport zu bezeichnen, und Borghilds eigene Großmutter, Ingbrita Berg, war eine der ersten Bergsteigerinnen des Landes überhaupt.

»Nun, das will ich euch sagen!«, entgegnet Borghild eifrig. »Die Verwandtschaft in Bergen hat Unmengen an Bildern gefunden, von denen wir bisher nichts wussten! Cousine Sofie bringt die Fotoalben mit, wenn sie herkommt.«

Ingrid ist verwirrt. »Cousine Sofie? Kommt sie her?«

»Ja, das habe ich doch erzählt, meine Liebe. Sie kommt in ein paar Wochen«, bestätigt Mutter Borghild.

Ingrid ist sich ganz sicher, vom bevorstehenden Besuch der Cousine ihrer Großmutter bisher nichts gehört zu haben, und reagiert mit einem unverbindlichen *Mmh*, fragt dann: »Wie lange wollte sie noch mal bleiben?«

»Sie bleibt vermutlich bis Mitte Juli, nehme ich an.«

»Mitte Juli? Also einen ganzen Monat?«

Das hatte sie definitiv nicht gewusst. Ingrid sieht Tor an, und sein Blick spiegelt ihre Besorgnis. Hat Mutter Borghild neuerdings Erinnerungslücken?

Die Großmutter hingegen erwidert mit einem begeisterten Lächeln: »Ja, wir brauchen doch ausreichend Zeit zusammen, wenn wir uns schon mal sehen! Schließlich ist es viele Jahre her, seit sie hier gewesen ist.«

Sie holt mit den Armen aus, so als wolle sie die Arbeitsmenge andeuten. »Schließlich haben wir *Unmengen* an Dokumenten zu lesen und Bilder zu sortieren.«

»Ah! Das wird sicher schön«, sagt Ingrid. »Denk nur daran, dass wir Vegard versprochen haben, dass ihnen am Wochenende der Hochzeit alle Gästezimmer zur Verfügung stehen.«

»Ja, aber das passt schon«, beruhigt Borghild. »An dem Wochenende kann Sofie mit in meiner Wohnung schlafen, dann nehmen wir keines der Gästezimmer in Beschlag.«

»So!«, meldet sich Tor zu Wort. »Ich glaube, wir sind hier fertig.«

Sein Telefon gibt einen Ton von sich, er zieht es aus der Gesäßtasche seiner Arbeitshose, drückt den Knopf an der Seite und steckt es wieder weg.

»Ich sollte wohl zusehen, dass ich loskomme«, sagt er. »Hab Vater versprochen, auf der Alm vorbeizuschauen.«

Mit einem schiefen Lächeln greift er nach dem Werkzeugkasten. »Aber zuerst muss ich Alfred den hier zurückgeben. Ich habe nur gerade so die Erlaubnis bekommen, ihn mir auszuleihen.«

Ingrid grinst. »Vielleicht hat er Angst, du würdest ihn digitalisieren?«

Infolge eines Gesprächs am Mittagstisch zwischen Perle, die das Hotel gern in die moderne Zeit führen möchte, und dem konservativen Hausmeister Alfred hatte sich die Floskel vom *digitalen Werkzeugkasten* zu einem internen Witz entwickelt. Beständig versucht Perle, Begriffe wie *Innovation* und *Digitalisierung* in die Gespräche mit den Kollegen einzubringen, stößt dabei jedoch auf nur wenig Resonanz. Besonders Alfred hatte klar und deutlich kundgetan, dass er immer gut ohne all diese Dinge ausgekommen sei und keinen Bedarf für digitales Werkzeug habe. Der solide Werkzeugkasten aus Holz, den er von seinem Vater geerbt hatte, halte lange und benötige keine Form der Aktualisierung.

Kapitel 6

»Ja, ja«, sagt Alfred. »Alle reden übers Wetter, aber keiner tut was dagegen.« Mit einem karierten Taschentuch wischt er sich den Schweiß von der Stirn. Für Juni ist es plötzlich ungewöhnlich warm geworden, selbst hier oben im Gebirge.

Tor hebt zum Abschied die Hand, geht zu seinem Pick-up und vernimmt, wie aus der Hosentasche erneut das Geräusch einer eingehenden Nachricht ertönt. Ihm ist warm und er hat Durst. Nachdem er ins Auto eingestiegen ist, nimmt er einen Schluck aus der zwischen den Sitzen stehenden Wasserflasche. Igitt! Das Wasser ist lauwarm. Kein Wunder, schließlich steht es seit gestern dort. Auch das Innere des Wagens ist warm, auf dem heißen Autositz bricht ihm unmittelbar der Schweiß aus. Warum hat er so geparkt, dass das Auto mitten in der brütenden Hitze steht? Er schraubt den Deckel wieder drauf und wirft die Flasche auf den Boden. Kurbelt auf der Fahrerseite die Schreibe herunter, zieht das Handy aus der Hosentasche, wirft einen schnellen Blick auf die Nachricht, bevor er sie wegdrückt und das Telefon in der Halterung am Armaturenbrett platziert. Er bleibt eine Weile sitzen, ohne den Motor zu starten.

Hätte er das Ingrid gegenüber erwähnen sollen? Ihr erzählen, von wem die Nachrichten sind? Er hatte daran gedacht. Es ist nicht so, dass er etwas zu verbergen hätte. Es ist nur, dass … es passt irgendwie nie. Es würde nur für unnötige Unruhe sorgen.

Ingrid hat viel zu tun und an vieles zu denken. Vermutlich

ist es das Beste, darauf zu hoffen, dass sich das Ganze von selbst erledigt. Das hat es früher schließlich auch getan.

Da erscheint Ingrid auf der Hoteltreppe, bekleidet mit Shorts, Turnschuhen und einem alten T-Shirt mit Farbflecken darauf. *Wie hübsch sie ist!* Er kann es kaum glauben, dass sie beide ein Paar sind. Er bewundert ihre langen, starken Beine, die athletische Haltung. Die langen, lockigen Waldelfenhaare sind nunmehr oben auf dem Kopf zu einem Dutt zusammengefasst. Selbst in Arbeitskleidung ist sie schöner als ein Filmstar auf dem roten Teppich.

Er lehnt sich über den Beifahrersitz, lässt die Seitenscheibe herunter und ruft ihr über den Parkplatz zu: *Wie hübsch du bist!* Sie lacht, nimmt den Farbeimer in die eine Hand und winkt ihm mit der anderen zu. Tor erwidert das Winken und startet den Wagen. Es knirscht, als er über den Kies fährt, doch als er auf die Straße Richtung Dalen kommt, geht der Belag in Asphalt über, und es wird still. Früher war dies lediglich ein Weg für Pferd und Wagen, erinnert er sich. Es rumpelte, wenn man zum Hotel hinauffuhr, und kleine Steine spritzten hoch, aber Borghild Berg hatte dafür gesorgt, dass der Weg asphaltiert wurde, sodass auch die Touristenbusse hinauffahren konnten, ohne Angst haben zu müssen, dass der Boden unter ihnen nachgab.

Er hat beide Fenster offen gelassen und genießt die frische Brise. Er erhöht das Tempo ein wenig und sieht im Rückspiegel, wie das Hotel verschwindet. Das Radio lässt er ausgeschaltet, hört nur das Rauschen des Windes und den Motor. Der Pick-up ist mittlerweile alt, aber dennoch ein beständiger, treuer Begleiter. Tor kennt jedes Geräusch des Motors, und jetzt klingt er zufrieden.

Während der Fahrt verändert sich die Landschaft um ihn herum. Oben im Hochgebirge gibt es lediglich Moos und Weidenbüsche, dann tauchen kleine Birken und Sträucher auf, und je weiter er nach unten gelangt, desto höher werden die Bäume. Schließlich sind auch Fichten zu sehen, schwere Riesen mit grauen Bärten aus Flechten. An der Straße entlang befinden sich einfache, in Blockbauweise errichtete Sennhütten mit Schieferdächern. Sie sind schon alt und im Laufe der Jahre ergraut; einige von ihnen sind so verfallen, dass aus den Dächern Espen und Ebereschen wachsen. Die Sennhütte seiner Familie ist nicht weit von hier entfernt, aber glücklicherweise ist sie in gutem Zustand, dafür hat er selbst gesorgt.

Nach der Stallfütterung im Winter und der hektischen Lämmersaison durften seine Schafe jetzt auf die Weiden auf der Alm umziehen. Seine Ablösung, Roger, ist den ganzen Sommer über vollauf als Hirte und Senner beschäftigt. Es gefällt ihnen auf der Alm, sowohl den Schafen als auch Roger und Tor. Die kleinen Herden mit Mutterschafen und Lämmern können lange Sommertage genießen und dabei frisches Gras und andere Pflanzen knabbern. Gleichzeitig sind die Sommernächte auf den Bergweiden kurz und relativ mild, auch wenn es oben im Gebirge kälter ist als hier unten im Tal. Seine Tiere haben ein freies, gutes Leben. Zumindest solange kein Wolf, Bär oder Vielfraß auftaucht. Er hat das Gewehr dabei. Er hat die Erlaubnis dafür, im Falle, er muss ein verletztes Tier töten, aber glücklicherweise kommt es selten zum Einsatz.

Das Telefon klingelt. Er verspürt ein Ziehen im Magen. Er will nicht. Als er jedoch aufs Display schaut, sieht er, dass es sein Vater ist. Seine Schwester Grete hatte ihn bei ihrem letzten Gespräch gefragt, wie es mit dem Vater liefe – ob Tor in der Lage sei, ihm zu verzeihen, dass er solches Schindluder mit dem Geld getrieben hatte.

»Ich weiß es nicht«, hatte Tor geantwortet. »Es nagt nach wie vor an mir.«

Als die Eltern sich vor einigen Jahren aus der Führung des Hofes zurückgezogen hatten, geschah dies inmitten der schwierigsten ökonomischen Phase. Dennoch hatten sie sich dazu entschlossen, Tor die Verantwortung zu überlassen, der zu diesem Zeitpunkt mitten in der Scheidung steckte und mehr als genug um die Ohren hatte. Im Nachhinein hatte er sich selbst eingestehen müssen, dass er damals sehr verärgert war.

»Aber Vater hilft mehr als früher«, hatte er Grete wissen lassen.

»Und er hat sich in letzter Zeit nicht in neue, halsbrecherische ›Investitionen‹ gestürzt?«, hatte die Schwester gefragt.

»Nein, nicht, soweit ich weiß«, hatte Tor geantwortet.

Die Schwester hatte gelacht. »Darüber sollte man sich doch freuen.«

Im Grunde war auch Grete keine große Hilfe gewesen, als die Krise eingetroffen war. Allerdings hatte sie sich in einer anderen Ecke des Landes um kleine Kinder und ihren Job zu kümmern, was also hätte sie genau genommen tun sollen?

Die Mutter hatte die meiste Arbeit damit gehabt, den Vater wieder in die richtige Spur zu bringen. *Bipolare Störung*, hatte sie gesagt. So hatte der Arzt es bezeichnet. Und *Spielsucht*.

Das hilft vermutlich ein bisschen, denkt Tor. Die Diagnosen. Selbstverständlich nicht im Hinblick auf die tatsächliche Situation, die Schulden oder die Arbeitsmenge. Aber zumindest hatte die Familie eine Form von Erklärung dafür erhalten, warum der Vater an dem einen Tag glänzend optimistisch schien – voller Enthusiasmus für eine neue Investitionsmöglichkeit mit Geld, das für den Hof vorgesehen war – und am nächsten schweigsam und in sich gekehrt sein konnte.

In letzter Zeit scheint es Torbjørn besser zu gehen. Sind es die Ereignisse der vergangenen Monate, die ihn aufgerüttelt haben, ihn dazu gebracht haben, sich wieder mehr einzubringen? Vielleicht ist es die Freude darüber, dass Tor und Ingrid zueinander gefunden haben? Eine Form der Zukunftshoffnung? Wahrscheinlich haben auch die Enthüllungen über Hallgrim Dalens schmutzige Arbeitsmethoden das Gemüt des Vaters ein wenig erleichtert. Schließlich trug Hallgrim einen wesentlichen Anteil an der Schuld für die finanziellen Verwicklungen. Oder vielleicht halfen die Medikamente. Wer weiß. Auf jeden Fall springt der Vater öfter ein als früher. In letzter Zeit haben sie es so gehalten, dass Torbjørn und Tor sich abwechseln, wenn es darum geht, Roger mit den Schafen auf der Alm zu helfen. Und Tor ist froh darüber, denn er braucht alle Hilfe, die er bekommen kann.

Er streckt den Arm aus und nimmt den Anruf entgegen.
»Hei, Papa!«
»Hei! Wollte nur hören, ob du unterwegs bist?«
»Ja, bin ich. Alles in Ordnung?«
»Alles in Ordnung. Aber wir müssen ein Auge auf Fjellrosa und das kleine Lamm haben.«
»Okay? Lehnt sie es ab?«, erkundigt sich Tor.
»Nein, aber sie kümmert sich mehr um das große«, erklärt der Vater.
»Hm, wir sollten überlegen, sie vielleicht wieder mit auf den Hof zu nehmen. Wir schauen es uns an, wenn ich da bin.«
»Okay«, entgegnet der Vater.
»Bis gleich«, beendet Tor das Gespräch.
Beide legen sie auf. Für Smalltalk hat man in der Familie Seter nicht viel übrig.

Fjellrosa hatte in diesem Jahr nur ein Lamm geboren und daher ein Adoptivlamm von einem anderen Mutterschaft bekommen, das Drillinge zur Welt gebracht hatte. Lillegull heißt es, das kleine Lamm. Das hatte Hussein entschieden. Tor hofft, dass Fjellrosa Lillegull letztendlich annehmen wird. Sie können zwar das Lamm per Flasche aufziehen, sollte es nicht genug Milch bekommen, aber das ist viel Arbeit. Ja, ja. Auch wenn es mit den Adoptivlämmern meist gut geht, muss man immer ein bisschen extra auf sie aufpassen. Das Leben als Schafbauer ist nicht so, wie viele es sich vorstellen, dass man die Schafe im Frühjahr einfach auf die Weide lässt und sich entspannt, bis man sie im Herbst wieder reinholt. Man muss aufräumen, Stall, Schuppen und Zäune instand halten, wenn das Sommerwetter es zulässt, und man muss ständig nachsehen, ob es den Schafen auf der Weide gut geht, ob sie genug Wasser haben und sie nicht verletzt sind.

Er nähert sich der Kurve, wo er rechts auf den Weg zur Weide abbiegen muss. Kurz nachdem er abgebogen ist, piept das Handy erneut. *Herrgott.* Er ist kurz davor draufzudrücken, um die Nachricht zu lesen, entscheidet sich jedoch dagegen. Es ist sowieso nicht wichtig. Nur Unsinn. Aber es quält ihn, dass diese Nachrichten immer häufiger kommen.

Erst als er auf den Schotterweg gefahren und an der Alm gehalten hat, greift er widerwillig nach dem Handy und liest die letzte Nachricht. *Ich freue mich, dich am Samstag zu sehen!,* steht da. *Vermisse dich!*

Kapitel 7

Mit schnellen, zielgerichteten Schritten überquert eine Frau in Oslo den Platz vor der Oper. Sie trägt hohe Absätze und eine dunkle Sonnenbrille. Ihre Laune ist im Keller.

Andere Leute stehen ihr im Weg. Man ist von lauter Idioten umgeben, denkt sie. Vielleicht sagt sie es auch laut. Ja, irgendwie ist es ganz gut, hier wegzukommen.

Mit königlicher Würde schwimmt gerade ein Schwanenpaar vorbei, völlig unbeeindruckt von all den lachenden, schwatzenden und fotografierenden Menschen und unberührt auch von den Salsarhythmen der Tanzgruppe, die auf dem ganz mit Marmorplatten ausgelegten Platz ihr Können zeigt. Die Sonne lässt die sanften Wellen glitzern, wenn sie im innersten Teil des Oslofjords gegen den weißen Marmor schwappen. Ein paar abenteuerlustige Touristen haben Schuhe und Strümpfe ausgezogen und tauchen die Füße ins kühle Nass. Weiter draußen gleitet eine Frau von einer der schwimmenden Fjordsaunen ins Wasser; ihre männliche Begleitung springt mit einem lauten Platschen hinterher, lachend schimpft sie hin aus. Idioten.

Die Schar von Eiderenten, die ein paar Meter von ihnen entfernt ein Nickerchen macht, lässt sich davon nicht beeindrucken, sie schaukeln in Richtung Hovedøya von dannen. Auch sie: Idioten.

Auf dem Rasen am Kinderstrand spielt ein junger Mann mit seinem kleinen Hund; er wirft einen Ball, den der Hund wieder und wieder voller Enthusiasmus holt. Vor Freude lachend stapft ein kleines Kind los, um sich an dem Spiel zu beteiligen, aber die Mutter rennt hinterher, hebt den Nachwuchs hoch. *Nein, der Ball gehört dem Hund. Komm, dann bekommst du einen Keks.* Zwei größere Kinder waten an dem kleinen Strand entlang, während eine Frau, bei der es sich um ihre Oma handeln könnte, mit dem Handy Fotos von ihnen macht. Auf der Terrasse des Restaurants sind die Getränke absurd teuer, was aber offensichtlich kein Hindernis darstellt, sie ist voll von Menschen mit Sonnenbrillen, die fröhlich durcheinanderplappern.

Die Frau richtet ihren Blick auf die Fußgängerbrücke und stolpert beinahe über den kleinen Hund, der nunmehr direkt vor ihr herläuft. »Leinenpflicht!«, zischt sie dem jungen Mann zu, der den Welpen hochnimmt und sie anstarrt. *Was ist passiert?*, denkt sie. *Eigentlich mochte ich Hunde doch immer.*

Bei dem schicken, modernen Wohnhaus bleibt sie stehen und öffnet mit dem Chip die Tür. Holt tief Luft und macht sich bewusst, dass es das letzte Mal ist. Sie betritt den Flur, geht zu den Briefkästen an der Wand, öffnet das kleine Metallfach und zieht das Schild mit dem Firmennamen darauf heraus. Hier wird keine Post mehr an *Kassandra Konsult* zugestellt. Sie legt das Schild in ihre Tasche, nimmt den Fahrstuhl hinauf in die neunte Etage und schließt die Tür zum Penthouse auf.

Nur wenige Wochen zuvor beherbergte die Wohnung ein Therapiezimmer, ein Büro, viele Paar Schuhe sowie eine Reihe viel zu teurer dänischer Designermöbel. Jetzt ist sie fast leer. Viel von dem, was sie besessen hatte, ist verkauft. Einiges soll in ein Lager, bis sie eine Möglichkeit gefunden hat, es dort wieder herauszuholen. Entlang der einen Wohnzimmerwand reihen sich braune Pappkartons auf. Die Transportfirma kommt morgen. Die wenigen Sachen, die sie selbst mitnehmen wird, liegen hübsch zusammengefaltet in einem Rollkoffer im Schlafzimmer, einem Koffer, der am wenigsten Aufsehen erweckenden Sorte. Die teuersten hat sie verkauft, sie würden sowieso nicht dorthin passen, wohin sie will. Außerdem braucht sie das Geld.

Im Licht, das durch die schmutzigen Fenster hereinfällt, tanzen ein paar Staubkörner. Der Reinigungskraft hatte sie vor mehreren Monaten kündigen müssen, aber das spielt kaum eine Rolle, jetzt, da sie die Galgenfrist bereits überschritten hat. Fred hatte gesagt, sie müsse im Mai aus der Wohnung raus sein, aber sie hatte auf die Tränendrüse gedrückt und noch ein paar zusätzliche Tage herausgequetscht.

Sie wiegt ein paar krumme Kerzenleuchter aus Stahl in der Hand und stellt sie schließlich auf dem Tisch ab. Eigentlich hatte sie gedacht, sie zu behalten, aber nein, auch sie müssen gehen. Sie knipst ein paar Fotos für eine weitere Anzeige. Die Kerzenleuchter stammen von einer bekannten Marke, weshalb sie dafür mit einer recht hübschen Summe rechnen kann. Zwar waren sie ein Geschenk von einer Freundin, aber wer kann es sich schon leisten, auf so etwas Rücksicht zu nehmen? Aktuell braucht sie eher Geld als Freunde. Das hält immer nicht so lange an, Freunde auch nicht. Das ist wie mit den schönen Dingen, die man einfach haben *muss*, die jedoch ihren Reiz verlieren, sobald man sie erst einmal besitzt.

Wie die weiße Chanel-Jacke. Die hatte sie sich so lange gewünscht und beinahe das Gefühl gehabt, das Leben sei vollkommen, als Fred sie ihr während der Reise nach Dubai gekauft hatte. Sie hatte die neidischen Blicke der anderen Frauen genossen, wenn sie bei Partys oder im Segelverein unterwegs waren. Allerdings würden es in Zukunft weniger Feste werden, weshalb sie die Jacke für eine Summe verkauft hatte, die in ihrem früheren Job zwei Monatsgehälter bedeutet hätte. Gott bewahre, dass es sich als notwendig erweisen sollte, in den alten Job zurückzukehren. Die Gucci-Tasche hatte das gleiche Schicksal ereilt. Sie hatte sie vor ein paar Jahren in London gekauft, als alles immer nur aufwärts gegangen war, und dann, als die Fugen des Daseins Risse bekommen hatten, hatte sie sie hier zu Hause für fast den gleichen Preis wieder verkauft, den sie einst im Laden dafür bezahlt hatte. Nun, wenn sie den Champagner dazurechnet, den die Verkäuferin in der Sloane Street »spendiert« hatte, als der Kauf besiegelt war, geht das Ganze vermutlich auf.

Sie seufzt. Es wird wohl eine Weile dauern, bis sie wieder in Boutiquen einkaufen kann, in denen Champagner serviert wird. Dort, wo es sie hin verschlagen soll, stellen ein Supermarkt, ein Handarbeitsgeschäft und die Konditorei das komplette Shopping- und Restaurantangebot dar, mit Ausflügen nach Lillehammer als Gipfel des urbanen Luxus. Ja, sie weiß, was sie zu erwarten hat. Jetzt heißt es Waffeln, Stricken, Klatsch und Tratsch anstatt Designerkleidung und teure Weine. Aber es wird schon gehen. Schließlich soll es nicht von Dauer sein, nur, bis das Schlimmste überstanden ist. Sie muss jetzt tun, was getan werden muss. Wie man so schön sagt: Not lehrt die nackte Frau das Spinnen. Und mit Not kennt Sandra sich aus.

Die Geschäftsidee war einzigartig gewesen, als sie loslegte. Sie bot wohlhabenden Frauen Hilfe bei absolut allem an, von Geldanlagen über kosmetische Behandlungen bis hin zu Informationen über untreue Ehemänner. Das hatte sich als eine geniale Kombination erwiesen. Zusammengefasst lautete das auf der Homepage von Kassandra Konsult: *Schönheit und Wahrheit sind unsere Vision und unsere Mission.*

Sie hatte ein paar Abkürzungen nehmen müssen. Streng genommen war sie keine ausgebildete Finanzberaterin, aber sie hatte einen klaren Kopf und sie konnte Fred um Rat fragen. Auch was die Spezialisierung im Bereich der medizinischen

Hautpflege betraf, hatte sie keine gültigen Papiere, aber das hätte niemand erfahren, wäre da nicht diese Schlampe Celine gewesen. Und schließlich hatte das Botox gewirkt, sie hatte keine Klagen gehört! Fast keine. Ein paar Mal hatte sie Rabatt gewähren müssen, aber sie war geschickt darin, so was zu glätten, im wahrsten Sinn des Wortes, und die Damen kamen wieder.

Dann gab es einige, die anderer Sachen bedurften. Hellseherisch zu sein erwies sich ebenfalls als nicht so schwierig. Es gibt so viele Selbstverständlichkeiten, die man den Menschen erzählen kann, Dinge, die sie dazu bringen, sich *gesehen* zu fühlen. *Ich sehe eine große Liebe. Einen großen Kummer. Ich spüre, dass Sie mehr leiden, als ihre Mitmenschen es verstehen. Ich sehe, dass Sie nicht die Anerkennung bekommen, die Sie verdienen.*

Sich gesehen fühlen. Das ist es doch, worum sich letztlich alles dreht, denkt Sandra, entweder möchte man einen Blick in die Zukunft erhaschen oder braucht Hilfe bei einer Entscheidung. Aktuell könnte auch sie in der Tat etwas Hilfe gebrauchen. Jedoch hat sie eingesehen, dass Freunde nur in guten Zeiten da sind und dass sie ihre eigenen Entscheidungen treffen muss.

Nun, das war sie gewohnt. In vielerlei Hinsicht ist sie schon immer allein gewesen. Während der Kindheit, mit einer Mutter, die sich nicht kümmerte, und in der Schule, die von Anfang bis Ende die Hölle gewesen war. Sie hatte gelernt, auf sich selbst zu vertrauen und zu verlassen, bevor sie verlassen wurde.

Sie setzt sich auf einen der verbliebenen Stühle und streift die Schuhe ab. Ihre Lieblingsschuhe kommen zum Verkauf nicht infrage, auch wenn sie eine hübsche Summe einbringen könnten. Die knallrote Sohle und die Absatzhöhe, die zu beherrschen sie mit Stolz erfüllt, geben ihr genau das, was sie braucht. Die Schuhe hat sie behalten, *weil sie sie verdient*.

Nun ja, mit dieser Firma hatte sie sich übernommen. Sie war zu heftig zu Werke gegangen, hatte sich zu viel vorgenommen. Aber sie war wirklich auf bestem Weg zum Erfolg gewesen. Es hätte so gut werden können. Hätte sie nur noch eine Weile weitermachen können, Zeit gehabt, dass die Investitionen sich als lohnenswert erweisen konnten, den Kundenkreis weiter ausgebaut. Sie hätte es geschafft, wären da nicht die sogenannten Freunde gewesen, die schließlich alles sabotiert hatten.

Dass Fred sich wegen des Geldes so anstellen würde, damit hatte sie nicht gerechnet. Er behauptete, sie würde ihm große Summen schulden, aber Herrgott, alles, was sie investiert hatte, war schließlich zu ihrer beider Bestem gewesen. Sie hatte alles versucht, um ihn zu halten, von Sex und Schmeicheleien bis zu Drohungen und Wut. (Manchmal alles gleichzeitig, und diese Kombination hatte sich lange als wirkungsvoll erwiesen.) Aber irgendwann hatten selbst ihre magischen Fähigkeiten versagt. Fred hatte sie hintergangen. Dass er das tun würde, hätte sie in der Tat nicht für möglich gehalten. Und keinesfalls hätte sie geglaubt, dass er es mit Celine tun würde.

Aber so war es.

Jetzt hatte Kassandra Konsult also Konkurs angemeldet, und Sandra musste aus der Wohnung raus. Sie hatte keine Firma, keinen Freund, kein festes Einkommen und keine Unterkunft. Das war verflixt traurig. Um ehrlich zu sein, war sie im Begriff gewesen, sich an dieses Leben zu gewöhnen.

Sie nimmt die letzte Flasche von dem guten Rotwein, einen Flaschenöffner und ein Glas mit hinaus auf die große Dachterrasse. Stellt sich ans Geländer und nimmt ein letztes Mal die Aussicht über den Oslofjord in sich auf. Das Wasser glitzert, die Sonne blendet, was vermutlich der Grund dafür ist, warum ihre Augen feucht werden. Sie öffnet die Flasche, füllt das Glas und leert es in einem Zug zur Hälfte. Füllt etwas nach und setzt sich auf das breite Sofa mit den weißen Kissen. Sie hatte sie selbst bestellt – vor einer gefühlten Ewigkeit. Unglaublich, dass es nicht einmal ein Jahr her ist. Werden Fred und Celine in diesem Sommer hier sitzen? Eng umschlungen, während sie Pläne für ihr neues, gemeinsames Leben schmieden?

Die Terrassenmöbel sollten hier bleiben; Fred hatte die Frechheit besessen, sie zu warnen, bloß nicht die teuren Kissen zu beschmutzen, bevor sie auszog. Upps, da ist doch glatt ein halbes Glas Wein auf der einen Armlehne gelandet. Sandra zieht die Mundwinkel nach oben und lässt das Glas auch auf der anderen Seite überschwappen. Schenkt sich erneut nach und schließt die Augen.

Sie hatte es wirklich nicht kommen sehen, dass das Märchen so enden sollte. Aber sie weiß, was sie jetzt zu tun hat. Sie muss ein neues Märchen in Angriff nehmen. Und tatsächlich hat sie damit bereits begonnen. Oder besser gesagt – sie hatte sich darangemacht, einem alten Märchen ein neues Kapitel hinzuzufügen.

Kapitel 8

Tutto è possibile!, erklingt eine Stimme in Ingrids Kopf. Alles ist möglich!
    Der da redet, ist Bruder Giovanni. Der bergsteigende Mönch, der Freund, den sie bei dem Lawinenunglück verloren hatte. Jetzt liegt er hinter den Klostermauern in Bozen begraben, jedoch fühlt es sich so an, als hätte er sie nie ganz verlassen.
    Als Ingrid und Giovanni Orlando sich zum ersten Mal im Klettermekka Arco am Gardasee begegneten, war sie überrascht darüber, dass ein Mönch sich dem Bergsteigen widmete. Daraufhin hatte Bruder Giovanni ihr mitgeteilt, dass er draußen in der Natur genauso viel über Gott lerne wie drinnen im Kloster. Später erfuhr sie, dass er an allen Orten, an die er zum Klettern reiste, mit katholischen Hilfsorganisationen zusammenarbeitete. Für ihn war es eine Selbstverständlichkeit, sich anderen gegenüber immer und überall rücksichtsvoll und hilfsbereit zu zeigen.
    Bruder Giovannis Ansichten im Hinblick auf Verantwortung hatten sich auch in Ingrids Denkweise verfestigt. In den gefährdeten Gebieten im Himalaya hatten sie und ihre Kletterfreunde deutlich gesehen, wie schnell die Gletscher schmolzen. In Kombination mit dem Ausbau von Staudämmen durch die Behörden resultierte das für die Zivilbevölkerung in Überschwemmungen und Erdrutschen. Es war bereits zu mehreren heftigen Unglücken gekommen. Die Entwicklung ging in die vollkommen falsche Richtung und bedrohte in Indien und Pa-

kistan sowie nicht zuletzt in den Gebirgsländern Tibet, Nepal und Bhutan die Lebensgrundlage von Millionen von Menschen. Es musste sich dringend etwas ändern.

»Wir haben eine Verpflichtung!«, hatte Giovanni gesagt. »Eine moralische Verpflichtung zu versuchen, dies umzukehren.«

Als sie Preben Wexelsen überredet hatte, Bruder Giovanni mit auf die Everest-Expedition zu nehmen, hatten sie im Himalaya mehrere lokale Entwicklungsprojekte ins Leben gerufen. Diese verfolgten zwei Ziele: Wissen vermitteln, um die Naturschäden zu begrenzen, sowie den davon bereits betroffenen Dörfern und Familien zu helfen. Dass diese Projekte nach dem Unglück eingestellt wurden, hatte sie noch zusätzlich belastet. Daher war es eine enorm freudige Überraschung gewesen, als Preben Weihnachten erzählte, dass er im Begriff sei, eine Stiftung zu gründen. Durch die Berg Orlando Wexelsen Foundation soll die Arbeit fortgeführt werden, die sie gemeinsam begonnen hatten. So behält Giovanni weiterhin eine Stimme.

Seine Stimme hört Ingrid oft in Momenten, wenn Zweifel sich aufdrängen, wenn sie Pläne oder Verpflichtungen hat, von denen sie nicht weiß, ob sie ihnen gewachsen ist. Dann ist es wie damals, wenn Giovanni und sie zusammen Touren planten, wenn sie grübelten, wie sie gemeinsam die Welt retten könnten. Bittet, und ihr werdet bekommen, sagte Giovanni. Alles ist möglich.

Giovanni war immer der Meinung, man solle sich nicht sorgen, weil Gott niemandem mehr auferlege, als er tragen könne. Gott sende den Menschen die Hilfe, die sie benötigten, pflegte er zu sagen. Und für den Kurs, den sie am kommenden Wochenende abhalten soll, hat Gott ihr Marcus Antonius Zepperlink geschickt.

Ingrid kennt den Schweizer Bergsteiger seit vielen Jahren, mehrfach waren sie zusammen auf Tour gewesen. Während Ingrid sich jedoch auf Ausdauer und lange Expeditionen spezialisiert hatte, war Marcus für seine spektakulären Kletterstunts berühmt geworden. El Capitan im Yosemite-Nationalpark, die Fitz-Roy-Traverse an der chilenisch-argentinischen Grenze – so gut wie jeder Herausforderung hatte Marcus sich bereits gestellt. Dadurch war sein Stern am Bergsteigerhimmel stetig höher gestiegen. Selbstverständlich schadet es auch nicht, dass er ein richtiger Sunnyboy ist. Er macht sich gut auf Bildern und weiß das natürlich auch. Zuletzt hatte Ingrid ihn in einem großen Feature eines internationalen Magazins gesehen. »Der Gipfel des Glücks« lautete der ziemlich einfallslose Titel des Artikels. Aber Marcus machte sich gut darin.

Laut einer Umfrage war Bergsteigen die Sportart, die die meisten Frauen sexy fanden, hatte Ingrid gelesen, und im Grunde konnte sie nur zustimmen: Bergsteiger waren meist schlank, muskulös und ausdauernd. Nicht selten allerdings auch egozentrisch und ein bisschen eitel.

Vor ein paar Monaten hatte Marcus sie angerufen. Wollen wir irgendwas zusammen machen?, hatte er gefragt. Wie wäre es mit einem Kurs im Sommer? Ich könnte nach Norwegen kommen!

Sie ist sich noch immer nicht ganz sicher, ob es einen bestimmten Grund dafür gab, dass er sie kontaktiert hatte. Vielleicht wollte er einfach nett sein? Schließlich wusste er von dem Unglück und der Trennung von Preben. Oder hatte er möglicherweise Interesse an ihr? Das glaubte sie nicht. Genau genommen war sie sich da ziemlich sicher. Allerdings war es das Erste, woran Tor dachte, als er von dem Kurs erfuhr, den Marcus und sie planten. Vielleicht hatte Marcus schlicht und einfach nur Lust auf eine Tour ins norwegische Gebirge? Sie wusste es nicht. Und genau genommen konnte ihr das auch egal sein.

Für sie war sein Anruf auf jeden Fall ein Schubs in die richtige Richtung: ein Weg zurück zum Bergsteigen, und eine Möglichkeit, sich selbst als Marke wieder aufzubauen, wie Vegard es nannte. Der Kurs, den sie am kommenden Wochenende abhalten wollen, heißt: »Gebirgsklettern: Technik und Gipfeltour«. Für jeden Teilnehmer fallen 15 000 Kronen allein an Kursgebühren an, hinzu kommen Kost und Logis im Hotel. Das ist ziemlich viel Geld, allerdings nicht mehr, als für solche Arrangements üblich ist. Wenn sie Reisekosten und Honorar für Zepperlink abzieht, bleibt für Ingrid als Veranstalterin kaum etwas übrig, aber es ist ein Anfang. Ein Neuanfang. Ingrid hat in ihrem Leben schon viele Kurse abgehalten. Sehr viele. Dieser ist jedoch der erste seit dem Himalaya – seit dem Unglück.

Sie geht die Anmeldeliste durch. Bisher sind es sieben Personen, acht können maximal teilnehmen. Sie weiß nicht genau, was sie von ihnen erwarten kann, auf welchem Niveau sie sich befinden, was Ausdauer und Klettertechniken betrifft. Abgesehen von den drei Geologiestudenten, die vor Weihnachten hier waren und im Eis geklettert sind, sagt ihr keiner der Namen etwas. Die drei studieren an der Universität in Oslo, zwei von ihnen sind Norweger, einer stammt aus Deutschland. Jetzt wollen wir das Himmelfjell im Sommer kennenlernen, hatten sie in ihrer Anmeldemail geschrieben. Ingrid hatte bemerkt, dass Perle sehr erfreut war, als sie von der Anmeldung erfuhr. Vielleicht hat sie eine Schwäche für einen von ihnen? Gegebenenfalls könnte sie vielleicht auch bei Perle das Interesse fürs Klettern wecken? Das wäre schön! Dann könnte sie nach ihrem Aufenthalt in den USA hierher zurückkommen, arbeiten und klettern.

Ziel des langen Wochenendes ist, dass die Teilnehmer, die diesen Wunsch haben, den Himmelnuten besteigen. Das ist eine herausfordernde Route, und Ingrid verspürt ein wenig Unruhe, dass sie für einige von ihnen zu schwer werden könnte. Der Kurs ist für »erfahrene Bergsteiger« ausgeschrieben, aber das legen die Leute womöglich unterschiedlich aus. Beim nächsten Mal will sie genauer sein, welche Arten von Zertifizierung und Erfahrungen erforderlich sind. Sollte sich herausstellen, dass es vom Niveau her erforderlich ist, können Marcus und sie die Gruppe jedoch in zwei aufteilen. Früher wäre eindeutig Ingrid der Senior von ihnen beiden gewesen; nachdem sie das professionelle Bergsteigen jedoch aufgegeben hat, ist sie unsicher, was ihr Standing betrifft. Wie sehen die ehemaligen Kletterkollegen sie jetzt? Und die Allgemeinheit? Sie hat so viel Zeit darauf verwendet, sich von dem Promidasein zu distanzieren, das sie geführt hatte, als Preben und sie in Paar waren und die Zeitungen sowohl über die Triumphe als auch über die Tragödien berichteten. Jetzt ist sie sich in der Tat nicht ganz sicher, ob sie noch immer ein Star ist – oder vielmehr ein erloschener Star.

Nun, zumindest gibt es genug Leute, die sich – für sie oder Zepperlink – interessieren, sodass der Kurs fast ausgebucht ist. Und sie wird den Himmelnuten wieder erklimmen – erneut das Glück verspüren, den Berg zu meistern, der sie bereits als Kind ihr Herz ans Klettern verlieren ließ. Sie wird die Freude erleben, dies mit anderen zu teilen. Allerdings ist der Weg dorthin kein leichter. Jedes Mal, wenn sie sich ans Besteigen wagt, kämpft sie mit den schmerzhaften Erinnerungen, vor allem an den schweren zweiten Steilhang. Und allein beim Gedanken an das letzte Stück, das immer schneebedeckt ist, zieht sich ihr der Magen zusammen. Schnee, der ins Rutschen geraten kann. Der einen Menschen töten, ihn unter sich begraben kann, so wie er sie und Giovanni unter sich begraben hatte. Sie hatte die weiße Gefahr damals überlebt. Giovanni nicht.

Wie also kann sie auf sich selbst vertrauen, Menschen mit auf den Gipfel hinaufnehmen und versprechen, sie sicher wieder herunterzubringen?

Das Telefon gibt einen Ton von sich. Als sie die Nachricht sieht, lächelt sie. Vegard teilt mit, dass er gleich da sein wird. Sie steht auf, um nach unten zu gehen und ihn in Empfang zu nehmen.

Kapitel 9

»Ingrid, hör zu! Ich muss dir was erzählen, das ist einfach *absolutely amazing*!«

»Okay?« Ingrid lächelt. Sie kennt Vegards Tonlage, wenn er einen ordentlichen Leckerbissen zu verkünden hat.

Sie haben zusammen zu Abend gegessen, und jetzt sitzen sie bei einem Glas Wein in ihrer Wohnung.

»Ja, es geht um Pia!«, sagt Vegard. »Sie kommt zu dritt zur Hochzeit! Oder zu viert!«

Die bekannte Influencerin hatte im vergangenen Jahr zur dramatischsten Weihnachtsfeier aller Zeiten im Himmelfjell beigetragen, indem sie an Heiligabend im Hotel ein Kind zur Welt gebracht hatte. Die Geburt hatte alle überrumpelt, aber alles war gut gegangen, und nach einer Weile hatte Pia mit ihrer Tochter nach Hause fahren können.

»Bringt sie ihre Mutter mit, um auf die kleine Hilda aufzupassen?«, fragt Ingrid. »Ich hatte ihr den Vorschlag bei deinem Junggesellenabschied gemacht. Ist doch super, wenn sie eine Entlastung hat und mehr am Fest teilhaben kann.«

»Es ist nicht die Mutter.« Vegard lächelt geheimnisvoll. »Auch wenn es zwischen Pia und ihren Eltern jetzt gut läuft.«

»Sind sie nicht mehr so seltsam?«, erkundigt sich Ingrid.

»Doch, sie sind immer noch ziemlich seltsam«, sagt Vegard. »Aber in den vergangenen Monaten waren sie eine große Hilfe. Haben auf Hilda aufgepasst, Windeln gewechselt und sind einkaufen gegangen.«

»Das freut mich sehr«, sagt Ingrid. »Es hat mir so leidgetan, dass die Situation für sie so schwierig war. Aber wenn es nicht die Mutter ist ... mit wem kommt Pia dann?«

Vegard lächelt verschmitzt.

»Sie kommt mit dem Kindsvater! Espen!«

»Häh?« Ingrid starrt ihn an. Sie ist überzeugt, bisher nicht einmal den Namen des Vaters von Pias Baby gehört zu haben.

»Aber war der nicht komplett von der Bildfläche verschwunden?«, hakt sie nach. »Sie hatte sich doch bewusst für ein Leben als Alleinerziehende entschieden.«

Ingrid erinnerte sich genau an das Gespräch, das Pia und sie ein paar Tage vor der Geburt geführt hatten. Da hatte Pia erzählt, dass die Schwangerschaft das Ergebnis eines netten Wochenendes mit einem Typen war, den sie durch die Arbeit kennengelernt hatte. Es hatte nie die Absicht bestanden, dass mehr daraus hätte werden sollen. Er hatte sogar eine neue Frau an seiner Seite, bevor Pia entdeckte, dass sie schwanger war, weshalb sie beschlossen hatte, ihn nicht einzubeziehen.

»Ja, eigentlich war das so«, bestätigt Vegard. »Espen und sie hatten keinen Kontakt.«

»Aber was ist dann passiert?«, will Ingrid wissen. »Hat sie ihre Meinung geändert?«

»Sie sind sich ganz zufällig wieder über den Weg gelaufen.«

»Wann?«, fragt Ingrid.

»Zum ersten Mal bei den Vixen Awards im Februar. Sie wollte ihr Netzwerk wieder aktivieren, während die Mutter auf die Kleine aufgepasst hat.« Vegard lacht leise. »Sie hat es schnell bereut, fühlte sich vollkommen elend, hatte Milchstau, Angst und wollte nur wieder nach Hause. Aber dann war da dieser Espen, und er hatte so erfreut darüber gewirkt, sie zu sehen. Zudem war offensichtlich Schluss mit der Frau, die er zwischenzeitlich hatte.«

»Na, das kann ja nicht so lange gewesen sein«, merkt Ingrid an.

»Nein. Sie haben nur kurz zusammengewohnt, es lief nicht so gut. Und nun war er wieder Single.«

»Und da hat sie ihm von dem Baby erzählt? Auf der Preisverleihung?«, fragt Ingrid.

»Nein, meine Güte, nicht dort«, protestiert Vegard. »Aber sie haben sich für ein Treffen in der Woche darauf verabredet. Und da hat sie ihm alles erzählt.«

»Oh, so also! Wie hat er es aufgenommen?«

Vegard lacht. »Anfangs war er selbstverständlich überrumpelt. Man kann sich nur vorstellen, wie es ist, ein Jahr, nachdem man mit einer Frau zusammen war, vollkommen aus dem Blauen heraus so etwas zu erfahren!«

Ingrid lacht ebenfalls. »Ja, das muss durchaus etwas überraschend für ihn gewesen sein.«

Vegard nimmt einen Schluck von seinem Wein und behält das Glas in der Hand. »Dann aber wurde er sehr neugierig und wollte Hilda unbedingt kennenlernen. Und jetzt, nachdem ein paar Monate vergangen sind, passt er sogar ab und an alleine auf sie auf.«

»Oi«, entfährt es Ingrid. »Was für eine Wendung! Aber wie schön. Ich bin fast ein bisschen gerührt.«

»Ja, ich auch. Das ist schlicht und einfach phantastisch«, sagt Vegard. »Für alle.«

»Aber Pia und Espen – sind sie jetzt ein Paar?«, fragt Ingrid.

»Ich glaube, das wissen sie noch nicht richtig. Es ist kompliziert, wie man so schön sagt. Deshalb haben sie bisher nichts gesagt, dass sie zusammen zur Hochzeit kommen. Sie haben es eine Zeit lang sehr ruhig angehen lassen. Haben niemandem erzählt, dass sie sich treffen.«

»Nicht einmal dir?«

»Nein, sie wollten sich richtig kennenlernen, bevor es weitere Kreise zieht.«

»Aber das ist doch großartig«, freut sich Ingrid. Sie notiert auf dem vor ihr liegenden Block: *Pia: Doppelzimmer mit Kinderbett.*

Es klopft an der Tür, und kurz darauf steckt Mutter Borghild ihren Kopf herein.

»Ich wollte nur Vegard begrüßen«, sagt sie. »Und ein bisschen mehr über die Hochzeitspläne erfahren.«

Vegard steht auf und umarmt sie. »Komm und trink ein Glas Wein mit uns!«

Ingrid lächelt und holt ein sauberes Glas aus dem Schrank.

*

»Nein, dass Pia mit Mann und Kind hierher zurückkehren würde, das war nicht vorauszusehen«, sagt Mutter Borghild. »Aber wie schön, dass sie zusammen kommen. Schließlich ist es auch nicht alltäglich, dass wir Besuch von jemandem bekommen, der auch hier geboren ist. Mit Hilda sind wir zu zweit.«

»Bist du hier geboren?«, fragt Vegard, und auch Ingrid sieht die Großmutter überrascht an. Plötzlich kommt sie sich ein wenig dumm vor. Sie hätte selbstverständlich wissen müssen, dass Mutter Borghild im Himmelfjell zur Welt gekommen ist. Allerdings hatte sie darüber schlichtweg nie nachgedacht und war auch nie auf die Idee gekommen, danach zu fragen.

»Ja, selbstverständlich bin ich das«, sagt die Großmutter. »So war das damals, müsst ihr wissen. Damals war nicht die Rede davon, ins Krankenhaus zu fahren. Noch dazu war es während des Krieges. Man war zur Verdunkelung verpflichtet, zudem gab es Kraftstoffrationierungen sowie Unmengen von

Restriktionen. Daher hat meine Mutter mich hier in der Wohnung zur Welt gebracht.«

»In *dieser* Wohnung?« Vegard reißt die Augen auf.

»Ja, hier im Schlafzimmer.« Mit einem Lächeln nimmt Borghild einen Schluck von dem Wein. »Die Hebamme kam erst am Tag darauf, mit Pferd und Wagen.«

»Hilfe! Zum Glück ist alles gut gegangen«, kommentiert Vegard kopfschüttelnd.

»Ja, das tut es zum Glück meistens«, bestätigt Borghild.

»Ist Mama auch hier geboren?«, fragt Ingrid, leicht verblüfft darüber, dass sie auch das nicht weiß. Wenn sie genau darüber nachdenkt, gibt es viele Fragen wie diese, auf die sie keine Antworten hat. Warum hatten sie nie über diese Dinge gesprochen?

»Nein, in den sechziger Jahren war das anders«, sagt Borghild. »Da hatte man Entbindungskliniken und Krankenhäuser.«

»Mama ist also im Krankenhaus in Lillehammer geboren?«, hakt Ingrid nach. »Oder gab es hier in Dalen eine Entbindungsklinik?«

Vielleicht war es nicht ganz angemessen, darüber zu sprechen, wenn sie Besuch hatten, aber schließlich handelte es sich um Vegard, und der war so gut wie Familie.

Mutter Borghild wirkt mit einem Mal nachdenklich, stellt das Weinglas ab und räuspert sich.

»Engeline ist in Trondheim geboren«, sagt sie. »Die Ärzte hielten es so für am besten.«

Sie schaut aus dem Fenster. Draußen sorgen die letzten Strahlen der Abendsonne dafür, dass die Wolken ihre Farbe ändern. Einen Moment lang hat es den Anschein, als wolle sie mehr dazu sagen, dann aber holt sie tief Luft, wendet sich an Vegard und wechselt das Thema. »Ja, ja. Habt ihr alles unter Kontrolle? Bei den Partyvorbereitungen?«

Ingrid und Vegard tauschen einen Blick aus und lachen.

»Na ja, was die Kontrolle betrifft, gibt es wohl noch etwas Luft nach oben«, sagt Ingrid. »Das heißt, das Wichtigste ist geklärt, wie du weißt.« Mit der Hand auf Vegard weisend fügt sie hinzu: »Aber er hier findet ständig neue Sachen, über die er sich Sorgen machen kann.«

»Nun, eine Hochzeit ist schließlich ein wichtiges Ereignis«, sagt Borghild, was Vegard mit eifrigem Nicken quittiert.

»Ja, das *ist* es«, bestätigt er.

»Wie viele Gäste werden es nach der letzten Zählung?«, erkundigt sich Borghild.

»Sechzig!« – »Fünfundsechzig!«, ertönt es von Vegard und Ingrid zeitgleich, bevor beide wieder in Lachen ausbrechen.

»Wir müssen die Zimmerverteilung und die Tischplatzierungen bestimmt noch mal durchgehen«, fügt Ingrid hinzu.

Sie öffnet den Laptop, stellt ihn auf ihren Schoß und ruft die Listen auf. »Du und David. Deine Eltern. Deine Schwester mit Mann und Kind, da sind wir bei sieben. Fünfzehn Tanten und Onkel, Cousins und Cousinen von deiner Seite, das sind zweiundzwanzig. Davids Tante und Vetter – die nicht Mutter und Sohn sind?«

»Nein, die Tante ist mütterlicherseits, der Vetter väterlicherseits«, erläutert Vegard. »Aber beide wohnen in London.«

»Okay«, sagt Ingrid. »Aber hier steht: Tante plus eins. Ist das dieselbe Tante oder eine andere?«

»Das ist eine andere Tante, die in Taiwan lebt«, erklärt Vegard. »Sie kommt mit ihrem neuen Mann.«

»Ansonsten keine Verwandten von David?«, fragt Borghild.

»Nein«, antwortet Vegard. »Er hat in China keine nahen Verwandten mehr. Die Eltern sind verstorben, und er ist Einzelkind. Zudem wohnt er schon sehr lange hier in Norwegen. Daher befindet sich sein Netzwerk im Großen und Ganzen jetzt hier.«

»Ich verstehe«, entgegnet Borghild. »Es muss seltsam für ihn sein, so weit von dem Ort entfernt zu leben, aus dem er stammt. Aber auch beeindruckend, sich in dieser Weise in das Ganze hineinzustürzen.«

Sie nippt an ihrem Weinglas. »Ich selbst bin im Wesentlichen immer hier im Himmelfjell gewesen.«

Das versetzt Ingrid einen leichten Stich. Vielleicht hatte auch Mutter Borghild vom Reisen geträumt? Ihr ist durchaus bewusst, dass die Großmutter keine großen Möglichkeiten gehabt hat, die Welt zu sehen, während Ingrid von Kontinent zu Kontinent gehüpft war.

Einen Moment lang ist es still, bevor Ingrid mit der Gästeliste fortfährt.

»Hier haben wir mich und Tor, Pia und Espen, Hanna und XP. Kevin! Was ist mit ihm, kommt er mit Begleitung?«

Vegard schnaubt, hebt die Hände in die Höhe und zieht in einer gestellt entmutigten Geste die Schultern nach oben.

»Wer weiß?!«

»Das ist Davids Trauzeuge«, erklärt Ingrid der Großmutter. »Er hat eine Freundin, mit der ständig Schluss ist, dann kommen sie wieder zusammen, und das im Wechsel von jeweils etwa zwei Wochen.«

Mutter Borghild lächelt. »Dann ist es wohl am besten, sicherheitshalber einen Platz freizuhalten.«

Sie zählen sich durch weitere Freunde und Verwandte. »Da sind wir bei zweiundsechzig Personen, wenn wir Hilda mitrechnen«, fast Ingrid zusammen.

»Ja«, bestätigt Vegard. »Und dann wäre da noch diese Katze.«

»Katze?!« Simultan drehen Ingrid und Borghild ihre Köpfe zu Vegard.

»Von einer Katze ist bisher nie die Rede gewesen«, sagt Ingrid.

»Doch, meine Liebe, gewiss.« Vegard verdreht seine blauen Augen und denkt nach. »Oder vielleicht auch nicht. Okay. Möglicherweise habe ich vergessen, es zu erwähnen. Also, Espen, der mit Pia zusammen kommt, teilt sich das Sorgerecht für eine Katze.«

Ingrid lacht. »Geteiltes Sorgerecht!«

»Ja, sie gehört ihm und seiner ehemaligen Lebensgefährtin«, erklärt Vegard. »Und an diesem Wochenende ist er an der Reihe.«

Borghild blickt ungläubig drein. »Man reist doch wohl nicht mit Katzen durch die Gegend?«

»Nein, oder doch, es ist eine etwas spezielle Katzenrasse«, erläutert Vegard. »So eine sibirische. Sie mag es wohl nicht, alleine zu sein.«

»Oh, oh, oh, was wird Maja dazu sagen?«, bricht es aus Mutter Borghild heraus. »Von Svartlaug ganz zu schweigen.«

Ingrid stellt den Laptop auf den Tisch.

»Um die Sitzordnung können wir uns später kümmern«, sagt sie. »Vielleicht am Sonntag.«

»Ja, ich habe mir schon ein paar Gedanken dazu gemacht«, sagt Vegard. »Sie wird so oder so nicht der traditionellen Variante entsprechen, mit der Mutter der Braut neben dem Vater des Bräutigams, und so weiter.«

»Nein, da habt ihr wirklich die volle Freiheit«, sagt Mutter Borghild. »Aber wie ich euch kenne, wird es großartig werden.«

Für eine Weile sitzen sie still da und genießen ihren Wein, bis Borghild plötzlich fragt: »Warum habt ihr eigentlich beschlossen, in der Kirche zu heiraten? Ihr seid doch sonst wohl keine typischen Kirchgänger?«

Ingrid wird flau zumute. »Großmutter, bitte!«

Vegard hingegen hebt eine Hand und lächelt. »Es ist vollkommen in Ordnung zu fragen«, versichert er. »Und du hast recht, dass wir keine typischen Kirchgänger sind. David kommt aus einer vollkommen anderen Tradition, dem Taoismus. Ich hingegen war, als ich jung war, tatsächlich sehr aktiv in einer christlichen Glaubensgemeinde.«

Mutter Borghild sieht ihn interessiert an. Ingrid weiß, dass das vor der Zeit war, als er sein Coming-out hatte. *Dazu kam es gewiss erst, nachdem er ein paar Jahre in Oslo gelebt hatte.*

»Ich komme aus einer etwas provinziellen Gegend«, sagt er. »Ich hatte nicht das Gefühl, dass dort Platz war, um zu zeigen, wer ich eigentlich bin. Als ich nach Oslo zog, wurde es leichter. Aber ich vermisse das alte Umfeld auch. Wenn ich in die Kirche gehe, habe ich irgendwie das Gefühl, nach Hause zu kommen. Und jetzt, da ihr hier in Dalen eine Frau – ja, zudem eine queere Frau – als Pfarrerin habt, ist das wohl auch eine Art Statement. Auch hier scheinen neue Zeiten angebrochen zu sein.«

Borghild nickt. »Ja, das verstehe ich sehr gut. Es sind wirklich neue Zeiten. Das ist eine große Veränderung, die da eingetreten ist ...« Sie lächelt. »Und nicht zu vergessen, die schöne Kirche, die wir hier haben. Ein schöner Rahmen für eine Eheschließung. Ingrids Großvater und ich haben auch dort geheiratet. Ebenso Ingrids Eltern. Aber genug davon. Lasst mich das Menü sehen!«

Kapitel 10

Neun ... zehn ... elf. Wie lange hält sie das aus? Es schmerzt in den Fingern, es schmerzt in den Unterarmen, jetzt schmerzt es auch in den Schultern, aber Ingrid lässt das Hangboard nicht los. Sie kann damit umgehen, dass es wehtut. Zwölf ... dreizehn ... vierzehn ... Sie weiß, dass sie das aushält. Sie ist stark. Sie spannt die Kernmuskulatur an, konzentriert sich auf die Atmung. Die Beine bleiben gebeugt.

»Tante Ingrid?«

Fünfzehn! Sie lässt los und landet mit den Füßen auf dem weichen Untergrund. Schüttelt die Hände aus, die durch das Zugreifen steif geworden sind.

»Ja, Hussein?«

»Wie geht's?«

Ingrid muss lachen. »Mir geht es gut! Wie steht es mit dir?«

»Auch gut! Wo ist Onkel Tor?«

»Er ist auf der Alm.«

»Wo ist Onkel Vegard?«

»Der ist oben in seinem Zimmer und arbeitet.« Ingrid schaut auf die Uhr. »Er wird wohl noch ein paar Stunden brauchen. Willst du mit an der Wand trainieren?«

Tor und Alfred hatten Ingrid dabei geholfen, neben dem Hotel eine kleine Kletterwand mit angeschraubten Griffen aufzustellen. Daneben finden sich auch noch andere Trainingsgeräte wie Hangboard und Balken. Ingrid war der Meinung, das könne sowohl den Touristen Spaß machen als auch ihr und anderen Kletterern als schöne Trainingsmöglichkeit dienen, um spezielle Griffe oder Herausforderungen auszutesten. Das Hangboard zum Trainieren der Fingerkraft hat sie in letzter Zeit viel genutzt. Es ist herrlich zu spüren, dass sie es, im wahrsten Sinne des Wortes, noch im Griff hat.

Hussein lächelt breit und gibt die Sicht auf die neuen Schneidezähne frei, die in den Frühjahrsmonaten herausgewachsen sind. »Jaaa!«, nickt er. »Wir müssen nur noch ein bisschen üben, dann können wir zusammen auf den Himmelnuten klettern!«

»Das ist ein schönes Ziel«, sagt Ingrid. »Bevor wir das tun können, ist jedoch viel Training nötig, Hussein. Vergiss nicht, dass ich zwölf Jahre alt war, als ich zum ersten Mal oben auf dem Himmelnuten war. Und du bist erst sieben!«

In Husseins braunen Augen ist ein leicht beleidigter Ausdruck auszumachen. »Nein, ich bin schon älter«, protestiert er. »Ich bin sieben Jahre und zwei Monate. Und zum Geburtstag habe ich von Mama Kletterschuhe bekommen.«

»Ja, das finde ich großartig von deiner Mama«, sagt Ingrid. Aisha hatte einige entsetzliche Stunden durchlebt, als Hussein aufgrund seiner waghalsigen Bergtour zu Weihnachten vermisst wurde und es Ingrid, mit Hilfe von Preben Wexelsen, gerade noch gelungen war, ihn zu retten. Trotz dieser Erfahrung erlaubte ihm die Mutter, das Klettern zu lernen. Ingrid bewundert sie dafür, weiß aber auch, dass es eine kluge Entscheidung war. Hussein, der in der Schule von Dalen bald die erste Klasse absolviert hat, ist, wie Ingrid, ein geborener Kletterer.

»Lauf und hol deine Schuhe«, fordert sie ihn auf.

Während sie wartet, ruft sie Tor an und verabredet, am Abend zu ihm zu fahren, damit sie ein paar Stunden zusammen haben. Sie wird auch bei ihm übernachten, wie sie es ab und an tut. Vegard besteht darauf, dass sie nicht die ganze Zeit über im Hotel sein muss, selbst wenn er dort ist. Schließlich bleibt er noch etwas länger, und außerdem sehen sie sich morgen sowieso alle zur Eröffnung von Tors Ausstellung.

Mit den Kletterschuhen an den Füßen kommt Hussein wieder nach draußen gelaufen, und kurz darauf steht Ingrid hinter ihm, gibt Tipps und weist ihn an. Spielerisch findet Hussein die richtigen Griffe; diese Wand hier wird langsam zu leicht für ihn. Es ist wohl bald an der Zeit, ihm zu erlauben, sich an den einfacheren Felsen zu versuchen.

»Glaubst du, dass Papa uns zum Klettern begleiten wird?«, fragt Hussein.

»Papa?« Ingrid ist leicht perplex.

»Ja, wenn er zu Besuch kommt«, erklärt Hussein.

Sie weiß, dass Hussein seinen in Jordanien lebenden Vater vermisst und hofft, dass auch er nach Norwegen kommen kann. Allerdings hat sie bisher nichts gehört, dass daraus wirklich etwas werden würde.

»Wisst ihr etwas Näheres darüber, wann er kommen kann?«, erkundigt sich Ingrid.

»Nein, aber es ist sicher bald«, entgegnet Hussein. »Vor Weihnachten hat Mama doch gesagt, dass es vielleicht nach Weihnachten etwas werden könnte. Und jetzt ist Weihnachten schon lange her.«

Ingrid verspürt einen Stich in der Brust. Die Familiensituation und den Flüchtlingsstatus von Aisha und Hussein betreffend ist vieles ungeklärt, weshalb Ingrid nicht weiß, wie sie reagieren soll. Sie entscheidet sich, die Aufmerksamkeit stattdessen auf die Kletterwand zu lenken.

»Komm, ich will dir etwas zeigen!«, sagt sie. Sie platziert den großen Zeh auf einem der unteren Fußtritte und klettert seitwärts, was irgendwie komisch aussieht und Hussein vor Freude lachen lässt.

Es macht Spaß, wieder jemanden zu haben, mit dem man seine Leidenschaft teilen kann. Wenn sie mit Hussein zusammen klettert, ist es, als würde die Angst gedämpft und die Freude die Überhand gewinnen. So als hätte der weiße Drache sich schlafen gelegt.

Kapitel 11

»Ich war doch immer ehrlich zu dir, Christian«, sagt Borghild Berg. »Du hast mich verstanden. Auch die Seiten, die ich dem Rest der Welt nicht zeigen konnte.«

Über dem Friedhof von Dalen scheint die Sonne von einem wolkenlosen Himmel. Sie wärmt alte Holzwände und lässt den Turm der Dalener Kirche, der alten Kreuzkirche, die den Stolz und Mittelpunkt des Ortes ausmacht, golden leuchten. Wie üblich hat Borghild auf dem Platz vor dem schmiedeeisernen Zaun geparkt und ist die Allee zum Familiengrab hinaufgegangen. Die Birken haben mittlerweile fast alle ausgeschlagen; die Blätter filtern das Sonnenlicht und werfen einen flimmernden, grünen Schatten über den weißen Kiesweg, der vom Tor zur Kirchentreppe führt. Beiderseits des Weges wie auch rechts und links der Kirche befinden sich die Gräber, alte und neue Grabmonumente. Dort gibt es von Granitsäulen und Metallketten eingerahmte gusseiserne Kreuze aus dem 19. Jahrhundert ebenso wie moderne Naturgrabsteine mit Gras drumherum. Hier und da ist ein kleiner Obelisk zu sehen. Mehrere der Familiengräber verfügen über Bänke aus grob gehauenem Stein, kleine Ruheplätze für Trauernde und Grabpfleger. Einige der Bänke wurden entfernt, als der Friedhof in den neunziger Jahren instand gesetzt wurde, wobei Borghild froh ist, dass ihre erhalten geblieben ist. Sie setzt sich hin, stellt die Papiertüte, die sie dabeihat, auf den Kies und saugt den Duft von Frühsommer und alter Trauer ein.

Trotz der Wehmut besucht sie die Grabstätte gern, hat dort immer Ruhe gefunden. Hier fühlt sie sich ihnen nahe, all jenen, die sie verloren hat. Den Eltern. Christian. Engeline und Marius. Sie spricht mit den Toten, vor allem mit Christian. Ist niemand anderer in der Nähe, dann spricht sie laut.

»Du hast alles so angenommen, wie es war, Christian. Du warst so geduldig. Gutmütig.«

Angespornt von der bevorstehenden Hochzeit und den Gesprächen mit den jungen Leuten hat sie in letzter Zeit viel an ihre eigene Hochzeit zurückgedacht. Auch die hatte hier in der Kirche von Dalen stattgefunden, vor sechzig Jahren. An dem Tag, an dem sie heirateten, hatte Christian gewusst, dass Borghild ihn niemals in der gleichen Weise würde lieben können, wie er sie liebte.

Dass *er sie* geliebt hat, das hatte sie fast immer gewusst. Als sie 1948 in der Schule von Dalen in die gleiche Klasse kamen, hatte Christian Stugu – dem sie vorher nur bei Weihnachtsbaumfesten und am Nationalfeiertag im Dorf begegnet war – an seinem Tisch einen Platz für sie freigehalten und darauf bestanden, ihr Freund zu sein, obwohl die anderen Jungen es seltsam fanden, dass er mit Mädchen spielte. Als sie beide aufs Gymnasium kamen, wurden sie Teil einer kleinen Gruppe von Jugendlichen, die ständig zusammen waren, ob bei der Arbeit oder in der Freizeit. Auch als ihre Aufmerksamkeit sich anderweitig ausgerichtet hatte, hatte er auf sie gewartet. Und er war es, der sie auffing, als sie sich im freien Fall befand.

»Du warst mein bester Freund«, sagt sie. »Du wusstest, dass ich dich mochte und dir vertraut habe.«

Als sie sich, nach der Katastrophe mit Charlie, erst einmal verlobt hatten, war alles schnell gegangen. Sie heirateten nach nur wenigen Monaten – zur großen Freude der Familien. Christians Eltern betrachteten Borghild bereits als Teil der Familie, und Borghilds Eltern waren froh und erleichtert, einen verlässlichen und fleißigen Schwiegersohn zu bekommen, der in den Hotelbetrieb einsteigen konnte.

»Wir hatten es gut, Christian. Und noch besser wurde es, als Engeline zu uns kam.«

Es knirscht im Kies, und kurz darauf fällt ein Schatten über sie. Ein Schatten aus der Vergangenheit. Ein hoher, breiter, moschusochsenförmiger Schatten.

»Darf ich mich ein wenig setzen?«, erkundigt sich eine derbe Stimme.

Im Gegenlicht sieht sie zu Hallgrim Dalen auf. Der starke Mann des Dorfes, einer, den viele fürchten und dem gegenüber keiner gleichgültig ist. Der Gedanke, dass damals in der Jugend auch er ein Freund gewesen war, ist seltsam. Ein Freund, der später zu einem Widersacher wurde, einem, dem sie die Wahrheit nicht hatte erzählen können. Sechzig Jahre war kaum ein Wort zwischen ihnen gewechselt worden, bis zum vergangenen Weihnachtsfest, als alte Geheimnisse ans Tageslicht befördert worden waren und so viel aufgeklärt wurde, dass selbst gefrorene, alte Feindschaft aufzutauen begann.

»Setz dich«, sagt sie und rutscht ein Stück zur Seite. Die Bank ist ein bisschen zu klein für sie beide, aber es wird schon gehen. Borghild ist so schmal wie Hallgrim breit. Er trägt Arbeitshose und ein kariertes Hemd, und ihn umgibt ein schwacher Dunst von Maschinenöl. Sie weiß, dass er noch immer in der Werkstatt von Moschus Maschinen arbeitet, obwohl er wie sie die achtzig bereits überschritten und die formale Verantwortung für den Familienbetrieb schon längst Kindern und Kindeskindern überlassen hat.

Es ist ungewohnt, mit Hallgrim zusammenzusitzen. Nach Jahrzehnten des Schweigens üben sie sich noch immer darin, miteinander zu sprechen. Und jetzt schaffen sie es nicht, etwas zu sagen, bevor erneut Schritte auf dem Kies zu vernehmen sind, dieses Mal schnellere. Es ist die neue Pfarrerin, die flink die Allee hinaufkommt. Hanne Kristoffersen ist durchaus eine Erscheinung, mit den langen roten Haaren, der farbenfrohen Kleidung und einem flatternden kirschroten Schal, der auch dann hinter ihr herweht, wenn kein Wind geht. Als sie auf Höhe von Borghild und Hallgrim angelangt ist, hebt die Pfarrerin lächelnd eine Hand. Borghild erwidert das Lächeln.

»Ja, ja, so ist es geworden«, brummt Hallgrim, nachdem sie vorbeigegangen ist. »Der Pfarrer ist eine Frau und mit einer anderen Frau verheiratet. Früher haben die Leute so was nicht getan.«

»Haben sie nicht?«, fragt Borghild. Sie dreht sich ganz zu Hallgrim um und schaut ihm bewusst direkt in die Augen. Und wüsste man es nicht besser, hätte man glauben können, dass der mürrische, alte Kerl mit dem Stiernacken errötete.

»Nein, so war es nicht gemeint«, sagt er.

»Nun, gut«, erwidert Borghild. »Auf jeden Fall sollten wir froh sein, unseren damaligen Pfarrer los zu sein.«

»Ja.« Hallgrim wirft einen Blick in Richtung des Grabes von Gemeindepfarrer Røhmer auf der anderen Seite des Kiesweges. »Dieser Teufel. Wenn man bedenkt, dass er es war, der Charlie ins Verderben gestürzt hat. Und wenn man bedenkt, dass es sechzig Jahre dauern sollte, bevor ich davon erfuhr.«

Borghild antwortet nicht sofort.

»Ich habe das so lange mit mir herumgetragen«, sagt sie nach einer Weile. »Das, was wirklich geschehen ist, als Charlie verschwand. Ich glaubte nicht, es irgendjemandem erzählen zu können. Und keinesfalls dir.«

Sie waren so jung gewesen. Eine Gruppe von Freunden, jungen Leuten aus dem Dorf und aus dem Gebirge, die lange Tage gearbeitet und die Nächte durchgetanzt hatten. Dazu gehörten Borghild und Christian, Kjell und Per, alle aus derselben Klasse in der Volksschule. Ihre Cousine Sofie aus Bergen, die in allen Ferien hier zu Besuch gewesen ist. Hallgrim, der ein paar Jahre älter war als Borghild, und seine kleine Schwester Charlie, Charlotte, die ein paar Jahre jünger war. Charlie war gerade mal neunzehn, als es geschah.

»Sie wollte sich bei Røhmer Rat holen, weißt du«, sagt Borghild nunmehr zu Hallgrim. »Schließlich hat sie ihm vertraut, hielt ihn für nett. Aber dann hat er sich an ihr vergangen.«

Sie empfindet ein gewisses Mitgefühl für Hallgrim, hat jedoch nicht vor, ihn davonkommen zu lassen. Viel von dem, was danach geschah, geht schließlich zulasten seines Kontos.

»Und *du* wolltest sie zwingen, Jarand Smedplass zu heiraten.«

Hallgrims Gesicht verzieht sich. Da seine und Charlies Eltern nicht mehr am Leben waren, hatte er sich bereits damals als Familienoberhaupt betrachtet. Als Charlie schwanger wurde, hatte ihr großer Bruder nicht gewusst, wer der Kindsvater war. Charlie hatte es nicht sagen wollen. Hallgrim aber setzte auf Zwang, um der Scham zu entgehen, eine Schwester mit einem unehelichen Kind zu haben. Er hatte keinen besseren Kandidaten gehabt als den Trunkenbold Jarand Smedplass, den Charlotte verabscheute und der wegen Misshandlung einer Frau bereits einmal geschieden war. Aber ein schlechter Ehemann war besser als gar kein Ehemann, meinte Hallgrim, und wenn nur Jarand sich bereit erklärte, dann musste er es sein.

Eine Zwangsehe, um die Fassade zu wahren. Die Familienehre zu retten. Das war es, was Borghild ihm niemals hatte verzeihen können.

Allerdings hatte sie dafür gesorgt, dass daraus nichts wurde.

Borghild hatte Charlie dabei geholfen zu entkommen und nach Amerika zu reisen. Der Plan war einfach und grausam:

Sie hatten Hallgrim und alle anderen in dem Glauben gelassen, dass Charlie tot sei, dass sie an ihrem geplanten Hochzeitstag in den Styggfossen gegangen war.

Sie hatten gute Gründe gehabt, nicht miteinander zu reden – Borghild und Hallgrim. Dass sie jetzt zusammen auf einer Bank sitzen, ist nichts Geringeres als eine Sensation. Bis zum vergangenen Weihnachtsfest hatten sie kaum einen Blick gewechselt, wenn sie sich an den unvermeidbaren Treffpunkten im Dorf begegneten: der Tankstelle, der Kirche und dem Laden.

»Ich weiß, dass du mir das vorgeworfen hast, was du für Charlies Selbstmord gehalten hast«, sagt sie. »Du warst der Meinung, sie wolle Jarand nicht heiraten, weil wir *so* waren.«

»Und du hast mir vorgeworfen, ich würde versuchen, sie zu zwingen. Dafür habe ich eine harte Strafe erhalten, Borghild.«

»Ja, sie war hart, Hallgrim«, gibt Borghild zu. »Aber auch ich habe Charlotte verloren. Sie war mein Leben, und ich musste sie von mir fortschicken. Mein einziger Trost war, dass ich wusste, dass sie am Leben war. Jedoch habe ich nie wieder etwas von ihr gehört.«

Eine Weile bleiben sie in Stille sitzen.

»Ich habe heute einen Brief von Freya bekommen«, sagt Hallgrim. »Das heißt, so eine E-Mail. Damit haben wir jetzt angefangen.«

»Aha«, sagt Borghild. »Ich dachte, du gibst dich überhaupt nicht mit Computern ab.«

»Ich bin wohl dazu gezwungen, jetzt, da ich eine Nichte in Amerika habe«, erklärt Hallgrim. »Ja, sie hält und steuert den Kontakt. Sagt, sie würde bald wieder zu Besuch kommen. Vermutlich übernimmt sie bald den kompletten Betrieb.«

»Ihr gehören jetzt doch Anteile daran, oder nicht?«, fragt Borghild.

Hallgrim nickt.

Nach all diesen Jahren war also Freya Wilkins aufgetaucht. Charlies Tochter und Hallgrims Nichte. Kurz vor Weihnachten war sie wie ein warmer Wind aus dem Westen zu ihnen hineingefegt und hatte dafür gesorgt, dass die dicke Eisschicht, unter der die Vergangenheit verborgen gelegen hatte, geschmolzen war und immer überraschendere Dinge ans Tageslicht traten.

»Nun, ich sollte wohl Helga mal einen Besuch abstatten«, sagt Hallgrim nach einer Weile und erhebt sich.

Seine Frau Helga, die Mutter seiner drei Söhne, ruht seit zwanzig Jahren im Grab der Familie Dalen, Hallgrim hingegen sieht nicht so aus, als plane er, ihr alsbald zu folgen. Wer weiß, wie viel Lebenszeit ihnen noch bleibt. Christian war nur fünfzig Jahre alt geworden. Charlie sechzig. Hallgrim und sie haben sie beide um mehrere Jahrzehnte überlebt.

Borghild bleibt auf der Bank sitzen und streckt den Rücken durch. Plötzlich stockt ihr der Atem, als ihr, direkt unter den Rippen, durch die rechte Seite ein stechender Schmerz jagt.

Hallgrim dreht sich zu ihr um. »Geht es dir nicht gut?«

Sie schüttelt den Kopf.

»Nein, nein, es ist nichts. Die Seite tut nur ein bisschen weh.«

Er runzelt die buschigen Augenbrauen. »Bist du sicher, dass du keine Hilfe brauchst?«

Sie presst ein Lächeln hervor. »Aber ja.«

»Ich kann dich zum Doktor fahren, wenn es nötig ist.«

Erneut schüttelt sie den Kopf. »Nein, nein. Aber danke.«

»Gib Bescheid, wenn du dich umentscheidest«, sagt er und sieht sie prüfend an, bevor er kehrt macht und zur Familiengrabstätte trottet.

In den vergangenen Wochen hatte sie ihn mehrfach verspürt, diesen Schmerz in der Seite, der plötzlich auftritt und in die

Leiste ausstrahlt. Er geht genauso schnell vorüber, wie er gekommen ist. Sie sollte es dem Arzt gegenüber wohl erwähnen, hat bisher aber nicht die Kraft dazu aufgebracht. Aus Angst, es könnte nur Unmengen an Aufregung nach sich ziehen. Es wird sich schon wieder geben. Das tun die Dinge schließlich gerne.

Sie kratzt sich auf dem Handrücken. Das Alter bringt viel Seltsames mit sich. Christian pflegte zu sagen, sie habe schöne Hände. Nunmehr aber sind sie mager, mit hervortretenden Adern und geschwollenen Gelenken. Die Haut ist trocken geworden. Dünn und spröde wie Papier. Und dieser blaue Fleck, wo kommt der her?

Sie fühlt sich plötzlich so müde.

Der Tod, der Tod.

In Wellen führt die milde Sommerbrise einen Duft mit sich. Die Spiersträucher auf dem Grab fangen an zu blühen. Weiße, kleine Blumen. Wie geht noch das Gedicht? *Hier war ich vielleicht / am Morgen der Zeit / als weißer Spier / einst zu finden.* Hamsun. Sie erinnert sich daran, dass ihre Eltern uneins waren, inwieweit Hamsuns Bücher Platz in der Hotelbibliothek haben sollten. Die Mutter war der Meinung, sie sollten entfernt werden. Sie könnten keine Bücher eines Nazis haben. Aber der Vater hatte gewonnen – *Er ist unser größter Schriftsteller! Begründer der modernen norwegischen Literatur!* –, und so hatten die Bücher bleiben dürfen. Borghild hat sie gelesen, alle. Die Romane, selbstverständlich, aber vor allem die kleine Gedichtsammlung, für die sie eine solche Schwäche hatte. Bereits als Jugendliche hatte sie sich Gedanken darüber gemacht, dass sich selbst in einem verqueren und schwierigen Mann solch zarte Gefühle fanden. *Ich kenne den Duft / von früher / ich erzittere inmitten / einer alten Erinnerung.*

*

Der Duft nimmt sie mit zurück in die Vergangenheit. Es ist, als würde sie wieder neben Christian sitzen, umgeben von Fliederduft, der in süßen, kräftigen Wellen über sie hinwegzieht. Er nimmt ihre Hand. Sie sind nunmehr seit über einem Jahr verheiratet, und er hat einen Plan.

Er hat Kontakte zu einer Einrichtung in Trøndelag. Sie weiß, dass sie zustimmen sollte, ihm zuliebe. Indem er sie geheiratet hat, hat er auf vieles verzichten müssen. Sie hatte ihm im Voraus gesagt, dass es so sein müsse, was er damit kommentiert hatte, dass es für ihn keine Rolle spiele. Er hatte faktisch darauf bestanden. Er liebe sie so sehr, hatte er gesagt, dass, wenn er mit ihr zusammen sein dürfe, es keine Rolle spiele, wenn dies nicht in der traditionellen Art und Weise sei. Sie wählten einander als Lebenspartner, als Freunde, Kompagnons und Mitstreiter – jedoch waren sie nicht so zusammen, wie die meisten Männer es in ihrer Ehe erwarteten, zumindest nicht in den ersten Jahren.

Je mehr Monate seit der Hochzeit vergehen, desto öfter fragen die Leute, ob nicht bald ein Erbe käme. Sie nimmt wahr, dass die anderen sie mustern, nach Veränderungen an Körper oder Gesicht Ausschau halten. Sie notieren sich, ob sie Kaffee ablehnt oder nach einer Mahlzeit plötzlich nach draußen geht. Sie sieht den Schmerz in Christians Gesicht, jedes Mal, wenn jemand fragt und sie mit einem Lächeln sagen müssen, nein, noch nicht, leider.

Bereut er es? Er sagt, dass er das nicht tue, aber sie weiß nicht, ob er die Wahrheit sagt.

Und jetzt ist diese Möglichkeit aufgetaucht.

Sie kann es für ihn tun.

Sie kann ihm das geben, was er sich am meisten wünscht – ein Kind.

Kapitel 12

Jedes Mal, wenn die Glocke ertönt und die Tür aufgeht, denkt Olga an Jimmy Plassen. Vor allem, wenn es ein warmer Sommerabend wie dieser ist und der Hereinkommende die Abendsonne im Rücken hat.

Es war um Olga geschehen, bereits bevor Jimmy es schaffte, eine doppelte Portion Pommes frites mit Käse und eine eiskalte Cola zu bestellen. Jimmy Plassen war ein Sommertraum. Er war Olgas große Liebe. Davon abgesehen war er ein Vollidiot. Und es ist nicht Jimmy, der an diesem Abend den Laden betritt, denn Jimmy ist seit über zwanzig Jahren tot.

Es ist einer der festen Tankkunden, der jetzt die Tür öffnet, ein Greis, der den Kartenautomaten nicht traut und darauf besteht, drinnen mit Bargeld zu bezahlen. Sobald Olga die Scheine entgegengenommen hat und der alte Mann gegangen ist, setzt sie sich wieder auf ihren angestammten Platz mit Aussicht auf den Bahnhof.

Hier hinter dem Tresen von Dalen Burger & Benzin sitzt Olga, mit so wenigen und kurzen Unterbrechungen wie möglich, seit sie in den Achtzigern hier als Vertretung und Aushilfe angefangen hat. Jetzt gehört der Laden ihr. Ihr gefällt es hier. Schon immer. Hier drinnen hat sie die Kontrolle und den Überblick. Sie kann das, was man können muss. Sie kann die Fritteuse und die Kasse bedienen, sie kann schwere Kisten mit Wasser und Säcke voller gefrorener Burger schleppen. Sie sorgt für Sauberkeit. Sie hat den Überblick über die, die kommen, und die, die gehen, und darüber, was sie haben wollen. Wenn etwas funktioniert, bedarf es keiner Veränderung.

Eine Sache jedoch hat sich verändert.

Bis noch vor einigen Monaten hatte sie hinter dem Tresen und in der Küche Hilfe von ihrem Sohn, Jon. Aber dann hatte er ihr plötzlich eines Tages mitgeteilt, dass er einen neuen Job habe.

»An der neuen Tankstelle!«, hatte er ihr enthusiastisch offeriert.

Anfangs hatte Olga einfach nur dagestanden und ihn angestarrt. Die neue Tankstelle auf der anderen Seite des Flusses ist der schlimmste Konkurrent von Dalen Burger & Benzin und liegt an der Hauptstraße, wo all jene, die woanders hinwollen, in die Großstadt, vorbeisausen. Die neue, große Tankstelle mit leuchtenden Logos und Hefeteilchen im Angebot.

»Ich höre wohl nicht richtig«, hatte sie gesagt. »Wer hätte gedacht, dass mein eigener Sohn ein Verräter ist?«

»Aber wir brauchen doch das Geld, Mama«, hatte Jon geantwortet und sich nervös unterm Cappy gekratzt. »Ich kann beides machen. Ich kann auch dir hier helfen.«

Aber Olga war hart geblieben. Wer sich vom Gegner anwerben lässt, hat keinen Platz bei Dalen Burger & Benzin.

Jon wohnt noch immer unten in dem Haus, das jetzt ihr gehört. Er mäht den Rasen und packt auch sonst an, wenn es nötig ist. Es kommt sogar vor, dass sie zusammen zu Abend essen, an den Tagen, an denen keiner von ihnen zu der Zeit auf Arbeit ist. Allerdings sprechen sie nie über die Arbeit. Olgas Stolz ist verletzt. Wie konnte Jon ihr das antun?

Aber vielleicht liegt es ihm im Blut? Jons Vater, Jimmy Plassen, war schließlich auch ein Verräter.

Verfluchter Jimmy.

Ach, aber wie fesch er war. Sie erinnert sich noch gut an ihre erste Begegnung, damals in den Neunzigern. Jimmy war gerade nach Dalen gekommen, um auf einem der größeren Höfe des Dorfes als Ablösung zu arbeiten. Auch damals hatte Olga hier gesessen, auf demselben Platz wie jetzt, in eine Zeitschrift vertieft. *Det Nye*, sicher. Als die Glocke über der Tür ertönte, hatte sie die Zeitschrift weggelegt. Die Tür ging auf, und ein Mann kam herein, mit der Sonne im Rücken.

Sie hatte ihn nie zuvor gesehen, aber es fühlte sich an, als hätte sie ihn schon immer gekannt, so als wäre er auf seinem Motorrad direkt aus ihren Tagträumen heraus angefahren gekommen. Er war groß und gut aussehend, mit Haaren wie Jon Bon Jovi, trug ausgewaschene Jeans, eine schwarze Lederjacke und unter dem Arm den Motorradhelm. Sie wusste, dass einige meinten, der Haarschnitt sei überholt, aber Olga war verliebt, bevor es ihr bewusst wurde.

Sie konnte ihr Glück kaum fassen, als er sie nach Feierabend zum ersten Mal hinter der Tankstelle geküsst hatte. *Du bist wunderschön, Olga*, hatte er gesagt. Das hatte zuvor noch niemand zu ihr gesagt. Und so wurden sie ein Paar, sie beide. Olga und Jimmy. Sie war so stolz und so entzückt.

Nach zwei Monaten zog er zu ihr in die Wohnung unten im Haus. Ihr Vater war nicht sonderlich begeistert gewesen, erst recht nicht, nachdem Jimmys Vertretungsjob beendet war und er nur noch kurze Aushilfsjobs bekam. Als Olga schwanger wurde, heirateten sie. Das hatte den Vater ein wenig besänftigt. Dann kam Jon zur Welt. Sie war so glücklich an dem Tag, als sie ihn in der Kirche von Dalen hatten taufen lassen. Nur sie wusste, dass er nach Jon Bon Jovi benannt worden war.

Von da an ging es nur noch abwärts.

Als Jon drei Monate alt war, nahm Olga ihre Arbeit im Laden wieder auf, während ihre Mutter auf Jon aufpasste. Jimmy hatte keine Zeit zu helfen, da er angeblich aktiv auf Arbeitssuche war. Für lange Motorradtouren hingegen hatte er Zeit. Um gar nicht erst von all den Stunden zu sprechen, die er übrig hatte, um sie mit der Schlampe von nebenan zu verbringen, Brita Dalen.

Und während Jon Bon Jovi, soweit sie wusste, noch immer in bestem Wohlergehen in New Jersey lebte und noch immer mindestens genauso attraktiv war wie einst, ertrank Jimmy, nachdem er endlich eine neue Stelle auf einem Hof gefunden hatte, in einem Silo, als ihr Sohn gerade einmal vier Jahre alt war. Ja, er wusste wirklich, wie er dem Ganzen die Krone aufsetzen konnte.

Verflucht, was für ein Idiot. Seit fast zwanzig Jahren sehnt sie sich nur danach, ihm das zu sagen: *Du bist ein verdammter Idiot!* Aber das ist schließlich nicht so einfach, wenn er tot ist.

Es ist ein ruhiger Abend. Wie meistens.

Olga sieht auf die Armbanduhr, eine Casio digital, die sie seit den Achtzigern hat. Sie hat ein Metallarmband und ist mittlerweile ums Handgelenk zu eng, schneidet regelrecht in die Haut ein. Ist sie dick geworden? Sie schiebt den Gedanken von sich. Das ist nicht so schlimm.

Es ist halb sechs. Nur noch wenige Minuten, bis der Nachmittagszug aus Oslo hier sein wird. Es macht immer Spaß zu sehen, ob jemand aussteigt, obwohl es meist Schulkinder und Touristen sind, die mit dem Zug kommen. Die Lokalbevölkerung fährt im Großen und Ganzen selbst, wenn sie kann. Olgas Mundwinkel gehen nach oben beim Gedanken an den Skandal, der entstand, als Cato Dalen seinen Chevy auf einer Sandbank im Fluss festgefahren und wegen Trunkenheit am Steuer seinen Führerschein verloren hatte. Da musste er den Zug nehmen, wenn er in Lillehammer oder Oslo etwas zu erledigen hatte, da der alte Hallgrim es dem Rest der Verwandtschaft untersagt hatte, als Chauffeur einzuspringen. Die Scham, den Zug nehmen zu müssen, sollte eine der Strafen sein, meinte Hallgrim, *wenn der Junge so ein Idiot war, sich von der Polizei schnappen zu lassen.* Das muss wohl zehn, zwölf Jahre her sein, aber das Dorf hat es keineswegs vergessen. Olga Plassen jedenfalls nicht. In der Schule war Cato ein Stinktier gewesen, und die kleine Freude, die der Gedanke an seine Blamage mit sich bringt, gönnt sie sich so oft wie möglich.

Es quietscht, Metall auf Metall. Sie schaut erneut auf die Uhr: 17:36 Uhr, der Nachmittagszug liegt gut im Zeitplan. Sie schielt durch die Fensterscheibe nach draußen. Der Zug hat gehalten, und im mittleren Wagen geht eine Tür auf. Eine Frau in schwarzer Stadtkleidung klettert mit einem glänzenden Rollkoffer in der Hand auf den Bahnsteig. Sicher so eine Tussi aus Oslo. Niemand, den Olga kennt. Oder? Doch. Das ist doch ... Nein, kann sie das wirklich sein?

Olga reckt den Hals, um bessere Sicht zu haben. Mit dem Koffer im Schlepptau bewegt sich die zierliche Gestalt über den Bahnsteig. Dann schwenkt sie über den Platz. Kommt sie hierher? Ja, sie geht direkt auf den Laden zu. Halblange Haare, große Sonnenbrille, hochhackige Schuhe. Sie kommt die Treppe hinauf, die Glocke ertönt, und die Tür geht auf. Zwar hat sie sich verändert, zwar hat sie die Sonne im Rücken, aber Olga hat keinen Zweifel: Das ist sie in der Tat.

Olga steht auf und ruft: »Meine Güte! Ist sie's wirklich? Dich hier in Dalen wiederzusehen, damit hätte ich ja echt nicht gerechnet.«

Kapitel 13

Ingrid erwacht vom Vogelgezwitscher und spürt im selben Moment Tors warmen Körper dicht an ihrem, seinen Atem im Nacken. Die Gardinen flattern in der milden Brise, die durch das geöffnete Fenster hineinströmt.

Bei der Renovierung des Schlafzimmers hatte sie Tor geholfen. Die Wände aus Kiefernholz, die unbehandelt gewesen waren, seit Tors Eltern das Haus in den sechziger Jahren gebaut hatten, hatten sie cremeweiß gestrichen. Der dunkelbraune Holzboden war geschliffen und geölt, und vor dem Bett lag ein herrlich weicher, weißer Teppich, gewebt aus Wolle von Tors Schafen. Es ist schön, jetzt hier in einem Zimmer aufzuwachen, das sie zusammen eingerichtet haben. In einem Leben, das sie im Begriff waren, sich gemeinsam aufzubauen.

Das Zimmer riecht schwach nach Farbe, aber vor allem nach dem Flieder, der im Garten davor wächst. Aus der Kindheit erinnert sie sich an diese plötzliche, geruchsintensive Explosion in Rosa und Lila, die für einige flüchtige Juniwochen anhält. Dies ist der kurze Vorsommer, in dem alles so schön ist – und so vergänglich.

Sie schaut auf die Uhr. Halb neun. Für sie und Tor spät, selbst an einem Samstag. Unter der Woche stehen sie für gewöhnlich gegen sechs auf. Schließlich hat Tor seine Pflichten im Schafstall, sie ihre im Hotel. Es ist, als würde die Arbeit sie zeitweise verschlingen. Aber jetzt, da die Schafe auf der Weide sind, können sie es sich ab und an gönnen, lange zu schlafen.

Sie dreht sich zu Tor um, vorsichtig, will ihn nicht wecken. Noch nicht.

Sie mag es, ihn anzusehen, wenn er schläft. Da sieht er jünger aus. Der eine Arm liegt gebeugt unter dem Kopf und die blonden Haare zerzaust auf dem Kissen.

Sie hebt die Decke an. Sein Gesicht ist sonnengebräunt, während die Haut vom Hals abwärts heller ist. Langsam hebt und senkt sich seine Brust. Er ist nackt und warm. An einem Punkt unter den Rippen sieht sie die Pulsschläge. Sie streckt eine Hand aus und legt zwei Finger auf die Stelle. Dunk-dunk, dunk-dunk. Gleichmäßig und ruhig. Sie schmiegt sich an ihn, saugt seinen Geruch ein.

Es beginnt im Unterleib, eine herrliche Unruhe. Dann breitet sich die Lust aus und baut sich in ihr auf. Sie hat Lust, ihn zu berühren, seine Hände auf ihrem Körper zu spüren, seine Wärme auf ihrer Haut, zu hören, wie sein Atem schneller wird, ihn in sich zu spüren.

Sie weiß, dass sie bald aufstehen müssen. Heute soll die Ausstellung eröffnet werden, und im Himmelfjell ist das Team bereits vollauf mit den Vorbereitungen für den Empfang beschäftigt. Sowohl Mutter Borghild als auch Vegard werden sicher noch unbedingt mit ihnen sprechen wollen, bevor es losgeht. Aber sie will noch nicht *sofort* aufstehen ... Sie schmiegt sich noch enger an Tor und küsst ihn auf den Hals. Streichelt ihm über den Rücken, den Nacken hinauf. Ein tiefes, zufriedenes Geräusch teilt ihr mit, dass er aufwacht. Er legte die Arme um sie. Stöhnt lustvoll, als ihre Hand immer tiefer gleitet.

Eine halbe Stunde später haben sie geduscht und sich angezogen. Ingrid hat das Kleid dabei, das sie zur Ausstellungseröffnung tragen will. Sie hätte sich später im Hotel umziehen können, mag jedoch den Gedanken, fertig angezogen anzukommen. Gestern hatte sie eine Weile vor dem Kleiderschrank verbracht, bevor sie sich für das grüne Seidenkleid entschieden hatte, dasselbe, das sich mit Mühe und Not hatte retten lassen, nachdem es im Zuge der Überschwemmung im Hotel im Winter plötzlich zu Arbeitskleidung geworden war. Sie betrachtet sich im Badezimmerspiegel, spürt die grüne Seide auf der Haut, die noch immer von Tors Liebkosungen vibriert.

»Wie hübsch du bist«, sagt Tor. Er streichelt ihr mit der Hand über den Nacken und küsst sie auf die Wange. Er lacht, erinnert sich daran, dass er vorgestern genau dasselbe zu ihr gesagt hatte, als sie ihre Arbeitssachen trug.

»Du bist immer reizend. Aber in dem Kleid siehst du besonders toll aus.«

»Danke«, entgegnet sie. »Ich fühle mich auch hübsch.«

Er lässt die Hand weiter nach unten gleiten und schließlich auf ihrem Rücken liegen. Da ist ein warmer Schimmer in seinen Augen. »Soll ich Kaffee aufsetzen?«, fragt er.

»Nein, danke. Lass uns lieber oben im Hotel einen trinken«, sagt Ingrid. »Es ist bald halb zehn, sie erwarten uns dort oben sicher bald.«

Sie dreht sich um und sieht ihn an. Das durchs Fenster hereinströmende Sonnenlicht spielt mit seinen blonden Haaren und lässt die Augen glitzern. »Dieses Hemd ist perfekt für dich.«

»Danke!«, sagt Tor. »Meine Garderobe hat sich durchaus etwas verändert, seit ich mit dir matchen muss. Und seit wir mit Vegard einkaufen gehen.«

Ingrid lacht. Tor und sie waren mehrfach zusammen in Oslo einkaufen gewesen, und Vegard lässt sich niemals eine Möglichkeit entgehen, als Shopping- und Modeberater aufzutreten.

»Ja, er wird zufrieden sein, wenn er dich heute zu sehen bekommt«, sagt sie. Sie gehen in den Flur hinaus, und Tor schließt die Haustür ab, während Ingrid die Treppe zum Hof hinuntergeht. Es ist bereits warm, und hier draußen ist der Fliederduft noch stärker.

Sie schließt das Auto auf und setzt sich in den Wagen; Tor nimmt auf dem Beifahrersitz Platz.

»Bist du bereit?«, fragt sie und legt ihre Hand auf seine.

»Ich bin bereit«, antwortet Tor.

Kapitel 14

Als Ingrid und Tor vor dem Hotel vorfahren, ist der Parkplatz bereits gut gefüllt.

»Hier ist ganz schön was los!«, sagt sie, als sie aus dem Auto aussteigen. »Du, ich bin ein bisschen nervös wegen der Rede. Du musst mir helfen, die Notizen durchzugehen, bevor wir die Leute begrüßen.« Sie greift nach Tors Hand. »Lass uns den Pücheneingang nehmen, da können wir uns beratschlagen.«

»Bist du wirklich nervös?«, fragt Tor. »Du bist doch so gut in so was. Ein Profi. Wenn hier einer nervös sein sollte, dann bin ich das.«

Ingrid nickt. »Ich *war* gut in so was«, sagt sie. »Reden und Vorträge waren meine geringste Herausforderung zu der Zeit, als die Expeditionen meinen Hauptjob ausmachten. Was ist eine Konferenz im Vergleich zum K2?«

Sie bleiben für einen Moment stehen. Ingrid lässt den Blick über das Gebirgsmassiv schweifen.

»Aber ich bin unsicher, ob ich noch immer so gut darin bin.«

»Im Reden?«

»Ja. Oder, du weißt schon – im Umgang mit … Menschen. Nach dem Unglück waren da so viele Journalisten. Ihre Fragen haben mich fast in den Wahnsinn getrieben. Und dann waren da so viele, die eine Meinung über mich, Preben und die Expedition hatten …«

Tor nickt, sagt aber nichts. Er kennt die Kritik, der Ingrid und Preben ausgesetzt waren.

»Vieles davon hatten wir verdient«, fährt Ingrid fort. »Aber dann waren da auch uns bekannte Menschen, die ... Nun, ich bin danach misstrauischer geworden. Und etwas nervöser vor großen Anlässen, Aufmerksamkeit und Menschenmengen. Aber heute kommen ja nur Leute, die wir kennen. Leute, die uns wohlgesonnen sind.«

Tor drückt fest ihre Hand.

*

»Es sind Blumen gekommen!«, ertönt eine Stimme, als sie die Küche betreten. Perle ist mit schwarzem Rock und weißer Bluse bekleidet, während eine Spange im Nacken die goldenen Locken im Zaum hält. Sie ist damit beschäftigt, Champagnergläser auf die hübschen, alten, mit Silber überzogenen Tabletts zu stellen.

»Blumen?«, fragt Ingrid. »Sind sie hier?«

»Nein, sie stehen in der Rezeption«, erklärt Perle. »In einem großen Geschenkkarton. Eine Frau hat sie gebracht, und sie hat nach Tor gefragt.«

»Wie spannend!«, kommentiert Ingrid. »Hast du eine heimliche Verehrerin, Tor?«

Ohne etwas zu entgegnen, zieht Tor die Stirn kraus.

»Das war ein Witz«, sagt Ingrid mit einem Lächeln. »Kannst du jemanden bitten, die Blumen ins Wasser zu stellen, Perle?«

»Na klar!«, sagt Perle. »Ich kümmere mich nur erst um die Gläser hier.«

»Wir nehmen die Hintertreppe hinauf in die Wohnung«, sagt Ingrid. »Bis später! Ach, weißt du im Übrigen, wo Vegard ist?«

»Er ist mit Borghild in der Bibliothek«, lässt Perle sie wissen.

»Aha, dann erhält er sicher eine Lektion in Lokalgeschichte.« Ingrid lächelt. »Aber da muss er jetzt durch!«

»Ja, absolut«, stimmt Perle zu. »Es gefällt ihm, glaube ich.«
»Und wir haben alles unter Kontrolle? Essen, Trinken, Soundanlage?«
Perle lächelt und nickt bestätigend. »Selbstverständlich haben wir alles unter Kontrolle.«

*

Als Ingrid und Tor nach unten kommen, ist das Foyer von Stimmengewirr erfüllt. Es ist voller Menschen, Gläser klirren, es riecht nach Wein und Obst. Unten an der Treppe werden sie von einem lächelnden Vegard in Empfang genommen, er hat bereits ein Champagnerglas in der Hand. Mit einem Tablett voller Getränke kommt die neue Küchenhilfe, Inga, auf sie zu. Genau wie Perle ist sie mit einem schwarzen Rock und einer weißen Bluse bekleidet, ihre rotbraunen Haare hat sie zum Zopf geflochten.

»Bitte sehr!«, sagt sie und bietet ihnen verschiedene Drinks zur Auswahl. Ingrid nimmt ein Glas mit tiefrosa Flüssigkeit darin. Es ist die prickelnde Limonade *Borghilds Himbeere*, die eigens für das Hotel hergestellt wird. Sie sieht, dass Tor es ihr gleichtut. Der Champagner muss bis nach der Rede warten. Sie drückt seine Hand und sieht sich im Empfangsbereich um.

»Es sind richtig viele Leute da«, merkt Vegard an. »Kennt ihr alle?«

»Nein, nicht alle«, entgegnet Tor. »Das hier ist echt heftig.«

»Dort drüben stehen Hilde und Silje aus unserer Klasse«, bemerkt Ingrid und winkt den beiden neben der Eingangstür stehenden Frauen zu. Sie erinnert sich, dass sie im Klassenzimmer immer ganz hinten saßen und immer die gleichen Sachen trugen. Letzteres ist noch immer der Fall.

»Wir sagen ihnen später hallo.«

Maja Seter kommt durch die Menge gerauscht. Die Köchin hat heute frei, will sich die Ausstellungseröffnung ihres Neffen aber selbstverständlich nicht entgehen lassen. »Da bist du ja endlich, Tor! Ich bin so stolz auf dich.«

Tor umarmt sie. »Danke, Tante Maja.«

»Es sind viele aus dem Dorf hier«, sagt die Tante. »Alle sind so neugierig.«

Tor nickt ruhig. Ingrid weiß, dass er sich hier weit außerhalb seiner Komfortzone befindet, aber um das zu bemerken, muss man ihn gut kennen. »Wir sollten die Leute begrüßen«, sagt er.

Maja nimmt seinen Arm, und sie durchqueren den Raum hin zu einer Delegation der Familie Dalen. Hallgrim scheint nicht hier zu sein. Kunstausstellungen sind vermutlich nichts für einen Moschusochsen. Hingegen entdeckt Ingrid seine Söhne Cato und Arthur sowie Gunnhild, Arthurs Frau. Vermutlich hat die Neugierde sie hierher gelockt, denkt sie.

Auf dem Weg durch den großen Speisesaal bemerkt Ingrid, dass eine der großen Fotografien bereits einen roten Aufkleber neben der Bildnummer hat. Prima! Jemand hat also mitbekommen, dass es sich um eine Verkaufsausstellung handelt.

Aisha ist es, die den Überblick über die Preislisten und den Verkauf hat. Jetzt stehen sie und Hussein, jeweils mit einem Glas Himbeerlimonade in der Hand, neben einem Tisch im Speisesaal. Mutter Borghild hat zusammen mit Maja Seter und Alfred Haug an einem anderen Tisch Platz genommen. Maja und Inga haben Unmengen leckerer kleiner Windbeutel gezaubert, die auf Platten überall in dem großen Raum angeboten werden.

Ingrid nimmt ihre Karteikarten, legt ihre Tasche auf die Fensterbank und betrachtet die Gäste, die sich auf Anweisung des Servicepersonals nunmehr in den Saal hinein begeben haben. Ihr Magen zieht sich zusammen. Erneut spürt sie, dass sie nervöser ist, als sie es vor Redebeiträgen auf Konferenzen oder bei Führungskräfteseminaren jemals gewesen ist. *Das* waren Aufträge, die sie angenommen hatte, um Geld für Kletterexpeditionen und Projekte herbeizuschaffen. *Das hier* – das ist persönlich. Hier geht es um Tor, und es geht um das Himmelfjell Hotel – und diese zwei sind es, die ihr in ihrem Leben am meisten bedeuten.

Perle taucht im Lichtschein des großen mittleren Fensters auf. Sie hat sich den Gitarrengurt umgelegt und sieht Ingrid fragend an, die ihr lächelnd zunickt. *Leg los!* Perle schlägt den ersten Akkord an, woraufhin die Gespräche nach und nach verstummen, bis es schließlich ganz still ist und nur noch der Klang der Gitarre und von Perles schöner Stimme durch den Saal hallt.

»Liebe Gäste! Liebe Mitarbeiterinnen und Mitarbeiter! Lieber Tor«, beginnt Ingrid, nachdem der Applaus im Anschluss an das Lied nachlässt. Sie sieht sich im Saal um. Er ist gefüllt mit bekannten und unbekannten Gesichtern. Dort stehen Tors Eltern, Torbjørn und Toril Seter. Die Familie Dalen hat sich um einen der langen Tische gruppiert und scheint sich gut mit Champagner eingedeckt zu haben. Nun, das ist schön. Solange mindestens einer von ihnen in der Lage ist, wieder ins Dorf hinunterzufahren, ist sie froh über alles, was für Wohlwollen und gute Stimmung sorgen kann. Sie fährt fort: »Es ist mir eine Freude, euch alle zur Eröffnung der Ausstellung ›Schafe‹ hier im Himmelfjell Hotel begrüßen zu dürfen.«

Dann zitiert sie Tom Waits: »Lieder sind Filme für das Ohr, und Fotografien sind Lieder für das Auge.« Sie hält dies für eine schöne Formulierung, und es gelingt ihr, sie in einer Weise vorzutragen, die die Anwesenden zustimmend nicken lässt. Die Fotografien sind Tors Lieder. Sie ist ziemlich zufrieden mit der

Rede, sie funktioniert; es gelingt ihr, die Themen Kunst, Tiere und ihre Beziehung zu Tor miteinander zu verbinden, ohne dass es oberflächlich oder zu privat wird. Hofft sie. Zumindest deutet der Applaus darauf hin, dass ihr das gelungen ist.

Dann überlässt sie Tor das Wort, der selbstsicher und zufrieden aussieht, als er kurz etwas zu den Bildern sagt und sich freundlich bei allen für ihr Kommen bedankt. Als er fertig ist, machen sich die Anwesenden daran, die Kunst näher in Augenschein zu nehmen. Da die Gäste auch das sehen wollen, was in anderen Bereichen des Hotels ausgestellt ist, verringert sich die Menschenmenge im Speisesaal nach und nach. Torbjørn und Toril stehen im Sonnenschein, der durch die großen Fenster hineinfällt, und strahlen vor Stolz. Ausnahmsweise einmal scheint es, als würden sie sich hier oben zu Hause fühlen. Das Hotel ist voller Menschen aus dem Dorf, an den Wänden hängen Bilder ihnen bekannter Schafe, und es ist ihr Sohn, der im Zentrum der Aufmerksamkeit steht. Tor geht zu ihnen und nimmt seine Mutter in den Arm.

Da ist ja auch das Moschuskalb. Hallgrim Dalens Enkel Karl steht alleine, ein Stück von den Eltern entfernt, ungelenk und etwas krumm, und sieht sich in der Menge um, bevor eine kleine, gut gekleidete Frau zu ihm geht und mit ihm spricht. Ingrid ist nicht sicher, wer sie ist. Sie hat halblange, braune Haare, trägt einen Hosenanzug und Stöckelschuhe. Vielleicht eine kunstinteressierte Touristin? Nein, nicht mit den Schuhen. Eine Journalistin? Jetzt gehen sie und das Moschuskalb zusammen zur Familie Seter. Ingrid will sie ebenfalls begrüßen, sobald sie ein Glas Champagner bekommen hat.

Sie legt die Karteikarten mit den Notizen für die Rede auf die Fensterbank und geht zum Büfett. Zwei große Sektkühler, voll mit Eiswürfeln und verschiedenen Flaschen, stehen auf dem Tisch. Zwischen ihnen steht eine Kristallvase mit einem enormen Blumenstrauß darin. Das muss der sein, von dem Perle erzählt hat. Der ist wirklich wuchtig, mit großen roten Rosen und Schleierkraut, Orchideen und Eukalyptus. In der Mitte des Straußes ist eine weiße Karte platziert. Ingrid nimmt sie heraus, um den mit runder, femininer Handschrift verfassten Gruß zu lesen.

Lieber Tor, Glückwunsch zur Ausstellung! Endlich ist es so weit. Du bist ein Künstler. Ich habe immer an dich geglaubt. Deine S

Ingrid lässt die Karte fallen, als hätte sie sich verbrannt. Was zur Hölle? *Deine S. Ich habe immer an dich geglaubt.* Was hat das zu bedeuten?

Da gelingt es ihrem Gehirn endlich, das Ganze miteinander zu verknüpfen. Als es passiert, durchfährt Ingrid ein Schauder, sie spürt, wie ihr Puls ansteigt und die Haut kribbelt. Wie konnte sie nur so langsam schalten?

Selbstverständlich weiß sie, wer diese Frau ist.

Zwar war Ingrid ihr nur einmal vor vielen Jahren begegnet und hatte sie auf Fotos gesehen. Sie hat sich sehr verändert seit damals. Die Haare sind kürzer und haben eine andere Farbe. Das Make-up und der Kleidungsstil sind vollkommen anders. Aber die kleine Frau mit den schicken Schuhen – die exakt in diesem Augenblick eine Hand auf Tors Oberarm legt – ist Sandra Seter. Tors Exfrau.

Kapitel 15

Ingrids Gedanken fahren Achterbahn. Was macht Sandra hier?
Tor und seine Ex haben, soweit Ingrid informiert ist, seit mehreren Jahren keinen Kontakt. Als Sandra entschied, aus Dalen wegzuziehen, hatte sie das Dorf, die Schafe und Tor angeblich so satt, dass sie sich einfach in den Zug nach Oslo setzte und sich seither nicht wieder hier hat blicken lassen. Bis jetzt.
Ingrid bleibt stehen und starrt die zierliche Gestalt an, die jetzt, in der einen Hand ein Weinglas, die andere auf Tors Arm ruhend, lächelnd mit ihrem Exmann spricht. Der auf Figur geschnittene Hosenanzug ist leinenfarben und elegant. Um Hals und Handgelenk trägt sie große, moderne Schmuckstücke. Sandra Seter ist offensichtlich eine Frau, die sich zu kleiden weiß.
Jetzt scheint sie zu bemerken, dass sie beobachtet wird. Sie lässt Tors Arm los und dreht sich zu Ingrid um. Dann entblößt sie die Zähne bei etwas, das einem Lächeln ähneln könnte, und setzt sich in Bewegung.

Ingrid erstarrt. Sie will weg, kommt aber nicht vom Fleck. Sie fühlt sich wie die hilflose Frau in einem alten Westernfilm – geknebelt, an die Eisenbahnschienen gefesselt, während der Zug auf sie zurast, erst als ein entferntes Donnern, dann immer näher, bis es zu spät ist. Oder bis der Held sie in letzter Sekunde rettet.

Tor aber macht keinerlei Anstalten, in irgendeiner Weise einzugreifen, die eines Westernhelden würdig wäre. Ganz im Gegenteil, er steht einfach nur da und glotzt. Nun gut. Dann musste sie sich eben selbst retten. Ingrid streckt den Rücken durch, holt tief Luft und steht sicher, als Sandra abrupt vor ihr Halt macht und die Arme hebt zu etwas, das anfangs wie ein Schubs aussieht, sich jedoch als Auftakt zu einer Art Liebkosung erweist.

»Ingrid! *Phantastisch*, dich zu sehen!«, zwitschert Sandra, platziert zwei hübsch maniküre Hände auf Ingrids Schultern, um deren rechte und linke Wange mit Luftküssen zu beglücken. Sandra ist, auf eine leicht künstliche Art, auffallend hübsch. Die braunen Haare sind viel zu glänzend und gleichmäßig getönt, als dass es ihre natürliche Farbe sein kann. Die Wimpern sehen aus, als seien sie in einem Salon angebracht worden. Der mit kirschfarbenem Lipgloss versehene Mund ist zu einem Lächeln geformt, das jedoch nicht die Augen erreicht.

Ingrid erwidert weder die Küsse noch die Berührung. Ihr Blick fällt auf Sandras zwölf Zentimeter hohe Absätze. Vielleicht sind sie als Hilfsmittel für herzliche Begrüßungen gedacht, zumal Sandra so viel kleiner ist als Ingrid, dass sie ansonsten kaum sie zu ihr hinaufgereicht hätte.

»Sandra«, sagt Ingrid. »Was tust du hier?«

»Was ich hier tue?« Sandra wirft ihre Haare zurück und starrt Ingrid mit aufgerissenen Augen an. »Ich bin selbstverständlich hier, um Tors Ausstellung zu sehen! Es ist doch vollkommen *phantastisch*, dass er es endlich geschafft hat.«

Ingrid sieht sie prüfend an. »Er hat bereits eine Ausstellung gehabt«, teilt sie mit. »Vor ein paar Jahren, unten in Dalen. Ich glaube nicht, dass du dort gewesen bist?«

»Nein, da ...« Sandras Blick sucht Tor, der aber hat sich

immer weiter zurückgezogen und ist jetzt auf fast magische Weise am komplett anderen Ende des Raumes angelangt.

»Du weißt, damals war es anders. Und ich war so beschäftigt. Mit Dingen. In Oslo. Und im Ausland ... Ja, du weißt schon.«

Ingrid weiß es nicht, hat aber auch nicht vor zu fragen, womit Sandra in den vergangenen Jahren beschäftigt war. Oder was jetzt so anders ist.

Plötzlich verspürt sie eine Unruhe. War zwischen den beiden doch nicht so definitiv Schluss, wie sie geglaubt hatte? Sie versucht, den Gedanken abzuschütteln. Tor hat sich weiterentwickelt. Und das hätte Sandra auch tun sollen. Ingrid fällt kein einziger guter Grund dafür ein, warum sie plötzlich wieder auftauchen und sich für Tors Tun interessieren sollte.

Ingrid hatte Sandra eigentlich nie gekannt, obwohl sie Tor und ihr einmal begegnet war, als sie zwischen Aufträgen und Expeditionen mal zu Hause war. Sie wusste, dass Tor eine Frau gefunden hatte, das hatte Maja erzählt. Sandra war die neue Krankenschwester in der Schule des Ortes, als sie und Tor sich auf einem Dorffest kennenlernten. Wenig später hatten sie geheiratet. Ingrid weiß, dass die Scheidung Tor mitgenommen hatte, darüber haben sie selbstverständlich gesprochen. Er hatte sich Vorwürfe gemacht, dass es ihnen nicht gelungen war, das Leben aufzubauen, das er sich gewünscht hatte – mit Kindern und einem glücklichen Leben auf dem Hof.

Ingrids Blick ruht noch immer auf ihrem Gegenüber. Sie hofft, ruhig zu wirken. Schweigen ist oft die beste Art, etwas in Erfahrung zu bringen. Und ganz richtig, Sandra spricht weiter.

»Es war so hektisch bei mir. Ja, man kann durchaus sagen, dass ich *the high life* geführt habe. International. Jetset.«

»Was du nicht sagst«, kommentiert Ingrid.

Sandra hebt erneut den Blick. »Ich hatte mehrere Jahre ein eigenes Beratungsunternehmen. Das hat mir *so* viel gegeben, ich habe so vielen helfen können ... Und einträglich war es auch. Aber jetzt ... weißt du, ich habe plötzlich eingesehen, dass ich etwas anderes brauche. Dass ich dieses einfache Leben vermisse. Das Echte und Ursprüngliche. Die Natur. Ich habe die Natur vermisst. Und es war beinahe so, als könnte ich spüren, dass die Natur auch mich vermisst hat.«

Ah ja, denkt Ingrid. *Sicher.*

Sandra redet und redet. Ingrid driftet ab und lässt den Blick auf einem Punkt hinten im Raum ruhen. Die Gedanken mahlen – sie kann nicht einfach nur hier rumstehen. Wo ist Tor? Und Vegard? Der Freund hätte ihr zur Hilfe eilen können, aber sie weiß nicht, wo er abgeblieben ist.

»Torbjørn und Toril«, sagt Sandra plötzlich. »Es ist einfach *so* herrlich, sie wiederzusehen. Ich habe sie schlicht und einfach vermisst. Sie sind so wunderbar.« Um die Entbehrung zu illustrieren, legt Sandra eine Hand auf ihr Herz.

Wunderbar? Sind Torbjørn und Toril wunderbar? Tors Eltern sind nett, definitiv, findet Ingrid. Freundlich und bodenständig, traditionell und ziemlich wortkarg. Vor allem der Vater.

Ingrid kennt sie gewissermaßen, seit sie klein ist und mit Tor in eine Klasse gegangen ist. In der Tat war es ein Schock gewesen, als sie in die Schule kam und einsehen musste, dass alle anderen Kinder Eltern hatten. Sie selbst hatte nur Mutter Borghild, und das hatte gut funktioniert, jedoch war es etwas vollkommen anderes, nach Hause zu den Klassenkameraden zu kommen, mit ihren jungen Eltern und häufig auch Geschwistern.

Erst in den vergangenen Monaten hat sie Toril und Torbjørn näher kennengelernt. Sie essen ab und an zusammen zu Abend und reden über den Hof und alltägliche Themen. Sie weiß nicht genau, was eine Person wie Sandra – die behauptet, ein internationales Jetsetleben geführt zu haben – an ihnen vermisst haben könnte. Und noch weniger, was die beiden für eine ehemalige Schwiegertochter übrig haben sollten, die so plötzlich alles hinter sich gelassen hatte und von dannen gezogen war. Aber Sandra sieht all das offensichtlich anders.

Jetzt hat sie eine Hand auf Ingrids Oberarm gelegt, und ihre Stimme klingt ganz ergriffen, als sie sagt: »Aber, also, Tor – es ist *so* toll zu sehen, wie er sich künstlerisch entwickelt. Schließlich habe ich immer versucht, diese Seite an ihm zu ermuntern, weißt du. Aber er war so ... traditionell.«

Ingrid schüttelt langsam den Kopf, weiß nicht, was sie sagen soll. Nach dem, was Tor erzählt hat, hatte Sandra früher nicht sonderlich an sein künstlerisches Talent geglaubt. Ganz im Gegenteil hatte sie über das die Nase gerümpft, was sie als seine *Fotoallüren* bezeichnet hatte, und ihm deutlich zu verstehen gegeben, dass er seine Zeit vielmehr auf lukrativere Aktivitäten verwenden solle.

Mit einem Seufzer holt Sandra mit dem Arm aus und verweist auf die sie umgebenden Kunstwerke. »Trotzdem gefällt mir der Gedanke, einige Samen ausgesät zu haben, und dass diese Samen jetzt Blüten treiben. Eine solch kreative Reifung kann schließlich etwas Zeit erfordern.«

Ingrid kann kaum glauben, was sie da hört. Ihr fehlen die Worte. Was hat dieser Redeschwall zu bedeuten? Was will Sandra? Irgendetwas fühlt sich sehr, sehr falsch an. Sandra sollte nicht hier sein. Ingrid will sich auf die Suche nach Tor begeben und fragen, ob es vielleicht doch nicht so war, dass er und Sandra den Kontakt nach der Scheidung komplett abgebrochen hatten. Etwas Kaltes macht sich in ihr breit. Ist es Angst? Wut? Ingrid weiß nicht, wohin mit sich, oder was sie tun soll. Sie weiß nur, dass sie jetzt hier raus muss, raus aus diesem Raum, weg von dieser Frau, sie braucht Luft. Der Kopf, der Magen oder das Rückenmark oder was auch immer es ist, scheint einen eigenen Willen zu haben. Es ist fast so, als würden sich ihre Füße von selbst in Bewegung setzen.

»Nimm dir noch etwas zu trinken, Sandra«, sagt sie. »Ich muss mal eben was klären.«

Kapitel 16

»Ich wusste doch nicht, dass sie hier auftauchen würde!«

Es dauert ein paar Minuten, bis er kommt, aber Tor weiß, wo er sie findet. Mit dem Rücken gegen den Trollstein gelehnt starrt Ingrid vor sich hin. Kümmert sich nicht darum, dass Erde und Heidekraut das Seidenkleid verschmutzen könnten. Das arme Kleid. Was das alles durchmachen muss.

»Ich habe nicht gleich verstanden, wo du abgeblieben bist«, sagt Tor, als er vor ihr steht. »Aber Mutter sagte, dass du nach draußen gelaufen bist. Was ist passiert?«

»Was passiert ist? Abgesehen davon, dass ich plötzlich von Angesicht zu Angesicht deiner Exfrau gegenüberstand?«, entgegnet Ingrid. »Und du hast dich vollkommen rausgehalten.«

»Entschuldige!«, sagt er. »Ich wusste nicht genau, was ich tun soll.«

Ingrid schnaubt.

»Du hast dich regelrecht in die hinterste Ecke des Raumes zurückgezogen, um von uns wegzukommen!«

Er schüttelt den Kopf. »Sorry! Ich ... ich dachte wohl, es sei besser, wenn ihr ohne mich miteinander redet.«

Ingrid sieht ihn an. »Aber was macht sie hier? Sie taucht hier auf nach – wie lange ist es her? Sieben Jahre? Warum? Hast du sie eingeladen?«

Tor setzt sich neben sie.

»Selbstverständlich habe ich sie nicht eingeladen!«, wendet er ein. »Aber es war auch nicht geheim, dass wir hier eine

Ausstellung haben werden. Wir haben es auf Facebook und in der Lokalzeitung angekündigt ... wer das Ganze ein bisschen mitverfolgt, wird es wohl mitbekommen haben.«

Ingrid dreht sich um und sieht ihn an.

»Und du glaubst, das tut sie? Mitverfolgen?«

»Nun. Ja. Offensichtlich. Sie ...« Er hält inne.

»Sie *was*?«

»Nein, nichts.«

Ingrid sieht ihn lange an. »Tor. Sie taucht mit Blumen und Karte auf und behauptet, immer an deine Kunst geglaubt zu haben. Das ist doch äußerst merkwürdig, dem musst du doch wohl zustimmen?«

»Ja. Das ist merkwürdig.« Er legt seine Hand über ihre. »Ingrid. Sandra war immer ... speziell.«

Er legt den Arm um sie und zieht sie an sich. »Ich bin der Meinung, wir sollten uns von ihr nicht den Tag kaputtmachen lassen.«

Eine Weile sitzen sie mit der Sonne im Gesicht still da, bevor Tor aufsteht.

»Komm, wir gehen zurück!«, sagt er. Er streckt ihr beide Hände entgegen und zieht sie hoch. Er küsst sie auf den Hals. Sie muss lächeln. Er wiederholt das Ganze.

»Können wir uns für einen Moment hier hinsetzen?«, fragt Ingrid, als sie sich dem Hotel nähern. »Ich bin noch nicht ganz bereit.«

Sie setzen sich für einen Augenblick auf die Bank auf der Wiese. Sie legt die Hände um Tors Nacken und lässt die Finger in seine zerzauste, blonde Mähne gleiten. Küsst ihn zuerst vorsichtig, dann innig. Er erwidert ihre Küsse. Sie entzieht sich ihm ein wenig und schaut ihm in die Augen.

Als sie vernehmen, wie jemand schnellen Schrittes über die Wiese kommt, dreht Ingrid abrupt den Kopf. Ist Sandra ihnen hier raus gefolgt? Zu ihrer Erleichterung sieht sie, dass es Vegard ist. Er hat ein Tablett mit einer Flasche und drei Gläsern dabei, das er jetzt ins Gras stellt.

»Da habe ich euch gefunden!«, sagt er. »Darf ich ein Glas Champagner anbieten?«

»Ja, danke«, sagt Ingrid, die plötzlich bemerkt, wie trocken ihr Hals ist. »Ich habe es nicht geschafft, dort drinnen irgendwas zu trinken.«

»Oi!«, entfährt es Vegard. »Das müssen wir unbedingt ändern!«

Er nimmt die Flasche und reicht sie Tor. »Kannst du sie öffnen?« Noch immer feucht vom Bad im Eiskühler, glitzert die Flasche im Sonnenlicht. Tor steht auf und löst die Versiegelung von der Flasche, dreht den Korken und lässt ihn schließlich mit einem diskreten Plopp herausfahren. Dann schiebt er den Daumen in die Vertiefung unter der Flasche und füllt die Gläser, die Vegard ihm auf dem Tablett entgegenstreckt. In der eleganten Art und Weise eines Sommeliers schenkt Tor mit ausgestrecktem Arm ein.

Ingrid lächelt. »Ich muss schon sagen! Für einen Schafbauern bist du ziemlich weltgewandt.«

Vorsichtig stellt Tor die Flasche auf der Bank ab und verweist mit einem Nicken lächelnd auf Vegard. »Man lernt. Vegard hat die Hälfte seines Junggesellenabschieds darauf verwendet, mir zu erklären, wie dies zu tun ist.«

Nachdem Vegard beiden ein Glas gereicht hat, erhebt er sein eigenes.

»Skål, auf dich, Tor!«, sagt er. »Glückwunsch zur Ausstellung. Und auch Glückwunsch an dich, Ingrid. Du hast dich wirklich ins Zeug gelegt, damit dies alles gelingt.«

»Danke!«, sagt Ingrid. »Skål! Und Skål, auf dass Tors Ex hoffentlich bald wieder verduftet.«

»Jah ...«, kommentiert Vegard, während er forschend von einem zum anderen schaut. »Ich habe mitbekommen, dass da etwas vor sich geht. Aber jetzt ist sie zumindest weg. Sie ist mit jemandem runter nach Dalen gefahren.«

Ingrid spürt, wie Erleichterung sich in ihr breitmacht. Sie nimmt einen Schluck Champagner. Die kleinen Bläschen perlen am Gaumen.

»Ich werde verdammt noch mal herausfinden, was sie im Schilde führt«, sagt sie.

»Aber nicht gerade jetzt«, sagt Vegard. »Denn jetzt ist Sommer und Party, und wir haben Champagner.«

Am Bergsee 1

Es ist so hell nachts, es ist schwer, zur Ruhe zu kommen, wenn nicht einmal die Sonne schläft.

Der Himmel ist in ein kühles, blasses Blau getaucht, die Wolken indigofarbene Streifen. Über den Gipfeln der Berge ist das Licht orange und warm, dahinter ist die Sonne für einen Augenblick abgetaucht, bevor sie alsbald aufs Neue ihre Strahlen über Heidekraut und Moos, Weiden und Wasser schicken wird.

Am See streckt eine Bergkiefer ihre Wurzeln nach unten und zur Seite aus. Sie hat Zeit und kann es sich erlauben, langsam zu wachsen, sich durch den Boden zu arbeiten, Millimeter um Millimeter. Einige der Bäume stehen schon lange hier, länger, als es Maschinen gibt, länger, als ein Mensch je gelebt hat. Die Bäume geben keine Geräusche von sich, aber sie sprechen miteinander.

Auch der Mensch, die Person, die in dieser Nacht unterwegs ist, ist still. Sollte jemand zuhören, so ist lediglich das vorsichtige Knistern von Schritten im Moos zu vernehmen.

Vielleicht lauschen die Bäume.
Die Vögel lauschen auf jeden Fall.
Die Rentiere lauschen.
Der Polarfuchs lauscht.

Irgendetwas wird durch das Heidekraut geschoben, vom See her erklingt ein Platschen. Kurz darauf gleitet ein Boot über das Wasser, still, während die Ruderschläge auf der Oberfläche Ringe erzeugen, und werden die Ruder nach oben gehoben, dann fallen Tropfen von ihnen herab.

Kapitel 17

Der Himmel ist heute so klar, nicht eine Wolke ist zu sehen. Bei so einem Wetter müsste man ein Cabrio haben! Vielleicht Urlaub machen?

Ingrid fährt ins Dorf hinunter, während sie Tor und sich vor sich sieht, wie sie mit dem Wind in den Haaren durch offene Sommerlandschaften sausen. Selbstverständlich ist das nur eine Phantasie. Hoteldirektorinnen machen keinen Urlaub, Bauern auch nicht. Allerdings ist es wohl ein gutes Zeichen, dass sie genug Energie hat, um sich ein wenig der Tagträumerei hinzugeben. Es ist Sonntag, und all der Aufruhr von gestern liegt hinter ihr. Oder vielleicht nicht ganz. Aber sie ist zufrieden, dass die Ausstellungseröffnung ein Erfolg war und dass Tor sich über den Verkauf mehrerer Bilder freuen konnte. Als Vegard, Tor und sie am gestrigen Nachmittag ins Hotel zurückkehrten, war Sandra zum Glück verschwunden, wieder ins Dorf gefahren, wie Vegard gesagt hatte.

Ingrid braucht noch Zeit, um diese Begegnung zu verarbeiten. Die Erinnerung an diese Szene gleicht einem absurden Traum. Nachdem Tor gestern Abend gefahren war, hatte sie lange mit Vegard gesprochen. Vegard hatte sich erkundigt, warum Ingrid so negativ auf Sandra reagiert, was sie derart aus der Fassung gebracht habe. *Sandra ist Tors Exfrau, nicht mehr und nicht weniger*, sagte er. *Die Leute haben Expartner, du doch auch! Und Tor geht doch sehr gut damit um, dass ihr den Kontakt wieder aufgenommen habt, du und Preben.*

Und das stimmt ja auch. Nach den anfänglichen Verwirrungen hat Tor sich mit keinem Ton darüber beklagt, dass Preben und sie zusammenarbeiten, wenn es um Angelegenheiten der Stiftung geht. Tor und Preben kommen sehr gut miteinander aus, wenn sie sich begegnen. Es hat beinahe den Anschein, als könne sich zwischen ihnen mit der Zeit ein freundschaftliches Verhältnis entwickeln. Da sollte sie doch wohl ebenso großzügig sein können? Aber Sandra hat etwas an sich, das gewaltig nicht stimmt ...

Tor hat nie etwas Schlechtes über Sandra gesagt, seine Tante Maja hingegen schon. Nach der Scheidung war sie aufgebracht darüber, dass ihr Neffe *in dieser Weise im Stich gelassen* worden war, wie sie sagte. Sie hatte durchblicken lassen, dass Tor ihrer Meinung nach sowohl emotional als auch finanziell ausgenutzt worden war. *Sie hat in all den Jahren nichts bezahlt*, weißt du, hatte Maja Ingrid gegenüber einmal gesagt. *Als sie verheiratet waren. Drei Jahre hat sie hier gewohnt, und als sie abgezogen ist, hatte sie, soweit ich weiß, nicht eine einzige Rechnung bezahlt oder auch nur irgendetwas für das Haus gekauft.*

Bisher hatte Ingrid nicht so viel darüber nachgedacht, sie wusste, dass Sandra in der Schule gearbeitet sowie Schichten im Pflegeheim in Vrangsida übernommen hatte, ein bisschen was musste sie also verdient haben. Vielleicht hatte sie ein Studiendarlehen abzubezahlen? Oder anderweitig Schulden? Das war schließlich nichts Ungewöhnliches. Aber wenn man jung und frisch verheiratet und im Begriff war, sich eine gemeinsame Existenz aufzubauen, dann sollte man doch wohl meinen, dass man daran interessiert war, sich finanziell einzubringen? Zumindest, wenn man vorhatte zu bleiben ... Ein bisschen merkwürdig ist das schon, und noch merkwürdiger ist es, dass dieselbe Sandra jetzt plötzlich mit einem Rosenstrauß und auf hohen Hacken im Himmelfjell auftaucht.

Ingrid weiß, dass sie Tor irgendwann noch einmal konkreter auf das Geschehene ansprechen muss. Aber gerade jetzt will sie nicht daran denken. Sie hofft, dass es lange dauert, bis sie Sandra wiedersieht. Bestenfalls nie. Vielleicht sieht sie ein, dass sie am falschen Ort ist, und fährt zurück nach Oslo, zu ihrem *Jetsetleben*.

Heute will Ingrid einfach nur den Sonnenschein und den Sonntag genießen und zusammen mit Tor bei dessen Eltern zu Abend essen. Vegard ist auch eingeladen, aber er will lieber oben auf dem Berg bleiben und arbeiten. Und das ist im Grunde auch völlig in Ordnung. Da haben sie und Tor ein bisschen Zeit zu zweit, bevor sie zu seinen Eltern gehen.

Sie schaut auf die Anzeige, sie sollte tanken. Bevor sie auf die Hauptstraße abbiegt, bedient sie die Scheibenwaschanlage. Die Windschutzscheibe ist voller Staub und Pollen. Sie bräuchten bald Regen. Während Bäume und Wiesen an ihr vorbeisausen, summt sie ein Sommerlied. Doch als sie nahe des Bahnhofs zu Dalen Burger & Benzin einbiegt, findet ihre gute Laune ein jähes Ende. Denn dort, auf der Bank vor dem Bahnhofsgebäude, sitzt sie. Sandra. Sie trägt ein helles Sommerkleid, die Beine sind elegant übereinander geschlagen und der Kopf über ein Handy gebeugt, auf dem sie eifrig herumtippt.

Ingrid widersteht dem Impuls, kehrtzumachen und wieder auf die Straße abzubiegen. Schließlich hat sie nichts zu befürchten. Und tanken muss sie, Sandra hin oder her. Ingrid steuert auf die Zapfsäule zu und achtet beim Aussteigen darauf, nicht Richtung Bank zu starren. Ihr steht nicht sonderlich der Sinn danach, ein weiteres Gespräch heraufzubeschwören. Sie konzentriert sich auf das, wozu sie hier ist. Schiebt die Karte in den Automaten, greift den Schlauch, tankt, schließt den Tankdeckel. Als sie jedoch fertig ist, hört sie hinter sich auf dem Asphalt schnelle Schritte. Dann ertönt eine fröhliche Stimme: »Hei, Ingrid!«

Ingrid dreht sich um und blickt Sandra direkt ins Gesicht, die sie mit glänzenden Lippen und kreideweißen Zähnen breit und enthusiastisch anlächelt.

»Das war so schön gestern, danke noch mal! Eine phantastische Ausstellungseröffnung. Ich bin *so* stolz auf Tor!«

»Hei«, entgegnet Ingrid.

Sandra lässt sich ob Ingrids Wortkargheit nichts anmerken.

»Dieses *Gefühl*, diese Zusammengehörigkeit mit der Natur, die er in seinen Bildern zeigt ... das hallt in mir wider. Wie du weißt, glaube ich, dass uns das Universum ab und an Signale sendet.«

Während die Gedanken durch ihren Kopf wirbeln, nickt Ingrid langsam. Sie lässt den Redeschwall über sich ergehen, und dabei verfestigt sich das nagende Gefühl, dass mit Sandra etwas ernsthaft nicht stimmt.

»Ich habe mich entschlossen, eine Weile hierzubleiben.«

»Was?« Sandras Worte lassen sie mit einem Mal aufwachen. »Du bleibst hier?«

»Ja!« Sandra nickt enthusiastisch.

»Aber ... Was wirst du in Dalen tun?«, fragt Ingrid. »Ist das eine Art Urlaub? Ich rechne damit, dass du nicht gedenkst, auf Dauer wieder hierherzuziehen?«

Sandras Lächeln ist unergründlich. »Wir werden sehen. Ich möchte es als eine Art Retreat bezeichnen. Einen *Rückzug*, um mehr zu mir selbst zu finden. Es war doch so hektisch bei mir, weißt du.«

Ingrid nickt. Das hatte sie mitbekommen. Sehr hektisch.

Sandra seufzt. »Das war wirklich ... eine Reise. Phantastisch. Was für eine Entwicklung. Aber auch herausfordernd. Alle wollen etwas von einem. Unterwegs verliert man gleichsam sich selbst. Also habe ich beschlossen, mich loszureißen, zurückzukehren. Nach Dalen. Und zum Himmelfjell.«

»Zum ... Himmelfjell?«, fragt Ingrid.

Sandras Lächeln wird noch breiter.

»Ja, ich habe gestern mit deiner *wundervollen* jungen Rezeptionistin gesprochen – Perle, heißt sie nicht so? Sehr süß. Ein bisschen rustikal. Passt prima ins Himmelfjell. Das Hotel ist ja so charmant, obwohl es nicht ganz ... mit der Zeit geht. Egal. Ich habe Perle gebeten nachzusehen, ob in dem Kletterkurs nächstes Wochenende noch ein Platz frei ist.«

»Im Kurs?« Ingrid spürt, wie ihr Puls sich beschleunigt. »Du willst mitklettern?«

»Ja«, bestätigt Sandra. »Schließlich bin ich schon mal ein bisschen geklettert. *Super* fürs Teambuilding.«

Sie sieht Ingrid prüfend an. »Er ist sehr attraktiv. Marcus Zepperlink. Ich habe ihn im Internet gesehen. Diese Oberarmmuskeln ... Also, nicht dass das ausschlaggebend wäre.«

Sie legt eine Hand auf Ingrids Oberarm, so als wolle sie prüfen, ob ihr Bizeps mit Zepperlinks mithalten kann. Ingrid muss heftig mit sich kämpfen, sie nicht abzuschütteln.

»Und wie sich herausgestellt hat, *war* noch was frei. Das ist ein wenig überraschend, so kurz vor Kursbeginn. Aber vielleicht ist es nicht so einfach, die Plätze zu füllen? Schließlich hast du im vergangenen Jahr nicht so oft im Rampenlicht gestanden?«

Sandra bedenkt Ingrid mit einem mitfühlenden Blick.

»Aber nun habe ich mich auf jeden Fall angemeldet. Weißt du, ich habe *wirklich* das Gefühl, in so einer Gruppe einen positiven Beitrag leisten zu können.«

Ingrid räuspert sich. »Woran denkst du dabei?«

»Viele haben doch ihre Schwierigkeiten mit Gruppen, in denen sich die Leute nicht kennen, ich aber habe *solche* Unmengen an Erfahrung mit positiver Gruppendynamik.«

Sandra scheint die Intensität ihres Blickes noch einmal zu steigern.

»Ich glaube schlicht und einfach, dass ich eine Art Unterstützung für dich sein kann. Schließlich verstehe ich, dass du es nicht so leicht gehabt hast. Es ist nicht verwunderlich, wenn nach dem Unglück und ... ja, all dem, dein Selbstvertrauen gelitten hat.«

*

Als sie wieder im Auto sitzt, ruft Ingrid Perle an.

»Stimmt es, dass Sandra Seter sich zum Kletterkurs angemeldet hat?«

»War das die, die gestern hier war? Lass mich kurz auf die Liste schauen«, sagt Perle. »Sie heißt Sandra Seter, ja. Sie ist Teilnehmerin Nummer acht. Hat die komplette Summe mit Kreditkarte bezahlt, fünfzehntausend Kronen für den Kurs und dreitausendfünfhundert für zwei Nächte mit Kost und Logis.«

»Aber warum hast du nicht gesagt, dass der Kurs ausgebucht ist?!«

»Was? Aber er war doch nicht ausgebucht. Wir hatten doch noch einen freien Platz. Ist es denn nicht schön, dass wir den Kurs vollbekommen haben?«

Aus Perles Stimme ist nichts als Verwunderung herauszuhören, und Ingrid sieht ein, dass Perle überhaupt nicht verstanden hat, wer Sandra ist. Genau genommen spielt es keine Rolle, selbst wenn sie es gewusst hätte. Perle hatte Ingrid dabei geholfen, Werbung für den Kurs zu machen, und weiß, wie wichtig diese Art von Tätigkeit ist, sowohl für Ingrid als auch für das Hotel. Ohne Angabe eines sehr guten Grundes hätte sie niemandem die Teilnahme verweigert. Und Ingrid weiß, dass sie ihr den nicht nennen kann. Sie muss das anderweitig lösen.

»Okay«, sagt sie. »Richtig, er war noch nicht ausgebucht. Ich hatte mich nur gewundert. Danke dir.«

Sie beendet das Gespräch und fährt weiter zu Tors Hof. Wahrscheinlich ist der Himmel immer noch so blau wie vor einer halben Stunde, als sie am Hotel losgefahren ist, dennoch wird sie das Gefühl nicht los, dass am Horizont Gewitterwolken aufziehen.

Kapitel 18

»Du musst ihr erklären, dass sie nicht dabei sein kann«, sagt Ingrid.

Sie sitzen auf Tors Veranda, auf dem Sofa, dass Torbjørn Seter gezimmert hatte, als er und Toril hier wohnten. Die Kissen sind neu, zudem hat Tor einen kleinen Glastisch gekauft, der hübscher ist als sein Vorgänger aus Holz. Auf dem Tisch stehen eine Schale Salzstangen und zwei Gläser roter Johannisbeersaft.

Ingrid nimmt sich eine Salzstange, betrachtet sie und legt sie auf den Tisch.

»Sie kann doch nicht einfach hier auftauchen und sich zu *meinem* Kurs anmelden!«

»Aber was lässt dich glauben, dass ich über sie bestimmen kann?«, fragt Tor. »Glaubst du, sie meldet sich ab und fährt zurück nach Oslo, nur weil ich sage, dass sie das tun soll? Du hast doch gesehen, wie sie ist. Du müsstest schon einen Grund haben, um ihr die Teilnahme zu verweigern.«

»Genau darüber grübele ich bereits nach«, sagt Ingrid. »Vielleicht könnte ich behaupten, wir seien aus Sicherheitsgründen angewiesen worden, mit kleineren Gruppen zu arbeiten? Oder einige ganz spezifische Kriterien einführen, die Sandra ausschließen, aber keinen von den anderen? Allerdings weiß ich nicht, was das sein sollte. Vermutlich wird es so kommen, dass ich den Kurs absage.«

Tor sieht sie erschrocken an.

»*Absagen?* Bist du verrückt? Du hast monatelang dafür gearbeitet, das Ganze auf die Beine zu stellen. Du kannst nicht *absagen*.«

»Na gut, vielleicht nicht absagen, aber verschieben. Auf einen Zeitpunkt, zu dem sie nicht kann. Ich rufe Marcus an und …«

Sie vollendet den Satz nicht einmal. Denn ihr ist durchaus klar, dass das unmöglich ist. Sie kann den Kurs so kurzfristig nicht verschieben. Die Teilnehmer haben die Reise vor langer Zeit geplant und viel Geld bezahlt, um dabei zu sein. Geld, das Ingrid braucht. Auch die Flugtickets für Marcus aus der Schweiz und zurück wurden vor mehreren Monaten gekauft. Und seine Zeit ist kostbar. Wenn er ihr schon einen Freundschaftsdienst erweist und als Kletterinstrukteur im Himmelfjell antritt, kann sie ihm nicht damit danken, dass sie alles hinschmeißt. Er hat viele Tage dafür eingeplant, die er sicher für etwas Spannenderes hätte verwenden können. Oder Einträglicheres. Oder beides.

Die Gedanken drehen sich im Kreis. Sie kann den Kurs nicht verschieben, und sie kann ihn nicht absagen. Könnte sie so tun, als sei sie selbst krank oder verletzt? Nein, das würde auch nichts lösen.

»Aber ich muss eine Möglichkeit finden, sie aus dem Kurs zu bekommen, Tor. Ich weiß nicht, was sie ausbrütet, allerdings glaube ich kaum, dass das Universum sie zu uns geschickt hat. Sie heckt irgendwas aus.«

Tor sieht sie an. »Findest du nicht, dass du gerade ein bisschen überdramatisierst?«

Sie wirft ihm einen entmutigten Blick zu, er aber fährt fort: »Vielleicht will sie einfach nur klettern lernen? Sie war schon immer ziemlich impulsiv.«

»Stell dich nicht dumm, Tor. Du hast es doch selbst gesagt:

Ich habe mit eigenen Augen gesehen, wie sie ist. Und diese Frau da, ist in der Tat nicht ganz dicht.«

Tor legt eine Hand über ihre.

»Lass uns abwarten, was passiert. So wie ich sie kenne, kann sie durchaus auf die Idee kommen, sich vor dem kommenden Wochenende wieder abzumelden.«

»Sie hat Perle an der Rezeption direkt fast zwanzigtausend Kronen bezahlt. Impulsiv, vielleicht, aber ich finde nicht, dass das darauf hindeutet, dass sie einen Rückzieher machen wird.«

Ingrid steht auf, dreht ihm den Rücken zu und blickt über den Hof. »Am liebsten würde ich ihr ganz direkt, klar und deutlich zu verstehen geben, dass sie hier nicht erwünscht ist. Aber Vegard meint, das könne leicht für negative Publicity sorgen.«

»Vegard? Hast du ihn bereits in die Sache hineingezogen?«

»Ich habe ihn auf dem Weg hierher angerufen. *Einen* vernünftigen Menschen zum Diskutieren brauche ich doch wohl.«

Darauf sagt Tor nichts.

Kapitel 19

»Wir sollen in zehn Minuten bei deinen Eltern sein«, sagt Ingrid. »Ich muss nur noch mal zur Toilette, bevor wir rübergehen.«

Während sie im Haus ist, hängt Tor seinen Gedanken nach. Er war genauso überrascht wie Ingrid, dass Sandra hier aufgetaucht ist. Oder – vielleicht nicht *ganz* so überrascht wie Ingrid. Er hatte einige Vorwarnungen erhalten. Aber in der Tat hatte er nicht geglaubt, dass Sandra auftauchen würde.

Er nimmt einen Schluck von dem Johannisbeersaft, der Spezialität seiner Mutter Toril. Er schmeckt nach Sommer und Kindheit. Es ist, als hätte er hier in Dalen mehrere verschiedene Leben gelebt: als Kind, als junger Mann, als frisch vermählter Bauer, als Ingrids Freund. Leben, die sich nun erstmals begegnen – weil Sandra zurückgekehrt ist.

Als er und Sandra geheiratet hatten, war er so voller Hoffnung gewesen. Hatte eine Zukunft mit gemeinsamen Freunden, gemeinsamer Arbeit und gemeinsamen Kindern vor sich gesehen. Torbjørn und Toril hatten nie einen Hehl daraus gemacht, dass sie sich einen Erben für den Hof wünschten, und das so schnell wie möglich. Und Tor hatte dasselbe gehofft. Aber die Monate waren ohne gute Neuigkeiten vergangen. Er wusste nicht, ob bei ihm oder bei Sandra etwas nicht stimmte oder ob es lediglich Zufällen geschuldet war, dass sie nie Eltern wurden. Oder – das hatte er im Nachhinein gedacht und sich fast dafür geschämt: Vielleicht hatte Sandra verhütet, ohne es ihm zu sagen? Vielleicht hatte sie festgestellt, dass ihre Lebensaufgabe nicht darin bestand, dem Seter-Hof Erben zu schenken?

Oder vielleicht bedauerte sie es ebenso sehr, wie er es tat.

Er hatte nicht hart genug gekämpft, um sie zum Bleiben zu bewegen. Das hatte er im Nachhinein auch gedacht. Hatte er sie geliebt? Ja, das hatte er wohl. Er hatte ihren Humor geliebt, das Blitzen in den Augen. Ihren reizenden Körper, die Lebhaftigkeit, die Energie. Doch, er hatte sie geliebt. Sie aber hatte seine Liebe nicht in gleichem Maße erwidert. Da hatte er sie gehen lassen. Weil er nicht das tun wollte, was in seinen Augen am wenigsten männlich gewesen wäre: viel Aufhebens machen, sich der Armseligkeit preisgeben.

Wenn es so war, dass Sandra gehen wollte, dann musste sie das eben tun.

Das Schlimmste war, dass er sie ziemlich gut verstehen konnte.

Sandra hatte auf viel verzichtet, als sie aus Oslo hierher ins ländliche Norwegen gezogen war. Sie war ein Großstadtmädchen, nicht aus besonders guten Verhältnissen, aber mit großen Ambitionen. Dalen war für sie nur ein vorübergehender Stopp, das hatte er nach und nach verstanden. Sie war wegen der Vertretungsstelle an der Schule gekommen, dann hatte sich die Gelegenheit zur Verlängerung geboten, und da hatte sie, auf einem Dorffest, Tor bereits gefunden – ja, so dachte er darüber. Sie hatte ihn gefunden und ihn ausgewählt, und er hatte sich auf dem Tanzparkett offensichtlich nicht vollends blamiert, denn sie hatte ihn noch in dieser Nacht nach Hause begleitet – und war drei Jahre dort geblieben. Damals hatte er sich eingebildet, all die Freuden der Natur und des Hofes könnten all das andere aufwiegen, das fehlende Großstadtleben und die mangelnden Karrieremöglichkeiten. Aber das konnten sie nicht.

Das hatte sie deutlich gesagt, als sie ging. Sie hatte Dalen satt, hatte seine mürrischen Eltern im Nachbarhaus satt und all die Schafscheiße satt. Nicht zuletzt hatte sie Tor satt.

Als sie sich in den Zug setzte, geschah dies mit demselben Gepäck, mit dem sie einst gekommen war. Sie fuhr zurück nach Oslo, ohne in Dalen etwas gefunden zu haben, das es wert war, mitgenommen zu werden.

Nach der Scheidung hatte es einige Aufs und Abs gegeben. Er hatte sie sofort fürchterlich vermisst. Ohne ihren Humor und ihre Energie war das Haus leer und öde, das Leben war langweilig und vorhersehbar.

Erstmals wieder Kontakt aufgenommen hatte sie circa ein Jahr, nachdem sich ihre Wege getrennt hatten. Völlig aus dem Nichts. *Ich vermisse dich*, stand in der Nachricht. Sie fragte, ob er jemand Neues kennengelernt habe. Was er, dumm wie er war, sofort verneinte. Er hatte nicht verstanden, sich rar zu machen.

Nach einer Weile des Nachrichtenaustauschs hatten sie verabredet, sich zu treffen. Er sollte nach Oslo kommen, und in ihm war die Hoffnung – diese verräterische Hoffnung! – erwacht, dass es vielleicht doch nicht ganz vorbei war. Also hatte Tor eine Vertretung organisiert, Zugtickets gekauft und in einem Restaurant einen Tisch reserviert. Die Absage kam so kurzfristig, dass er bereits im Zug saß, als die Nachricht eintraf. Es endete damit, dass er sich in einem Pub auf der Karl Johans gate betrank und in einem billigen Hotelzimmer eine schlaflose Nacht verbrachte, bevor er sich wieder in den Zug nach Hause setzte. Zum Glück hatte er zuvor weder den Eltern noch jemand anderem in Dalen von seinem Vorhaben erzählt.

Dennoch tat diese Enttäuschung fast genauso weh wie einst ihre Abreise. Er war sich so dumm vorgekommen, geglaubt zu haben, dass sie ihn zurückhaben wolle. Er hatte sich oft gefragt, warum sie ihm diese Nachrichten geschickt hatte, wenn sie ihn doch nicht treffen wollte. Vielleicht war sie nicht ganz nüchtern gewesen? Zumindest waren sie oft zu wundersamen Tageszeiten eingegangen.

Aber nach der vergeblichen Tour nach Oslo war es still geworden. Keine Erklärung, keine weiteren Fragen. Und allmählich hatte er sich damit versöhnt, dass es zwischen Sandra und ihm voll und ganz und unwiderruflich vorbei war. Dann hatte er lange alleine gelebt und gedacht, dass es so am besten sei.

Als Ingrid in die heimischen Gefilde zurückkehrte, sah er endlich ein, dass er bereit für etwas Neues war. In ihr hat er eine Liebe gefunden, die sich völlig von allem unterscheidet, was er bisher erlebt hat. Als Sandra vor einigen Monaten erneut anfing, ihm Nachrichten zu senden, hat er sie zuerst ignoriert. Ein gebranntes Kind scheut das Feuer, und Sandra hatte ihn ordentlich verbrannt. Dieses Mal war keine Hoffnung in ihm entflammt, denn egal, was Sandra jetzt wollte, es war zu spät, hatte er gedacht.

Er befand sich an einem komplett neuen Punkt seines Lebens – zusammen mit Ingrid. Jetzt hofft er nur, dass er nicht auch das kaputtgemacht hat.

Denn die Nachrichten kamen einfach weiterhin. Einmal fragte sie, wie es Torbjørn und Toril gehe, und da fand er, dass er antworten müsse. Und dann ging es weiter. Weitere Nachrichten. Und eines Tages rief sie an, als er gerade im Schafstall war. Er zögerte einen Moment, stand mit dem Handy in der Hand da, bevor er den Anruf schließlich wegdrückte. Sie versuchte es erneut, er aber nahm nicht ab.

Zu diesem Zeitpunkt hätte er sie blockieren sollen. Aber dafür war er viel zu gut erzogen.

Dann schrieb sie plötzlich, dass sie zur Ausstellungseröffnung kommen wolle. Er hatte ehrlich gesagt gedacht, dies sei eine weitere, aus dem Impuls heraus geschriebene Nachricht. Das war der Grund, warum er Ingrid nichts gesagt hatte. Jetzt befürchtet er, dass dies ein ernsthafter Fehler war.

Ingrid kommt wieder nach draußen. »Bist du fertig?«, fragt sie. »Bei deinen Eltern steht sicher schon das Essen auf dem Tisch.«

Sie stellt sich ans Geländer und starrt zum Haus von Toril und Torbjørn, so als könne sie per Röntgenblick sehen, ob der Tisch gedeckt und die Kartoffeln gar sind.

Tor steht auf und stellt sich neben sie. Er nimmt ihre Hand, die in seiner ganz warm ist. Sie steht ganz ruhig da und lässt ihn die Hand halten. Für einen Moment lang ist es still. Sie hören lediglich den Gesang einer Drossel auf einem Baum und in der Ferne die Schafglocken.

Er dreht sich um und betrachtet ihr Profil. Sie hingegen dreht sich nicht zu ihm um. Die grauen Augen unter den dunklen Brauen, ihr Blick ruht auf der sie umgebenden Landschaft. Ingrid ist wieder sie selbst. Ruhig, sicher, gewohnt, auf sich selbst achtzugeben und für andere Verantwortung zu übernehmen. Das war zu Beginn in der Tat ein wenig ungewohnt. In dieser Beziehung ist es nicht selbstverständlich, dass Tor alle praktischen Probleme lösen muss. So hatte er es gelernt: dass der Mann alles regeln müsse, und Sandra war das gut zupassgekommen. Er war ein Mann mit Haus und Auto, einer, von dem sie etwas bekommen konnte. Im Nachhinein hatte auch er begriffen, dass sie ihn ausgenutzt hatte. Obwohl es lange gedauert hatte, das einzusehen – weil es so verdammt wehgetan hatte.

Ingrid hingegen ist nicht so. Sie ist eine starke Frau, die allein klarkommt. Tor ist keiner, von dem sie in erster Linie etwas haben will – er ist schlicht und einfach ihr Freund, ein gleichwertiger Partner. Und Ingrid ist auch keine Frau, die Drama um des Dramas willen veranstaltet. Dass sie wegen Sandra so aufgebracht ist, ist ungewohnt. Und das ist sein Fehler.

Kapitel 20

Toril Seter hebt die Thermoskanne hoch. »Mehr Kaffee?«
Ingrid nimmt dankend an. Das ist offensichtlich ein Tag für viel Kaffee. Nachdem die Schweinekoteletts mit frischem Kohl und Frühkartoffeln verspeist waren, hatten sie sich vom Esstisch zur Sitzgruppe um den Couchtisch zurückgezogen.
»Und wie wäre es mit etwas Süßem zum Kaffee?«, fragt Toril mit einer Schachtel Pralinen in der Hand. »Die hier hat Sandra gestern mitgebracht.«
Tor zuckt zusammen. »Sandra? War sie hier?«
»Ja, wir fanden, wir müssten ihr einen Kaffee anbieten, nachdem wir sie vom Himmelfjell mit ins Dorf genommen hatten.«
»Ach, ihr wart das, ihr habt sie mitgenommen?« Ingrid gelingt es nicht, ihre Überraschung zu verbergen.
»Ja, sie hat so freundlich gefragt, ob es passen würde«, sagt Toril. »Und wir konnten schließlich nicht Nein sagen, wenn sie schon den langen Weg auf sich genommen hat.«
Ingrid denkt, dass Sandra durchaus jemand anderen gehabt haben muss, der sie zum Hotel hinaufgefahren hat, spricht es jedoch nicht laut aus. Sie weiß auch, dass es für Torbjørn und Toril ganz selbstverständlich ist, jemanden zu unterstützen, der sie um Hilfe bittet. Der nach einer Mitfahrgelegenheit fragt zum Beispiel. So ist das hier. Ländliche Höflichkeit nennt sich das. Ein Kontrast zur Großstadt, wo man es gewohnt ist, Menschen geflissentlich zu übersehen, Nein zu sagen, nicht zu ant-

worten. Hier auf dem Dorf sagt man Ja. Beim nächsten Mal könnte man selbst derjenige sein, der Hilfe braucht.

Und so kann man zum Beispiel auch keinen Besuch bekommen, ohne ihm eine Tasse Kaffee anzubieten. Ob der Besuch ungebeten kommt oder nicht, spielt keine Rolle. Nicht einmal, wenn es die eigene ehemalige Schwiegertochter ist. Vielleicht gerade dann nicht.

Toril stellt die Pralinenschachtel auf den Tisch, ohne dass jemand sich bedient hat.

»Ja, auf jeden Fall ist sie mit reingekommen. Und ich glaube, sie hatte sowieso vor herzukommen, da sie die für uns dabeihatte. Die hat sie bestimmt in einem schönen Geschäft in Oslo gekauft.«

Ingrid nimmt den Inhalt der Pralinenschachtel genauer in Augenschein. Es sieht aus wie handgefertigtes Konfekt der Sorte, die immer ein wenig zu experimentell ist, mit Ingwer und Chili und eingekochten Apfelsinenschalen. Oder vielleicht Fledermausflügeln und Knochenmehl, wenn man bedenkt, dass Sandra sie mitgebracht hat.

»Sie hat gesagt, dass sie an uns gedacht habe«, fährt Toril fort. »Das war seltsam nach all diesen Jahren und nachdem sie so abrupt gegangen war ...«

Den Blick auf Ingrid gerichtet, fügt sie hinzu: »Aber ja, du weißt ... Wir wollten auch nicht unhöflich sein.«

Torbjørn mischt sich ein. »Es ist lange her, dass wir sie gesehen haben.«

»Ja, und das war ihre eigene Entscheidung«, unterstreicht Tor in einem etwas schärferen Ton als gewöhnlich.

Für eine Weile wird es still. Ingrid sieht sich im Wohnzimmer um. Sie haben hier in dem neuen Haus denselben Einrichtungsstil, wie sie ihn auf dem Hof hatten: Möbel aus dunklem Holz. Alte Gemälde von Landschaften und Scheunen. Ingrid trinkt noch mehr Kaffee. Torbjørn räuspert sich und murmelt irgendetwas über das Wetter. Toril redet weiter über Sandra.

»Sie hat jetzt eine Unterkunft gefunden«, erzählt sie.

»Eine Unterkunft?« Ingrid stellt die Kaffeetasse ab. »Ich dachte, sie würde nur kurz hier sein.«

»Na ja, sie hat sich wohl noch nicht richtig entschieden, wie lange sie bleibt«, entgegnet Toril. »Sie braucht Bedenkzeit. Sie befindet sich *zwischen Jobs*, hatte sie sich nicht so ausgedrückt, Torbjørn?«

»Ja«, bestätigt dieser.

»Aber nimm doch ein bisschen Schokolade«, nötigt Toril sie und hält Ingrid erneut die Pralinenschachtel hin. Ingrid hebt abwehrend die Hand und schüttelt zugleich den Kopf.

»Ich meine, Sandra hätte etwas von einer Firma gesagt«, sagt Ingrid. »Als ich sie heute Morgen an der Tankstelle getroffen habe. Dass sie eine Firma geleitet habe?«

»Ja, sie hatte in Oslo irgendeine Firma«, bestätigt Toril. »Ein Beratungsunternehmen. Es hatte etwas mit Krankenpflege zu tun, meine ich. Aber auch mit anderen Dingen. Sie hat eine neue Art von Behandlung entwickelt. Etwas Horistisches.«

»Holistisch«, berichtigt Torbjørn Seter.

»Ja, das auch«, sagt Toril. »Eine Kombination aus Dingen, die Menschen helfen können. Ein bisschen wie dieser Friseur in Lillehammer, der auch Fußpflege und Horoskope anbietet. Und Tätowierungen. Ja, also, nicht Sandra. Ich glaube nicht, dass sie tätowiert. Wie auch immer, jetzt hat sie die Firma verkauft. Wollte größere Liquität haben ...«

»Liquidität«, berichtigt Torbjørn.

»... und etwas Neues beginnen«, fährt Toril fort. »Sie hatte viele Stellenangebote und Möglichkeiten, hat sie gesagt. Aber jetzt braucht sie ein *Timeout*. Und da wollte sie hierher zurück. Der Natur nahe sein und ... einige Zusammenhänge sehen, hat sie, glaube ich, gesagt. Sie meinte, dass sie sich eigentlich die ganze Zeit über hierher nach Dalen zurückgesehnt hat. Dass sie sich dessen aber erst jetzt bewusst geworden ist.«

Tor schnaubt, und dafür liebt Ingrid ihn.

Toril nimmt eine Praline, bevor sie fortfährt.

»Jetzt hat sie ein Zimmer bei Per Hammer und seiner Frau Lilly gefunden. Du weißt schon, sie hat früher ein Strickgeschäft gehabt. Ja, sie hatte viele schöne Sachen. Garn, Knöpfe und fertige Strickjacken und ... Oder, du warst in diesen Jahren nicht so oft in Dalen, Ingrid. Und vermutlich interessierst du dich auch nicht so sehr fürs Stricken. Es war dort, wo der Lebensmittelladen war, als ihr klein wart, wisst ihr. Das weiße Haus in der Kurve hinter der Kirche, mit Geschäftsräumen unten und einer Wohnung darüber. Jetzt sind die Schaufenster mit Packpapier zugeklebt. Ein trauriger Anblick. Aber es war schwer, ausreichend Umsatz zu machen, als die Straße verlegt wurde und die Touristen verschwanden, und wo nun alle ihr Garn sowieso im Internet kaufen. Daher musste Lilly zumachen – wie lange ist das her? Drei Jahre?«

»Vier«, korrigiert Torbjørn Seter.

»Ich glaube, es war vor drei Jahren«, entgegnet Toril. »Wie auch immer, auf jeden Fall haben sie viel Platz, schließlich wohnen sie in dem großen Haus jetzt alleine, als Lilly also von Olga vom Burgerladen erfahren hat, dass Sandra eine Bleibe sucht, hat sie ihr angeboten, an sie zu vermieten.«

Ingrid schüttelt den Kopf. Das ist doch nicht zu glauben. Sandra hat sich in Dalen eine Unterkunft beschafft, und Tors Mutter sitzt hier und erzählt, als sei das vollkommen normal, nachdem Sandra jahrelang keinen Ton von sich hat hören lassen. Oder ...

»Hat sie vorab Kontakt zu euch aufgenommen?«, fragt Ingrid. »Hat Sandra gesagt, dass sie kommen wolle?«

Toril scheint ein wenig zu zögern, sieht Tor an, bevor sie antwortet. Torbjørn hat sich eine Praline aus der Schachtel genommen und ist damit beschäftigt, sie genauer in Augenschein zu nehmen.

»Nein, nicht zu uns«, sagt Toril. »Aber als wir sie dort oben bei der Ausstellungseröffnung getroffen haben, sagte sie, dass es mit Tor abgesprochen sei.«

Ingrid sieht Tor an, der seinerseits so lange und gründlich in seine Kaffeetasse starrt, dass man annehmen könnte, er könne aus dem Satz lesen.

Kapitel 21

Liebe am Frühstückstisch, und das in fortgeschrittenem Alter. Ingrid lächelt, als sie sieht, wie Maja Seter ihre Hand auf die Schulter von Alfred Haug legt. Dort ruht sie für einen Moment, bevor Maja aufsteht und sich daranmacht, die Spülmaschine einzuräumen. Ingrid ist sich sicher, dass sich zwischen der Köchin und dem Hausmeister in den letzten Monaten eine kleine Romanze entwickelt hat.

»Jo, jo«, sagt Alfred und sieht zufrieden aus. Er stellt die Kaffeetasse auf den Tisch und schaut eine Weile aus dem Fenster.

Ingrid nimmt ihre Kaffeetasse mit hinaus ins Foyer. An einem weiteren der dort ausgestellten Fotos findet sich eine rote Markierung. Sie bleibt stehen und schaut sich das Bild an. Es ist recht klein und zeigt ein Schaf, das über eine Wiese starrt. Sehnsuchtsvoll? Glücklich? Es ist schwer zu sagen, was in einem kleinen Schafköpfchen vor sich geht. Eigentlich ist es auch nie so leicht zu wissen, was sich im Kopf des Schafbauern rührt. Dieser merkwürdige Sonntag hängt ihr noch immer nach. Die Begegnung mit Sandra, das Abendessen bei Toril und Torbjørn, dieses Ungeklärte, zu dem es ihr nicht gelingt, ein ordentliches Gespräch mit Tor zu führen. Bevor sie gestern aus Dalen weggefahren war, hatte sie ihn gebeten, mit Sandra zu reden und ihr klar zu machen, dass ihr Benehmen unpassend sei. Er hatte es versprochen. Allerdings ist sie unsicher, was er wirklich denkt. Warum ist er so ausweichend? Liegt es einfach nur daran, dass er konfliktscheu ist?

Perle kommt aus der Küche und stellt sich neben sie.

»Wie schön, dass die Leute Bilder kaufen«, sagt Ingrid. »Hat jemand von den Lesekreisdamen dieses kleine hier erworben?«

Bei den Lesekreisdamen handelt es sich um eine Gruppe von Frauen mittleren Alters aus Oslo, die gern Bücher lesen und wandern. Sie wollten am Nachmittag nach Hause fahren, weshalb sie zeitig gefrühstückt haben und in die Morgensonne hinausspaziert sind.

»Nein, ich war das!«, antwortet Perle. »Ich werde es mitnehmen, wenn ich in die USA reise, damit es dort an meiner Wand hängen und mich an Dalen und das Himmelfjell erinnern kann.«

»Oh, Perle!«, sagt Ingrid. »Das ist superschön! Aber du hättest es nicht zu kaufen brauchen. Tor würde dir zum Abschied sicher eines der Bilder schenken.«

Perle schüttelt den Kopf. »Das ist eine Verkaufsausstellung, selbstverständlich werde ich bezahlen. Ansonsten wäre es, ich weiß nicht, als würde ich es nicht richtig zu schätzen wissen. Zudem ist es das erste Originalkunstwerk, das ich gekauft habe. Wer weiß, vielleicht sind Tor-Seter-Fotografien irgendwann einmal viel wert?«

Ingrid lächelt. »Ja, das wäre schön.«

Allerdings wird die Fotokunst weder die Hotel- noch die Hoffinanzen retten, denkt sie. Die Preise in der Ausstellung sind so kalkuliert, dass Tors Ausgaben für Ausrüstung und Vergrößerungen gedeckt werden und nicht so viel mehr.

Sie nimmt ihren Kaffee mit in die Bibliothek, wo Mutter Borghild bereits in dem großen Sessel neben dem Kamin Platz genommen hat. Der Tisch neben ihr ist bedeckt von Fotoalben, Papieren und Büchern. Im Kamin knistert ein kleines Feuer, denn obwohl Sommer ist, können die Morgenstunden noch immer kühl sein.

»Guten Morgen«, grüßt Ingrid.

»Guten Morgen!« Die Großmutter hebt den Blick und legt ein Buch auf den Tisch.

Borghild lächelt, als Ingrid davon berichtet, dass Perle in Tors Kunst investiert hat. »Ach, dieses reizende Mädchen.«

»Ich weiß nicht genau, für welche Summen Fotografien gehandelt werden«, sagt Ingrid. »Aber vermutlich sind es eher alte Gemälde, die wirklich teuer verkauft werden? Edvard Munch und so?«

»Ja, schon«, bestätigt Borghild. »Aber auch Edvard Munch war einmal ein junger, unbekannter Künstler.«

»Aber vermutlich hat er nebenbei nicht als Schafbauer gearbeitet«, sagt Ingrid mit einem Schmunzeln.

»Nun, auf seine älteren Tage hatte er am Oslofjord in der Tat einen Hof«, erzählt die Großmutter. »Aber er hat sich wohl kaum selbst um die Versorgung der Tiere gekümmert. Er war ein produktiver Maler, weißt du. Er hat fast dreißigtausend Arbeiten hinterlassen.«

»Dreißigtausend? Ist das möglich?« Ingrid ist erstaunt. »Wie hat er das geschafft?«

»Indem er alt wurde und viel gearbeitet hat«, antwortet Borghild. »Einigen von uns gefällt das. Aber wo wir gerade über Kunst sprechen, ich habe heute mit meiner Cousine Sofie telefoniert. Sie meint, wir sollten jemanden finden, der sich die Gemälde ansehen kann, die wir hier im Hotel haben.«

Über die Jahre hinweg hat Ingrid viel von Sofie gehört. Borghild und ihre Cousine aus Bergen standen sich als Jugendliche und junge Erwachsene anscheinend sehr nah, und wie Borghild erzählt hat, war Sofie in den fünfziger und sechziger Jahren oft im Himmelfjell zu Besuch. Anfangs zusammen mit ihren Eltern und dann alleine, später hatte sie im Sommer und an Weihnachten auch hier gearbeitet. Dann aber wurde es offensichtlich weniger. Was Borghild betrifft, waren es sicher die Ehe und die Verpflichtungen im Hotel, die ihr wenig freie Zeit ließen.

»Ist Sofie Kunsthistorikerin?«, erkundigt sich Ingrid.

»Nein, sie hat Geschichte studiert«, berichtet Borghild. »Und dann hat sie im Staatsarchiv in Bergen angefangen. Sie wurde eine richtig tüchtige Archivarin. Das war der richtige Job für sie, sie ist wirklich ein ordnungsliebender Mensch.« Verbunden mit einem kurzen Lachen zieht Borghild die Augenbrauen nach oben. »Und neugierig. In den Archiven erfährt man schließlich vieles über viele.«

Da muss auch Ingrid lachen. »Ja, da ist sie doch eine gute Komplizin, was deine Nachforschungen angeht.«

Sie betrachtet die alten Drucke, die an der einen Wand hängen. »Hat die Kunst hier irgendeinen Wert?«

»Liebhaberwert«, sagt die Großmutter. »Um den Geldwert ist es wohl schlechter bestellt. Ich hege große Zweifel daran, dass irgendwelche von unseren Bildern zu großen Summen verkauft werden könnten. Sofie aber meint, wir sollten sie dennoch dokumentieren.«

Ingrid nickt. »Du hast einmal von dem umherreisenden Maler erzählt«, sagt sie. »Der die beiden Bilder gemalt hat, als ihr Kinder wart. Das vom Styggfossen, das im Treppenhaus hängt, und das in deinem Zimmer von … von euch in Trachten. Von dir und Charlie.«

Es ist seltsam, das laut auszusprechen. Erst am vergangenen Weihnachtsfest hatte Ingrid begriffen, dass die beiden in Trachten gekleideten Mädchen auf dem Bild ihre Großmutter und deren große Liebe, Charlotte Dalen, waren. Und das, obwohl das Gemälde mehrere jahrzehntelang in der Wohnung der Großmutter gehangen hatte.

»Frederik Antonsen, ja«, sagt Mutter Borghild. »Das war die reinste Seuche! Alle wollten ein Gemälde von ihm haben.«

»Ich frage mich, ob einige Bilder, die unten bei Tors Eltern hängen, auch sein Werk sein könnten«, sagt Ingrid.

»Ganz sicher«, antwortet die Großmutter. »Es hängen noch immer viele davon herum, sowohl hier im Dorf als auch andernorts.«

»Vielleicht könnte das unsere nächste Ausstellung werden?«, überlegt Ingrid. Während sie es ausspricht, nimmt die Idee Form an. »So viele Antonsen-Gemälde wie möglich zusammensammeln und dann einen Kunsthistoriker oder einen Kulturhistoriker bitten, etwas dazu zu sagen.«

»Das ist eine gute Idee«, bestätigt Borghild. »Antonsen hat dokumentiert, wie es hier ausgesehen hat zu der Zeit, als er das Dorf besucht hat. Das heißt, nicht nur, wie es wirklich ausgesehen hat, sondern ... er hat es auch ein bisschen verschönert. Hat hässliche Details wie Stromleitungen, verwelkte Pflanzen und rostige Traktorteile weggelassen und die Höfe und Landschaft so gemalt, wie sie auf *Wunsch* der Leute aussehen sollten.«

Ingrid lächelt. »Kein Wunder, dass die Bilder beliebt waren. Was ist denn eigentlich aus Antonsen geworden? Lebt er noch?«

»Nein, da müsste er über hundert Jahre alt sein!«, sagt Borghild. »Er war mindestens vierzig damals, als er hier war. Oder vielleicht auch nicht ... Wir waren ja gerade mal zwanzig, und wir hielten alle für alt. Mitte, Ende dreißig wird er aber wohl gewesen sein. Viele fanden jedoch, er sei fürchterlich attraktiv, trotz seines hohen Alters. Er hatte in der Tat eine gewisse Ähnlichkeit mit Paul Newman.«

»Dem Schauspieler?«, fragt Ingrid.

»Ja!« Die Großmutter dreht sich zu ihr um. »*Die Katze auf dem heißen Blechdach*. Ich habe den Film mal im Kino gesehen, als ich Sofie in Bergen besucht habe. Er war reizend, weißt du. Eisblaue Augen mit einem kleinen beinahe ... überirdischen Ausdruck. Aber mit einer solchen *Kraft*.«

Mit den Armen setzt Mutter Borghild zu einer Geste an, die offensichtlich die Kraft des Filmstars illustrieren soll. Um ein Haar stößt sie dabei die Kaffeetasse auf dem Tisch neben sich um. Dann räuspert sie sich.

»Hallgrim hat geglaubt ...«, beginnt sie. »Wie sich ja herausgestellt hat, hat Hallgrim die ganze Zeit über geglaubt, er sei der Vater von Charlies Kind.«

»Paul Newman?« Ingrid sieht die Großmutter ungläubig an.

»Nein!« Borghild lacht. »Antonsen! Der Maler!« Sie nimmt die Brille ab und wiegt sie in der Hand, während sie sich mit einem Finger unter den Augen trocken wischt. »Er war schließlich im Dorf in dem Sommer und Herbst, als es passierte, und da Charlie nicht sagen wollte, wer der Kindsvater war, ging Hallgrim davon aus, dass er es sein musste.«

»Ah ... ich verstehe«, sagt Ingrid. »Beziehungsweise, nicht ganz. Was war eigentlich der Grund, warum Charlotte nicht sagen wollte, wer es war?«

Borghilds Gesicht verzieht sich. »Das waren andere Zeiten, Ingrid. Es wurde immer als Fehler der Frau angesehen, wenn sie in eine ›missliche Lage‹ geriet.«

»Ja, genau genommen weiß ich das ja«, sagt Ingrid. »Vielleicht ist das noch immer so.«

Die Großmutter nickt.

»Charlie hat sich auf jeden Fall Vorwürfe gemacht, dass sie sich vom Pfarrer hatte ausnutzen lassen. Sie dachte, sie hätte begreifen müssen, was er wollte, nicht so naiv sein dürfen. Ihrer Ansicht nach war es zu spät, im Nachhinein zu klagen. Zudem glaubte sie, es würde zu nichts Gutem führen, wenn sie es sagte. Und damit hatte sie ganz sicher recht.«

»Meinst du das wirklich?«, fragt Ingrid. »Dass es richtig war, den Pfarrer damit durchkommen zu lassen?«

Die Großmutter sieht sie an. »Wie, glaubst du, hätte Hallgrim darauf reagiert, dass seine Schwester von dem verheirateten Gemeindepfarrer schwanger geworden war? Und was hätte der Rest des Dorfes gesagt? Für wen, glaubst du, hätten sie Partei ergriffen?«

»Nein, das wäre vermutlich in einer Katastrophe geendet«, sagt Ingrid. »Aber genau genommen ist es das ja trotzdem.«

Kapitel 22

Ingrid und Vegard gehen den Kiesweg zu dem alten Pfarrhaus hinauf.

Es ist ein einfaches, weiß gestrichenes Gebäude, jünger als die Kirche, vermutlich irgendwann im 19. Jahrhundert errichtet. An den Wänden zwischen den Fenstern mit den kleinteiligen Scheiben klettern an Spalieren alte Rosen hinauf. Der Fußweg ist ebenfalls von Rosen gesäumt. Mutter Borghild zufolge handelt es sich um Alba Rosen, oder Pfarrhausrosen, wie sie von einigen genannt werden. Die Blüten sind dabei, sich zu entfalten und die warme Sommerluft mit ihrem Duft zu erfüllen.

Noch bevor Ingrid und Vegard die Steintreppe hinaufgestiegen sind, geht die grüne Tür auf, und dort steht Hanne Kristoffersen in einem grünen Kleid und Wildlederschuhen. »Willkommen!«, sagt sie mit einem breiten Lächeln. »Kommt rein! Mari backt gerade Waffeln.«

Hanne Kristoffersens Frau, eine zierliche Person mit sanften Augen, braunen Haaren und einer mit Herzen gemusterten Schürze, kommt umgeben von Waffelduft aus der Küche. Sie umarmt Ingrid, bevor sie Vegard die Hand gibt und sich vorstellt. Sie heißt eigentlich Annamaria Theodora Meyer, aber alle nennen sie Mari. Ihre Sprache weist lediglich eine leichte Spur von deutschem Akzent auf.

Vegard, Ingrid und Hanne setzen sich in den mit hübschen, alten Handwerksmöbeln ausgestatteten Salon.

Dass Hanne Kristoffersen und Mari Meyer das neue Pfarrpaar in Dalen werden sollten, war für alle eine Überraschung gewesen, nicht zuletzt für die beiden selbst.

»Selbstverständlich habe ich mich auf die Stelle beworben«, lacht Hanne. »Allerdings hatte ich nicht geglaubt, dass ich sie bekommen würde. Schließlich ist der hiesige Gemeinderat dafür bekannt, ziemlich konservativ zu sein. Und obwohl mittlerweile die Bistumsräte für die Anstellungen zuständig sind, dachte ich, sie würden weniger ... Auffallenden als uns den Vorzug geben.«

Mari kommt mit einem Tablett ins Zimmer, das sie auf dem Tisch abstellt.

»Bitte schön! Waffeln, Marmelade, Sauerrahm und Brunost. Kaffee ist in der Thermoskanne. Braucht ihr Milch?«

»Ja, bitte«, antwortet Ingrid. »Wie nett von dir. Aber es ist nicht nötig, für uns so einen Aufwand zu betreiben.«

»Nein, sei ganz beruhigt, das ist nicht wegen euch!«, sagt Hanne und wirft Mari ein Lächeln zu. »Oder besser gesagt, nicht *nur*. Bei uns gibt es so oft wie möglich Waffeln, zum Mittagessen oder ›after work‹. Meine Arbeitswoche ist schließlich ein bisschen anders als die der meisten anderen Leute, und Mari ist Textilkünstlerin, weshalb sie ihre Arbeitszeit selbst einteilen kann.«

»Dann musst du Mutter Borghild kennenlernen!«, sagt Ingrid zu Mari, die mit einem Milchkrug in der Hand wieder ins Zimmer gekomen ist. »Also meine Großmutter. Sie liebt alles, was mit Textilien zu tun hat. Besonders Stricken und Weben. Allerdings ist sie sehr traditionell«, fügt sie hinzu.

Schließlich könnte Maris Kunst von der modernen, experimentellen Art sein. Wer wusste schon, welche Schismen sich im Textilkunstmilieu geltend machten?

»Ich interessiere mich auch für Traditionen«, sagt Mari.

»Und deine Großmutter würde ich sehr gern kennenlernen. Ich glaube, ich habe sie ab und an in der Kirche gesehen. Vielleicht möchte sie einmal zum Kirchencafé kommen?«

»Wir überlegen, auch dort Waffeln zu servieren«, wirft Hanne ein.

»Das klingt nach einer richtig guten Idee«, sagt Ingrid. »Und wie wäre es mit Konzerten, Vorträgen oder anderen Dingen, die die Leute in die Kirche bringen? Das ist mittlerweile vielerorts populär, vor allem in der Urlaubssaison.«

Jetzt packt auch Hanne der Eifer. »Ich kann mir diese Kirche richtig als Kulturkirche vorstellen. Mit Musik, Gesprächsrunden und ...« Dann unterbricht sie sich selbst. »Aber das können wir später genauer besprechen. Jetzt sind wir schließlich wegen der Hochzeit hier.«

Mari lächelt. »Da ziehe ich mich ins Atelier zurück. Nett, euch kennengelernt zu haben! Bedient euch einfach.«

»Danke, herrlich«, sagt Vegard und streckt eine Hand nach dem Tablett mit den Waffeln aus. »Ich liebe Waffeln!« Er versorgt sich mit einer ordentlichen Portion Sauerrahm und Marmelade.

»Ich freue mich, dass ihr hier seid«, sagt Hanne. »Wir freuen uns auf den großen Tag, Vegard.«

»Ja, das tun David und ich auch.« Er wischt sich mit einer Serviette den Sauerrahm aus den Mundwinkeln. »Aber jetzt, da es näher rückt, überkommt mich ein wenig die Panik. Es gibt noch so viel zu klären.«

»Ja!« Ingrid lacht. »Auch mir geht es so, dass ich nachts manchmal mit einem Ruck aus dem Bett hochfahre und mit Panik daran denken muss, wofür ich alles die Verantwortung trage.«

»Das ist ganz normal, ein bisschen in Panik zu geraten«, beruhigt Hanne. »Aber denkt dran: Solange das Bräutigampaar

Ja sagt und die Gäste kommen, ist das Fest gelungen. Alles andere ist nur Glasur.«

*

»Sie ist so tough!«, sagt Vegard. »Wenn ich mit ihr spreche, habe ich das Gefühl, alles schaffen zu können.«
»Ja, alle sollten eine Hanne Kristoffersen in ihrem Leben haben«, bestätigt Ingrid, als sie die alte Steintreppe des Pfarrhauses hinuntergehen und den Platz Richtung Auto überqueren. »Sie strahlt so viel Ruhe und Sicherheit aus.«
»Ja, aber sie ist auch mutig«, findet Vegard. »Das dachte ich bereits, als wir Heiligabend hier in der Kirche waren. Wie speziell es war: eine Pfarrerin wie Hanne an einem so altmodischen Ort wie diesem.«
Während Ingrid das Auto aufschließt, zieht sie die Augenbrauen nach oben. »Altmodisch?«
»Ja, nichts gegen Dalen«, sagt Vegard und nimmt auf dem Beifahrersitz Platz. »Aber es ist doch ein bisschen träge, oder etwa nicht? Als wir beschlossen haben zu heiraten, waren Hanne und die Kirche von Dalen allerdings das Erste, was mir einfiel.«
»Es ist ein seltsamer Gedanke, dass gleichgeschlechtliche Ehen erst vor einigen wenigen Jahren in Norwegen erlaubt wurden«, sagt Ingrid.
»Das ist wahr«, bestätigt Vegard. »Und noch neuer ist, dass wir in Kirchen heiraten dürfen.«
»Als Mutter Borghild jung war, war es sogar verboten, Homophilie auszuüben«, sagt Ingrid. »Bis 1972. Allerdings nur für Männer. Auf die Idee, dass auch Frauen solche Neigungen haben könnten, kam anscheinen niemand.«
Ihr Handy vibriert.

»Ist das Tor?«, fragt Vegard.

»Nein, es ist Marcus Zepperlink«, erwidert Ingrid. »Er kommt morgen. Was bedeutet, dass es nur noch wenige Tage sind, bis der Kurs beginnt. Hilfe! Ich weiß nicht, ob ich dafür wirklich bereit bin, Vegard.«

»Sollen wir noch mal zu Hanne reingehen?«, fragt er. »Sie hat sicher auch ein paar beruhigende Worte auf Lager, wenn es ums Bergsteigen geht.«

Am Bergsee 2

Wie der stille Atem eines Riesen treibt der Nebel langsam die Hänge der Talsenke entlang und über das Wasser hinweg.

Mit einem kurzen Schrei erhebt sich ein Vogel und fliegt über das Wasser.

Die aufgehende Sonne färbt die Wolken rosa. Plötzlich erscheint als Silhouette in der Morgendämmerung eine Rentierherde. Seit Tausenden von Jahren sind hier im norwegischen Gebirge Rentiere unterwegs. Auch für sie gleiten zu dieser Zeit das Jahres Nacht und Tag ineinander über. Sie fressen, wenn sie Hunger haben, ruhen, wenn es passt, und ziehen, wie jetzt, schnell über die Berghänge, bevor sie erneut fressen und dann erneut ruhen.

Ein dunkler Schatten saust den Hang entlang, ein Schatten mit zottigem braunen Fell und starken Gliedern. Es ist der Vielfraß. Die Rentiere wittern ihn, bevor sie ihn sehen. Das Leittier rast von dannen, die anderen folgen ihm. Die Geschwindigkeit kann sie retten. Gelangt ein Vielfraß erst auf den Rücken eines Kalbs, so hat es keine Chance. Der Kiefer des Vielfraßes ist kräftig, die scharfen Zähne durchdringen sowohl Muskeln als auch Knochen. Das Leittier läuft voraus, die Herde in einem Zug hinterher.

Dieses Mal muss der Vielfraß sich geschlagen geben, aber er wird etwas anderes finden. Einen Lemming vielleicht oder die Reste eines Schafes, das von einem Bären gerissen wurde. Ein Vogelnest voller Eier. Für jemanden, der alles frisst, ist die Welt voller Delikatessen.

Aus dem Nebel über dem Bergsee kommt ein Boot. Auch in dieser Nacht rudert hier jemand. Es ist Borghild Berg. Mit ruhigen Zügen durchbricht sie die silbrig glänzende Oberfläche. Das Wasser tropft von den Rudern, wenn sie diese nach oben hebt. Sie gleitet ans Ufer, legt an. Es ist, als würde sie das Gewicht des Bootes nicht spüren, als sie es ins Heidekraut zieht. Im Gebüsch scharrt etwas. Vielleicht ist es der Vielfraß, vielleicht ist es nur ein Vogel.

Sie setzt sich auf eine Kiefernwurzel. Dann ist sie plötzlich weit zurück in der Zeit, erinnert sich an eine Nacht kurz nach dem Krieg. Sie kann nicht älter als fünf, sechs Jahre gewesen sein. Sie und ihr Vater waren hier, auf genau diesem See, und haben in einer frühen Morgenstunde Barsche geangelt.

Sie hatte es vergessen, wie so vieles andere, das vergessen ist; jetzt aber kommt es wieder, jetzt sieht sie alles klar vor sich. Sie sieht den breiten Rücken des Vaters, die sicheren Ruderzüge, den zappelnden Fisch, die aufgehende Sonne. In dem grauen Rucksack befinden sich süßer Zwieback und eine Thermoskanne Kaffee. Vater trinkt ihn mit Andacht. Rationierungen sind noch immer an der Tagesordnung, und jeder Tropfen ist wertvoll. Sie selbst bekommt eine kleine Tasse, mit Milch verdünnt, die der Vater in einer Blechflasche mitgenommen hat.

Später hatte sie Charlie hierher mitgenommen. Und dann Christian. Engeline. Ingrid. Sie hat diesen Ort, dieses Gebirge, diesen See, diese Nachtstunden mit den wichtigsten Menschen in ihrem Leben geteilt. Denjenigen, die ihr am allermeisten bedeutet haben.

Jetzt kommt sie alleine hierher. Denkt an das, was war, und bereitet sich auf das vor, was kommen wird.

Sie muss es jetzt tun, solange sie noch dazu in der Lage ist, solange sie noch immer die nötige Kraft hat. Sie hat noch immer die Elastizität in den Beinen und die Stärke in den Armen. Sind dies alte Kräfte, die zurückkehren? An guten Tagen fühlt es sich zumindest so an. Oder in guten Nächten, wie dieser.

Nächte, in denen sie über den See rudern kann, am Wasserfall entlanggehen kann. Nächte, die ihr noch einmal die Morgenröte über dem hellen Nachthimmel zeigen. Nächte, die so hell und mild sind, dass sie sie hier verweilen lassen, bis die Vögel den Tag willkommen heißen.

Sie muss es tun, solange der Sommer hier ist, solange sie selbst hier ist.

Sie glaubt, dies wird ihr letzter Sommer.

Kapitel 23

»Darf es noch etwas sein, Jungs?«

Olga Plassen fragt wider besseres Wissen, denn Tor und Karl essen immer das Gleiche. Nie weniger. Nie mehr. Das hindert sie nicht daran zu fragen. Jedes Mal. Es ist eine Art Ritual zwischen ihnen.

»Nein danke, wir sind satt«, sagt Tor, während Karl zustimmend nickt und in die Ketchupreste auf seinem Teller Muster zeichnet.

Der Abend ist warm, der Mond halb, und zwei doppelte Burger mit jeweils einer großen Portion Pommes frites sind verzehrt. In den neunziger Jahren hatten Tor und Karl damit angefangen, ihr Taschengeld bei Dalen Burger & Benzin auszugeben, und in unregelmäßigen Abständen treffen sie sich noch immer hier, vielleicht vor allem aus alter Gewohnheit.

Es ist still im Lokal. Ein paar Jugendliche waren da und haben Energydrinks gekauft, sind jedoch wieder nach draußen verschwunden zu den Freunden, die im Auto gewartet haben. Die Klimaanlage rauscht, an der Fensterscheibe unter einem verblassten Coca-Cola-Plakat müht sich eine Fliege ab.

Tor schaut auf die Uhr.

»Es dauert nicht mehr lange, bis der Abendzug kommt«, sagt Karl.

Tor nickt.

Die Glocke ertönt, und Hallgrim »Moschus« Dalen betritt den Raum, genauso schwerfällig und breitschultrig wie eh und je. »Ich will die Tankfüllung bezahlen«, sagt er. Als er seinen Enkelsohn Karl entdeckt, der dort mit Tor zusammensitzt, fügt er hinzu: »Und dann nehme ich einen Kaffee und eine Lefse.«

Er setzt sich zu den beiden an den Tisch. Tor hatte bereits genug unangenehme Erlebnisse, weshalb er sich in der Nähe des polternden Moschusochsen noch immer unwohl fühlt, allerdings versucht er, sich das nicht anmerken zu lassen. Olga schenkt den Kaffee ein und platziert die Tasse, zusammen mit einer in Folie eingepackten Lefse mit Butter und Zimt, vor Hallgrim, bevor sie Tors und Karls benutzte Teller mit zum Abwasch nimmt.

Hallgrim erwähnt einige neue Maschinen, die in der Werkstatt eingetroffen sind. Sie reden ein bisschen über Fußball. Einige Minuten später hatte sich die Fliege im Fenster zum Sterben hingelegt oder war zumindest eingeschlafen.

Kling-kling! Alle, mit Ausnahme der Fliege, zucken zusammen, als die Türglocke erneut ertönt. Die Tür geht auf, und mitsamt einer warmen Abendbrise kommt Sandra Seter herein. »Hei, Jungs!«, sagt sie mit einem breiten Lächeln und einer zum Gruß erhobenen Hand. »Und hei, Olga!«

Sandra trägt ein rosafarbenes Sommerkleid und über der Schulter eine weiße Tasche. Sie geht zum Tresen zu Olga, dreht sich jedoch um und lächelt den Männern am Tisch zu.

»Wie schön, euch zu sehen!«, sagt sie. »Einen Augenblick, dann hole ich mir was zu trinken.«

Olga erhebt sich, geht zum Kühlschrank und nimmt eine Flasche Mineralwasser heraus. Sie weiß offensichtlich, was Sandra haben will, denkt Tor. Ist sie hier bereits Stammgast geworden?

»Bring auch was für die Jungs mit«, sagt Sandra, noch immer im gleichen heiteren Ton. »Dann können wir ein bisschen zusammensitzen und plaudern.«

Bewaffnet mit vier Wasserflaschen und einem strahlenden Lächeln kommt sie auf sie zu. Tor sieht sie überrumpelt an. Sandra benimmt sich, als würden sie sich noch immer hier im Burgerladen auf ein Mineralwasser und ein nettes Gespräch treffen. Selbst Hallgrim Dalen scheint verwirrt, als sie die Flaschen auf den Tisch stellt, einen der freien Stühle vorzieht und sagt: »Trinkt nur! Das ist wichtig bei der Wärme.«

Karl öffnet gehorsam eine der Flaschen und nimmt einen Schluck. Hallgrim zieht stattdessen seinen Kaffee vor.

»Die gnädige Frau ist also nach Dalen zurückgekommen«, sagt er. Er starrt Sandra an. »Ich habe gehört, dass du hier bist. Hast du das Dorfleben womöglich vermisst?«

»Ja, selbstverständlich habe ich das«, antwortet Sandra. »Es ist so friedlich hier. So authentisch.«

Hallgrim Dalen runzelt die Stirn, öffnet die Plastikverpackung und schiebt sich die halbe Lefse auf einmal in den Mund; dann betrachtet er Sandra, während er kaut.

»Sie sagen, du hast ein Zimmer bei Per und Lilly.«

Sie lächelt erneut. »Dir entgeht wirklich nichts, Hallgrim.«

»Sie nimmt auch am Kletterkurs teil«, wirft Karl plötzlich ein, woraufhin Hallgrim überrascht von seinem Enkel zu Sandra schaut.

»Nein, was du nicht sagst? Bei Ingrid?«

»Ja«, bestätigt Sandra lächelnd.

»Ja, Ingrid ist sicher erfreut, dich zu sehen!«, kommentiert Hallgrim, gefolgt von einem polternden Lachen.

Tor krümmt sich zusammen.

Sandras Blick wandert von einem zum anderen. »Was meinst du? Warum sollte sie das nicht sein?«

»Nun, nicht jeder ist wohl sonderlich begeistert, wenn die Exfrau vom eigenen Typen auftaucht.«

Sandra lässt die schweren Wimpern ein paarmal auf und ab flattern. »Darüber habe ich in der Tat nicht nachgedacht.«

Sie wendet sich an Tor. »Was glaubst du, Tor? Glaubst du, Ingrid hat etwas dagegen, mich dabeizuhaben?«

»Nun, sie ...« Tor weiß nicht, was er sagen soll. Sie können dieses Gespräch nicht führen, wenn Olga, Hallgrim und Karl zuhören.

Nachdem Hallgrim auch den Rest der Lefse verspeist hat, knüllt er die Folie zusammen.

»Vielleicht bist du lange genug hier, um auch die Hochzeit mitzuerleben, Sandra?«, fragt er.

Jetzt ist sie es, die überrascht zusammenzuckt. Sie sieht Tor an. Vom Tresen aus verfolgt Olga offenkundig das Geschehen.

»Hochzeit?«, fragt Sandra. »Davon habe ich nichts gehört.«

Hallgrim lächelt schief und betrachtet sie mit schmalen Augen unter der breiten Stirn mit einem prüfenden Blick. Er kratzt sich die grauen Haarbüschel an der Seite des Kopfes, woraufhin diese noch mehr abstehen als üblich.

»Es sind nicht Tor und Ingrid, die heiraten werden«, greift Karl helfend ein. »Es ist Ingrids Freund, Vegard.«

»Ja«, ergreift Hallgrim wieder das Wort. »Er und ein anderer Kerl. Ein Chinese. Aus Oslo. Zwei Kerle, die heiraten wollen. Seltsame Sache. So was machen sie in der Großstadt. Bevor die neue Pfarrerin da war, wäre das hier im Dorf nicht denkbar gewesen.«

»Das wäre nicht denkbar gewesen, nein«, bestätigt Sandra und sieht erneut von einem zum anderen. »Das ist mal sicher. Aber die Dinge verändern sich nun mal. Oder nicht?«

Einen Moment lang wirkt sie abwesend, plötzlich aber lächelt sie wieder breit. »Möchte jemand ein Eis?«

»Ja, danke«, sagt das Moschuskalb vergnügt. »Eis am Stiel mit Schokolade.«

Genau genommen hat er nichts gegen eine Veränderung des Menüs, sofern es zum Besseren ist.

Dann hören sie den Abendzug in den Bahnhof einfahren.

»Oh!«, sagt Tor und steht abrupt auf, nimmt sein Handy vom Tisch und schiebt es in die Gesäßtasche. »Da ist der Bergsteiger, den ich abholen soll. Marcus Zepperlink.«

»Tor soll ihn ins Himmelfjell fahren«, führt Karl genauer aus, vergnügt darüber, ein weiteres Mal zu dem Gespräch beitragen zu können.

Tor legt dem Kameraden eine Hand auf die Schulter. »Mach's gut, Karl, wir sehen uns.«

Karl nickt, und Tor verschwindet aus der Tür hinaus, ohne Sandra oder Hallgrim eines weiteren Blickes zu würdigen.

*

Ein schlanker Mann in T-Shirt, mit kurzen dunklen Haaren kommt den Bahnsteig entlang. Er ist sonnengebräunt, hat einen Rucksack über der Schulter und einen federnden Gang. Jede Sehne und jeder Muskel signalisieren rastlose Energie. Es ist nicht schwer auszumachen, dass es sich um Marcus Antonius Zepperlink handeln muss.

Aus dem Augenwinkel heraus sieht Tor, dass Olga mit einer Mülltüte in der Hand auf der Treppe des Burgerladens steht. Typisch Olga. Jetzt hat sie einen Vorwand gefunden, um den Neuankömmling näher in Augenschein nehmen zu können. Sie geht seitwärts zum Container und wirft den Beutel hinein, ohne den Blick auch nur eine Sekunde von den beiden Männern abzuwenden. *Nun, Olga Plassen, an diesen Kerl wirst du wohl nicht viele Pommes frites verkaufen*, denkt Tor, als der

Neuankömmling vor ihm stehen bleibt und eine Hand ausstreckt.

»Guten Tag!«, sagt er. »Ich bin Marcus. Und du musst Tor sein, Ingrids Freund?«

Er ist sowohl freundlich als auch höflich, dieser Schweizer, spricht gut Englisch, mit einem Hauch von vermutlich deutschem Akzent. Oder französischem? Oder italienischem? Tor ist sich nicht sicher. Abgesehen vom Schnarren ist seine Aussprache ziemlich perfekt. Besser als Tors Englisch, aber auch ihm gelingt es, ein paar Höflichkeitsphrasen herunterzuleiern, während sie zum Pick-up auf dem Parkplatz gehen.

Tor nimmt Marcus Zepperlink den Rucksack ab und legt ihn auf die Ladefläche. Dann setzen sich beide ins Auto. Der Pick-up ist ordentlich aufgeheizt, weshalb Tor das Fenster herunterkurbelt.

»Hast du Durst?«, fragt er Zepperlink. »Soll ich reingehen und dir was zu trinken kaufen?«

Mit einem Nicken verweist er auf den Burgerladen und ist erleichtert, als der Schweizer dankend ablehnt. Dann startet er den Motor und biegt auf die Straße. Olga Plassen sieht ihnen nach und geht dann wieder die Treppe hinauf.

»Es ist schön hier«, sagt Zepperlink, als sie auf die Straße abbiegen, die ins Gebirge hinaufführt. Sie arbeiten sich weiter nach oben, während Tor von den Höfen erzählt, an denen sie vorbeifahren.

»Wunderbar!« Zepperlink ist interessiert bei der Sache und hat Unmengen an Fragen zur Land- und Weidewirtschaft in Norwegen.

In der Ferne hören sie Schafglocken.

»Sind das deine Schafe?«, erkundigt sich Marcus Zepperlink. Das erachtet Tor als durchaus möglich.

»Letztes Jahr war ich in Alaska unterwegs«, erzählt Marcus. »Dort bewegt man sich mit Glocken am Rucksack vorwärts, um Bären abzuhalten.«

Tor lacht. »Ja, davon habe ich gelesen. Aber das funktioniert hier in Norwegen nicht. Hier würde der Bär nur denken: *Yummy, Futter!*, wenn er Glockenklang hört.«

Als sie vor dem Hotel parken, steht Ingrid auf der Treppe. Marcus bedankt sich höflich für die Fahrt, und beide steigen sie aus dem Pick-up aus. Marcus nimmt seinen Rucksack von der Ladefläche, bevor er sich im lockeren Laufschritt zu Ingrid aufmacht und sie überschwänglich in die Arme schließt.

»Wie schön, dich wiederzusehen!«, sagt er.

Tor weiß, dass sie Marcus seit dem Unglück nicht mehr gesehen hat, sie hatten lediglich miteinander telefoniert. Sie war ein bisschen nervös gewesen. Das kommt mitunter vor, wenn sie Leute aus ihrem »alten Leben« wiedersehen soll. Jedoch scheint das jetzt vollkommen vergessen.

Ingrid küsst Tor auf die Wange.

»Danke für die Hilfe«, sagt sie. »Maja hat was zu essen vorbereitet. Hast du auch Hunger?«

»Nein, ich habe mit Karl etwas gegessen, während ich auf den Zug gewartet habe«, antwortet Tor. Er zögert einen Moment. Sollte er von dem Gespräch mit Sandra erzählen? Den Anlass nutzen, um sie auch über die Neuigkeiten zu informieren? Das steht zwischen ihnen, das mit seiner Ex. Er weiß, dass Ingrid sich fragt, was da los ist, aber er ist sich nicht sicher, ob er darauf eine gute Antwort parat hat. Nein, nicht jetzt, nicht, während Zepperlink wartet und sie an so viel anderes zu denken hat. Vielleicht kann er das Thema später am Abend aufgreifen. Oder morgen.

Kapitel 24

»Hat hier jemand Höhenangst?«, fragt Ingrid. »Wie ich sehe, nicken einige von euch. Das ist gut. Man *sollte* Angst vor Höhen haben. Höhen sind gefährlich. Dass man jedoch vor etwas Angst hat, bedeutet nicht, dass man es meiden sollte. Vielmehr ist das Gegenteil der Fall.«

Eine warme Sommerbrise weht über die Wiese, auf der Ingrid mit Marcus an ihrer Seite steht. Vor ihnen, an den Kletterwänden, stehen die acht Kursteilnehmer. Die drei Geologiestudenten aus Oslo, allesamt lang und dünn, haben sich zu einer kleinen Gruppe versammelt. Direkt neben ihnen steht eine Frau in den Dreißigern aus Chile. Sie ist klein, sonnengebräunt, sehr schlank und sehnig. Was wohl ihr Hintergrund sein mag, und warum sie sich fürs Bergsteigen in Norwegen entschieden hat? Auf den ersten Blick schätzt Ingrid, dass die Frau, mit Ausnahme von ihr selbst und Marcus, die erfahrenste Kletterin in der Gruppe ist. Aber Ingrid weiß auch, dass der Schein trügen kann. Auch die etwas rundlichere Frau mittleren Alters aus Westnorwegen kann eine gute Kletterin sein. Die beiden Männer in den Vierzigern aus Trondheim haben erzählt, sie würden bouldern und in einem Kletterzentrum viel mit dem Seil arbeiten. Auch draußen hätten sie sich schon ein wenig versucht. Der eine ist ziemlich groß, der andere klein, aber im Gegensatz zu dem, was viele glauben, muss beim Klettern nichts davon zum Nachteil sein. Abgesehen davon, dass es gut ist, nicht zu viele Kilos auf die Waage zu bringen, gibt es keinen perfekten »Kletterkörper«. Wie auch sonst im Leben hat alles seine Vor- und Nachteile.

Ingrids Blick fällt auf die achte Teilnehmerin. Es ist Sandra Seter. Sie trägt enge Shorts und ein Top einer teuren Marke. Die Augen sind mit einer trendy Sonnenbrille mit polarisierenden Gläsern bedeckt. Etwas an der Garderobe, der Frisur und der gesamten Erscheinung bringt Ingrid auf den Gedanken, dass Sandra finanziell entweder sehr gut dasteht oder daran interessiert ist, es so aussehen zu lassen. Vielleicht ist ihre Beratungsfirma in der Tat richtig gut gelaufen. Warum aber hatte sie dann beschlossen, das Ganze hinter sich zu lassen? Hier gab es viele unbeantwortete Fragen. In diesem Augenblick jedoch, in der aktuellen Situation, muss Ingrid sich auf die Arbeit konzentrieren und versuchen, Sandra wie jeden anderen Kursteilnehmer zu behandeln.

Ingrid verweist auf die Wände, die sie auf der Wiese aufgestellt hatten. »Ihr dürft gern die Trainingswände benutzen. Mitunter ist es gut, ein wenig auszutesten, wie viel Kraft man in den Händen hat und wie verschiedene Griffe funktionieren. Wir haben auch ein Hangboard. Marcus hier macht Klimmzüge mit einem Finger.« Sie verweist auf Zepperlink, der neben ihr breit grinst. »Keine Sorge, wir erwarten nicht, dass alle es schaffen, ihm das nachzumachen.«

Ein leichtes Prusten ist in der Gruppe zu vernehmen.

»Aber um ein bisschen Ernst in die Sache zu bringen«, fährt Ingrid fort. »Klettern erfordert Körperbeherrschung und Kraft. Das Wichtigste aber ist, dass Klettern eine *soziale* Aktivität ist – eine Übung in Zusammenarbeit und Zuverlässigkeit.«

Sie spürt die auf sich gerichteten Blicke der Kursteilnehmer. Sandras vielleicht speziell?

»Ihr werdet erleben, dass die *psychische* Stärke die wichtigste ist«, erklärt sie weiter. »Klettern bedeutet, an die eigene mentale Grenze zu gehen, an den Punkt, den man *kaum* aushält, um dann zu schauen, ob man von dort aus weiterkommt.«

*

Es wird ein schöner Tag, obwohl Ingrid ständig von ihren eigenen Worten heimgesucht wird. Denn sie balanciert selbst, unentwegt, auf der mentalen Grenze. Dem Punkt, den sie *kaum* aushält. Auch an diesem Tag mit Training und Anleitungen in strahlendem Sonnenschein, an dem sie den Teilnehmern Dinge beibringt, die sie kann, und Orte zeigt, die sie kennt, ist der Zweifel allgegenwärtig. Wenn sie sich einem Abhang nähern oder ein Griff misslingt, zuckt sie innerlich zusammen. Kann sie die Verantwortung für das hier übernehmen?

Jetzt aber naht der Abend, und sie kehren gemeinsam zum Hotel zurück.

»Ich bin positiv überrascht vom Niveau der Kursteilnehmer«, sagt Marcus, und Ingrid stimmt ihm zu. Alle acht könnten, wenn auch nicht Bergsteiger der Spitzenklasse, so zumindest Leute werden, die viel Freude an Gipfeltouren und anderen Klettererlebnissen haben. Sogar Sandra, denkt sie. Es ist offensichtlich, dass sie vorab bereits geklettert ist. Nicht mit Tor zusammen, denn der ist überhaupt kein Kletterer, obwohl er die Berge mag. Ingrid hatte nicht nachfragen wollen, jedoch gehört, wie Sandra Marcus von einem Kletterkurs erzählt hat, an dem sie im Rahmen eines Teambuildingprogramms einer internationalen Arzneimittelfirma teilgenommen hatte.

Wenn es um die Einteilung in Gruppen und Erteilung von Anweisungen geht, achtet Ingrid stets darauf, dass Sandra in Marcus' Team landet. Die Vorstellung, sie in ihrer Gruppe zu haben, ist einfach unerträglich. Die Flut an Fragen und Kommentaren von Sandra muss sie als Kursleiterin zwar ertragen, sie jedoch in unmittelbarer Nähe ihres Körpers zu wissen und sie mit dem Seil abzusichern – nein, das muss Marcus übernehmen.

Nicht dass er den Eindruck erweckt, als hätte er etwas dagegen. Sandra redet ohne Unterlass und rückt sich selbst dabei in den Vordergrund, und er ist einfach heiter und geduldig. Sie flirtet den ganzen Tag mit ihm, und er erwidert die Avancen freundlich und professionell. Oder vielleicht lässt er sich tatsächlich von Sandras Anmut und Redegewandtheit mitreißen? Bei Männern weiß man schließlich nie. Letztendlich war einst selbst der solide Tor Sandras Charme erlegen.

Sandra ist sehr hübsch, daran gibt es keinen Zweifel. Clever. Nett, wenn sie will. Nett? Tja. Sie versucht, so zu erscheinen, aber Ingrid gelingt es nicht, das zu glauben. Alles an Sandra wirkt so kalkuliert. Auf der anderen Seite denkt sie: Vielleicht meldet sich da nur ihre eigene Unsicherheit zu Wort. Etwas Gutes muss Sandra doch an sich haben.

Vielleicht sollte ich versuchen, den Schutzwall ihr gegenüber ein wenig fallen zu lassen, denkt sie. Wie Vegard ganz richtig gesagt hatte, haben wir schließlich alle Expartner. Und ich habe wohl genau genommen keinen Grund, auf Sandra eifersüchtig zu sein.

Oder?

Pling-pling, pling-pling. Sie vernimmt Geräusche aus der Seitentasche des Rucksacks. Auf dem Handy gehen Nachrichten ein, nachdem sie wieder in einem Gebiet sind, wo es Empfang gibt. Die Nachrichten müssen warten, bis sie oben in ihrer Wohnung ist. Exakt in diesem Moment will sie nur den Abschluss der Gruppe bilden, zusehen, wie die Abendsonne sich dem Gebirge nähert, und den Vögeln lauschen, die sich vorgenommen haben, lange aufzubleiben.

Als sie ins Hotel kommen, sitzt Mutter Borghild auf einem Stuhl im Foyer. Sobald sie Ingrid sieht, steht sie schnell auf, bevor sie abrupt innehält und sich für ein paar Sekunden an der Stuhllehne festhält. Es sieht aus, als sei ihr schwindelig.

Ingrid eilt zu ihr. »Geht es dir nicht gut?«

Mutter Borghild wehrt sie ab.

»Doch, doch. Nur der niedrige Blutdruck, weißt du.«

Sie richtet sich auf und legt eine Hand auf Ingrids Schulter.

»Vegard wartet auf dich in der Bar«, sagt sie leise und schielt zur Klettertruppe hinüber. Sie haben Schuhe und Ausrüstung in der Garderobe abgelegt, und mehrere Teilnehmer befinden sich bereits auf der Treppe hinauf zu ihren jeweiligen Zimmern.

»Es hat den Anschein, als gäbe es eine Krise.«

Kapitel 25

»Vegard ist nach unten in die Bibliothek gekommen und hat gefragt, wann du zurück sein würdest«, erklärt Mutter Borghild. »Da er dich telefonisch nicht erreicht hat. Ich habe ihn gefragt, ob er ein Glas Wein haben und in der Bar auf dich warten wolle, und da hat er glatt darauf bestanden, die ganze Flasche zu bekommen.«

Ingrid wird bewusst, dass sie noch immer den Rucksack aufhat, voll mit der Ausrüstung, die sie den ganzen Tag umhergetragen hat. Sie setzt ihn ab und nimmt das Handy aus der Seitentasche. Sieben Nachrichten, sechs davon von Vegard und eine von Mutter Borghild. Drei unbeantwortete Anrufe.

»Was ist denn passiert?«, fragt sie.

»Ich weiß es nicht«, sagt Borghild.

»Ich gehe zu ihm. Hat er was gegessen?«

»Nein, nein«, antwortet die Großmutter. »Essen wollte er nichts. Er wirkt ehrlich gesagt vollkommen verstört. Du musst zu ihm gehen und mit ihm sprechen.«

Ingrid stellt den Rucksack in die Garderobe und geht in die Bar. Der Raum ist dunkel. Die Deckenlampe ist ausgeschaltet.

Ganz hinten vor der braunen Holzwand sitzt Vegard mutterseelenallein an einem Tisch. Vor ihm stehen eine leere Rotweinflasche und ein etwa zur Hälfte gefülltes Glas. Die Sonne befindet sich nunmehr auf der anderen Seite des Gebäudes, und das durch die kleinen Fenster hereindringende Licht ist spärlich. Der Kontrast zu dem hellen Sommerabend, durch den Ingrid eben noch gewandert ist, könnte größer nicht sein. Trotzdem trägt Vegard eine Sonnenbrille. Er hat den Kopf in die Hände gestützt, und sein üblicherweise so energiegeladener Körper wirkt schlapp und antriebslos.

Ingrid überkommt ein ungutes Gefühl. Es macht ihr Angst, den Freund so zu sehen.

»Vegard!«, sagt sie. »Was ist passiert?«

Als er sie sieht, steht er abrupt auf, nimmt die Sonnenbrille ab, streckt den Rücken durch und breitet die Arme aus.

»Ingrid«, sagt er und legt die Arme um sie. »*Oh my God!* Da bist du endlich. Ich dachte, du würdest nie kommen. Warum hast du nicht auf meine Nachrichten reagiert?«

Er hält sie auf eine Armlänge Abstand und sieht ihr in die Augen. Seine eigenen Augen glänzen und sind rot. »Ich hätte es nicht länger ausgehalten, wärst du jetzt nicht gekommen. Die totale Krise!«

»Mein Lieber! Was für eine Krise?«

Vegard riecht nach Wein, sie ihrerseits ist verschwitzt und staubig. Sie wünschte, sie hätte bereits geduscht. Und er sich die Zähne geputzt.

Sie befreit sich aus seinem Griff. »Komm, setzen wir uns. Ich hole Wasser.«

Sie geht zum Tresen der Bar, füllt ein großes Glas mit Wasser aus dem Hahn und trinkt es in einem Zug aus, dann füllt sie es erneut und nimmt ein ebenso großes Glas für Vegard mit. Sie haben momentan keinen festen Barkeeper, aber Alfred wird sich der Aufgabe zu einem späteren Zeitpunkt des Abends annehmen. In diesem Augenblick ist es gut, dass nur sie beide, Ingrid und Vegard, hier sind.

»Wie du weißt, bin ich gerade eben erst vom Kletterkurs zurückgekommen«, sagt sie. »Da draußen ist kein Empfang.«

Sie stellt die Gläser auf den Tisch und setzt sich neben ihn.
»Hier. Trink das.«
Er sieht zu ihr auf. »Wasser? Ich brauche mehr Wein, Ingrid.«
Sie lächelt schief. »Ich bin nicht so sicher, ob es das ist, was du brauchst. Nimm zumindest zuerst das.« Sie schiebt das Glas zu ihm rüber. »Und dann musst du mir alles erzählen. Was ist passiert?«
Er nimmt das Wasserglas, betrachtet es lange und schüttet dann fast den kompletten Inhalt mit einem Mal in sich hinein.
»Es sind unsere Anzüge.«
»Die Anzüge?«
»Ja, die Hochzeitsanzüge. Sie werden nicht rechtzeitig fertig.«
»Was?«
»Sie sollten im Mai fertig sein, weißt du, aber David hatte nie Zeit zur Anprobe. Da war auch was mit dem Futter, Stoff, der bestellt werden musste. David sollte Anfang der Woche beim Schneider vorbeigehen, aber er hat es nicht geschafft. Daher sollte er es heute erledigen, aber das hat er vergessen. Er hat *es vergessen*, Ingrid!«
»Okay ...« Sie nickt langsam. Betrachtet die leere Weinflasche. Es ist unerfreulich, dass die Anzüge nicht fertig sind, allerdings ist schwer nachzuvollziehen, dass der Freund sich deshalb so aufregt. Immerhin sind bis zur Hochzeit noch zwei Wochen Zeit.
»Ich verstehe, dass es dumm ist, dass das jetzt auf den letzten Drücker passieren muss, aber das ist doch wohl keine *so* große Krise? Sie werden doch wohl noch rechtzeitig fertig?«
»Ha! Als ob Valentin Nilsen keine anderen Aufträge hätte«, schnaubt Vegard. »Es ist vor allem als ein Freundschaftsdienst zu betrachten, dass er den Auftrag überhaupt angenommen hat. Schließlich näht er vor allem für Promis und Fernsehstars.«
Vegard leert das Weinglas und schaut sehnsuchtsvoll auf die

ebenso leere Flasche, scheint jedoch eingesehen zu haben, dass Ingrid nicht gedenkt, ihm mehr davon zu servieren.

Er greift ihre Hand. »Also, es sind ja nicht nur die Anzüge«, sagt er. »Es ist, dass wir eine glasklare Absprache hatten, die er gebrochen hat. Weil er es nicht zur Priorität gemacht hat. So war es auch mit dem Menü und anderen Dingen, über die wir eine Entscheidung treffen müssen. Das ist nur ein Symptom, und das macht mir solche Angst ...«

Vegard redet und redet. Ingrid begreift, dass an diesem Abend viele Monate voller Stress und Unruhe kulminieren. Vegard ist ein superpositiver Typ und ein pragmatischer Organisator, aber ebenso ist er auch ein Gefühlsmensch. Und vor einem so großen Lebensereignis ist es vielleicht nicht verwunderlich, dass er zwischendurch von seinen Gefühlen überwältigt wird. Vegard ist in den vergangenen Jahren so oft für sie dagewesen. Jetzt ist sie an der Reihe, für ihn da zu sein.

Also lässt sie ihn reden. Versucht, an den richtigen Stellen zu nicken. Ihr Hals ist trocken. Sie braucht ein Bier, stellt sie fest. Also geht sie hinter den Tresen und zapft einen halben Liter und öffnet zudem eine Flasche alkoholfreies Pils, das sie in ein Glas gießt. Das ist für Vegard. Wenn sie etwas Vernünftiges aus ihm herausbekommen will, kann er nicht noch betrunkener werden.

»Vegard. Was ist *eigentlich* das Problem?«, fragt sie, nachdem sie wieder Platz genommen hat.

Vegard fummelt an der Sonnenbrille herum, legt sie weg, nimmt das leere Weinglas und schaut hinein, stellt es wieder ab, nimmt einen Schluck von dem alkoholfreien Bier.

»Das Problem«, sagt er und legt das Gesicht in die Hände. »Das Problem ist, dass ich unsicher werde, was die ganze Sache betrifft, Ingrid. Er wirkt so *unengagiert*. Gerade so, als wäre es nicht seine Hochzeit, sondern nur meine. Ich mache und tue, plane und organisiere, und er bringt es kaum zustande, sich zu beteiligen. Ich sollte wohl froh sein, wenn er zur Hochzeit überhaupt auftaucht!«

Ingrid muss unweigerlich lächeln. »Wir dürfen wohl glauben, dass er gedenkt, das zu tun. Obwohl du dich vielleicht etwas mehr ... für die Details der Hochzeitsvorbereitungen interessierst.«

»Ja, doch, aber du weißt ... Es wäre wirklich sehr schön, wenn er ein wenig *anwesend* wäre. Wenn er der Anprobe des Anzugs oder dem Testen der Gerichte keine Priorität einräumen kann, fühlt es sich so an, als hätte er kein großes Interesse an der Hochzeit.«

Er stellt das Glas ab und sieht Ingrid an. »Vielleicht versucht er, in letzter Sekunde einen Ausweg zu finden?«

»Einen Ausweg?«, ruft sie verblüfft aus. »Warum in aller Welt sollte er versuchen, einen Ausweg zu finden?«

Ingrid greift nach Vegards Hand und hält sie mit ihren fest.

»Sieh mich an, Vegard! Ich weiß nicht ganz, was sich zwischen euch abspielt, aber einer Sache bin ich mir sicher: David liebt dich und freut sich darauf, dich zu heiraten. Um ehrlich zu sein, war doch *er* es, der *dir* einen Antrag gemacht hat, oder nicht? Er versucht nicht, irgendeinen Ausweg zu finden!«

Vegard sieht sie an. »Glaubst du nicht?«

Mit Nachdruck lässt sie ihn wissen: »Da bin ich mir *ganz* sicher.«

Plötzlich ertönt eine Stimme: »Aber hei! Wie gemütlich ihr es hier habt!«

Ingrid zuckt zusammen. Das Zwitschern lässt keinen Zweifel. Sandra Seter steht direkt neben ihnen, frisch geduscht, frisch gestylt und mit einem leinenfarbenen Hosenanzug bekleidet. Wie hatte sie so nah kommen können, ohne dass sie es bemerkt hatten? Hatte sie sich teleportiert? Ingrid schaut auf ihre Füße. Keine Highheels heute, sondern flache, hübsche Ballerinas.

»Ich wollte nicht stören«, sagt Sandra mit einem kleinen Lächeln. »Ich wollte nur nachsehen, ob Marcus hier ist.«

»Marcus?«

»Ja, wir hatten auf dem Rückweg verabredet, etwas zusammen zu trinken, nachdem wir geduscht haben.« Sandra sieht Ingrid an. »Du weißt, Marcus und ich verstehen uns *so* gut. Ich glaube, er ist in der Tat froh, dass ich in seinem Team bin. Er merkt, dass ich viel beizutragen habe.«

Ingrid schnaubt innerlich. Oder vielleicht entkommt ihr auch ein Ton? Zumindest sieht Vegard sie fragend an. Sie spürt, dass alle die versuchsweise konstruktiven Gedanken über das Verhältnis zu Sandra wie weggeblasen sind.

Sandra lässt ihren Blick über Ingrid und Vegard gleiten. Sie bemerkt Vegards verheultes Erscheinungsbild, Ingrid, die schwitzt und noch immer ihre Klettersachen trägt, die Bier- und Weingläser vor ihnen, Ingrids Hände, die über den Tisch hinweg Vegards halten.

»Ja, jetzt ist es wohl an der Zeit für ein paar Erfrischungen. Aber ich gedachte, mich an die alkoholfreien Varianten zu halten.«

Darauf hat Ingrid keine Antwort parat. Für gewöhnlich hat Vegard immer eine schlagfertige Replik auf Lager, jetzt hat er jedoch offensichtlich genug mit seinen eigenen Sorgen zu tun und unternimmt nichts, um die Situation aufzulockern.

Nach einer Weile räuspert Sandra sich.

»Aber wie ich sehe, handelt es sich hier um private Angelegenheiten. Ich sehe nach, ob er im Speiseaal oder auf der Terrasse ist. Marcus, meine ich.«

Sie lächelt breit, hebt die Hand zu einem flüchtigen Gruß und begibt sich in Richtung Ausgang. Bevor sie ins Foyer geht, hält sie noch einmal inne, dreht sich zu ihnen um und winkt.

Weder Ingrid noch Vegard erwidern das Winken.

»*Oh. My. God*«, ertönt es von Vegard, nachdem Sandra endgültig gegangen ist. »Sie ist wirklich speziell.«

»Ja, das habe ich doch gesagt«, entgegnet Ingrid. »Du hast sie doch bei der Ausstellungseröffnung gesehen? Und offensichtlich hat sie beschlossen, wie eine Klette hier festzuhängen. Ich habe doch erzählt, dass sie sich zum Kletterkurs angemeldet hat.«

»Shit.« Plötzlich wirkt Vegard nahezu vollkommen nüchtern. »Kannst du mir noch ein Glas Wasser geben?«

Er nimmt das frisch aufgefüllte Glas und trinkt einen großen Schluck. »Sandra Seter.« Er richtet sich auf dem Stuhl auf. Das Selbstmitleid ist wie weggeblasen.

»Okay, Ingrid«, sagt er entschlossen. »Diese Frau dort ... die solltest du nicht auf die leichte Schulter nehmen. Ihr kannst du in der Tat keine Sekunde lang den Rücken zudrehen.«

»Ach so?«, kommentiert Ingrid überrascht. »Ich dachte, du würdest sagen, hier hätte ich nichts zu befürchten und dass alle Expartner haben und so weiter.«

Er drückt ihre Hand.

»Bis jetzt hatte ich nicht kapiert, wie durchgeknallt sie ist.«

Ingrid nickt, und Vegard betrachtet sie mit ernstem Blick.

»Du weißt, was man sagt: *Keep your friends close, but keep your enemies closer.*«

Eine Stunde später hat Maja frische Forelle mit Gurkensalat serviert, und die Kursteilnehmer haben für den Rest des Abends frei. Vegard und Ingrid stehen auf der Wiese und lassen den Blick über die Landschaft schweifen. Von der Terrasse, wo die Klettergäste sich nach dem Abendessen versammelt haben, sind Gitarrenklimpern und Stimmen zu vernehmen.

»Wie reizend es hier ist«, sagt Vegard.

Ingrid nickt. Dieser hellen Sommerabende wird sie niemals überdrüssig. Inzwischen ist die Sonne im Begriff unterzugehen, jedoch nimmt sie sich dafür sehr viel Zeit. Es scheint, als wolle sie sich das Fest nicht entgehen lassen, das die Natur bereitet. In den Bäumen zwitschert es noch immer.

Sie und Vegard sprechen über David und über Tor. Wie schwer es sein kann, denjenigen zu verstehen, den man liebt. Warum ist David so träge und nicht bereit, sich für die Hochzeit zu engagieren, zu der er selbst die Initiative ergriffen hat? Warum ist Tor Sandra gegenüber so unbeholfen, wenn er doch sieht, dass es Ingrid quält?

»Warum können die Leute nicht einfach Gedanken lesen?«, fragt Vegard.

»Ich weiß nicht genau, ob das so viel helfen würde«, antwortet Ingrid.

Nach einer Weile schlendern sie zum Hotel zurück. Perle hat die Gitarre mit nach draußen genommen, und nun sitzt sie in einem Korbsessel und singt romantische Lieder auf Norwegisch und Englisch. Die auf Kissen und Bänken sitzenden Kursteilnehmer scheinen sowohl die Musik als auch den Sommerabend zu genießen.

Die Frau aus Westnorwegen – Berit, wie sie heißt – hat sich an der Bar ein Glas Weißwein geholt und sitzt nun mit geschlossenen Augen da, die blanken Füßen vor sich ausgestreckt, den Rücken an die Wand gelehnt. Die Männer aus Trøndelag unterstützen, mit der Bierflasche in der Hand, Perle gesanglich bei den Sommerweisen. Die Chilenin Claudia ist in ein einfaches, blaues Sommerkleid geschlüpft. Ihre braunen, gelockten Haare sind vom Duschen noch immer feucht und hängen ihr offen über den Rücken. Sie sieht fröhlich aus.

Ingrid und Vegard nehmen auf einer Bank am Rande der Gruppe Platz. Vegard knufft Ingrid diskret in die Seite und verweist mit einem Nicken auf den deutschen Geologiestudenten, Hans, der sein Kissen näher an Perles Sessel herangeschoben hat und sie entzückt anstarrt, während sie singt. Ingrid lächelt.

»*Young love*«, sagt Vegard.

»Nicht verwunderlich«, kommentiert Ingrid. »Perle ist schließlich wie ein Sommertraum.«

Die junge Frau sitzt da in einem langen weißen Kleid, mit der Gitarre auf dem Schoß und den blonden Locken in freiem Fall. Ihre Stimme ist klar und frisch wie ein Gebirgsbach.

Marcus Antonius Zepperlink und Sandra Seter haben nebeneinander auf einer Holzbank Platz genommen. Sandra scheint engagiert und leise zu sprechen, während Marcus lächelt. Mehr wird daraus nicht, denkt Ingrid. Sie kennt Marcus Antonius Zepperlink schon lange. Er ist professionell. Einen Sommerflirt wird er sich jedoch vielleicht erlauben. Und was Sandra wirklich will, das weiß keiner.

Das ist eine seltsame Angelegenheit, das mit der Liebe, denkt sie. Sie ist so komplex. Kann so unterschiedliche Formen annehmen.

Sie erinnert sich an den Moment, als sie Preben begegnet ist. Die physische Anziehung war bereits gewaltig, als sie zum ersten Mal zusammen in einem Raum waren, wie ein Blitzeinschlag. Mit Tor ist es anders. Was zwischen ihnen ist, ist schrittweise gewachsen und wächst noch immer. Es ist, als hänge die Liebe zu Tor mit der Zugehörigkeit zu diesem Ort zusammen, an dem sie aufgewachsen ist.

Tor ist Tal, sie ist Gebirge. Er ist ein bodenständiger Bauer, sie eine umherstreifende Seele. Aber bei ihm fühlt sie sich zu Hause.

»Wir dürfen die Sommernacht nicht verschlafen«, singt Perle. »Dafür ist sie zu schade.«

Kapitel 26

Am Samstagmorgen hatte Ingrid angedacht, die erste Tasse Kaffee des Tages zusammen mit Mutter Borghild in der Bibliothek zu trinken, aber die Großmutter ist nicht am angestammten Platz anzutreffen. Auch Maja hatte sie nicht gesehen, lässt sie Ingrid wissen.

Schließlich findet sie die Großmutter in der Kårstua im Bett.

»Aber Großmutter!«, sagt Ingrid. »Warum bist du noch nicht aufgestanden? Bist du krank?«

»Hei, meine Liebe.« Borghild sitzt gegen ein großes Kissen gelehnt im Bett. Sie ist mit einem Nachthemd bekleidet, und ihre weißen, langen Haare hängen ihr über die Schultern.

»Ich bin nicht ganz in Form«, sagt sie. »In der Nacht habe ich solche Bauchschmerzen bekommen. Und Durchfall.«

»Nein, was sagst du da?«, entgegnet Ingrid erstaunt. »Kann es am Essen gelegen haben?«

»Ich weiß es nicht«, sagt Mutter Borghild. »Die Forelle war auf jeden Fall frisch.«

Ingrid nickt. Der im Hotel servierte Fisch stammt aus lokalen Gebirgsgewässern.

»Aber im Radio habe ich gehört, dass einige spanische Gurken mit Salmonellen im Umlauf sind«, sagt die Großmutter.

»Du hättest mich doch anrufen oder eine Nachricht schicken können«, sagt Ingrid und platziert einen Stuhl neben dem Bett. »Ich wäre sofort gekommen. Kann ich etwas tun? Dir etwas holen?«

»Ein Glas Wasser vielleicht«, sagt Borghild.

Ingrid lässt den Wasserhahn in der Küche der Großmutter eine Weile laufen. Wenn es wirklich eine Salmonellenvergiftung ist? Oder Magen-Darm-Grippe? Nicht auszudenken. Ein Grauen. Sie muss diskret herausfinden, ob es im Haus weitere Krankheitsfälle gibt.

Sie nimmt das Glas Wasser mit ins Zimmer und stellt es auf den Nachttisch. Mutter Borghild ist blass und wirkt erschöpft. Ingrid nimmt ihre Hand. Die Finger sind kalt und fühlen sich so dünn an.

»Soll ich den Arzt rufen?«, erkundigt sich Ingrid.

Die Großmutter lächelt schwach.

»Nein, ist heute nicht Samstag? Da ist die Praxis geschlossen. Und so krank, dass du den Notarzt rufen musst, bin ich trotz allem nicht. Alles in Ordnung, Ingrid. Ich muss mich nur ein bisschen ausruhen, dann geht es mir wieder gut, du wirst schon sehen.«

Auf der Treppe vernimmt Ingrid hinter sich federnde Schritte, außerdem pfeift jemand eine schnelle Melodie. Es ist Marcus, der sich langsam joggend auf dem Weg nach unten befindet.

»*Good morning!*«, sagt er, als er sie einholt.

Ingrid lächelt. Marcus sieht zumindest nicht krank aus.

»*Good morning!*«, entgegnet sie.

Zusammen gehen sie in den Speisesaal, wo alle Kletterer bereits frühstücken und miteinander plaudern. Allesamt scheinen sie in guter Verfassung zu sein.

Nachdem sie abgeklärt hat, dass Maja ein Auge auf Mutter Borghild haben wird, ist Ingrid wie vereinbart zum Kursbeginn zur Stelle. Heute sollen die Teilnehmer etwas über natürliche Sicherungsmittel im Gebirge lernen. Außerdem sollen sie in

Vorbereitung der morgigen großen Tour an einer kleineren Wand Routinen im Umgang mit dem Seil und Klettertechniken üben. Und die Teilnehmer erweisen sich als richtig geschickt, Ingrids Erwartungen werden deutlich übertroffen. Der Tag vergeht so schnell, es ist, als würde die Zeit davonfliegen. Als sie zusammen zum Hotel zurückwandern, liegt die Sonne im Westen golden über den Bergen.

Marcus führt die Gruppe an, mit einer schwatzenden Sandra neben sich. Danach kommen die Herren aus Trøndelag, Berit im Gespräch mit Claudia und schließlich die jungen Studenten. Sie sind verschwitzt und erschöpft und reden durcheinander über das, was sie im Laufe des Tages erlebt haben. Hübsch sind sie, in ihrer Jugend und ihrem Eifer. Sie sehen glücklich aus, denkt Ingrid. So glücklich, wie man nur werden kann, wenn man sich selbst vergisst. Sie hätten noch länger weitermachen können, aber sie brauchen auch noch ein paar Kräfte für das Finale morgen – die Besteigung des Himmelnuten.

Auch Ingrid ist beinahe glücklich. Zumindest genießt sie das Gefühl, ihren Körper zu gebrauchen, wieder mit dem im Gange zu sein, wofür sie geschaffen ist. Sie kennt den Berg, ist sicher, was die Griffe betrifft, sicher, den anderen zu erklären, was sie wie zu tun haben. Die murrende Unruhe schiebt sie beiseite.

Das Erste, was sie nach ihrer Rückkehr tut, ist, einen Abstecher in die Kårstua zu unternehmen, um nach der Großmutter zu sehen.

»Herein!«, ertönt es schwach, als Ingrid anklopft.

Sie öffnet die Tür, und aus dem Schlafzimmer vernimmt sie: »Ingrid? Bist du es?«

Ingrid geht hinein und sieht, dass die Großmutter noch immer im Bett liegt. Sie trägt noch immer das Nachthemd, die langen weißen Haare jedoch, die am Morgen locker über den Schultern gelegen hatten, sind nunmehr zu einem Zopf geflochten. Die Brille liegt auf dem Nachttisch. Ohne sie wirkt Borghilds Gesicht nackt, zudem ist es fast genauso blass wie das cremeweiße Kopfkissen.

»Hei, Großmutter«, begrüßt Ingrid sie und setzt sich auf den Stuhl neben dem Bett. »Wie geht es dir?«

»Besser«, antwortet Borghild. »Ich bin nur noch ein bisschen müde. Maja hat vorhin Mineralwasser und Toast vorbeigebracht, gegessen habe ich also.«

Sie richtet sich im Bett auf. Plötzlich zuckt sie zusammen und presst sich eine Hand auf die Seite.

»Großmutter! Was war das?«, fragt Ingrid.

»Nichts, meine Liebe.« Mutter Borghild lächelt blass. »Nur Bauchkneifen. Vermutlich die Nachwirkungen der Gurkenvergiftung.«

»Wenn es denn eine Gurkenvergiftung gewesen ist«, merkt Ingrid zweifelnd an. »Bist du sicher, dass dir nichts anderes fehlt? Vielleicht sollten wir doch einen Arzt rufen? Zumindest am Montag, sollte es dir da nicht besser gehen?«

»Mach dir keine Sorgen«, beschwichtigt Mutter Borghild. »Wir Alten haben immer irgendwelche Wehwehchen, weißt du.«

»Ich bin nicht sicher, ob das sonderlich beruhigend ist«, entgegnet Ingrid.

*

Die Klettergruppe hat sich zum Abendessen im Speisesaal versammelt, während Ingrid und Vegard mit dem Personal in der Küche essen. Vegard hat wieder zu seinem gewöhnlichen, lebhaften Ich zurückgefunden, nicht zuletzt, weil er mit David gesprochen hat, der einen Sondertermin zur Anprobe bei Valentin Nilsen sowie das Versprechen erhalten hat, dass die Anzüge rechtzeitig fertig werden.

»Jemand, der draußen auf der Terrasse einen Kaffee haben will?«, fragt Maja in die Runde.

Ingrid trinkt so spät selten Kaffee, findet es jedoch nett, mit den Angestellten draußen hinter dem Anbau zusammenzusitzen. Dort hat Alfred für die Pausen und zum Entspannen in freien Minuten eine kleine Terrasse mit Tischen und Bänken zusammengezimmert.

Maja stellt ein Tablett mit Kaffeekanne und Tassen auf einen der derben Holztische. Mit einem Seufzer lässt sie sich auf die Bank fallen, schenkt sich eine Tasse Kaffee ein und fischt das Handy aus der Tasche der altmodischen Schürze, die sie trägt, wenn sie nicht die Kochtracht anhat.

»Muss Instagram checken«, lässt sie die anderen wissen.

Ingrid muss lachen. »Instagram? Ich dachte, du seist keine Anhängerin der sozialen Medien, Maja?«

»Oh, doch, Perle hat es mir beigebracht. Das ist doch ziemlich amüsant!«

»Wie lautet dein Nutzername?«, fragt Ingrid.

Die Köchin schüttelt den Kopf. »Oh, nein, es hat keinen Sinn, mir zu folgen, ich stelle da nichts ein. Ich schaue mir nur Bilder und Videos an – also, diese Otter, die sind zum Piepen!«

Vegard streckt die Hand aus. »Darf ich dir etwas zeigen, Maja?«

Sie gibt ihm das Handy, er gibt einen Nutzernamen ein und drückt »Folgen«, bevor er Maja das Handy zurückgibt. »Das ist ein Konto für dich.«

»Sibirische Katze Bella? Aber was ist das?«, fragt Maja. Dann wird ihr Blick sanfter. »Oh, ist die hübsch.«

»Das ist die Katze, die zu unserer Hochzeit kommt«, klärt

Vegard auf. »Die Katze von Pias Freund. Allerdings glaube ich, dass seine Exfreundin das Konto betreut.«

Perle ist bereits eifrig dabei, auf ihrem Handy die Updates von Bella in Augenschein zu nehmen. Bei Pia P muss sie ebenfalls vorbeischauen, wie jeden Tag. Die junge Perle ist ein großer Fan der Influencerin und konnte ihr Glück kaum fassen, als sie diese Weihnachten im Hotel kennenlernen durfte. Eine Weile hatte sich Pia in den sozialen Medien etwas zurückhaltender bewegt, in letzter Zeit aber hat sie in der Tat Bilder von sich und der kleinen Hilda geteilt – was unter ihren Followern zu großem Jubel und Hunderten von Fragen Anlass gegeben hat.

»Dieser Espen ist noch auf keinem der Bilder aufgetaucht«, sagt Perle unzufrieden.

»Vermutlich ist es noch ein bisschen früh, der Welt von der Beziehung zu berichten«, meint Vegard. »Stattdessen kannst du aber Bella folgen. Sie ist ja so gut wie Teil der Familie.«

Perle und Maja sehen sich Storys und Reels an, in denen die gutmütige Katze mit Strickpullovern, Strohhüten, Sonnenbrillen und sogar einer selbst gestrickten Tracht bekleidet zu sehen ist. Maja schüttelt den Kopf. »Nein, das ist mir zu verrückt.«

Exakt in diesem Moment kommt Svartlaug um die Ecke geschlichen und springt auf die Terrasse. Sie setzt sich hin und betrachtet ihr Frauchen mit schmalen, gelben Augen.

»Miez, miez, miez«, sagt Maja. »Komm her, Svartlaug.«

Aber die Katze rührt sich nicht.

»Nein, es ist wohl das Beste, ich abonniere die andere Katze nicht«, sagt Maja. »Svartlaug wird bloß eifersüchtig.«

Sie hören Stimmen von der Gästeterrasse. Die Klettertruppe ist im Begriff, nach draußen in den späten Sommerabend umzuziehen. Perle steht auf und schlendert Richtung Terrasse.

Vielleicht zieht es sie zu dem Deutschen, Hans, der so offensichtlich von ihr entzückt ist? Er ist groß und dünn, hat kräftige Hände und ein freundliches Lächeln. Ingrid hofft, dass Perle ihn auch mag.

»Ich glaube, es ist an der Zeit, ins Bett zu gehen«, sagt Ingrid. »Zumindest was mich betrifft. Du kannst ja länger aufbleiben, wenn du willst, Vegard. Du kannst dich morgen den ganzen Tag ausruhen, während ich mit den Kletterern auf dem Himmelnuten bin.«

»Ich muss in die Kirche!«, erklärt Vegard. »Und dann muss ich mit Maja zusammen Hochzeitsdesserts testen. Frische Erdbeeren, Moltebeercreme, Verschleierte Bauernmädchen und Zitronendessert. Das nenne ich einen gelungenen Sonntag.«

»Ich nenne das Überdosis!«, lacht Ingrid.

Kapitel 27

Es ist Sonntagmorgen, und heute ist der Tag der Tage. Heute steht die Besteigung des Himmelnuten auf dem Programm.

Alle haben beschlossen, dabei zu sein. Ingrid hatte einen alternativen Plan in der Hinterhand, demnach Knut und Ola eine kleinere Gruppe mit zur nicht ganz so schwierigen Lilleveggen hätten nehmen können. Aber keiner der Teilnehmer hatte zugegriffen. Sandra gab den Ton an, als sie sagte: »Ich begnüge mich nicht mit dem Trostpreis. Ich will hinauf auf den Gipfel.«

Die anderen stimmten zu. Alle wollen sie zum Himmelnuten, wobei Ingrid und die anderen Bergführer die Verantwortung dafür tragen, sie sicher nach oben und wieder herunter zu bringen.

»Wir bekommen Unterstützung von drei erfahrenen Kletterern aus Dalen«, erläutert Ingrid, als die Gruppe sich vor dem Hotel versammelt hat. »Das ist Henry Olsen, der Mann, der mit mir oben auf dem Himmelnuten war, als ich ihn vor mehr als zwanzig Jahren zum ersten Mal bestiegen habe.«

Henry Olsen hebt eine Hand und nickt. Er ist fünfundsechzig Jahre alt, klein und zäh, von Sonne, Schnee und Wind abgehärtet und ohne ein Gramm Fett am Körper.

»Henry betreibt unten in Dalen zusammen mit seinen Söhnen, Knut und Ola, einen Hof«, fährt Ingrid fort. »Beide haben auch das Interesse fürs Klettern geerbt.«

Knut und Ola sind in den Dreißigern, beide sind sie größer

als ihr Vater, vermitteln jedoch denselben wettergegerbten Eindruck.

»Was Berggipfel betrifft, gibt es ein paar Dinge, die man beachten muss«, sagt Ingrid. »Erstens sind sie immer weiter entfernt, als es den Anschein hat. Zweitens sind sie immer höher, als es den Anschein hat. Und drittens sind sie immer schwerer zu besteigen, als es den Anschein hat. Das Gebirge ist eine Herausforderung, die man niemals unterschätzen darf. Man muss gut vorbereitet sein, eine gute Ausrüstung haben und einkalkulieren, dass es zu Unglücken kommen kann. Ebenso muss man wissen, dass das Wetter ohne besondere Vorankündigung umschlagen kann. Oben auf dem Himmelnuten kann der Niederschlag selbst mitten im Sommer als Schnee runterkommen. Sollte das geschehen, müssen wir den Aufstieg abbrechen. Wir können keine Risiken eingehen.«

Sie betrachtet die besorgten Gesichter und lächelt beruhigend. »Aber das ist wenig wahrscheinlich.«

Sie und Henry waren alle Möglichkeiten durchgegangen. Der Himmelnuten ist bekannt dafür, schwer zu erklimmen zu sein, jedoch nicht sonderlich gefährlich, sofern das Wetter gut ist. Sollte es zu Niederschlägen kommen, könnte man beim Greifen jedoch abrutschten, und auch der Halt für die Füße wäre nicht zuverlässig. Aber Henry ist sich sicher, dass es kein Unwetter geben wird, und Henry kennt das Gebirge und die Natur hier noch besser als Ingrid.

Jetzt scheint die Sonne, das Heidekraut ist trocken und knirscht unter den Füßen, als sie losgehen. Die Wolken sind nichts anderes als eine dunkle Option am Horizont.

Als Ingrid am Morgen in die Bibliothek gekommen war, hatte sie Borghild dort angetroffen, wach und angekleidet. Noch immer einen Hauch blass, aber ansonsten ganz die Alte, mit einer

Kaffeetasse vor sich und den Haaren im Nacken zum üblichen Dutt zusammengefasst.

Jetzt lässt eine Eingebung Ingrid einen Blick zurück zum Hotel werfen. Und ganz richtig – dort, am Fenster des Speisesaals, steht eine zierliche Gestalt und winkt. Ingrid lächelt und erwidert das Winken. Sie spürt, wie eine wohlige Wärme ihren Oberkörper durchzieht.

Es ist so, wie es sein soll. Es ist gut zu wissen, dass Mutter Borghild dort steht und ihr nachschaut. *Ich werde immer auf dich aufpassen.*

Als die Gruppe zum Pfad kommt, der entlang der Schlucht verläuft, ist Ingrid besonders aufmerksam. Die Gruppe besteht aus erwachsenen Menschen, sie aber fühlt sich wie ein Border Collie mit der Verantwortung für eine Schafherde. Keiner darf abhandenkommen, keiner darf abstürzen. Sie hebt den Blick zu den Gipfeln hinauf. Diese Tour ist im Sommer so anders als im Winter – die Landschaft ist eine vollkommen andere. Selbstverständlich ist es jetzt leichter zu laufen, da der Schnee weg ist. Er findet sich nur noch als Flecken in schattigen Gebirgspartien. An einigen Stellen kann es jedoch nass sein.

Ingrid lässt den erfahrenen Henry vorangehen, dicht gefolgt von den drei Studenten. Knut und Ola halten sich an die Männer aus Trøndelag. Danach kommen Berit und Claudia. Die beiden haben sich im Laufe dieser Tage gefunden und einander bereits zum Besuch in Romsdalen beziehungsweise in den Anden eingeladen.

Als fast Letzte folgen Sandra und Marcus. Ingrid bildet die Nachhut.

Jetzt müssen sie die Geröllhalde neben dem Styggfossen hinauf. Die Geröllhalde ist steil und herausfordernd, lässt sich aber dennoch gut bewältigen. Ingrid spürt, dass ihre Muskeln warm werden und dass ihr Körper lockerer wird; nach Wochen und Monaten voller Sorgen löst sich etwas. Die Füße finden ihren Weg alleine.

Sandra dort vorne hat ein ziemliches Tempo drauf, wie sie jetzt bemerkt, sie springt regelrecht von Stein zu Stein. Ingrid gefällt das nicht. Es ist schwer, auf Geröllhalden zu laufen, es ist anstrengend für die Muskulatur und es braucht nicht viel für einen Fehltritt. Das Letzte, was sie jetzt so kurz vor dem Ziel gebrauchen können, sind Verletzungen.

»Sandra, sei vorsichtig!«, ruft sie, aber Sandra hält nur kurz inne und wirft ihr über die Schulter hinweg einen schnellen Blick zu. Dann geht sie im selben Tempo weiter.

Ingrid glaubt nicht, dass die anderen Kletterer sich um Sandras Bedürfnis, sich hervorzutun, scheren. Sie haben den Blick nach vorn gerichtet. Berit und Claudia bleiben kurz stehen, nehmen einen Schluck aus den Wasserflaschen und warten darauf, dass Ingrid sie wieder einholt.

»Das ist wirklich steil«, sagt Berit und wischt sich die Stirn trocken, als sie wieder losgehen. »Aber du hast das vermutlich schon tausend Mal gemacht?«

Ingrid lächelt. Wie oft ist sie schon hier gewesen? Hundert Mal sicher. Und wie oft hat sie Gruppen von Kletterern im Gebirge geführt, in Norwegen wie auch im Ausland?

»Ja, ich habe das schon viele Male gemacht, und dennoch ist es jedes Mal neu«, antwortet Ingrid. »Jede Tour ist ein neues Erlebnis, und es gibt so viele Variablen. Die Jahreszeiten, selbstverständlich, und das Wetter.«

»Und die Teilnehmer vermutlich auch?«, ergänzt Claudia. »Wie sie zusammen funktionieren?«

»Darin liegt die allergrößte Spannbreite«, sagt Ingrid. »Besonders bei den großen Expeditionen. Es braucht nicht mehr als einen Konflikt oder einen Fehltritt, und man kann das Ganze abblasen.«

Dann sind die Gedanken wieder da. Bei der Tour, als es schiefgegangen ist. Als sie es hätten abblasen sollen – und nicht auf Teufel komm raus durchziehen. Sie denkt an die Höhen, den Schnee, alles, was sie nicht steuern kann. Aber das ist lächerlich, redet sie sich selbst gut zu. Dies hier ist das Himmelfjell, nicht der Himalaya. Diese Tour wird gut gehen. Das ist ihr Zuhause.

Sie lässt die anderen wieder vorgehen, spürt, wie die Sonne das Gesicht wärmt, betrachtet die kleine Gruppe. Alle tragen Rucksäcke mit Ausrüstung. Seile, Geschirr, Sicherungen, Helme, Kletterschuhe, Steigeisen, Wasserflaschen, Proviant. Die Jacken, die sie in der morgendlichen Kälte anhatten, sind mittlerweile ausgezogen, nachdem vom Gehen allen warm geworden ist. Um die beste Stelle für den nächsten Schritt zu finden, suchen sie mit den Augen die Geröllhalde ab, sie finden Halt zwischen den Steinen. Die vorab lebhaften Gespräche verstummen nunmehr, da die Geröllhalde noch steiler geworden ist. Sie brauchen die Luft zum Gehen. Und sie müssen ihre Gedanken um das sammeln, was vor ihnen liegt. Die Wand, die sie erwartet. Den Himmelnuten zu besteigen, ist als ein herausforderndes, aber phantastisches Erlebnis bekannt. Eine Feder im Hut für alle Bergmenschen.

Für eine Weile war der Gipfel außer Sichtweite gewesen, doch je weiter sie auf der Geröllhalde nach oben kommen, zeigt er sich ihnen Stück für Stück wieder. Der Himmelnuten. Der weiße Schnee auf dem Gipfel funkelt im Sonnenlicht. Als Ingrid ihn sieht, verspürt sie einen Hauch von Glück. Glück – und Schrecken.

Sie hatte solche Angst gehabt. Seit dem Himalaya hatte sie

Angst gehabt. War sich ihrer eigenen Schritte unsicher. Hatte Angst vor den Schneemassen, dem weißen Drachen. Unsicher, ob sie das verloren hatte, was so lange ihr Lebensinhalt gewesen war. Ob sie jemals wieder klettern würde.

Dann hatte sie es doch getan, im Winter. Wegen Hussein war sie auf dem Himmelnuten gewesen und war zum ersten Mal seit dem Unglück geklettert. Sie war nicht ganz oben auf dem Gipfel gewesen, aber weit oben auf einem gefährlichen Stück des Berges. Es war vollkommen unfassbar, dass der Junge auf eigene Faust so weit gekommen war, und noch unglaublicher, dass das Ganze am Ende gut ausgegangen war. Eine Schneebrücke war kollabiert, und Hussein lag auf einem Felsvorsprung, als sie ihn fand. Wäre sie wenige Minuten später gekommen, hätte das Ganze tödlich enden können.

Damals hatte sie die Angst überwunden, weil sie hatte klettern *müssen*, um Husseins Leben zu retten. Heute aber ist sie nicht hier, weil sie *muss*, sondern, weil sie *will*. Denn heute will sie sich alles zurückholen: die Freude am Gebirge, das Gefühl, die Kontrolle zu haben. Sie wird auf dem Gipfel des Himmelnuten stehen und wissen, dass die Welt wieder ihr gehört.

»Okay, wir machen eine kleine Pause!«

Sie sind am Ende der Geröllhalde angelangt. Eine dankbare Gruppe legt die Rucksäcke ab und setzt sich unter einen Felsvorsprung. Hier sind sie vor dem Wind geschützt, der sich unmittelbar kalt anfühlt, wenn man nicht in Bewegung ist. Sie trinken Wasser, strecken die Beine aus, holen Schokolade, Nüsse und anderen Proviant hervor, während sie für ein paar Minuten die Sonne im Gesicht genießen. Henry sitzt auf einem Stein neben Ingrid, während Marcus und die anderen ein kleines Stück unterhalb Platz genommen haben.

Ingrid sieht auf die Uhr. Es ist gerade einmal elf, und sie haben gut Zeit. Das Wetter ist zum Glück noch immer gut. Sie wirft einen Blick auf die Wolken. Sie sind ein bisschen näher gekommen, und der Luft wohnt ein kalter Zug inne, das aber ist hier oben üblich.

Sie steht auf.

»Nun, Leute, weiter geht's«, sagt sie. »Jetzt nähern wir uns der wirklichen Herausforderung.«

Sie schaut zu dem Massiv hinauf, das sich über ihnen auftürmt, und spürt die Unruhe, die immer aufkommt, wenn eine größere Gruppe schwieriges Terrain passieren muss.

»Wir nehmen die Rucksäcke mit bis zur Wand hinauf und lassen sie dort liegen. Dann werden wir die Wand am Seil hinaufklettern, so, wie wir es geübt haben. Und das letzte kleine Stück zum Gipfel müssen wir über Schnee zurücklegen. Aber zuerst müssen wir über eine Partie mit lockeren Steinen. Dort müsst ihr besonders vorsichtig sein!«

Letzteres sagt sie mit dem Blick auf Sandra gerichtet. Es ist schwierig, hinter die fancy Sonnenbrille zu schauen, aber Ingrid ist sich ziemlich sicher, dass Sandra sie trotzig anstarrt.

Am liebsten hätte Ingrid es gesehen, wenn Sandra gar nicht erst an dem Kurs teilgenommen hätte – oder wenn sie zumindest auf die Tour zum Himmelnuten verzichtet hätte. Diese Frau mitschleppen zu müssen, versetzt der Freude wirklich einen Dämpfer. Aber da Sandra nun mal hier ist – und ihr, Ingrid, nichts eingefallen ist, um das zu vermeiden –, empfindet sie eine große Verantwortung dafür, dass es gut mit ihr läuft. Selbstverständlich trägt sie die Verantwortung für alle Teilnehmer, aber was Sandra betrifft, ist das Gefühl noch stärker – wahrscheinlich, weil Ingrid ihren eigenen Widerwillen kompensieren muss. Sie will – und sie muss – sich selbst und dem Umfeld beweisen, dass man auf sie vertrauen kann. Dass man, wenn man mit Ingrid Berg im Gebirge unterwegs ist, in sicheren Händen ist. Selbst wenn man die nervtötendste Person des Universums ist. Ja, vielleicht besonders dann.

»Achte darauf, dass Sandra sich ein bisschen zurückhält«, sagt sie leise zu Marcus. »Es geht schnell, dass man Steine lose tritt, die dann den Hintermann treffen.«

»Warum gehen wir stattdessen nicht einfach dort drüben quer rüber?«, fragt in diesem Moment Sandra und verweist auf den nordwestlich von ihnen gelegenen Abhang. »Dann hätten wir diesen Bereich doch umgehen können?«

Ingrid holt tief Luft. Das ist nicht der Zeitpunkt, um die Autorität der Tourleitung herauszufordern, jedoch antwortet sie so ruhig es ihr möglich ist.

»Wir hatten das in der Tat überlegt«, erklärt sie. »Aber da müssten wir über einen Quergang, der unserer Meinung nach für die Gruppe zu herausfordernd ist.«

Sie erwähnt nicht, dass sie noch eine weitere Alternative in Betracht gezogen hatten, einen noch weiter westlich verlaufenden Pfad mit einem flacheren Anstieg, der im Gegenzug aber länger und langweiliger ist.

»Jetzt schlage ich vor, dass wir uns auf das konzentrieren, wofür wir hier sind«, sagt Ingrid mit Nachdruck. »Sobald wir dieses Feld überquert haben, geht es die Wand hinauf. Das haben wir trainiert, und ich bin sicher, dass ihr das schaffen werdet. Wir werden vorausgehen und sichern. Und wenn wir oben sind, sind es nur noch ein paar hundert Meter über den Schnee, bis wir das heutige Ziel erreicht haben, den Gipfel des Himmelnuten.«

Sie betrachtet die Gruppe.

»Nun! Bereit?«

Die Gruppe bestätigt, und auch Sandra nickt, wenn auch widerstrebend.

Das Feld zu überqueren, ist, als würde man auf einem großen, grauen Tier klettern. Man ist seiner Geduld preisgegeben und kann nur hoffen, dass es die kleinen Menschen nicht von sich abschütteln will. Aber dieses Mal bleibt das Tier ruhig und lässt sie ohne größere Probleme über seinen Rücken klettern. Als sie ohne einen einzigen Steinschlag darüber hinweggekommen sind, schickt Ingrid einen kleinen Dank gen Himmel und versammelt die Gruppe am Fuße der Bergwand.

Nachdem sie die Rucksäcke abgestellt haben, teilen Henry und Marcus die Kletterausrüstung aus, während Ingrid noch einmal die Sicherheitsanweisungen durchgeht. Alle haben gelernt, wie sie mit dem Seil arbeiten müssen. Zunächst müssen sie noch einmal überprüfen, dass es völlig intakt ist. Das Seil ist die Nabelschnur, die sie am Leben erhält.

Sie statten sich mit Geschirr, Helmen und Schuhen aus. Die Stimmung ist aufgeladen.

»Könntest du ohne Sicherung hier hinaufklettern, Ingrid?«, ertönt plötzlich Sandras Stimme. »Du brauchst doch wohl eigentlich kein Seil, denn du wirst doch wohl nicht stürzen.«

Warum stellt Sandra jetzt diese Frage? Ist das eine weitere Provokation?

Ingrid sieht die Frau vor sich an. Ihr Körper ist zierlich, doch sie hat die Hände in die Hüften gestemmt, den Kopf leicht zur Seite geneigt und das Kinn gehoben. Selbstverständlich kennt Ingrid die Antwort, weiß, was Sandra will. Sie fordert sie heraus, etwas Idiotisches zu tun. Sie will Ingrids Autorität und Urteilskraft infrage stellen. Sandra ist nicht hier, um zu lernen, sondern, um zu sabotieren. Ingrid muss Sicherheit ausstrahlen, auch wenn sie sich nicht so fühlt. Sandras Art bringt sie aus der

Ruhe. Aber genau hier und jetzt betrifft die Unruhe nicht die privaten Verbindungen, sondern die Sicherheit der gesamten Gruppe.

»Klettern ohne Sicherung ist extrem riskant«, sagt Ingrid so ruhig wie möglich. »Das ist etwas, das ich nur im äußersten Notfall tun würde, zum Beispiel, um jemanden zu retten.«

Henry klettert als Erster, er soll das Seil für die Nachfolgenden befestigen. Sie haben die Reihenfolge festgelegt und wissen, wie sie die Wand in Angriff nehmen sollen. Einer nach dem anderen tut, was sie gelernt haben, alle sind hochkonzentriert. Ingrid soll als Letzte klettern, sie steht unten und sieht, wie die anderen aufbrechen. Zug um Zug, Griff um Griff. Jetzt gilt es herauszufinden, ob alles, was sie in den Kurstagen gepaukt haben, oben an der Wand funktioniert. Marcus und Henry leiten an und ermuntern. Dann ist sie an der Reihe.

Sie überprüft noch einmal Seil und Geschirr, findet mit dem rechten Fuß Halt, schiebt sich routiniert zur nächsten Vertiefung hinauf und platziert den linken Fuß auf dem kleinen Vorsprung ein Stück weiter oben. Die Finger strecken sich, finden Halt. Ja. Sie hat ein gutes Gefühl. Sie kommt in den Flow. Von der Seite brennt die Sonne, sie aber verdrängt die Wärme und den Durst. Bald schon sollen sie feiern dürfen. Ihr Körper will das, er kann das.

Ein Ruf von oben. Sie schreckt zusammen. Passiert es jetzt? Das Unglück, auf das ein Teil von ihr wartet? Aber es besteht keine Gefahr, es ist nur Henry, der einem der Kletterer eine Anweisung erteilt.

Sie geht weiter. Jetzt kommt bald die heikelste Stelle, sagt eine Stimme in ihr. Jedoch weiß sie, dass sie nicht wirklich schwierig ist. Nicht für Ingrid Berg.

Der Griff hält, sie ist über die Stelle hinweg, drückt sich

erneut ab, bald ist sie da. Sie kommt über die Kante, wo die anderen bereits mit einem triumphierenden Lächeln warten. Sie sind oben! Oben auf dem Schnee. Alle lösen die Seile und die Geschirre.

Henry weist mit ausgestrecktem Arm auf den Gipfel, der in einen Teppich aus unberührtem, in der Sonne glitzernden Schnee gehüllt ist. Ein Seufzer durchfährt die kleine Gruppe. Der Anblick ist unglaublich schön!

Es ist schwer, auf dem Schnee zu laufen, jedoch keine Herausforderung verglichen mit der Wand. Es dauert nur einige wenige Minuten, dann sind sie da – auf dem Gipfel des Himmelnuten! Die Angereisten sind zum ersten Mal dort. Henry und Ingrid zum gefühlt tausendsten Mal. Aber jedes Mal ist es etwas komplett Neues.

Claudia lässt den Tränen freien Lauf. »Wir haben es geschafft!«, sagt sie, erschöpft und stolz.

»Ja, wir haben es geschafft«, stimmt Ingrid ein und drückt sie kurz an sich. »Wir haben es geschafft.«

Dann reißen sie die Arme nach oben und jubeln. Ingrid spürt die Freude in sich sprudeln wie einen Gebirgsbach bei der Schneeschmelze. Sie sind auf dem Gipfel des Himmelnuten, und in diesem Moment scheint nichts unmöglich.

Die Teilnehmer machen Fotos von einander und der Aussicht und feiern mit Snacks und Energydrinks, die sie in den Taschen hatten. Es ist noch immer früh am Tag, und die Sonne scheint. Ingrid schaut zu Sandra hinüber, die ein wenig abseits steht und über die majestätische Landschaft schaut. Während der Rest der Gruppe eine schwatzende, jubelnde Bande ist, verhält sich Sandra plötzlich still und zurückhaltend, so als sei der Sieg nicht ganz ihrer.

Sandra dreht sich um, nimmt die Sonnenbrille ab, und ihre

Blicke treffen sich. Was strahlt sie aus? Triumph? Gereiztheit? Ingrid muss ich anstrengen, nicht wegzuschauen. Was stimmt nicht mit dieser Frau? Selbst hier oben, wo die Stille, die Schönheit und der Sonnenschein eigentlich Frieden und Versöhnung bringen müssten, wirft Sandra Schatten.

Kapitel 28

Es passiert auf dem Rückweg.

»Es zieht sich zu.« Henry hat den Blick auf die sich nähernde graue Wolkendecke gerichtet. »Wir müssen jetzt runter.«

»Ja, vielleicht sollten wir uns ein bisschen beeilen?«, mischt sich Sandra ein, die mitbekommen hat, worüber sie gesprochen haben. »Wie lange dauert der Abstieg?«

»Es braucht die Zeit, die es braucht«, sagt Henry gefasst. »Wir gehen es schön ruhig an.«

Zusammen überqueren sie den Schnee, wobei die Gruppe noch immer von der Freude des Gipfelerlebnisses berauscht ist. Der Wind hat zugenommen, weshalb sie nun Jacken und Mützen tragen. Sobald sie an der Wand angelangt sind, machen sie sich für das Abseilen bereit. Die Halterungen sind solide, die Knoten zweifach gesichert, die Helme aufgesetzt.

Marcus geht als Erster, gefolgt von Sandra.

»Sei vorsichtig!«, ruft Ingrid – erneut –, als Sandra mit dem Abstieg beginnt.

»Denk daran, dass es lose Steine geben kann.«

Als Antwort erhält sie lediglich einen genervten Blick. Sandra begibt sich über den Rand, tritt sich ab, löst die Bremse, sodass sie sich ein Stück abseilen kann. Es läuft gut, aber was macht sie jetzt? Sie springt förmlich von der Wand ab, stößt sich ab, als sie wieder darauf trifft. Löst ein langes Stück Seil.

»Pass auf!«, ruft Ingrid. »Nicht so schnell!«

Ein Glück, es scheint gut zu gehen ... Es gelingt ihr nicht, den Gedanken zu Ende zu führen, bevor sie einen Schrei und das unangenehme Geräusch sich in Bewegung setzender Steine vernimmt. Sandra hat ein kleines Felsstück losgetreten, das nach unten Richtung Marcus saust. Marcus wirft sich zur Seite, und der Stein rast mit gewaltigem Tempo an ihm vorbei. Herrgott, sie hätte ihn umbringen können! Sandra ihrerseits hängt im Seil, sie hat vor Schreck den Halt verloren. Kleine, lose Steine rieseln wie eine Lawine weiter von der Stelle nach unten, an der sie abgerutscht ist. Jetzt jammert sie, wie sie dort hängt.

Die Reflexe setzen unmittelbar ein. Ingrid ist nicht in der Lage zu denken, sie braucht nicht zu fragen, was geschieht. Sie ist gesichert, hat das unterstützende Seil von Henry bekommen und ist innerhalb von Sekunden über der Kante und unten bei Sandra.

»Bist du verletzt?«, fragt sie.

Sandra stützt den einen Fuß gegen die Wand und hält den anderen in einer seltsamen Stellung. Ihre Stimme zittert. »Auu! Ich glaube, mein Fuß ist gebrochen!«

»Kannst du ihn bewegen?«, erkundigt sich Ingrid.

Sandra stöhnt.

Aber sie bewegt ihn vorsichtig von einer Seite zur anderen.

Ingrid atmet erleichtert auf. Dann ist es keine ernsthafte Verletzung.

Doch mit der Erleichterung macht sich auch ein anderes Gefühl in ihr breit. Wut. Wut über Sandras Unachtsamkeit und Respektlosigkeit. Unfälle können passieren, aber das war wirklich unnötig. Wäre Sandra das Ganze nur mit etwas mehr Ruhe angegangen, wäre alles gut gegangen.

»Ich werde dir nach unten helfen«, sagt sie und streckt eine Hand aus, um den Karabinerhaken an Sandras Geschirr zu befestigen. Sandra aber dreht ihr das zu einer Grimasse aus

Schmerz und Widerwille verzogene Gesicht zu, so als hätte Ingrid die Verletzung verursacht.

»Kann nicht Marcus das machen?«

Ingrid schüttelt den Kopf. »Nein, Marcus ist unter uns. Ich nehme dich mit nach unten.«

Ein anderes Gefühl ist noch viel stärker als die Wut. Es sind der Wille und der Instinkt zu retten. Denn Kletterern, für die Ingrid Berg die Verantwortung trägt, *kann* nichts zustoßen. Das hält ihr Ruf nicht aus. Und noch weniger hält sie selbst das aus.

Deutlich sieht sie Giovanni vor sich. So, wie er an seinem allerletzten Tag gewesen ist. Bruder Giovanni mit Expeditionsanzug, Schneeschuhen, Brille und Haube, Gottesglaube, Lebensfreude und Optimismus. Für ihn hatte sie die Verantwortung getragen. Und sieh nur, wie es ausgegangen war.

Sie holt tief Luft, konzentriert sich auf Sandra.

»Das passt, ich bringe sie runter!«, ruft sie Marcus zu, und das Bild von Giovanni löst sich auf.

»Her mit dir!«

Sandra muss gerettet werden, ob sie will oder nicht.

Nachdem Sandra sich erst einmal damit versöhnt hat, Hilfe von Ingrid zu erhalten, gleicht der Rest des Abstiegs einem Schulungsvideo zur Rettung von Kameraden. Mit dem einen Arm hält Ingrid Sandra eng an sich und schützt sie davor, gegen die Wand zu schlagen, während sie mit der anderen die Seilbremse justiert und sie beide langsam und vorsichtig bis zum Ende der Wand nach unten befördert. Unten angekommen greift Marcus umgehend unterstützend ein. Er hilft Sandra dabei, Geschirr und Seil abzulegen, und begleitet sie anschließend zu einer Stelle, wo sie sich hinsetzen kann. Henry sorgt dafür, dass der Rest der Gruppe sicher nach unten gelangt, die

Jubelstimmung aber ist verflogen, als sie Seile und Ausrüstung zusammenpacken.

Der Wind hat weiter an Kraft zugenommen, und Ingrid ahnt in den Böen einen Hauch von Schnee. Sie ziehen die Mützen über die Ohren und schnüren die Jacken extra fest. Der milde Sommertag erinnert plötzlich mehr an Winter.

»Soll ich Hilfe rufen?«, fragt Henry. »Hier ist Empfang.«

Ingrid überlegt kurz, beobachtet das Wetter. Wie lange wird es dauern, bis sie unten sind? Eine Stunde könnte es durchaus sein.

»Ich glaube nicht, dass wir die Rettungsmannschaft rufen müssen«, sagt Ingrid. »Wir können nicht jedes Mal den Hubschrauber rufen, wenn sich jemand den Fuß verstaucht. Aber lass uns das Hotel kontaktieren, damit sie uns auf der anderen Seite der Geröllhalde entgegenkommen können. Wir werden Sandras Fuß gut bandagieren, und dann kann sie jemand zum Notarzt nach Lillehammer fahren, sollte es sich als notwendig erweisen.«

Henry ruft im Hotel an und hat Aisha am Apparat.

»Sie und Tor kommen uns bei der Geröllhalde entgegen«, lässt er Ingrid anschließend wissen.

»Tor?«, fragt Ingrid. »Ist er bereits dort? Ich dachte, er würde erst heute Abend kommen. Aber ... aber das sind doch gute Nachrichten.«

Sie hatten abgesprochen, dass er abends zur Feier dazukommen sollte. Sie hatte sich darauf gefreut, diesen Tag zusammen mit ihm, Vegard und allen aus dem Kurs zu feiern. Auch wenn Sandra dabei war. Und auch wenn sie nicht gedacht hatte, dass die Tour so enden würde, wie es jetzt der Fall ist. Wird es überhaupt eine Feier geben?

Sie dreht sich zu Marcus und Knut um.

»Könnt ihr Sandra über den westlich verlaufenden Weg nach unten helfen? Da umgeht ihr das steile Feld mit losen Steinen. Dann nehme ich die anderen den gleichen Weg mit nach unten, den wir gekommen sind. Die Rucksäcke und die Ausrüstung können wir mitnehmen.«

Vielleicht sollten es mehrere sein, im Falle, Sandra müsse getragen werden. »Ola, du könntest vielleicht auch mit ihnen gehen?«

»Ist in Ordnung!«, sagt Ola. Er hebt seinen Rucksack auf und nimmt einen Schluck aus der Trinkflasche, die er in der Seitentasche hatte. Dann gibt er Henry den Rucksack, der ihn mit einem Grinsen auf seinem Bauch und seinen eigenen auf dem Rücken platziert.

Sandra, die bis jetzt teilnahmslos auf einem Stein gegessen hat, wird lebhafter, als Marcus sich über sie beugt und sie beim Aufstehen stützt. Dann hebt er sie hoch, als sei sie nahezu schwerelos, und geht sicheren Schrittes den Weg entlang, mit Knut und Ola hinter sich. Sandra legt die Arme um Marcus' Nacken und lehnt den Kopf gegen seine Schulter, während er sie trägt. *Wenn das mal kein exklusiver Transport ist*, denkt Ingrid unweigerlich.

Am Fuße der Geröllhalde treffen sie auf Aisha und Tor, die sowohl die Krankentrage des Hotels als auch ein Paar Krücken mitgebracht haben, Sandra aber ist der Meinung, Marcus und die Olsen-Brüder könnten sich gern einfach weiterhin damit abwechseln, sie zu tragen. Und so geschieht es.

Ingrid wirft einen Blick auf ihre Begleiter. Jetzt, da die Gefahr vorüber und das Hotel in Sicht ist, lassen die Kursteilnehmer das Gefühl von Triumph wieder die Überhand gewinnen. Ihnen ist kalt, und sie sind erschöpft, jeder einzelne Muskel schmerzt, das dürfte sicher sein. Dennoch bewegen sie sich leichten Schrittes und mit glücklichen Gesichtsausdrücken vorwärts. Die ersten Regentropfen treffen sie, als sie bereits über die Wiese wandern und fast am Hotel angekommen sind.

Auf dem Parkplatz kommt ihnen Perle entgegen. »Wie geht es ihr?«, fragt sie umgehend. »Braucht sie ärztliche Hilfe?«

Ingrid schielt zu Sandra und ihren Krankenträgern hinüber und schüttelt den Kopf. »Das glaube ich nicht. Aber lass sie uns ins Haus bringen, dann können wir den Fuß ordentlich untersuchen.«

*

»Nein, es sind nur eine Verstauchung und ein paar Schrammen«, sagt Maja Seter, als Sandra wenig später auf dem Sofa platziert ist, mit hochgelegtem Bein und einer Tasse Tee auf dem Tisch neben sich.

Die Kletterer haben die Ausrüstung in der Garderobe abgelegt, und die meisten sind auf ihre Zimmer gegangen, um sich für das Abendessen zurechtzumachen. Ingrid hat nur schnell geduscht und saubere Sachen angezogen, bevor sie wieder nach unten in die Bibliothek gegangen ist. Dort sitzen Tor, Vegard und Maja bei Sandra, die offensichtlich im Begriff ist, die Ereignisse des Tages wiederzugeben. Als Ingrid den Raum betritt, verstummt sie, woraufhin sich alle zu ihr umdrehen. Tor steht auf und nimmt sie in die Arme. Ah, wie gut diese Umarmung tut. Am liebsten würde sie ihn nie wieder loslassen.

»Gratuliere! Ihr habt es geschafft!«, flüstert er ihr leise ins Ohr.

»Tausend Dank!«, sagt Ingrid. »So sollte es allerdings nicht ausgehen.«

Sie spürt, wie ihr die Tränen in die Augen steigen, und löst sich aus der Umarmung. Sie kann jetzt nicht weinen.

»Wie geht es dir?«, erkundigt sie sich bei Sandra. »Ich bin froh, dass die Verletzung nicht so schlimm ist.«

Sandra streckt den Fuß und sieht ihn lange an, bevor sie ihren Blick langsam auf Ingrid richtet und sie vorwurfsvoll ansieht.

»Das hätte böse ausgehen können«, sagt sie. »Ich dachte wirklich, dies sei ein sicheres Arrangement.«

Sandra ist wirklich unglaublich. Erst sorgt sie durch ihr unvorsichtiges Verhalten dafür, dass sie sich verletzt, und bringt zugleich Marcus in Gefahr. Und dann erlaubt sie sich auch noch anzudeuten, dass es jemand anderes' Fehler war. Genau genommen: dass es Ingrids Fehler war.

Sandra streckt sich nach den am Sofa lehnenden Krücken aus, und Vegard ist schnell bei ihr, um ihr aufzuhelfen.

»Ich werde ins Dorf hinunterfahren«, sagt sie.

»Aber dann bist du nicht beim Abendessen dabei«, sagt Maja.

»Nein, und das ist schade, aber ich muss schlicht und einfach wieder zu Kräften kommen«, entgegnet Sandra. »Per und Lilly sind zu Hause und haben gesagt, dass sie mir helfen. Es wird nicht leicht, mit Krücken die Treppen rauf und runter zu kommen, aber schließlich muss ich aus der Situation einfach das Beste machen. Du bist vielleicht so freundlich, mich zu fahren, Tor?«

Ingrid zuckt zusammen. »Nein, Tor muss doch ...«

Tor räuspert sich. »Ich kann durchaus fahren«, sagt er.

Was? Ingrid sieht ihn an, erhebt sich von der Sofakante, auf der sie gesessen hatte, und geht zu dem Beistelltisch, auf dem Kaffee und Tee stehen.

Sie hatte sich darauf gefreut, den Abend mit Tor zu verbringen, hat jedoch keine Lust, dass Sandra die Enttäuschung sieht.

Tor kommt zu ihr, legt ihr die Hände auf die Schultern und gibt ihr einen ungeschickten Kuss auf die Wange.

»Musst du fahren, nur weil sie es sagt?«, flüstert sie. »Warum? Wir können doch Vegard oder Alfred bitten, sie ins Dorf hinunterzufahren.«

»Ich glaube, es ist am besten, wenn ich ihr helfe«, sagt Tor leise. »Schließlich ist das auch für sie ein dummer Abschluss des Wochenendes. Vielleicht kann ich sie unterwegs ein bisschen beruhigen, damit sie sich unten im Dorf nicht lautstark beschwert.«

Er drückt ihre Schultern.

»Das ist nicht ganz der Abend, den wir uns vorgestellt haben, aber ... Ich rufe dich später an.«

Sie nickt zustimmend, aber in ihr nagt die Unruhe, und sie verspürt das Bedürfnis, mit Mutter Borghild zu reden. Wo ist sie eigentlich? Ingrid hat sie nicht gesehen, seit sie sich am Morgen zugewunken hatten.

In der Kårstua findet sie die Großmutter bei einem Nickerchen auf dem Sofa, jedoch setzt diese sich auf, sobald Ingrid hereinkommt.

»Oh, entschuldige!«, sagt Ingrid. »Ich wollte nicht stören. Ich wollte nur sehen, ob bei dir alles in Ordnung ist.«

»Alles ist gut, meine Liebe«, sagt die Großmutter. »Ich brauchte nur ein bisschen Ruhe. Ich hatte vor, nach unten zu kommen, wenn ihr von der Tour zurückkommt, aber ...« Sie sieht auf die Uhr. »Was! Ist es schon so spät? Ich ... Ist alles gut gelaufen? Habt ihr den Gipfel erreicht?«

Ingrid setzt sich auf einen Stuhl neben Mutter Borghild und greift deren Hand.

»Ach, Großmutter!«

Es gibt so viel zu erzählen.

*

Eine Stunde später sitzen die Kursleiter zusammen mit allen Teilnehmern – mit Ausnahme von Sandra – im Speisesaal und lassen sich Majas mit Kräutern gebratene Lammkoteletts mit gratinierten Kartoffeln munden. Alle werden satt und die meisten auch ein bisschen angeheitert von dem dazu servierten Rotwein, einem französischen Jahrgangswein aus Mutter Borghilds eigenem Weinkeller.

Ingrid setzt ein Lächeln auf, versucht, im Hier und Jetzt anwesend zu sein, den Moment zu genießen. Es gibt viel, worüber sie sich freuen können, sie haben heute eine große Leistung vollbracht. Marcus ist hier bei ihr, und Vegard. Selbstverständlich ist er bei dem Festessen dabei, auch wenn er nicht mitgeklettert ist.

»Dass ich in der Kirche gewesen bin, ist wohl mindestens ebenso gut ein Grund zum Feiern wie der, dass ihr euch auf eine Felskuppe hinaufgequält habt?«, sagt er mit einem schelmischen Lächeln und lehnt sich zurück, als Ingrid so tut, als wolle sie ihm eine Ohrfeige verpassen.

»Aber war es denn ein schöner Gottesdienst?«, fragt Ingrid.

Vegard schlägt begeistert die Hände zusammen.

»Aaaaa! Also, Hanne. Was für eine Frau. Man muss sie einfach *lieben*!«

Dann wendet er sich an Marcus.

»Skål, Marcus! Wie ist es dir hier ergangen?«

»Phantastisch«, sagt Marcus. »Genau wie erwartet. Es war eine Freude, endlich diesen Himmelnuten zu besteigen, von dem Ingrid all die Jahre gesprochen hat. Schließlich musste ich sehen, was Ingrid Berg zu der phänomenalen Kletterin gemacht hat, die sie ist.«

Sein Kompliment wärmt sie, sie saugt es regelrecht in sich auf.

»Ich bin so froh, dass du gekommen bist!«, sagt Ingrid. »Allerdings hoffe ich, dass die Episode mit Sandra dir das Ganze nicht verleidet hat.«

Marcus zwinkert ihr zu. »Es braucht weitaus mehr als das, um mir etwas zu verleiden. Erfrierungen, Verletzungen, Stürze, Lawinen. Da reden wir von ernsten Herausforderungen. Eine hübsche junge Dame eine Geröllhalde hinuntertragen? *Not so bad.*« Mit einem breiten Lächeln erhebt er sein Glas. »Ich bin froh, mit euch zusammen sein zu dürfen, und ich komme gern wieder!«

»Oh, das hoffe ich wirklich!«, sagt Ingrid. »Es wäre wirklich phantastisch, wenn wir hier weitere Kurse zusammen geben könnten. Vielleicht nächstes Jahr?«

»Ja, lass uns eine Tradition daraus machen«, entgegnet Marcus. »Ich habe das Gefühl, ich werde noch ein richtiger Norwegenfan.«

Kapitel 29

Inzwischen ist das Abendessen beendet, und Henry ist samt Söhnen wieder ins Dorf hinuntergefahren. Nun, da Ingrid einen Moment für sich hat, kommen die Gedanken und Sorgen wieder an die Oberfläche. Sie setzt die AirPods ein, geht hinaus in die frische Abendluft und ruft Tor an.

»Ich habe Sandra bei Per und Lilly abgeliefert«, lässt er sie wissen. »Ich habe versucht, ein ernstes Wort mit ihr zu reden, aber ... ich weiß nicht. Sie ist irgendwie so ... Nein, lassen wir das. Auf jeden Fall ist sie wohlbehalten angekommen.«

»Das ist gut«, sagt Ingrid. »Es war nett von dir, sie zu fahren. Aber es hätte auch jemand anderes machen können. Eigentlich hatte ich gehofft, dass du hierbleibst. Ich vermisse dich.«

»Und ich vermisse dich!«, sagt Tor. »Willst du zu mir kommen?«

»Eigentlich kann ich momentan nicht hier weg«, sagt Ingrid. »Vegard ist schließlich hier. Und ich habe Wein getrunken, kann also nicht fahren. Wie wäre es, wenn du wieder hochkommst?«

»Es ist schon so spät«, sagt Tor. »Und ich muss früh raus. Du weißt, die Schafe und alles.«

»Okay«, entgegnet Ingrid. »Vielleicht ist es auch in Ordnung, wenn wir uns stattdessen einfach morgen sehen.«

Sie zögert ein wenig. Möchte gern mehr sagen. So vieles ist unausgesprochen, aber das muss warten, bis sie sich wiedersehen.

»Ich kann morgen zu dir runterkommen«, sagt sie. »Wenn

alle Kursteilnehmer die Heimreise angetreten haben und auch Vegard gefahren ist.«

»Prima«, sagt er. »Dann machen wir das so.«

Sie legt auf, bleibt eine Weile stehen und schaut auf den Horizont, den der Sonnenuntergang orange färbt. Dann geht sie wieder rein und begibt sich auf die Suche nach Vegard. Wenig später sitzen sie auf ihrem Sofa, beide mit einem Glas kalten Weißwein in der Hand. Es ist fast Mitternacht, und eigentlich ist Ingrid todmüde. Was für ein Tag, was für ein Wochenende, was für eine Woche das gewesen ist.

»Du solltest vielleicht bald ins Bett gehen?«, sagt Vegard, als er sieht, wir ihr beinahe die Augen zufallen.

»Ja, aber wenn ich dich schon mal für mich habe, muss ich das auch ausnutzen«, sagt sie. »Wenn wir uns das nächste Mal sehen, ist schließlich die Hochzeit!«

»Das stimmt«, bestätigt Vegard. »Dann ist das Hotel voll, und für alle gibt es viel zu tun. Es ist viel momentan.« Er sieht sie an. »Aber wie läuft es bei all dem mit dir und Tor?«

»Ach, nun ja«, sagt sie und gibt ein Geräusch von sich, das sowohl ein Lachen als auch ein Seufzen sein könnte.

»Ich weiß nicht mehr, wo oben oder unten ist!«

Sie nimmt einen Schluck von dem Weißwein und weiß, dass sie es am nächsten Tag merken wird, denkt jedoch, dass sie das jetzt wirklich, wirklich braucht.

»Genau genommen weiß ich nicht, wie es läuft«, fährt sie fort. »Das alles ist so seltsam geworden. Mit Sandra und ... ja. Allein darüber zu reden, erschöpft mich.«

Sie nimmt noch einen Schluck von dem Wein.

»Aber Sandra ist die ganze Zeit über in meinen Gedanken. Es ist, als hätte sie sich zwischen mich und Tor gestellt. Und zwischen mich und den Himmelnuten.«

»Lass das nicht zu!«, mahnt Vegard. »Das ist sie nicht wert. Und lass sie nicht deine Freude über die heutige Besteigung kaputtmachen. Das war doch ein Erfolg! Ihr Missgeschick habt ihr toll gemeistert. Und es war nicht deine Schuld, dass es passiert ist.«

Sie schüttelt langsam den Kopf.

»Alle anderen hatten eine glänzende Tour«, fährt Vegard fort. »Du nicht auch?«

Sie nickt.

»War es nicht auch eine Art Sieg, zurück zu sein?« Vegard klingt nun ganz energisch.

»Doch, das war es«, räumt Ingrid ein. »Vermutlich muss ich es nur erst einmal verdauen. Es ist ein bisschen ... viel. Außerdem mache ich mir Sorgen um Mutter Borghild. Als wir heute zurückgekommen sind, hat sie in ihrer Wohnung geschlafen.«

Vegard steht auf und geht in die Küche zur Anrichte.

»Aber ist das wirklich so verwunderlich? Schließlich ist sie ziemlich betagt. Alte Menschen gönnen sich am Nachmittag doch gern mal ein Nickerchen.«

Er öffnet einen der Küchenschränke.

»Hast du irgendwelche Snacks?«

»Ja, in einem der oberen Fächer sind Kartoffelchips«, sagt sie. »Und natürlich Smørbukk-Karamell. Aber die passen nicht so gut zum Weißwein. Ich habe es getestet.«

»Ich bin froh, dass wir allem Anschein nach die schlimmste ›David will mich eigentlich nicht heiraten‹-Panik überstanden haben«, sagt sie, nachdem sie sich ordentlich mit Chips versorgt haben.

Vegard lächelt. »Ja, ich auch. Ich habe in den vergangenen Tagen mehrfach mit ihm gesprochen. Nach dem Gottesdienst hatten Hanne und ich sogar ein Videotelefonat mit ihm!«

»Ist das wahr? Wie schön«, sagt Ingrid.

»Hanne hat mir geholfen, David besser einzubeziehen«, erläutert Vegard. »Sie hat etwas erwähnt, woran ich zuvor nicht gedacht hatte, und das ist, dass David sich den Vorbereitungen vielleicht ein wenig entzogen hat, weil ich so eifrig war. Dass er Angst hatte, in meinen Zuständigkeitsbereich einzudringen, sozusagen.«

»Ich glaube, damit hat sie recht«, bestätigt Ingrid. »Du kannst ziemlich ... bestimmend sein, bis ins Detail hinein.«

»Häh? Was meinst du damit?« Vegard zieht die Augenbrauen nach oben und lächelt breit.

Dann schenkt er sich ein wenig Wein nach und hält ihr fragend die Flasche entgegen. Sie hebt abwehrend die Hand und schüttelt den Kopf. Irgendwo muss die Grenze verlaufen.

»Du«, sagt Vegard. »Hanna soll doch in der Kirche singen, und dann sollen sie und die Band nach dem Abendessen hier oben spielen. Und da hatte ich eine Idee: Wie wäre es, wenn wir den Leuten aus dem Dorf anbieten, im Laufe des Abends vorbeizukommen und zuzuhören, wenn sie wollen?«

Ingrid denkt nach. Vegards Freundin Hanna ist eine der bekanntesten Popkünstlerinnen Norwegens und Sängerin einer beliebten Band. Selbst im abgelegenen Dalen werden die allermeisten Hanna & The Hearts kennen, und viele würden es sicher großartig finden, ihren Auftritt mitzuerleben. Das ist ein großzügiger Vorschlag von Vegard, allerdings beunruhigt er sie auch ein wenig. Diese Feier nimmt ständig größere Dimensionen an, und sie ist ehrlich gesagt unsicher, ob die Dorfbewohner ein guter Beitrag zum Fest sein würden. Während sich die Jugendlichen aus Dalen vielfach durch rüpelhaftes Verhalten und sinnloses Herumcruisen hervortun, sind die Älteren eine recht konservative Schar. Was denken sie eigentlich über eine Homohochzeit? Und was könnte ihnen mit Alkohol intus im Laufe des Abends einfallen zu sagen oder zu tun? Das Letzte, was sie will, ist, zu etwas beizutragen, das für Vegard und David unangenehm werden könnte.

Er bemerkt ihr Zögern.

»Glaubst du, sie würden für Unruhe sorgen?«

»Nein, eigentlich nicht«, entgegnet sie. »Aber du solltest darauf gefasst sein, dass das Ganze dann zu einem Dorffest mit Ringelpiez ausartet!«

Kapitel 30

»Wisst ihr, wie hoch der Anteil arbeitsunfähiger Frührentner an der norwegischen Bevölkerung ist?«, fragt Vegard, als er von seinem Handy aufschaut.

»Ja, vermutlich betrifft das in etwa die Hälfte«, brummt Alfred grimmig, als er den Blick von der Ausgabe der *Illustrert Vitenskap* hebt, die auf seinem Schoß liegt. »Heute will keiner mehr was tun.«

Vegard grinst schief. »Ganz so schlimm ist es nicht. Aber es sind in der Tat zehn Prozent. Wann ist der Nationaltag der Samen?«

»6. Februar«, kommt es von Perle. »Da hat 1917 der erste samische Kongress stattgefunden. Darüber habe ich in der Schule einen Aufsatz geschrieben. Aber warum fragst du danach? Gibt es ein Quiz?«

Sie schaut auf die Uhr.

»Um acht Uhr an einem Montagmorgen?«

»Nein, das sind Fragen aus dem Einbürgerungstest«, erklärt Vegard.

»Aber du bist doch wohl norwegischer Staatsbürger?«, fragt Alfred verwirrt.

Vegard lacht. »Ja, das bin ich. David hat mir die Fragen geschickt, als Beispiel für Sachen, die wir üben müssen. Er will den Test im Herbst machen. Was ist Gemeinschaftsarbeit?«

»Gemeinschaftsarbeit ist, dass alle mithelfen«, antwortet Hussein.

»Das stimmt!«, bestätigt Maja. »Man kann zum Beispiel dabei helfen, den Tisch abzuräumen.«

Sie macht sich daran, die Teller einzusammeln, Ingrid aber bittet sie zu warten. »Ich kann das anschließend machen. Ich will noch ein bisschen hier sitzen.«

Ingrid war, wie erwartet, mit einem schweren Kopf und einer Erinnerung an den Weißwein des Vorabends im Mund aufgewacht. »Toast mit einer Andeutung von Holz«, hätte Bruder Giovanni gesagt. »Cremige, mineralische Frucht ... ausgewogene Frische ...« Der teure Chardonnay, den sie noch immer kauft, ist eine der vielen guten Erinnerungen an den Freund, wobei sich die ausgewogene Frische momentan eher als ein saurer Geschmack am Gaumen zu erkennen gibt. Vegard und sie hatten gestern bis zwei Uhr zusammengesessen, trotzdem sieht er unverschämt munter aus. Sie hingegen braucht etwas mehr Kaffee und etwas mehr Zeit, bevor sie ernsthaft in den Tag starten kann.

»Wann fährst du heute, Vegard?«, erkundigt sich Perle.

»Ich fahre direkt nach dem Frühstück«, lässt er sie wissen. »Ich nehme Hussein mit zur Schule.«

»Dann sehen wir uns zum nächsten Mal bei der Hochzeit«, sagt Maja. »Wann kommt ihr?«

»Wir kommen spätestens am Donnerstag«, informiert Vegard. »Da die Gäste ab Freitag eintrudeln werden.«

Er fährt sich mit der Hand durch die Haare. »Eigentlich würde ich gern schon am Mittwoch herkommen, zumal Sommersonnenwende, der längste Tag des Jahres und so weiter ist. Das wäre schließlich *ein bisschen* romantischer, als in Oslo zu sitzen und zu arbeiten. Aber das ist davon abhängig, wann David sich losreißen kann. Und dann müssen wir schließlich noch die Anzüge holen.«

Plötzlich lächelt er breit. »Aber! Am kommenden Wochenende soll Davids Junggesellenabschied stattfinden! Kevin hat mich gestern angerufen.«

Ingrid hatte Davids Trauzeugen noch nicht kennengelernt, weiß aber, dass Kevin ein Kollege aus dem Finanzmilieu ist.

»Ehrlich gesagt hatte ich nicht geglaubt, dass daraus etwas werden würde«, gibt Vegard zu. »Und David tut so, als würde es ihn nicht kümmern. Jetzt hat Kevin David jedoch glauben lassen, dass sie Samstagnachmittag ein wichtiges Meeting hätten. Und ich soll so tun, als wäre ich richtig sauer, weil er wieder zur Arbeit geht.«

»Das wird dir schon gelingen«, lacht Ingrid – und ist wieder einmal über alle Maßen froh, Vegards Junggesellenabschied schon vor mehreren Wochen hinter sich gebracht zu haben.

Es klopft ans Küchenfenster, und über dem Fensterrahmen taucht ein kleiner, zerzauster Kopf auf.

»Oh nein«, kommentiert Maja und nimmt ein wenig Salz aus dem Streuer auf dem Tisch. Mit entschlossener Miene wirft sie es über die Schulter und dreht sich dreimal um die eigene Achse. Alfred lacht und schüttelt angesichts der Rituale den Kopf, während Hussein sagt: »Guten Morgen, Herr Unglückshäher!«

Er dreht sich zu Vegard um und erklärt: »Wenn man guten Morgen zu ihnen sagt, bringen sie kein Unglück.«

Ingrid hat sich immer gewundert, dass Maja und andere abergläubische Dorfbewohner meinten, die süßen, kleinen Krähenvögel würden Unglück bringen. Klopfen sie an die Scheibe, so soll dies gewiss Unglück und Tod bedeuten.

Hussein hingegen liebt Vögel und lässt sich von Majas Aberglauben nicht ins Bockshorn jagen. Er hat einen schlauen Kompromiss gefunden, indem er den irischen Brauch anwendet, den er in einer Fernsehsendung über Elstern gesehen hat. Sagt man »guten Morgen« und erkundigt sich nach dem Befinden von Frau und Kindern, hat man dem Vogel den verdienten Respekt erwiesen, und der traditionelle Unglücksankündiger wird stattdessen zu einem Freund.

Seit Hussein hier ist, sind die Unglückshäher es gewohnt, am Hotel Futter zu bekommen, und mittlerweile sind sie so furchtlos geworden, dass sie sich beschweren, wenn es zu lange dauert, bis das Frühstück serviert wird.

»Warte kurz! Hier in der Zeitschrift steht etwas über Vögel«, sagt Alfred. Er blättert ein paar Seiten zurück und schmunzelt vergnügt. »Die Vögel im Garten wollen dein Gehirn verspeisen«, liest er laut vor. »Du solltest auf dich achtgeben, Hussein! Das steht hier.«

»Puh, Alfred«, sagt Maja und versetzt ihm mit der Serviette einen Klaps auf den Hinterkopf. »Das ist nichts, worüber man mit Kindern sprechen sollte!«

»Das passt schon, Frau Maja«, entgegnet Hussein. »So was tun vermutlich nur Vögel, die niemand grüßt. Außerdem mögen Unglückshäher Brot viel lieber als Gehirn, da bin ich ganz sicher. Können sie die haben?«

Er zeigt auf ein paar Scheiben, die im Brotkorb verblieben sind. Maja nickt mit skeptischer Miene, woraufhin Hussein die Brotscheiben nimmt und aus der Hintertür verschwindet. Er ist voller Geschichten über Vögel, die beweisen, wie klug und aufmerksam sie sind. Sie können an Türen klingeln und Gegenstände gegen Futter tauschen. Sie können Erinnerungen von Generation zu Generation weitergeben und Rache an Menschen oder Katzen üben, die sie gekränkt haben. Ingrid hat nicht das geringste Problem, das zu glauben, wenn sie das muntere Blitzen in den Augen der Unglückshäher sieht, die sich gierig auf das Futter stürzen.

Wenig später begleitet sie Vegard und Hussein auf den Parkplatz hinaus. Vegard öffnet die Tür zur Rückbank.

»Wenn ich mit Tor fahre, darf ich immer vorn sitzen!«, protestiert Hussein.

»Ja, aber Tor stammt aus dem Ort und kennt den Polizeichef«, sagt Vegard. »Wir anderen müssen die Regeln befolgen. Und die Regeln besagen, dass Kinder unter 140 Zentimetern auf der Rückbank sitzen müssen.« Er bleibt neben der Tür stehen und wartet darauf, dass Hussein einsteigt.

»Nein«, widerspricht Hussein. »Das gilt nur, wenn der Airbag eingeschaltet ist. Schau hier!« Er flitzt um das Auto herum und öffnet die Beifahrertür. »Du drückst einfach hier, und ...«

»Hussein!«, unterbricht Ingrid ihn. »Ich denke, du solltest dich einfach hinten hinsetzen, so, wie Vegard es sagt. Das machst du schließlich auch, wenn du mit Mama fährst.«

»Ja, steig ein, damit wir dich in die Schule bekommen«, sagt Vegard. »Falls du nicht lieber mit nach Oslo willst?« Er rauft Hussein die Haare.

»Jaaaa!«, ruft Hussein. »Aber da müsste ich erst Mama fragen.«

»Damit müssen wir wohl warten, bis die Schulferien begonnen haben«, sagt Vegard mit einem Lächeln. »Aber dann bist du herzlich willkommen.«

»Okay«, sagt Hussein mit dem Blick auf Vegard gerichtet. »Aber eigentlich will ich warten, bis ich über 140 Zentimeter groß bin, dann kann ich vorn sitzen. Wenn bis dahin nicht Papa da ist. Denn dann möchte ich lieber hier sein.«

»Danke für alles, Ingrid«, sagt Vegard und nimmt sie fest in die Arme. Er duftet nach Haarwachs, frisch gewaschenen Sachen und Dior Sauvage. Eine reizende Abwechslung zum Geruch von Schweiß und klammen Wanderschuhen, wovon sie am Wochenende sonst umgeben war.

»Mein Paniklevel ist aktuell auf einem niedrigen Niveau«, sagt er. »Dank Pfarrerin Hanne und dir glaube ich, dass es gut laufen wird.«

»Selbstverständlich wird es gut laufen!«, bestätigt Ingrid. »Allen voran wegen David und dir. Aber wir alle zusammen helfen, so gut wir können. Das wird ein Fest, Vegard!«

Er drückt sie erneut, setzt sich ins Auto und winkt aus dem geöffneten Fenster, während er von dannen fährt. Ingrid erwidert das Winken der beiden, Vegards und Husseins, der hinter der Heckscheibe beide Hände schwenkt.

In der Tat ist es ziemlich schön, in Ruhe und Frieden in der Wohnung am Schreibtisch zu sitzen, die Gedanken zu sammeln und ein paar Büroarbeiten erledigt zu bekommen. Nach einer Stunde – diese Stunde war schnell vergangen! – bekommt sie eine Nachricht von Perle. *Time to say goodbye.* Ingrid geht nach unten, um sich von den Kursteilnehmern zu verabschieden. Sie stehen bereits mit gepackten Rucksäcken auf der Treppe. Das Hotel hat bei Dalen Transport einen Minibus bestellt, der in dem Moment auf den Parkplatz fährt, als Ingrid und Perle herauskommen. Marcus steht auf der Treppe und unterhält sich mit Claudia.

»Marcus, fährst du auch mit dem Bus?«, fragt Perle.

»Nein, mein Zug geht später«, sagt Marcus. »Ingrid hat gesagt, ich könnte später mit ihr fahren, wenn sie zu Tor will.«

Der Bus hält vor der Hoteltreppe, und der Fahrer kommt heraus, um mit dem Gepäck zu helfen. Nach nur wenigen Minuten sind die Rucksäcke im Bus verstaut. Perle und Hans umarmen sich lange, bevor er einsteigt.

»Herzlichen Dank!«, sagt Ingrid. »Ihr wart phantastisch! Kommt gern wieder.«

»Der Dank gilt euch!«, entgegnet Claudia. »Dieses Erlebnis werde ich niemals vergessen. Ich hoffe, wir sehen uns mal in Südamerika, Ingrid.«

»Ganz auszuschließen ist das nicht!« Ingrid lächelt. Sie hatten sich über die Anden unterhalten, wo Ingrid einst an einer Expedition teilgenommen hatte, und sie hätte Lust, diese spektakuläre Gegend noch einmal zu besuchen.

Nachdem sich alle bedankt und voneinander verabschiedet haben, steigt die Gruppe in den Bus. »Vergesst nicht, uns auf TripAdvisor zu empfehlen!«, ruft Perle ihnen winkend nach.

Kapitel 31

Marcus geht wieder rein, um zu frühstücken, während Perle mit Ingrid zusammen auf der Treppe stehen bleibt, plötzlich ernst und ein wenig beschämt.

»Du, Ingrid«, sagt sie. »Hans ist den ganzen Sommer über in Norwegen. Glaubst du, es gibt eine Möglichkeit, dass er ein bisschen hier im Hotel arbeiten kann?«

»Ha!« Ingrid muss grinsen, als Perle den Geologiestudenten erwähnt. »Ich hatte gehofft, dass er es ist!«

Perle sieht sie überrumpelt an, woraufhin Ingrid sich räuspert und sich zusammenreißt. Sie ist Perle eine ordentliche Antwort schuldig.

»Ob Hans hier arbeiten kann? Ja, wenn er eine Aufenthaltserlaubnis für Studenten hat, sind Zusatzjobs erlaubt. Und in Verbindung mit der Hochzeit können wir zusätzliches Personal für den Auf- und Abbau gut gebrauchen. Vielleicht auch noch später im Sommer.«

»Wir hatten uns überlegt, dass wir vielleicht die Bar betreiben könnten!«, sagt Perle. »Bei der Hochzeit, meine ich.«

Ingrid schaut sie fragend an. »Alfred soll zur Hochzeit doch die Drinks servieren?«

»Ja, aber Vegard hat die Idee erwähnt, am späteren Abend die Leute aus dem Dorf einzuladen, zum Konzert und einer Outdoor-Bar, die für alle geöffnet ist. Wir dachten, wir könnten dazu vielleicht den Kiosk verwenden?«

Sie verweist mit einem Nicken auf die kleine Holzbude, deren Fensterläden jetzt geschlossen sind. Während der Skisaison verkauft das Hotel dort immer Würstchen und Kakao.

»Ja ...«, sagt Ingrid. »Das ist kurzfristig. Aber nicht unmöglich! Lass uns überlegen, wie wir das umsetzen können und ob irgendwelche Formalitäten geklärt werden müssen.«

»Eine Schankerlaubnis haben wir ja«, gibt Perle an.

Ingrid denkt nach und fasst einen schnellen Entschluss. Wenn Vegard es so haben möchte, dann ...

»Klar, warum nicht. Wir machen es«, sagt sie. »*The more, the merrier!*«

»*Yes!*«, freut sich Perle. »Da müssen wir mit Aisha bezüglich der Einkäufe sprechen ... und überlegen, wie die Bühne auf der Wiese aussehen soll. Und was wir machen, falls es regnet. Wir könnten so durchsichtige Regencapes verteilen ...«

Sie reden weiter, während sie wieder ins Hotel zurückgehen. Perle geht zum Empfangstresen, um die Buchungen für die kommenden Tage zu checken, während Ingrid sich mit einem Kaffee in der Hand in die Bibliothek begibt. Dort sitzt heute Vormittag auch Mutter Borghild, mit einem Berg von Dokumenten vor sich auf dem Tisch. Als Ingrid hereinkommt, sieht sie auf.

»Hei, Ingrid«, begrüßt die Großmutter sie. »Jetzt bin ich wieder gut zugange mit der Arbeit.«

»Wie schön!«, freut sich Ingrid.

Es ist eine Erleichterung, die Großmutter in guter Verfassung zu sehen. Sie zieht einen Zettel aus der Hosentasche.

»Es gibt ein paar Dinge, die ich gern mit dir besprechen würde.«

Obwohl Besuche und geschäftige Zeiten ihre Routine aus dem Konzept gebracht haben, ist ein Gespräch zwischendurch sowohl gut als auch notwendig. Nichtsdestotrotz ist Ingrid erst seit einem Dreivierteljahr Direktorin des Himmelfjell, während Mutter Borghild über fünfzig Jahre Erfahrung in der Leitung des Hotels verfügt. Für das eine oder andere braucht sie die Unterstützung und den Rat der Großmutter. Überhaupt: Sie braucht Mutter Borghild. *Ich brauche dich noch immer*, denkt Ingrid. *Du musst noch lange bei mir bleiben, Großmutter.*

*

Nach dem Kaffee dreht Ingrid eine Runde durch die nähere Umgebung. Im Gespräch mit Mutter Borghild hat sie eine Reihe praktischer Dinge auf ihrer Liste abhaken können. Bei dem, was derzeit am schwersten auf ihr lastet, kann die Großmutter ihr jedoch nicht helfen: die Situation mit Sandra.

Vor etwas mehr als einer Woche hat Sandra in ihrem Leben überhaupt nicht existiert, und nun scheint sich alles nur noch um sie zu drehen. Wie ist das möglich? Ingrid fragt sich, was die anderen über Sandra denken. Ob sie nur ihren Charme sehen oder ob sie begreifen, wie schräg sie sich verhält? Haben sie die vorwurfsvollen Blicke bemerkt, die sie Ingrid gestern zugeworfen hatte – anstatt sich dafür zu bedanken, dass diese sie gerettet hatte?

Von Tor ist sie enttäuscht. Darüber, dass er das Abendessen im Hotel hat sausen lassen, um stattdessen Sandra ins Dorf hinunterzufahren. Darüber, dass er anscheinend nicht in der Lage war, ihr Einhalt zu gebieten. Warum tut er das nicht? Hat er noch immer eine Schwäche für seine Ex? Das kann doch wohl nicht sein? Er muss sie doch durchschauen? Oder?

Ingrid geht weiter, unter den Schuhen knirscht das Moos.

Vielleicht hat sie in der Tat richtig guten Grund, um misstrauisch und eifersüchtig zu sein?

Sie spürt, wie die Unruhe in ihr kribbelt. Sie konzentriert sich darauf, tief und ruhig zu atmen.

Nach dem Unglück war sie eine Zeit lang in Therapie gegangen. Sie hatte bald wieder damit aufgehört – erholsamer, als die Stunden im Therapiezimmer abzusitzen, war es für sie gewesen, rauszukommen und sich zu bewegen. Jetzt aber versucht sie, sich an einige der Affirmationen zu erinnern, die der Therapeut ihr vorgeschlagen hatte, um dem negativen Gedankenkarussell und all dem schlechten Gewissen zu entkommen.

Ich vertraue auf meine eigene innere Stärke.
Ich begegne mir selbst mit Liebe und Wertschätzung.
Die Vergangenheit hat keinen Einfluss auf mich.
Ich ziehe liebevolle Menschen und Beziehungen an.

Ha! Sie schnaubt. Das funktioniert noch immer nicht. Vielmehr ziehe ich Verrückte an. Verrückte, Feiglinge und leicht zu täuschende Leute.

Sie zieht ein Smørbukk aus der Hosentasche. Knüllt das goldene Papier zu einer harten, kleinen Kugel zusammen und kaut auf dem Karamell herum, während die Gedanken neue Formen annehmen.

Ich bewahre mir meine Würde.
Ich finde mich nicht mit allem ab.
Ich lasse nicht die Exfrau meines Freundes mein Leben bestimmen.

Kapitel 32

»Nein, was sagst du da!«, bricht es aus Olga Plassen heraus. »Du hast dir also fast den Fuß gebrochen? Und es gab eine Steinlawine?«

Sandra Seter nickt mit ernster Miene. »Ja, du weißt schon, wir wurden in gefährliche Situationen gebracht. Das hätte richtig schiefgehen können. Es ist ja auch nicht das erste Mal, dass ein Unglück geschieht, in das Ingrid Berg involviert ist.«

Bestürzt schüttelt Olga Plassen den Kopf.

Sie schaukelt auf ihrem Stuhl hinter der Kasse ein wenig vor und zurück, steht auf und holt einen sauberen Lappen aus dem Schrank. Wischt über den Tresen, während sie sich weiter unterhalten.

»Und dann gab es im Hotel auch noch eine Lebensmittelvergiftung?«

»Ja, ich habe gehört, wie sie darüber gesprochen haben, dass die Großmutter, Borghild, Durchfall hatte«, berichtet Sandra. »Sie haben versucht, es geheim zu halten, aber ich habe Lunte gerochen. Es gibt allen Grund zu der Annahme, dass es sich um eine Lebensmittelvergiftung gehandelt hat. Die arme alte Dame war noch immer blass um die Nase, als ich gefahren bin.«

»Sind auch andere krank geworden, viele?«, will Olga wissen.

»Nun ...« Sandra hebt abwehrend die Hand und deutet mit ihrem Gesichtsausdruck an, wie wenig appetitlich die Details sind. »Niemand will es zugeben, aber ich bin sicher, dass es auch anderen schlecht ging. Streng genommen war es wohl nicht ganz vertretbar, den Kurs stattfinden zu lassen, wenn im Hotel ein Virus umgeht. Aber finanziell läuft es da oben ja nicht gut, weshalb sie das Ganze vermutlich nicht absagen und den Leuten ihr Geld zurückgeben konnten. Ich kann mir nicht vorstellen, Olga, dass du hier jemals solche Probleme erlebt hast?«

»Lebensmittelvergiftung? Oh, nein! Das hatten wir nie«, versichert Olga mit Nachdruck. »Ich habe es schon immer gesagt: Um auf der sicheren Seite zu sein, ist es das Beste, alles zu frittieren.«

Sie nimmt eine zuckerfreie Limonade aus dem Kühlschrank und stellt sie vor Sandra auf den Tisch.

»Die geht aufs Haus«, sagt sie.

Mit der Hand auf dem Herzen und einem dankbaren Lächeln signalisiert Sandra, dass sie versteht, wie selten das vorkommt. Für gewöhnlich verschenkt Olga Plassen nämlich nichts. Keine Kredite, keine Rabatte und auf keinen Fall etwas gratis. Nein, das wäre doch eine elende Art, einen Laden zu führen, und hätte für Dalen Burger & Benzin längst das Aus bedeutet. Aber für jemanden, der daran interessiert ist mitzubekommen, was im Dorf und oben im Gebirge vor sich geht, ist Sandra Seter ein unschätzbarer Gast, weshalb Olga meint, ihr durchaus etwas anbieten zu können.

Sandra öffnet die Limonadenflasche, trinkt einen Schluck und streckt den mittlerweile nicht mehr bandagierten Fuß aus.

»Das hätte eine ziemlich ernsthafte Verletzung werden können, dort oben an der Wand, weißt du. Aber ich heile schnell. Das ist eine meiner wertvollsten Gaben, Olga. Und ich habe das Gefühl, dass du die auch besitzt.«

Olga sieht sie überrascht an.

»Ich?«

»Ja, auf jeden Fall.« Sandra nickt. »Du würdest es vielleicht nicht so ausdrücken, aber ich spüre, dass es so ist. Wie lange arbeitest du schon hier?«

»Nun, das sind über dreißig Jahre«, antwortet Olga und reckt den Nacken.

»Und wie viele Krankentage hast du gehabt?«, fragt Sandra.

»Keine«, entgegnet Olga. »Krankentage? Nein, wer sollte sich um den Laden kümmern, wenn ich dauernd krank wäre?«

»Genau!«, sagt Sandra triumphierend. »Das meine ich. Du hast sicher ab und an das Gefühl, etwas auszubrüten. Ein bisschen Schnupfen, Kopfschmerzen. Womöglich wachst du manchmal auf und hast einen steifen Rücken oder die Beine tun dir weh ...«

Olga nickt energisch.

»Dann fügt dir etwas negative Energien zu. Du aber lässt dich nicht so einfach hängen, Olga. Du fokussierst auf das Positive. Auf die Arbeit, die du hier zu erledigen hast. Daher machst du dir eine Tasse Pfefferminztee oder ...«

»Einen doppelten Burger mit Käse.«

»Einen doppelten Burger mit Käse. Genau das, was dein Körper und dein Geist in diesem Augenblick brauchen. Und so hältst du dich gesund und gehst an diesem Tag zur Arbeit, und auch am Tag darauf. Du heilst dich selbst.«

Olga Plassen nickt nachdenklich.

»Du besitzt diese Fähigkeit, Olga. Eigentlich können alle Menschen sie entwickeln, aber nicht alle sind Naturtalente wie du. Einige brauchen mitunter etwas mehr Hilfe. Und ich spüre jetzt, dass genau das der Sinn meiner Rückkehr hierher sein kann. Ich hatte eine Eingebung, ja, man kann es beinahe als einen Ruf bezeichnen. Ich wusste nicht genau, was mich geleitet hat, aber jetzt sehe ich klarer. Ich bin hierhergekommen, um Hellsichtigkeit walten zu lassen und zu heilen. Ich werde die Bevölkerung von Dalen mit in die Tempel des Heilens nehmen ...«

»Tempel?«, unterbricht Olga sie verwirrt. »Wir haben hier keine Tempel. Die meisten sind der Ansicht, die Kirche reicht.«

»Das ist bildlich gemeint«, erklärt Sandra. »Geistige Tempel. In denen wir alte Muster umprogrammieren können, die uns daran hindern voranzukommen, und Blockaden lösen können, die einer optimalen physischen, mentalen und psychischen Gesundheit im Wege stehen.«

»Sodass man keine Schmerzen mehr in den Beinen hat?«, fragt Olga.

»Ja, zum Beispiel«, lautet Sandras Antwort.

Sie hören, dass draußen ein Auto vorfährt, und sehen, wie ein großer Geländewagen auf den Bahnhofsvorplatz einbiegt. Beide Vordertüren gehen auf. Während auf der einen Seite ein dunkelhaariger, sonnengebräunter Mann herausspringt, steigt auf der anderen Ingrid Berg aus.

»Das ist der Kletterer, nicht wahr?«, fragt Olga.

»Marcus Zepperlink, ja«, bestätigt Sandra. »Ich war beim Kletterkurs in seiner Gruppe. Ich kann durchaus sagen, dass ich ihm bei der Gruppendynamik geholfen habe. Ich glaube, er war dankbar und es hat ihn inspiriert. Jetzt will er auch an anderen Orten in Norwegen klettern.«

»Aha, du hast ihn also gut kennengelernt?«, erkundigt sich Olga.

»Ja, er hat mir viel erzählt«, erklärt Sandra. »Die Chemie zwischen uns hat gestimmt.«

Olga Plassen steht von ihrem Stuhl auf, um bessere Sicht zu haben. Jetzt ist dieser Zepperlink um das Auto herumgegangen und legt seine Arme um Ingrid. Sie sind in etwa gleich groß. Er zieht sie dicht an sich heran, dann hält er sie auf eine Armlänge Abstand und sagt etwas, bevor er sie wieder zu sich heranzieht und sie auf beide Wangen küsst.

»Ja, zumindest sieht es so aus, als würde zwischen den beiden da die Chemie stimmen«, merkt Olga an. »Aber vielleicht machen die Leute aus dem Süden das so.«

»Nun ja ...«, kommentiert Sandra vielsagend. »Es ist wohl mehr als das.«

»Was?«, hakt Olga nach. »Aber sie ist doch ...«

Sandra schüttelt den Kopf. »Nein, ich werde nicht mehr sagen. Schließlich will ich keine Gerüchte verbreiten. Die Leute sind schließlich selbst für ihr Handeln verantwortlich.«

Zepperlink nimmt einen Rucksack aus dem Auto, wirft ihn sich über die Schulter und winkt Ingrid, während er zum Bahnsteig geht. Ingrid winkt ebenfalls, setzt sich ins Auto und fährt auf die Hauptstraße. Olga schaut auf die Uhr. Noch fünf Minuten, bis der Zug nach Oslo hier sein soll.

»Sie hat nicht so viele Freunde im Dorf, oder?«, erkundigt sich Sandra.

»Hm?«

»Ingrid?«

Olga denkt nach.

»Sie hatte ein paar Freundinnen, als sie hier zur Schule gegangen ist. Silje Ottesen, meine ich mich zu erinnern, und dann Hilde Sylte, die Tochter des Blumenhändlers. Aber ich glaube nicht, dass sie momentan so viel mit ihnen zu tun hat. Hilde ist im Übrigen auch weggezogen. Und Silje wohnt in Vrangsida und ist mit dem verheiratet, der dort die neue, große Tankstelle betreibt.«

Olgas normalerweise neutrale Miene verzieht sich in einem gewissen Schmerz beim Gedanken an die neue, große Tankstelle und den Verrat des eigenen Sohnes.

»Die haben nicht einmal eine Fritteuse«, murmelt sie.

»Was?«, kommt es von Sandra, woraufhin Olga ihre Gedanken wieder auf das zurücklenkt, wonach Sandra gefragt hatte. Ingrids Freunde im Dorf, oder den Mangel an solchen.

»Nein, im Grunde ist es wohl nur Tor. Ingrid, sie ist immer so ein Wildfang gewesen. Und dann hat sie schließlich dort oben auf dem Berg gewohnt, schon deshalb war sie nie so nah an denen dran, die hier unten in Dalen aufgewachsen sind. Die dort oben im Himmelfjell sind schon immer etwas speziell gewesen. Haben ihr eigenes Ding gemacht. Während die Kinder hier Fußball und Handball gespielt haben, ist sie geklettert, weißt du. Und dann ist sie weggegangen, hat studiert und ist so ein Kletterpromi geworden. Seither ist sie nur ab und an im Dorf. Sie tankt hier, kauft aber nie einen Burger. Grüßt immer höflich, sagt aber nicht mehr. Alle wissen, wer sie ist, und doch kennt sie niemand so wirklich, wenn du verstehst, was ich meine.«

Sandra nickt.

»Ich verstehe, was du meinst.«

Kapitel 33

»Mäh! Mäh!« Lillegull läuft Fjellrosa hinterher und schiebt ihren Kopf unter deren Bauch, trinkt gierig ein paar Sekunden, bevor die Geduld der Pflegemutter am Ende ist und sie weiterläuft, während ihre Glocke bimmelt. Sie will nicht weit, lediglich bis zum nächsten verlockenden, grünen Grasbüschel, wo sie stehen bleibt und sich von dem anderen Lamm einholen lässt. Sie müssen sich ein bisschen abwechseln.

»Es sieht so aus, als würde es jetzt funktionieren«, stellt Tor fest.

»Ja, Fjellrosa hat das Kleine nach und nach angenommen«, bestätigt Roger, seine Vertretung. »Und das Kleine hat gelernt, um sein Futter zu kämpfen.«

Sie stehen an einem der Steinzäune der Weide. Roger nimmt einen Apfel aus der Tasche und beißt ab, allerdings dauert es nicht lange, bis das Mutterschaf ihn entdeckt und auf ihn zustürzt. »MÄÄÄH!«, verlangt es. »MÄÄÄH!«

»Hm, Fjellrosa, du musst dich noch ein bisschen gedulden«, sagt Roger mit dem Mund voller Apfel. Er beißt noch ein paar Mal ab, bevor er den Rest in hohem Bogen auf die Weide wirft. Mit ihrem schweren Körper flitzt das Mutterschaf hinterher. Ding-ding, ding-ding, klingelt die Glocke, während es rennt. Die Lämmer folgen ihm, sie wollen dort sein, wo die Mutter ist.

Am Morgen hatte Tor eine Nachricht von Sandra erhalten. Danke für die Unterstützung gestern, hatte da gestanden, gefolgt von einem Emoji in Form zusammengehaltener Hände. Und dann stand da noch: Neue Energien. In die Sterne geschrieben – dazu ein Mond, ein Stern und etwas, das wie eine Kugel aussah.

Was meint sie nur damit? Für einen einfachen Schafbauern ist es nicht leicht, all diese kryptischen Botschaften zu deuten, denkt er. Warum können die Leute nicht einfach konkret sagen, was sie meinen? Wäre das nicht viel einfacher? So oder so muss er sie jedoch dazu bringen, mit diesem Unsinn aufzuhören.

Es knirscht, als Torbjørns Skoda über den Feldweg gefahren kommt und auf dem kleinen Platz hinter der Scheune, neben Tors Pick-up, parkt.

»Auf der anderen Seite des Bergsees hat sich ein Lamm am Fuß verletzt«, sagt er, nachdem er über den Zaun geklettert und wieder zu Atem gekommen ist. »Ich wollte es nicht von der Mutter trennen, es ist besser, wenn du mitkommst, Tor. Ich habe ein bisschen Stacheldraht weggenommen, ich glaube, es hat darin festgehangen.«

Mit dem Pick-up fahren sie zu der Weide und finden das Lamm und seine Mutter an der Stelle, wo Torbjørn es beobachtet hatte. Ganz richtig hat es eine Wunde am Hinterbein. »Ja, es sieht so aus, als hätte es sich am Stacheldraht aufgerissen«, bestätigt Tor. »Aber was macht der hier überhaupt? War der Zaun neu oder alt?«

»Neu. Das sind diese verdammten Hüttenbesitzer, die den Stacheldraht einfach wegwerfen, denke ich.«

Tor sieht den Vater an. »Warum sollten die Hüttenbesitzer Stacheldraht in die Gegend werfen?«

»Bei solchen Stadtleuten weiß man nie. Vielleicht haben sie Angst vor Schafen.«

Tor zuckt mit den Schultern. Die Erklärung seines Vaters

ergibt für ihn keinen Sinn, jedoch weiß er von Torbjørns Skepsis gegenüber Veränderungen und Stadtbewohnern. Und wenn diese beiden Dinge in Form großer Baufelder mit neuen Wochenendhäusern kombiniert wurden, war er geneigt, den Widerwillen die Logik übertrumpfen zu lassen. Tor weiß, dass die größere Gefahr darin besteht, dass die Hüttenbesitzer die Lämmer mit Brot füttern und sie dadurch ungewollt töten, als dass sie Angst vor ihnen haben könnten.

Tor hebt das Lamm hoch und trägt es zu einem Stein, während das Mutterschaft ihnen protestierend folgt. Er setzt sich mit dem Lamm auf dem Schoß hin und untersucht mit Hilfe seines Vaters gründlich das verletzte Hinterbein. Zum Glück sieht es nur wie ein Riss aus, der gereinigt und verbunden werden kann. So kommen sie umhin, die Tiere wieder mit auf den Hof hinunterzunehmen oder – im schlimmsten Fall – das Lamm zu schlachten. Die Erste-Hilfe-Ausrüstung hat Tor immer im Pick-up dabei, sodass sie die Wunde umgehend versorgen können. Bevor sie wieder fahren, bekommen sowohl das Mutterschaf als auch das Lamm ein Stück Apfel.

»Da ist noch etwas, das wir uns ansehen müssen, auf der Weide hinter der Pfarralm«, sagt Torbjørn. »Meiner Ansicht nach ist ein Teil des Schafdungs sehr dunkel und weich.«

»Oh, nein«, kommentiert Tor. Er weiß, was der Vater befürchtet: Parasiten, die bei den Lämmern Durchfall verursachen. Aufgrund guter Weidebedingungen sind die Schafe generell sehr gesund; sind die Parasiten aber erst einmal aufgetaucht, ist es schwer, sie wieder loszuwerden. Die kleinsten Lämmer sind am stärksten gefährdet. Sollte sich der Verdacht des Vaters bestätigen, müssen sie umgehend den Tierarzt kontaktieren. Dem würde sich viel Aufwand mit Probenentnahme und Medikation anschließen. Als hätten sie so schon nicht genug zu tun.

Sie parken an der Pfarralm und steigen aus dem Auto aus. Tor schließt nicht ab, das tut hier oben keiner. Zusammen mit Torbjørn geht er am Gatter entlang. Sie folgen einem Pfad zur Wiese hinauf, wo die Schafe sich am liebsten aufhalten. Von weiter oben her vernehmen sie den Klang der Schafglocken, einige hundert Meter entfernt sehen sie schließlich die kleine Herde.

»Ich denke an den Unfall, den Sandra hatte«, beginnt der Vater. »Glaubst du, Ingrid ist schon wieder bereit dafür, Gruppen durchs Gebirge zu führen?«

»Vater, du kannst nicht Ingrid die Schuld dafür geben, dass Sandra sich den Fuß verstaucht hat«, sagt Tor. »Du kennst Ingrid doch. Ihr habt im letzten halben Jahr jeden zweiten Sonntag Abendbrot zusammen gegessen. Hat sie jemals verantwortungslos gewirkt?«

»Nein, nein«, entgegnet Torbjørn beschwichtigend.

»Wer hat dir im Übrigen von dem Unfall erzählt?«, will Tor wissen.

»Nun, das war Olga, als ich zum Tanken da war.«

Torbjørn bleibt stehen und verweist mit der Schuhspitze auf einen dunklen Haufen, der vor ihnen auf dem Boden liegt. »Hier. Das müssen wir uns näher ansehen.«

»Ja, ich befürchte, du hast recht«, bestätigt Tor. »Verdammt, da bleibt uns nichts anderes übrig, als den Tierarzt zu verständigen.«

Tor geht zurück zum Pick-up und holt das Handy aus dem Handschuhfach. Darauf sind zwei entgangene Anrufe von Ingrid, und sie ruft erneut an, als er noch immer ratlos auf den Bildschirm starrt.

»Wo bist du?«, fragt sie. »Du warst nicht zu Hause, als ich angekommen bin.«

»Als du angekommen bist?«

Als er es ausspricht, wird es ihm bewusst: Er hatte vergessen, dass Ingrid auf den Hof kommen wollte. Ach, verdammt. Er lehnt sich gegen das Auto.

»Ich bin reingegangen, habe aber gesehen, dass du nicht da bist«, sagt sie.

»Ich bin auf der Alm. Sorry!«

»Aber wir hatten doch abgesprochen, dass ich kommen würde, wenn die Gäste abgereist sind.«

»Ach, verflucht!«, sagt er und fährt sich mit der Hand durch die Haare. »Es ist mein Fehler. Ich ... es ist einfach so viel vorgefallen hier auf der Alm. Kokzidiose, Stacheldraht und ...«

»Aber hättest du nicht anrufen oder eine Nachricht schicken können?«, fragt sie.

»Ja, das hätte ich tun sollen. Tut mir leid.«

Er sieht zu seinem Vater, der mit dem inzwischen ebenfalls eingetroffenen Roger spricht, während sie etwas auf dem Boden befindliches in Augenschein nehmen.

»So ist es wohl, mit einem Bauern zusammen zu sein, Ingrid. Wir haben es nicht in der Hand, wann die Tiere Hilfe brauchen.«

»Das weiß ich doch. Aber das sieht dir nicht ähnlich. Bisher ist es uns doch immer gelungen, Verabredungen einzuhalten.«

Er weiß nicht, was er darauf antworten soll.

»Es ist seltsam, dass wir nicht miteinander reden, jetzt, wo gerade so viel passiert«, sagt sie. »Mit Sandra und überhaupt. Es kommt mir fast so vor, als würdest du mir aus dem Weg gehen.«

»Dir aus dem Weg gehen, nein!«, entgegnet Tor. »Selbstverständlich gehe ich dir nicht aus dem Weg. Warte einfach im Haus auf mich, ich komme, sobald ich kann.«

Kapitel 34

Sandras Handy gibt einen Ton von sich. Eine Nachricht von Fred. Das ist ein schlechtes Zeichen. Fred meldet sich nicht, nur um zu hören, wie es ihr geht. Sie öffnet die Nachricht. Eine Bombe und ein Stapel Geldscheine. Herrgott. Nicht gerade subtil.

Sandra weiß, dass es langsam eilt. Es eilt seit langem. Das Geld ist bald alle, selbst die neueste Kreditkarte ist bereits bis zum Maximum ausgereizt, nachdem sie für Ingrids sündhaft teuren Kurs bezahlt hat. Fred erwartet im nächsten Monat eine Abschlagszahlung für das Darlehen, das er ihr gewährt hat. Und Fred ist nicht der Einzige. Auch anderen schuldet sie Geld. Schlimmeren Leuten als Fred. Viel schlimmeren.

Den Großteil aus der Wohnung hatte sie vor ihrer Abreise verkaufen können. Das nützt wenig, ist jedoch genug, um die bescheidene Miete zu begleichen, die das Ehepaar Hammer für das Zimmer nimmt, und einige Utensilien für das neue Projekt zu kaufen, das sie plant.

Sie arbeitet jetzt auf mehreren Ebenen.

Sie hat einige Keime ausgelegt, und die werden sprießen. Die Andeutungen, die sie in den Gesprächen mit der naiven Olga Plassen hat »durchsickern« lassen, werden wohl bald im ganzen Dorf die Runde machen.

Sie selbst wird für eine Weile hier Wurzeln schlagen. Das ist nötig. Was sie vor Augen hat, wird ihr zu Langfristigkeit, Sicherheit und Schutz verhelfen. Das erfordert einen großen

Einsatz. Schon einmal hatte sie die hiesigen Wurzeln ausgerissen, und sie weiß, dass sie damals viele enttäuscht hat. Tor, selbstverständlich, aber auch Toril und Torbjørn. Jetzt arbeitet sie intensiv daran, sie wieder auf ihre Seite zu ziehen. Bisher ist ihr das bei Toril am besten gelungen. Also, ja: Sandra *wird* im fruchtbaren Ackerboden von Dalen erneut Wurzeln schlagen. Zumindest solange es erforderlich ist. Schließlich will sie nicht für immer hier bleiben. Jedoch muss es lange genug sein, um gewisse Dinge in Ordnung zu bringen.

Jetzt befindet sie sich auf dem Weg nach Hause zu Lilly und Per. Sie hat sich Lillys altes Fahrrad ausleihen dürfen und kehrt nun mit vollem Korb zurück zu dem alten Haus. Sie lehnt das Fahrrad an den Zaun vor der Veranda, auf der Lilly und Per unter der Markise sitzen. Lilly strickt und Per liest Zeitung, während vor ihnen auf dem Tisch eine Thermoskanne steht, daneben drei Kaffeetassen. *Sieh an, sieh an. Sie rechnen bereits mit mir*, denkt Sandra vergnügt. Die Charmeoffensive wirkt.

»Bitte!«, sagt sie und zieht eine Tüte Plundergebäck hervor, das sie in der Konditorei in Vrangsida gekauft hat. »Was Leckeres zum Kaffee. Und dann habe ich dir das hier mitgebracht, Lilly.« Eine schwere Papiertüte mit der Aufschrift *Blumen Dalen* kommt zum Vorschein. »Nun, nicht, dass du Nachschub bräuchtest, du, die du so viele hübsche Stauden hat.« Mit einer Geste verweist sie auf den Garten. »So einen schönen Rasen und alles. Aber ich konnte nicht widerstehen, als ich die beim Blumenhändler gesehen habe.« Vorsichtig stellt sie die Tüte vor Lilly auf den Tisch, die sich umgehend nach vorn lehnt und hineinschaut.

»Nein! Die ist ja wunderhübsch!« Lilly nimmt einen Steintopf mit einer großen Lilie darin aus der Tüte. »Aber Sandra! Das ist doch meine Lieblingsblume. Um Gottes willen. Wie kommst du darauf? Ich habe doch nicht Geburtstag oder irgendwas.«

»Ich dachte, die passt zu dir«, sagt Sandra. »Zudem bin ich dankbar, dass ihr mich so gut aufgenommen habt.«

»Ist die nicht schön, Per?«, sagt Lilly, indem sie die Blume ihrem Mann zeigt, der gerade lange genug von seinem Kreuzworträtsel in der *VG* aufschaut, um bestätigend zu murmeln.

»Ja, sie soll hier stehen dürfen«, sagt Lilly und steht auf. Sie platziert den Topf auf einem kleinen Tisch am Ende der Veranda. »Die ist wirklich ein Blickfang.«

Sie watschelt zum Tisch zurück, ihre kräftigen Beine schauen unter dem geblümten Kleid hervor. »Setz dich zu uns und nimm eine Tasse Kaffee, Sandra! Ich hole nur rasch eine Platte für das Plundergebäck. Nein, du bist mir wirklich eine. Es ist richtig nett, dass du zurückgekommen bist.«

»Es gibt etwas, das ich gern mit euch besprechen würde«, beginnt Sandra, nachdem die Kaffeekanne leer und das Plundergebäck verspeist ist. »Es geht um das Ladengeschäft im Erdgeschoss. Ja, es ist so schade, dass es mit dem Strickladen nicht weitergegangen ist, Lilly. Er war *so* schön. Vollkommen einzigartig, mit der großen Garnauswahl und dann all den Modellen, die du selbst gestrickt hattest. Es ist ein großer Verlust für das Dorf, dass du schließen musstest.«

Sandra baut darauf, dass Lilly sich nicht erinnert, dass sie nicht ein einziges Mal in ihrem Laden war, als sie noch im Ort gewohnt hat. Allerdings hatte Sandra von ihrer damaligen Schwiegermutter hinreichend enthusiastische Beschreibungen erhalten, um so zu tun, als hätte sie den Laden gut gekannt.

Lilly nickt betrübt. »Ja, es ging nicht mehr, mit der neuen Schnellstraße und diesem verfluchten Internet.« Sie hebt ihr Strickzeug hoch. »Ich stricke noch immer mein Restlager an Garn auf.«

»Das ist traurig, ja. Aber jetzt glaube ich, dass hier neues Leben einziehen kann. Ich möchte die Räumlichkeiten nämlich gern nutzen«, teilt Sandra mit. »Ich habe eine Vision.«

*

Vor sich hin lächelnd geht Sandra die knarzende Treppe zu ihrem Zimmer in der oberen Etage hinauf. Das ist genau so gelaufen, wie es angedacht war. Wie erwartet war Lilly gerührt und froh gewesen bei dem Gedanken, dass das Ladengeschäft wieder in Gebrauch genommen werden sollte. Sie hatte Per in ein eifriges Gespräch darüber verwickelt, wie die Räumlichkeiten instand gesetzt werden mussten, damit Sandra sie nutzen konnte.

Morgen will Sandra nach Lillehammer und einige Einkäufe erledigen, als Ergänzung der Dinge, die sie bereits in ihrem Koffer dabeihatte. Das Ganze wird nicht ganz so elegant und gut ausgestattet sein wie die Räume, die sie in Oslo hatte, aber das braucht es hier auf dem Land schließlich auch nicht. Die Leute aus Dalen sind Eleganz nicht gewohnt. Mit ein wenig Stoff, Licht, Räucherkerzen und Plakaten würde es mehr als gut genug werden.

Zudem würde sie auch eine neue, einfache Homepage gestalten. Aufgrund der fürchterlich ungerechten Konkursquarantäne kann sie vor Ablauf von zwei Jahren keine Firma wieder betreiben. Davon weiß hier jedoch keiner. Und sie braucht es auch nicht als eine Firma zu bezeichnen.

Es kann doch wohl nicht verboten sein, den Menschen ein paar ... Freundschaftsdienste zu erweisen?

Schließlich ist sie ausgebildete Krankenschwester, und dass sie ihre Zulassung verloren hat, brauchen sie ebenfalls nicht zu wissen. Sie kann den Leuten Gesundheitsratschläge geben und ihnen bei der Ernährung und Ergänzungsmitteln behilflich sein. Die Erfahrung hat ihr gezeigt, dass es auch nützlich ist, offen für das Alternative zu sein. Und so können diejenigen, die für die Hilfe dankbar sind, vielmehr Geld für einen guten Zweck überweisen. Dass dieser Zweck Sandra Seter selbst ist, wird für ihr Wohlbefinden keine Rolle spielen. Sandras Wohlbefinden hingegen wird es beträchtlich Aufschwung verleihen. Sie braucht Einnahmen, und das bald. Vor allem aber braucht sie eine Möglichkeit, sich im lokalen Umfeld wieder zu etablieren. Sie muss Verbündete und Personen finden, die nett über sie reden, Leute, die ihr einen Dienst schuldig sind und dafür sorgen, dass sich die Dinge ihren Vorstellungen entsprechend entwickeln. Und es gibt wohl kaum eine bessere Art und Weise, das zu tun, als das anzubieten, was die Menschen am allermeisten brauchen.

Sandra weiß, was die Menschen brauchen.

Demjenigen, der Schmerzen hat, kann sie zu Linderung verhelfen. Demjenigen, der glaubt, es nicht wert zu sein, geliebt zu werden, kann sie Liebe versprechen. Wem es an Geld fehlt, dem kann sie Reichtum in Aussicht stellen. Wer sich hässlich fühlt, dem kann sie Schönheit verleihen. Wer an der Gegenwart zweifelt, dem kann sie Zuversicht im Hinblick auf die Zukunft vermitteln. Und denjenigen, die jemanden vermissen, kann sie Kontakt anbieten, auch dann, wenn die Vermissten bereits nicht mehr auf dieser Erde weilen.

Es wird kaum jemanden im Dorf geben, der keinen Bedarf für das hat, was Sandra anzubieten hat. Doch es gibt eine Person, für die es zielgerichteter Maßnahmen bedarf, um sie auf ihre Seite zu ziehen. Tor.

Es stimmt schon, er ist hingerissen von dieser Ingrid, das ist schwer zu übersehen. Aber was hat sie eigentlich zu bieten, das Sandra nicht übertreffen kann? Sandra weiß, was Tor in seinem tiefsten Inneren will: Sicherheit, Tradition, Familie, eine Frau auf dem Hof. Es geht lediglich darum, alle – nicht zuletzt Tor selbst – zu überzeugen, dass er dieses Leben mit ihr, Sandra, führen sollte, und nicht mit dieser Eiskönigin vom Himmelfjell. Wenn ihr Plan aufgehen soll, muss sie nun noch einen Gang zulegen.

Er wird es schon bald begreifen. Er braucht nur ein wenig Unterstützung, um herauszufinden, was das Beste für ihn ist. Und was, wenn das zufällig das Gleiche ist wie das, was auch für Sandra Seter am besten ist?

Kapitel 35

Als der Küchenwecker klingelt, nimmt Tor das Blech mit den Hörnchen aus dem Ofen.
»Abendessen ist fertig!«, sagt er. »Tors Selbstgebackene!«
»Nicht vielleicht Mama Torils Selbstgebackene? Die du aus dem Gefrierschrank genommen hast?«, neckt Ingrid ihn.
»Ja. Und darüber sollten wir wirklich froh sein«, gibt er zu. »Was möchtest du haben? Butter? Marmelade? Brunost?«
»Alles«, sagt sie. »Das weißt du doch. Und eine Tasse Kaffee. Oder zwei.«

Er war so schnell wie möglich von der Alm heruntergekommen und hatte sie mit Entschuldigungen überhäuft. Jetzt war er geduscht, hatte sich umgezogen, sie in die Arme genommen und sich darangemacht, das Abendessen zuzubereiten. Während er den Kaffee aufsetzt, nimmt sie Teller und Tassen aus dem Schrank. Das Service ist teuer und ziemlich modern, in einem minimalistischen Stil gehalten, den sie weder mit Tor noch mit seinen Eltern assoziiert. Eigentlich hatte sie darüber bisher noch nie nachgedacht, jetzt aber hält sie gedankenversunken mit einem Teller in der Hand inne.
Tor bemerkt es und räuspert sich.
»Ja, das haben wir zur Hochzeit bekommen«, sagt er. »Sandra und ich. Wir können es austauschen, wenn du willst.«
»Nein, das ist kein Problem«, sagt sie und macht sich daran, den Küchentisch zu decken. »Es ist nicht Sandras Geschirr,

über das ich mir Sorgen mache. Um ehrlich zu sein, ist es Sandra, die mir mehr Sorgen bereitet. Was bezweckt sie damit, hier aufzutauchen? Erst bei der Ausstellung, dann im Kletterkurs? Und dann besucht sie deine Eltern und organisiert sich eine Unterkunft. Meiner Meinung nach ist das sehr seltsam, Tor.«

»Ja. Das ist schon seltsam.«

»Was will sie?«

Tor lehnt sich gegen den Küchentresen.

»Sie hat sich in den Kopf gesetzt, eine Zeit lang im Dorf zu bleiben«, sagt er. »Aber du musst dir keine Sorgen machen. Ich bin mir sicher, dass sie bald wieder abreisen wird.«

»Wie kannst du dir da so sicher sein?«, will Ingrid wissen.

Sie hat keinen Hunger, weiß jedoch, dass sie etwas essen sollte, und setzt sich daher an den Tisch. Tor schenkt in beide Tassen Kaffee ein. Ingrid nimmt ein Hörnchen aus dem Brotkorb, den er ihr hingestellt hat, und betrachtet die elegante, gebogene Form und die kleinen Sesamkörner auf der goldbraunen Kruste. Es duftet herrlich. Dann legt sie das Hörnchen auf ihren Teller.

Tor streckt sich nach dem Brunost aus und schneidet eine Scheibe ab. Er hat ein Hörnchen durchgeschnitten und konzentriert sich nun darauf, den Käse ganzbeinig auf die eine Hälfte zu befördern.

»Wie war das eigentlich gestern? Als du sie ins Dorf gefahren hast?«

»Nun, sie ...« Er wirkt leicht verlegen.

»Du solltest versuchen, mit ihr zu reden. Du siehst doch auch, dass sie sich unangemessen aufführt?«

»Ja, schon. Aber darüber sollte man sich nicht so viele Gedanken machen, Ingrid. Vermutlich hatte sie Schmerzen und hat daher überreagiert.«

»Was hat sie genau gesagt? Hat sie gesagt, dass es mein Fehler war, dass sie sich verletzt hat?«

»Das hat sie wohl angedeutet, ja«, räumt Tor ein. »Dass du eine bessere Route hättest auswählen sollen, und ...«

»Herrgott noch mal!« Ingrid schlägt die Hand auf den Tisch. »Sie meldet sich für einen Kletterkurs im Hochgebirge an, und dann ist es meine Schuld, dass sie nicht einmal zu einem einfachen Abseilen in der Lage ist, ohne sich dabei den Fuß zu verstauchen?«

Tor legt das Hörnchen wieder auf dem Teller ab. Keiner von ihnen hat bisher etwas gegessen.

»Du brauchst deine Wut auf Sandra nicht an mir auszulassen«, bricht es aus ihm heraus. »Du hast mich doch gefragt, was sie gesagt hat.«

»Ja, aber es kommt mir so vor, als würdest du Partei für sie ergreifen«, sagt Ingrid. »Du weißt doch, dass ich mehr als gewissenhaft bin, was die Sicherheit betrifft. Und dann musstest du sie auch noch unbedingt nach Hause fahren.«

Plötzlich spürt sie, wie ihr, wie aus dem Nichts, die Tränen in die Augen schießen.

»Ich fand, dass ich kaum eine andere Wahl hatte«, sagt Tor. »Es hätte sehr seltsam gewirkt, wenn ich es abgelehnt hätte.«

»Nein, ich weiß auch nicht«, erwidert Ingrid. »Mir gefällt das alles nur überhaupt nicht.«

Tor nickt. »Auch mir gefällt das nicht, Ingrid.«

Sie schmiert Butter auf das frisch aufgebackene Hörnchen, das noch immer warm ist, und beißt ab. Es schmeckt herrlich. Dann nimmt sie einen Schluck von dem Kaffee. Das hilft ein wenig. Das Fenster ist angekippt, wodurch der Geruch von warmem Gras und Sommerabend hereinströmt und sich mit dem Duft des Gebäcks vermischt. Sie sieht sich in der alten Küche um. Die Einrichtung ist alt, aber solide, und stammt noch aus der Zeit, als Tors Eltern hier gewohnt haben. Der neue Kühlschrank und die Spülmaschine brechen mit dem rustikalen Stil. Die Wände sind im oberen Teil burgunderfarben und im unteren grün, geteilt von einer Paneele in Brusthöhe, wie sie einst in den achtziger Jahren modern waren. Sie erinnert sich daran aus Kindheitstagen, wenn sie zurückdenkt. Damals hingen auch Kupferpfannen an den Wänden, und auf den Schränken lagen getrocknete Lavendelsträuße. Sie vermutet, die Entscheidung für diesen Stil fiel, nachdem Toril *Jean Florette* im Kino gesehen hatte.

Vielleicht ist die Küche das Nächste, womit sie Tor beim Renovieren helfen wird. Wenn ... Nun, diesen Sommer wird es sowieso nichts.

Tor streckt seine Hand aus und legt sie auf ihre. Seine ist sonnengebräunt und warm.

»Du bist es, die ich liebe, das weißt du«, sagt er.

Kapitel 36

»Ingrid? Was meinst du?«

Aisha zeigt auf etwas auf dem Bildschirm, woraufhin Ingrid bewusst wird, dass sie nicht zugehört hat.

»Entschuldige, Aisha! Ich war für einen Moment abwesend. Was hast du gefragt?«

Ingrid und Aisha gehen zusammen die Buchungen für die kommenden Wochen durch. Das Hochzeitswochenende ist selbstverständlich ausgebucht, aber ansonsten ist noch gut Platz, und sie müssen kontinuierlich daran arbeiten, genug Gäste für die Hotelzimmer wie auch für den Speisesaal zu bekommen.

Sie versuchen, die traditionell ruhigen Frühjahrs- und Herbstwochen mit verschiedenen Aktivitäten und Angeboten zu füllen. Zum Beispiel haben sie Pia P's Vorschlag für ein Wochenende aufgegriffen, an dem die Gäste ihre eigenen naturnahen Hautpflegeprodukte herstellen können. Auch Yoga-Wochenenden stehen auf dem Programm. Es gibt viele, die das gern mit Wandertouren und Naturerlebnissen verbinden.

Tors Fotoausstellung ist ein Test, ob sie eventuell mehr auf Ausstellungen und andere künstlerische Aktivitäten setzen sollten. Ein Fotokurs stand bereits zur Debatte, warum also nicht auch Zeichnen und Malen? Und Stricken! Mutter Borghild ist begeistert von der Idee. Sie strickt und stickt selbst und freut sich über das große Interesse an traditioneller Handarbeit. Könnte nicht vielleicht auch Mari, die Frau der Pfarrerin, hierfür engagiert werden?

Ingrid versucht alles in ihrer Macht Stehende, mental in dem Gespräch zugegen zu sein, spürt jedoch, wie die Rastlosigkeit in ihr kribbelt. Am liebsten möchte sie einfach nur raus. Die Touren durch die Natur, allein oder mit Tor zusammen, sind ihre Form der Meditation. Sie mag es, den Blick einfach über die offene Landschaft schweifen zu lassen und die Füße in Bewegung zu versetzen. Wenn sie im Büro sitzt, ist der Kopf so voll und der Körper fühlt sich welk an.

Der Alltag kommt ihr so … alltäglich vor. Sie fühlt sich eingesperrt. Unfrei. Und das triumphale Gefühl, wieder auf dem Himmelnuten gewesen zu sein – wo ist das nur abgeblieben?

Am Sonntag war es doch so greifbar gewesen, als sie, Henry und der Rest der Gruppe auf dem Gipfel gestanden hatten. Dort im Sonnenschein war die Freude darüber, die Wand ein weiteres Mal überwunden zu haben, unfassbar groß gewesen. Die Freude und der Stolz, dass sie, Ingrid, in der Lage war, die anderen an dem Erlebnis teilhaben zu lassen, sich auf dem Gipfel der Welt zu befinden.

Jedoch war es viel zu schnell wieder verblasst. In der Begegnung mit Sandra verblasst alles. Ihre Gegenwart – im Dorf, im Hotel, um Tor – ist wie ein schwarzes Loch, das Farben und Lebensfreude in sich aufsaugt. Und jetzt kommt auch noch diese neue Sache dazu, die Ingrid entdeckt hatte, als sie gestern von Tor nach Hause gefahren war und die Kurve hinter der Kirche passiert hatte, das Haus von Lilly und Per Hammer.

Sie wäre beinahe von der Straße abgekommen, als sie es sah. Im ehemaligen Ladengeschäft von Lilly Hammer hatte ein großes Plakat gehangen, mit überdimensionierten, kirschroten Buchstaben auf weißer Pappe, flankiert von einer künstlichen Palme und einem Buddha.

KASSANDRA stand dort. Und darunter: * *Gesundheit* * *Schönheit* * *Wahrheit*

Sandra. Kassandra. Was hat sie sich nun wieder einfallen lassen?

Als an der Rezeption die Klingel ertönt, joggt Ingrid vom Büro aus nach unten, um die Ankommenden in Empfang zu nehmen. Perle hat heute frei, und mit Ausnahme einer dänischen Familie werden keine weiteren Gäste erwartet, weshalb Ingrid das Einchecken übernimmt. Familie Schmidt-Josefsen besteht aus Mutter, Vater und drei Teenagern, zwei Mädchen und einem Jungen. Sie werden in einer der Wohnungen in dem neuen Flügel unterkommen und wollen, gleich nachdem sie das Gepäck abgestellt haben, eine Runde durch die Umgebung drehen. Dafür wünschen sie sich Kaffee und Zimtschnecken als Proviant.
»Na klar, sehr gern! Und um sechs Uhr gibt es dann Abendessen. Möchten Sie Forelle oder Buletten?«
»Buletten!«, antworten die Kinder.
»Forelle!«, ertönt es von den Eltern im Chor.
Ingrid notiert die Bestellung und nimmt zwei Schlüsselsets hervor. »Prima! Dann werde ich Ihnen die Wohnung zeigen.«
Nach dem dramatischen Wochenende ist das eine Wohltat, denkt sie. Ganz normale Gäste, die gut bezahlen, sich vernünftig benehmen und sich wahrscheinlich weder verletzen noch es auf die Partner anderer abgesehen haben. Die einfach nur das Hotel genießen, gut essen und wunderbare Empfehlungen an ihre dänischen Freunde schreiben werden.

Kapitel 37

Mit der Tasche auf dem Rücken kommt Hussein über den Schulhof gelaufen und reißt auf der Beifahrerseite schwungvoll die Tür auf. Er ist verschwitzt. Es ist so warm, dass die Luft und der Asphalt regelrecht vibrieren.

»Hei, Onkel Tor!«, ruft er und springt ins Auto.

»Vorsichtig!«, mahnt Tor. »Ich möchte auch weiterhin gern Türen am Auto haben!«

»Im Sommer brauchst du doch wohl keine Türen?«, entgegnet Hussein. »Hast du schon mal so ein Golfmobil gesehen? Das besteht irgendwie nur aus Lenkrad und Rädern.«

Tor lacht. »Ja, schon, aber stell dir mal ein Golfmobil im Winter vor! Wie viel Schnee im Auto landen würde!«

Hussein lacht vergnügt und schließt mit einem Knall die Tür. Tor dreht die Lüftung ein bisschen höher und fährt mit offenen Fenstern auf die Hauptstraße. In den zurückliegenden Wochen hatte er Hussein mehrfach von der Schule abgeholt. Das ist praktisch für Aisha, nicht zweimal am Tag ins Dorf hinunter und wieder hinauf fahren zu müssen. Schließlich besucht Tor Ingrid sowieso oft. Heute ebenso. Aufgrund der Situation mit Sandra ist es in letzter Zeit so seltsam zwischen ihnen geworden. Es lässt sich schwer in Worte fassen. Das Schlimmste ist, dass Sandra ihm weiterhin Nachrichten schickt, und er weiß, dass er diese Ingrid vielleicht hätte zeigen sollen. Allerdings glaubt er, dass das alles nur noch schlimmer machen würde. Er will Sandra keine Bedeutung beimessen, die ihr nicht zusteht.

Ingrid hat bald Geburtstag. Sie glaubt, dass sie nicht groß feiern werden, er hingegen hat sich etwas ausgedacht, das ihn ein wenig nervös macht, gleichzeitig aber erlaubt er sich zu hoffen, dass Ingrid sich freuen wird. Sollte die Überraschung wie geplant verlaufen, wird diese ganze Sandra-Geschichte bald nur noch eine unbedeutende Fußnote sein, etwas, worüber sie herzlich lachen können, Ingrid und er.

Beim Gedanken daran muss er lächeln. Währenddessen plaudert Hussein munter über Dinge, die in der Schule passiert sind. Die Autofahrten mit dem redseligen Siebenjährigen haben sich für Tor zu einer netten Routine entwickelt – und wie es scheint auch für Hussein. Innerhalb der zwanzig Minuten, die sie bis hinauf zum Himmelfjell benötigen, schafft er es meistens, Tor über die kleinen und großen Geschehnisse des Schulalltags auf den neuesten Stand zu bringen, besonders, wenn sie etwas Neues über die Natur oder den norwegischen Volksglauben gelernt haben. Kobolde, Seeungeheuer und Trolle üben eine gewaltige Faszination auf den Jungen aus. Stets hat er von neuen Abenteuern zu berichten. Und im Himmelfjell wird Tante Maja das Ganze noch ordentlich befeuern, denkt Tor, abergläubisch wie sie ist. Hauptsache, sie erschreckt Hussein mit all ihren Geschichten nicht zu sehr.

Heute hat die Klasse für den Schulabschluss in ein paar Wochen geübt, weshalb Hussein jetzt eines der Lieder singt, die sie dabei vortragen sollen: *Let it go, let it go ... Can't hold it back anymore ...* sein Engagement ist beeindruckend. Tor kratzt sich am Kopf. Ist das momentan das Gesangsrepertoire an Schulen?

»Was ist aus ›Jetzt sehe ich solche Berge und Täler wieder‹ geworden?«, erkundigt er sich.

»Häh?«, lautet Husseins Reaktion.

Sie fahren ein Stück. Hussein singt weiter, bis er sich plötzlich selbst unterbricht. »Bald fahren wir auf die Alm! Ich hoffe, dann ist auch schönes Wetter.«

Die komplette Klasse soll vor den Ferien einmal Tors Weide besuchen, worauf Hussein sich wie verrückt freut. Tor lächelt.

»Das wird es schon. Es sieht nicht so als, als würde es bald Regen geben.« Leider, denkt er, spricht es jedoch nicht laut aus.

»Schließlich bin ich Experte für Schafe«, sagt Hussein vergnügt. »Weil ich so oft auf deinem Hof gewesen bin.«

»Das bist du wirklich«, bestätigt Tor. »Du weißt ziemlich viel über Schafe.«

Das Interesse des Jungen an den Tieren ist überwältigend. Hussein kennt die Namen von Fjellrosa, Gullrosa, Helle, Annie und all den anderen Schafen und hält, sobald die Möglichkeit sich bietet, gern kleine Vorträge über Flaschenlämmer und Wiederkäuer. Das ist so süß, dass Tor ihn einfach machen lässt.

»Wird zur Hochzeit Lamm serviert?«, fragt Hussein.

Tor zuckt zusammen. Übers Schlachten und so was haben sie noch nicht viel gesprochen.

»Ja, das wird es wohl.«

Hussein nickt.

»Freust du dich? Auf die Hochzeit?«

Tor zögert kurz. »Na ja ... doch, schon. Das wird sicher schön.«

Die Wahrheit ist, dass es ihm davor ein wenig graut. Vegard und David sind tolle Kerle, jedoch kennt er die anderen Gäste nicht, und da Ingrid bei der Hochzeit so viele Rollen innehat, ist es umso schwerer zu wissen, worin seine eigene Rolle eigentlich besteht. Ist er Gastgeber, Gast oder nur eine Art Anhang?

»Ich glaube, das wird superschön!«, sagt Hussein. »Es gibt Musik und Tanz! Und ganz leckeren Nachtisch! Und ... aber guck mal, da! Was bedeutet das?«

Er zeigt auf ein Schild.

Sie sind bei der Kurve vor der Moschus-Werkstatt angekommen.

»Wegen einer Ölspur ist die Fahrbahn glatt«, erklärt Tor. »Da müssen wir vorsichtig fahren.«

»Wer kann die Fahrbahn verschmutzt haben?«, fragt Hussein.

»Das ist eine gute Frage«, entgegnet Tor. »Es kann ein Lkw oder ein Traktor mit einem kaputten Öltank gewesen sein, der auf dem Weg zur Moschus-Werkstatt war.«

Nachdem die Straße verlegt wurde, ist das Verkehrsaufkommen in Dalen momentan nicht so hoch. Aber ein paar Fahrzeuge sind doch schon unterwegs. Der Asphalt vor ihnen schillert regenbogenfarben, weshalb Tor langsam fährt.

»Guck doch! Da!«, ruft Hussein. Am Straßenrand steht ein kleines, grünes Auto mit Warnblinkanlage.

Tor bremst, so vorsichtig er kann, und hält hinter dem Toyota Yaris mit Bergenser Kennzeichen an.

»Ist das wieder so eine Unterirdische?«, flüstert Hussein.

Tor dreht sich zu ihm und lächelt. »Unterirdische? Ach, Hussein. Im Winter hattest du Freya Wilkins unter Verdacht, aber sie ist momentan nicht hier.«

Dennoch starrt Hussein mit weit aufgerissenen Augen die grün gekleidete Gestalt an, die neben dem Auto steht.

»Die Straßen, die ihr hier habt, sind hundsmiserabel«, sagt die grün Gekleidete, nachdem sie auf dem Beifahrersitz von Tors Auto Platz genommen hat. Sie hat sich als ältere Dame entpuppt, mit weißen Haaren, die zu einer kantigen Pagenfrisur geschnitten sind. In ausgeprägtem Bergensisch hat sie sich als Sofie Steen, Borghild Bergs Cousine, vorgestellt und erzählt, dass sie auf dem Weg zum Himmelfjell war, als sie plötzlich im Straßengraben landete, weil die Fahrbahn so glatt war.

»Daher kommt es äußerst gelegen, dass Sie denselben Weg

haben, junger Mann. Aber das muss ich sagen, das sind schon Straßen, die ihr hier habt. Ölspur und Kurve auf einmal, das gehört sich doch nicht. Und dann diese Hitze. Ja, da ist es gut, wenn man wenigstens einen ordentlichen Schirm hat, sodass man nicht gebraten wird.«

Sie verweist auf den zusammengeklappten Schirm im Fußbereich.

»Das ist ein echter Knirps, sehen Sie. Duomatic T 200 Windproof mit automatischem Öffnen und Schließen. Das ist das Allerfeinste innerhalb der deutschen Regenschirmkunst. Funktioniert auch als Sonnenschirm sehr gut.«

Tor lächelt verhalten und schielt zu der kleinen, alten Dame hinüber, die mit geradem Rücken neben ihm sitzt. Hussein hat sich auf die Rückbank verzogen, ohne dass er dazu aufgefordert werden musste. Die beiden Gepäckstücke, die Fräulein Steen dabeihatte, hat Tor im Kofferraum seines Autos verstaut. Das eine war überraschend schwer; Sofie Steen hatte ihn gebeten, vorsichtig zu sein, und erzählt, dass der Koffer die Fotoalben der Familie beinhalte, und das in einem Tonfall, als handele es sich mindestens um die Kronjuwelen oder auch den Rosetta-Stein.

»Wir fahren bei Moschus Maschinen vorbei und geben Ihren Schlüssel ab«, lässt Tor sie wissen. »Dann können sie das Auto in die Werkstatt holen und nachsehen, ob nach dem Abstecher in den Straßengraben alles in Ordnung ist.«

Er ist froh, den Skoda des Vaters und nicht den Pick-up genommen zu haben. Er bezweifelt, dass es Sofie Steen auf der Ladefläche sonderlich gut gefallen hätte.

»Wärst du nicht weniger gebraten worden, wenn du im Auto gewartet hättest?«, fragt Hussein von der Rückbank aus.

»Was meinst du?«, fragt Sofie Steen, während sie im Seitenspiegel ihre Frisur kontrolliert.

»Wenn du im Auto gesessen hättest, anstatt draußen davor zu stehen?«, wiederholt Hussein. »Das wäre nicht so warm gewesen. Auch wenn du so einen deutschen Wunderschirm hast.«

»Da hätte mich doch keiner entdeckt«, erklärt Sofie Steen und streckt ihren Rücken noch ein Stück weiter durch. »Aber nicht, dass ich mich beschweren will. Ich bin froh, dass ihr mich gesehen und mitgenommen habt. Momentan wird überhaupt zu viel gejammert und geklagt. Die Leute meinen, sie hätten in jeder Situation ein Recht, Komfort zu erwarten. Das ist lächerlich. Ich selbst erwarte nichts. Zumindest keinen Komfort. Nein, da wäre ich wohl nicht zu einer Tour wie dieser aufgebrochen – von Bergen hierher fahren, um im Straßengraben zu landen, nein.«

Tor lächelt, den Blick vor sich auf die Straße gerichtet.

Kapitel 38

»Das Sommerfjell öffnet seine Pforten«, ist auf der Internetseite zu lesen. Das Hauptfoto zeigt das Himmelfjell Hotel als ein Märchenschloss, in stolzem Profil vor azurblauem Himmel und dem dahinter majestätisch aufragenden Himmelnuten. Andere Fotos zeigen die Hotelzimmer, den Speisesaal sowie Detailaufnahmen von Speisen und Getränken. Es gibt Fotos von Perle in Tracht, Ingrid in Kletterausrüstung und Alfred beim Einschenken von selbst gebrautem Bier. Es finden sich Menüpunkte für Kurse und Aktivitäten, Tourvorschläge, Angebote und Veranstaltungen; es gibt Links zum kulturellen Angebot in der Nähe sowie zur Touristeninformation der Gemeinde. Die Internetseite ist zu ihrem wichtigsten Portal für Buchungen und Informationen geworden, und ihr Auftritt in den sozialen Medien, um den Perle sich kümmert, spielt dabei natürlich auch eine nicht zu unterschätzende Rolle.

Ingrid sitzt im Büro und geht die Buchungen für die kommenden Wochen durch, als es an der Tür klopft.

»Herein!«, ruft sie und schaut vom PC auf, als Aisha den Kopf durch die Tür steckt.

»Tor und Hussein sind hier«, sagt die leitende Hausdame. »Und sie haben aus Dalen einen neuen Gast mitgebracht. Frau Borghild möchte bestimmt gerne, dass du die Dame begrüßt.«

Im Foyer steht Mutter Borghild zusammen mit einer weißhaarigen Frau, die ebenso klein ist wie sie selbst. Mit einem breiten Lächeln winkt Mutter Borghild Ingrid zu sich.

»Sofie, und hier haben wir Ingrid!«, stellt sie ihre Enkelin vor. »Ingrid, das ist meine Cousine Sofie Steen, über die du so viel gehört hast! Als wir jung waren, hat sie jede Ferien hier im Hotel gearbeitet.«

»Und jetzt bin ich jahrelang nicht hier gewesen«, ergreift Sofie Steen das Wort. »Beim letzten Mal warst du im Ausland. Ja, die Zeit vergeht!«

Sie streckt eine trockene, kleine Hand aus und mustert Ingrid von Kopf bis Fuß.

»Ja, du bist groß geworden, das muss ich sagen. Ich habe dich ja nicht mehr gesehen, seit du ein Kind warst, nur auf Bildern. Damals warst du klein und rundlich. Wer hätte ahnen können, dass du einmal so lang und dünn werden würdest?«

Ingrid hat keine Ahnung, was sie sagen soll.

Zum Glück kommt ihr Aisha zu Hilfe.

»Lassen Sie mich die nehmen«, sagt sie und greift nach Sofies Koffern, ohne sich anmerken zu lassen, dass der eine bleischwer ist.

»*Merci beaucoup*«, bedankt sich Sofie Steen.

Ein paar Stunden später sind die Berge im Westen in goldene Abendsonne getaucht, als Tor und Ingrid auf die Terrasse vor dem Hotel kommen. Sie hatten in der Küche bei Maja geräuchertes Fleisch und Rührei gegessen. Drüben am Zaun stochert Alfred, summend, mit einem Schraubenzieher im Holz herum.

»Will er noch mehr beizen?«, fragt Tor.

»Maja muss ihn an etwas erinnert haben, das erledigt werden muss«, sagt Ingrid. »Deine Tante hat die Männer im Griff. Zumindest diesen dort.«

Tor lächelt. »Ja, ich schätze, da hast du recht. In den vergangenen Monaten hat ihn wirklich ein neuer Eifer gepackt. Er ist gar nicht mehr so mürrisch wie früher.«

»Stimmt. Ich erkenne den alten Knaben kaum wieder«, sagt Ingrid mit einem Schmunzeln.

Die Schatten sind mittlerweile lang, der Tisch in der hintersten Ecke der Terrasse hat jedoch noch immer Sonne. Dort sitzen Mutter Borghild und Sofie Steen, trinken Kaffee und lassen sich ein Dessert schmecken. Ingrid und Tor gehen zu ihrem Tisch, wobei Ingrid bemerkt, dass die beiden älteren Damen offensichtlich so sehr ins Gespräch vertieft sind, dass das Essen nur langsam vonstatten geht. Zwei Teller mit Apfelkuchen und Schlagsahne stehen beinahe unberührt auf dem Tisch. Sofie hat eine Hand über Borghilds gelegt. Es hat den Anschein, als sei sie inmitten eines langen Monologs.

Vielleicht sollten sie in Ruhe miteinander sprechen dürfen, denkt Ingrid, und dreht sich zu Tor um, um ihn mit sich in eine andere Richtung zu ziehen, aber es ist zu spät. Sofie hat ihre Rede unterbrochen und schaut zu ihnen herüber. Ihr Blick hinter den starken Brillengläsern ist ernst. Einen Moment lang ist es still, bevor Mutter Borghild lächelt und ausruft: »Hallo! Setzt euch doch ein bisschen zu uns.«

Und sie tun, was sie sagt; Ingrid setzt sich neben die Großmutter, und Tor auf die andere Seite des Tisches, neben Sofie.

»Habt ihr für die kommenden Tage irgendwelche speziellen Pläne?«, erkundigt sich Ingrid.

»Wir werden alte Unterlagen durchgehen und in Erinnerungen schwelgen«, lässt Borghild sie wissen. »Und dann sind da noch die Fotos, die Sofie mitgebracht hat. Da finden wir sicher ein paar tolle Illustrationen für das Kapitel über die frühen Bergsteiger. Unter anderem gibt es ein Foto von meiner Großmutter väterlicherseits, Ingbrita, wie sie in Hosen klettert! Ja, das wurde als ziemlich wild angesehen, das könnt ihr glauben.«

Borghild scheint den Teller wiederzuentdecken, der vor ihr

auf dem Tisch steht, und nimmt einen Happen von dem Apfelkuchen. »Der ist wirklich gut, wenn ich das so sagen darf. Ja, ja, Maja hat ihn gebacken, aber nach meinem Rezept.«

»Die Alben sind aufgetaucht, als wir die Wohnung unseres Vetters Osmund in Bergen, draußen in Fyllingsdalen, aufgeräumt haben«, erklärt Sofie. »Ja, das hättet ihr sehen sollen. Ich *begreife* nicht, wie jemand so eine Unordnung haben kann. Es wimmelte nur so von alten Lottoscheinen, Souvenirs, Seifenstücken, Programmzeitschriften und Tischdecken, die nicht gebügelt wurden, seit er 1996 Witwer geworden war.«

Sie schüttelt den Kopf und fährt fort. »Man hätte doch wohl ein klein wenig aufräumen können, bevor man stirbt. Ein bisschen Silberbesteck hatte er auch, es lag zusammen mit Topflappen und alten Wischtüchern in einer Schublade. Und diese Alben waren einfach in einen Schrank geschoben worden, ich hatte nicht mal eine Ahnung, dass sie überhaupt existieren. Jedoch stellte sich heraus, dass sie viel Interessantes beinhalten. Historische Bilder, um die man sich selbstverständlich besser hätte kümmern sollen. Wären sie bei unseren tatterigen Cousinen gelandet, dann wäre alles verloren gewesen – jetzt aber bin ich ihnen zur Hilfe geeilt. Also, den Bildern. Nicht den Cousinen. Die müssen selbst klarkommen.«

»Ach so? Also ... das klingt doch gut«, sagt Ingrid, gebannt von Sofies Redefluss.

»Gebt Bescheid, wenn ich euch irgendwie unterstützen kann. Bei der Geschichtsarbeit, meine ich«, sagt Tor.

»Ja, wir brauchen vielleicht ein bisschen Hilfe, um an einige Artikel aus der Lokalzeitung zu kommen«, antwortet Borghild. »Du hast doch guten Kontakt zu dem alten Redakteur Barke.«

Tor lacht. »Es ist nicht so schwer, Hilfe von Arnstein Barke zu erhalten. Es reicht aus, ihm Kaffee und Kuchen in der Konditorei in Vrangsida zu spendieren. Allerdings muss es Napoleonkuchen sein.«

»Über Napoleon kann man sagen, was man will ...«, sagt Borghild.

»... aber Kuchen backen, das konnte er!«, ergänzt Sofie lachend.

Kapitel 39

Der Raum duftet nach Sandelholz und Patschuli, die großen Ladenfenster sind mit Samtgardinen zugehängt. In einem der weiß gestrichenen Regale, in denen Lilly einst ihr Garn hatte, ist ein kleiner Lautsprecher platziert, aus dem ruhige, von Indien inspirierte Musik strömt. Auf dem einstigen Verkaufstresen flackern zwischen filigranen Götterfiguren und Kristallen kleine Kerzen, ebenso auf dem runden Tisch, auf dem Sandra Karten und Steine ausgelegt hat. Sie mag es, den Konsultationen eine Aura von Mystik zu verleihen, etwas Historisches, eine Kontinuität, die über Generationen von Frauen weitervererbt wurde. Dieses Bild pflegt sie, unabhängig davon, dass ihre Mutter wie auch ihre Großmutter in einem Farbengeschäft in Økern gearbeitet haben und nicht im Geringsten spirituell veranlagt waren (mit Ausnahme solider Fachkenntnisse in Sachen Brennspiritus und Terpentinersatz).

Sandra hatte schnell gelernt, dass ihr eigener Glaube an den Einfluss der Sterne oder die Kraft der Karten wenig mit der Sache zu tun hat. Tarot und Kristalle sind Werkzeuge, um auf eine möglichst gefällige Weise das zu vermitteln, was die Menschen hören wollen.

»Du trägst eine unbearbeitete Trauer mit dir herum, die deine Energie beeinflusst«, teilt sie der Frau mit, die ihr gegenübersitzt. »Du trauerst um etwas, das du verloren hast ... oder ist es vielleicht etwas, das du dir gewünscht, aber niemals bekommen hast?«

Die Frau sieht sie mit traurigen Augen an.

»Am Horizont sehe ich jedoch eine große Veränderung auf dich zukommen«, fährt Sandra fort. »Etwas kreuzt deinen Weg. Ein neuer Mensch. Ja, ein neues Leben!«

Sandra – oder Kassandra – nimmt ein Kristall vom Tisch und schließt die Augen. Sie durchfährt ein Ruck, und sie zögert offensichtlich, bevor sie fortfährt: »Allerdings spüre ich auch, dass dort jemand in deinem Umfeld ist, der nicht unbedingt dein Bestes will. Jemand, der in den vergangenen Wochen eine neue Rolle in deinem Leben eingenommen hat. Ich glaube, es ist eine Frau ... aber das erkenne ich nicht deutlich. Es ist, als sei die Wahrheit von Nebel oder Wolken verdeckt ... du musst einfach vorsichtig damit sein, wem du vertraust.«

»Es ist unglaublich, was du alles sehen kannst, Sandra«, sagt die Frau. »Ich wünschte, wir hätten das früher gewusst, als du hier gewohnt hast.«

Kapitel 40

»Warst du eigentlich mal beim Arzt?«, will Sofie wissen.

»Was?« Borghild hebt den Blick vom Haferbrei, über den sie soeben Zucker streuen wollte.

Die beiden Cousinen sind spät zu Bett gegangen und früh aufgewacht, und jetzt frühstücken sie zusammen in Borghilds Wohnung. Borghild sieht Sofie erstaunt an. »Arzt? Was soll ich beim Arzt?«

»Untersuchen lassen, warum du Schmerzen in der Seite hast«, entgegnet die Cousine.

Borghild stellt die Zuckerdose ab.

»Was?«

»Na, du greifst dir unentwegt an die rechte Seite.«

»Tue ich das?«

»Ja, gerade eben hast du es gemacht. Und dann schließt du die Augen, so als würdest du Schmerzen haben, es aber nicht zeigen wollen.«

Sofie demonstriert es, indem sie den Mund zusammenkneift, die Augen schließt und schwer durch die Nase atmet.

Durch das Fenster strömt die Sonne in die Kårstua. Das Zimmer duftet nach frischem Kaffee und Elizabeth Arden.

Borghild seufzt. »Doch, es tut ab und an weh. Aber das ist vermutlich nur zu viel Luft im Bauch.«

»Hm. Das glaubst du doch selbst nicht, meine Liebe.«

Borghild gibt auf. Sofie hat sie ganz offensichtlich durchschaut.

»Ja, es kommt ziemlich oft vor. Aber das ist nichts, womit man einen Arzt behelligen müsste.«

Sie richtet die Serviette auf ihrem Schoß. »Es geht auch immer schnell vorüber. Meistens. Ich glaube nicht, dass es etwas ist, worüber man sich Sorgen machen muss.«

»Ich bin der Meinung, das solltest du den Arzt entscheiden lassen«, sagt Sofie bestimmt. »Du weißt, in unserer Familie gibt es das eine oder andere, Borghild. Nicht, um dir Angst zu machen, aber Onkel Gerhard ...«

»Ja, ja, ja!«, schnaubt Borghild. »Onkel Gerhard ist an Blinddarmentzündung gestorben. Ich bin ziemlich sicher, dass ich das nicht habe.«

»Aber, dann war da Cousine Ella ...«

»Ja, das war Hepatitis.«

»Gelb wie ein Pferdehuf war sie!«, wirft Sofie ein.

»Zudem hat sie täglich auch noch eine Flasche Eierlikör getrunken«, fügt Borghild hinzu. »Aber in Ordnung. Ich verspreche, es dem Arzt gegenüber zu erwähnen. Ich muss ihn sowieso anrufen, um das Rezept für mein Vitamin B12 zu erneuern.«

»Das ist gut«, sagt Sofie und nimmt einen Schluck Kaffee. »Ich kann dich fahren, wenn du einen Termin bekommst. Sofern ich bis dahin mein Auto zurückhabe. Oder wir können dein Auto nehmen.«

»Aber du musst mich nicht fahren«, sagt Borghild. »Ich kann doch selbst fahren.«

»Nun, auf jeden Fall komme ich mit«, beschließt Sofie und schenkt sich noch mehr Kaffee ein. »Im Falle, du solltest dich unterwegs unwohl fühlen.«

Hinter den dicken Brillengläsern ist der Hauch eines Lächelns auszumachen.

»Jetzt hörst du aber auf!«, lacht Borghild. »So gebrechlich bin ich nun auch wieder nicht.«

Nach einer Weile legt Sofie den Löffel auf dem Tisch ab und sieht ihre Cousine mit ernstem Blick an.

»Aber du weißt, Borghild. Wir werden langsam alt. Wir können nicht damit rechnen, für immer bei klarem Verstand und guter Gesundheit zu sein. Das musst du ernst nehmen. Und du musst es Ingrid bald sagen.«

»Was muss ich ihr sagen?«

»Das letzte Geheimnis«, antwortet Sofie. »Ist es nicht an der Zeit, dass auch das ans Licht kommt, während wir hier sind und es selbst erzählen können?«

Kapitel 41

»Ich bin noch immer der Meinung, dass man sich darüber keine Sorgen zu machen braucht«, sagt Borghild, nachdem sie ins Auto eingestiegen sind. »Aber der Arzt hat schließlich darauf bestanden, dass ich diese Tests umgehend machen lasse. Er ist so jung, der reinste Knabe. Ich kann kaum glauben, dass er tatsächlich ein richtiger Doktor ist.«

»Selbstverständlich ist er ein richtiger Doktor«, kontert Sofie. »Und wenn er sagt, du sollst ins Krankenhaus fahren, dann machst du das auch. Es wäre vollkommen töricht, es zu unterlassen.«

»Es ist nur so seltsam, dass es plötzlich so schnell gehen soll«, sagt Borghild. »Einen Termin am selben Tag? Ich dachte, für so was gibt es monatelange Wartezeiten.«

Sofie startet den Motor und fährt mit geöffneten Fenstern über den Parkplatz. Der frische Duft des Hochgebirgssommers strömt zu ihnen herein. Es riecht nach Gras, Heidekraut und von der Sonne gewärmten Kiefern. Als sie bei der Ausfahrt sind, kommt ihnen ein Auto entgegen. Es ist Ingrid, die die Nacht unten bei Tor verbracht hat. Als sie aneinander vorbeifahren, winkt Mutter Borghild ihr zu, woraufhin Ingrid, mit einem leicht überraschten Gesichtsausdruck, die Hand zum Gruß hebt.

»Du hast ihr also nicht erzählt, wohin du willst«, konstatiert Sofie.

»Nein, das ist doch nichts, womit ich sie behelligen muss«,

meint Borghild und zieht ihr Handy aus der Tasche. »Ich schicke ihr eine Nachricht, dass wir auf dem Weg nach Hamar sind, um ins Staatsarchiv zu gehen. Oder vielleicht ist es besser zu sagen, dass wir Sightseeing machen wollen. In Maihaugen, vielleicht? Dort ist es wirklich reizend. Und es ist so lange her, dass du hier in der Gegend warst.«

»Immer diese Ausflüchte«, tadelt Sofie. »Das Allerbeste wäre es doch, ihr einfach die Wahrheit zu sagen?«

Sofie hat den Blick starr auf die Straße gerichtet. Sie erhöht das Tempo und bedient einen Knopf, um die Fenster zu schließen.

»Ich werde erzählen, wenn es etwas zu erzählen gibt«, sagt Borghild. »Aber das ist sowieso sicher nur falscher Alarm. Es tut doch oft mal hier und da weh. Zu viel Kaffee oder zu wenig Schlaf oder etwas falsch angehoben, da braucht es nicht viel.«

»Ich finde trotzdem, dass du Ingrid hättest sagen sollen, wohin du *wirklich* willst.«

»Aber wozu sollte das gut sein? Lass uns nun zuerst hören, was sie im Krankenhaus zu sagen haben«, entgegnet Borghild.

Sofie ist nicht überzeugt.

»Findest du nicht, dass dein Enkelkind ein Recht darauf hat zu wissen, dass du zu Untersuchungen ins Krankenhaus musst?«, fragt sie. »Vielleicht wäre sie gern mitgekommen und hätte gern selbst mit den Ärzten gesprochen?«

»Sodass sie noch gestresster wird, als sie es bereits ist?«, erwidert Borghild. »Nein, wir können das nach der Hochzeit besprechen. Sofern es etwas zu besprechen gibt.«

»Hm. *Eine* Sache gibt es durchaus«, lässt Sofie nicht locker. »Es ist verständlich, dass du Ingrid schonen willst. Aber das ist nicht richtig.«

Borghild lehnt den Kopf nach hinten gegen den Autositz und schließt die Augen.

»Du wirkst müde, Borghild«, sagt Sofie. »Schläfst du nicht ordentlich?«

»Doch, aber ... Du weißt schon. Man wird unruhig, wacht nachts auf. Das ist vermutlich nichts Ungewöhnliches. In unserem Alter.«

»Nein, das ist es nun wahrlich nicht«, gibt Sofie zu.

Eine Weile ist es im Auto still.

»Du musst es Ingrid sagen«, wiederholt Sofie schließlich.

»Ja, ja, ja«, entgegnet Borghild.

»Nicht nur das mit dem Krankenhaus. Auch das andere. Das weißt du. Versprochen?«

Eine Antwort bleibt Borghild ihr schuldig.

Sie betrachtet die sie umgebende Landschaft. Die Straße schlängelt sich durch tausende Nuancen von Grün, von der blassgrünen Kälte des Flusses Dalselva bis hin zu den Feldern in ihrer warmen, dunkelgrünen, saftigen Fruchtbarkeit. Sie sind umgeben von Sumpfgrün, Grasgrün, Kleegrün, Birkengrün und schwermütigem Fichtengrün. Die Berghänge sind moosgrün, weidengrün und von ganz hellem Flechtengrün.

Die traditionellen Gebäude aus braunem Holz, die sie passieren, sehen aus, als seien sie aus dieser fruchtbaren Landschaft erwachsen. Sie wurden achtsam in Einklang mit der Umgebung gebaut und von mehreren hundert Jahren der Nutzung geformt. Später sind Brüche und Kontraste zur Norm geworden, denkt Borghild. Am deutlichsten wird das in den absurden grauen Betongebäuden, die oft selbst im landschaftlich schönsten Tal das Dorfzentrum prägen.

Als sie sich einer Schafherde nähern, die mitten auf der Fahrbahn steht, muss Sofie abrupt das Tempo drosseln. Das ihnen am nächsten stehende Tier starrt sie eine Weile an, ohne sich auch nur einen Millimeter vom Fleck zu rühren, schließlich blökt es den anderen zu, woraufhin die komplette Herde sich in Bewegung setzt – jedoch nicht von der Straße weg und in den Graben hinein, wo die Tiere in Sicherheit wären, sondern direkt geradeaus, die Straße entlang, in vollem Galopp, mit den Glocken in munterem Klang.

»Idiotische Viecher«, seufzt Sofie und fährt ihnen langsam hinterher.

Kapitel 42

Die erste Heuernte ist im Gange. Der Duft von Gras und Heu liegt über Dalen. Es gibt Bauern, die das Heu noch immer auf Reiter hängen oder wieder damit angefangen haben; die meisten jedoch pressen es zu Rollen zusammen, einige in Plastik eingewickelt, einige belassen es im natürlichen Zustand. Sie sehen aus wie große, braune und weiße, in der Landschaft herumliegende Bonbons. Manch einer bezeichnet die in weißes Plastik eingepackten Heuballen auch als »Traktoreneier«. Tor muss sich dann immer die kleinen, frisch ausgebrüteten Traktoren vorstellen, die auf unsicheren Rädern umherwackeln – ein wenig wie Schildkrötenjunge am Strand –, bevor sie ihren Bestimmungsort finden und zu großen, hart arbeitenden Traktoren heranwachsen, sei es auf einem Feld, einem Waldweg, einer Baustelle – oder einem Schafbauernhof.

Tors Traktor ist ein John Deere, den er von seinem Vater geerbt hat. In der Scheune haben sie noch ein altes graues Gefährt stehen, einen Ferguson-Traktor aus den fünfziger Jahren, der jedoch als Museumsgegenstand zu betrachten ist und vermutlich vor langer Zeit aufgehört hat, Eier zu legen. Tor nutzt »den Neuen«, wie sie den John Deere noch immer bezeichnen, um Futter für die Schafe zu fahren, im Winter Schnee zu räumen und andere schwere Arbeit zu erledigen. Heute hat er damit mehrere Ladungen Brennholz zu seinen Eltern gebracht, das dort für den Winter trocknen soll. Oder bis zum übernächsten Winter. Oder dem darauffolgenden Winter.

Torbjørn Seter hat gern viel Brennholz auf Vorrat. Er hat so viel Brennholz, dass er neue Schuppen dafür gebaut hat, in denen er es kunstvoll aufstapelt. Er ist ein Brennholzkünstler, denkt Tor. Das einzige Buch, das Torbjørn jemals freiwillig gelesen hat, ist ein Buch namens *Der Mann und das Holz: Vom Fällen, Hacken und Feuermachen*. Es liegt neben der Familienbibel auf der Anrichte.

Tor hatte in keiner Weise damit gerechnet, dass Sandra dort sein würde. Aber das ist sie. Als er mit dem Brennholz auf den Hof fährt, ist es nicht die Mutter, die vom Küchenfenster aus winkt, sondern Sandra. Toril kommt ihm auf der Treppe entgegen.

»Hei, Tor!«, sagt sie. »Wir haben Besuch.«

»Das sehe ich«, sagt er und öffnet die Plane des Hängers. »Ich will nur das Brennholz hier abladen, dann muss ich wieder los.«

»Du hast doch wohl fünf Minuten, um reinzukommen und ein Glas Johannisbeersaft zu trinken!«, entgegnet die Mutter. »Den hast du doch immer so gemocht. Und es ist wichtig, ausreichend zu trinken, jetzt, wenn es so warm ist.«

Als er ins Wohnzimmer kommt, sitzen sie allesamt da und trinken Saft. Sandra inklusive.

»Sandra? Was führt dich hierher?«, fragt er.

»Ich wollte nur hallo sagen«, entgegnet sie. »Es ist so nett, Torbjørn und Toril wiederzusehen.«

Das klingt hohl, aber das ist nicht sein Haus, nicht sein Besuch, weshalb er gute Miene zum bösen Spiel macht, während es in ihm arbeitet.

»Deinem Fuß geht es also wieder gut?«, fragt er und setzt sich auf einen freien Stuhl.

Sandra bestätigt das und redet munter und fröhlich drauflos, so als sei es die natürlichste Sache der Welt, dass sie hier ist. Sie versteht es, Themen zu finden, die Toril und Torbjørn gefallen. Heute sind es die Herausforderungen auf dem Lande und die nationale Lebensmittelsicherheit.

»Ohne Bauern steht Norwegen still«, sagt sie mit Nachdruck, was Torbjørn mit einem Nicken bestätigt.

Tor sagt nichts.

»Sieh dir nur die hübsche Decke an, die Sandra für uns gestickt hat«, sagt die Mutter und verweist auf ein rechteckiges Stück Stoff mitten auf dem Wohnzimmertisch.

Tor wirft einen Blick darauf, anschließend nimmt er Sandra ins Visier.

»Ich kann mich nicht erinnern, dass du jemals zuvor etwas gestickt hast«, sagt er.

»Seit ein paar Jahren interessiere ich mich für Handarbeit«, erklärt Sandra mit einem stolzen Lächeln. »Die alten Traditionen bergen so viel Weisheit.«

Das Ganze wird einfach immer nur merkwürdiger und merkwürdiger. Der Läufer weist ein äußerst regelmäßiges Muster mit kleinen Löchern auf. Hardanger-Naht, heißt *es* nicht so? Birgt die Weisheit in sich?

»Ich verstehe nicht, warum du hier bist«, sagt er plötzlich.

Er will sie konfrontieren, sie bitten, mit diesem Unsinn aufzuhören. Fragen, was sie wirklich will. Sagen, dass sie mit den Nachrichten an ihn aufhören soll. Aber die Mutter unterbricht ihn.

»Ich muss etwas in der Küche erledigen«, sagt sie und steht auf.

Als sie sich räuspert, erhebt sich auch der Vater. »Ja, ich werde mal anfangen, das Brennholz zu stapeln.«

»Aber ich soll dir dabei doch wohl helfen?«, fragt Tor.

»Nein, ich muss zuerst etwas aus dem Schuppen räumen«, entgegnet Torbjørn. »Und dann komme ich und – ja, hm. Dann können wir später abladen.«

Die Mutter klopft Tor auf die Schulter und schenkt ihm mehr Saft ein, bevor sie den Raum verlässt. Und plötzlich sitzt er dort alleine mit Sandra im Wohnzimmer und fragt sich, was in aller Welt geschehen ist. Hatten sie das geplant?

Sobald Torbjørn und Toril den Raum verlassen haben, rückt Sandra näher an Tor heran.

»Wie geht es dir, Tor?«, fragt sie.

»Gut«, sagt er, zunehmend überzeugter, dass er in eine Falle getappt ist.

»Und Ingrid?«, fragt sie weiter. »Auch bei ihr alles gut?«

»Absolut«, sagt er, und dann: »Sandra. Was treibst du hier eigentlich?«

Sandra blinzelt ein paarmal. In dem warmen Licht, das zwischen Torils Spitzengardinen hindurchscheint, werfen ihre langen Wimpern Schatten über die Wangen.

»Ich weiß, dass das plötzlich kommt, Tor. Aber es gibt etwas, das ich dir sagen muss, wenn wir uns schon mal unter vier Augen sehen. Ich fühle mich dazu verpflichtet.«

»Verpflichtet?«

Er sieht sie erstaunt an. Was in aller Welt hatte sie gedacht, jetzt vorzubringen?

Sandra fährt fort. »Ingrid ist eine tolle Frau. Sehr beeindruckend. Aber du weißt, sie ist nicht geschaffen für das Leben unten in den Tälern. Sie ist Bergsteigerin, keine Bauersfrau.«

Tors Mund fühlt sich trocken an, weshalb er einen Schluck von dem Saft nimmt.

»Ich weiß nicht ganz, was du meinst«, sagt er. »Ingrid ist momentan in erster Linie keine Bergsteigerin. Sie ist nach Hause gekommen, sie führt das Hotel.«

»Ja«, sagt Sandra. »Jetzt führt sie das Hotel, während sie sich die Wunden leckt und wieder auf die Beine kommt, nach ... dem Unfall. Dem Unglück. Dem Skandal. Und der Trennung. Aber du weißt, sie wird sich wieder nach der Ferne sehnen.«

Sie sieht Tor vielsagend an. »Wenn Mutter Borghild ausfällt, wird Ingrid das Hotel *garantiert* verkaufen. So kommt sie an die finanziellen Mittel, um sich wieder auf Expeditionen zu begeben. Neue Herausforderungen zu suchen. Die anderen Abenteurer zu treffen. Das ist eine spannende Welt. Schließlich gibt es einen Grund, warum sie sich niemals ... niedergelassen hat.«

Sandra hebt ihr Glas mit Johannisbeersaft hoch, hält es Richtung Fenster und lässt das Sonnenlicht in der frischen roten Flüssigkeit funkeln. Sie nimmt einen winzig kleinen Schluck, bevor sie das Glas auf eines der kleinen Häkeldeckchen auf dem Wohnzimmertisch stellt.

Wo sind die Eltern abgeblieben? Hat der Vater allein begonnen, das Brennholz abzuladen? Steht die Mutter vor der Wohnzimmertür und lauscht? Ist das eine Art von Verschwörung? Und wenn ja, mit welchem Ziel?

»Ich verstehe nicht ganz, worauf du hinauswillst«, sagt Tor.

Sandra stößt einen kleinen Seufzer aus und sieht ihn mit etwas an, das Mitgefühl gleichen könnte.

»Selbstverständlich ist es momentan schwer, das ganz klar zu sehen. Wie gesagt, Ingrid ist eine tolle Frau. Stark, selbstständig – jedoch an der Grenze zum ... wie soll man es ausdrücken? Kalten? Auf jeden Fall weiß sie sehr gut, was sie an einem Mann braucht und was sie nicht braucht. Und das ist ... Das ist nicht böse gemeint, denn wir alle brauchen unterschiedliche Dinge, aber eigentlich braucht sie doch keinen Schafbauern. Denk dran, dass sie mit Preben Wexelsen zusammen war, Tor. Ein Superpromi. Zu ›Norwegens sexiest man‹ gekürt.«

Autsch. Das tut noch immer ein bisschen weh.

»Das zwischen ihr und Preben ist vorbei«, sagt Tor.

»Ja, das ist es möglicherweise. Aber sie sehen sich ab und an, soweit ich es verstanden habe. Was ich eigentlich sagen wollte, war vielmehr, dass es dieser Typ von Mann ist, von dem sie sich angezogen fühlt. Und jetzt ist da ja auch noch Marcus Antonius Zepperlink.«

Tor zuckt zusammen.

»Sie hat kein Interesse an Marcus Zepperlink!«

Sandra holt hörbar und dramatisch Luft. Sie sieht Tor an und wartet exakt ein bisschen zu lange, bevor sie entgegnet: »Nein! Wahrscheinlich nicht. Nicht, während sie mit dir zusammen ist. Zumindest ist es wohl nichts Ernstes.«

Sie lässt die Worte einige Sekunden lang in der Luft hängen, bevor sie fortfährt. »Aber es sind solche Männer, mit denen sie es gewohnt ist zu verkehren. Die Abenteurer, die Bergsteiger.«

»Was meinst du mit all dem?«, fragt Tor. »Was versuchst du eigentlich zu sagen? Dass ich Ingrid nicht vertrauen kann? Dass wir nicht zusammenpassen? Dass ich für sie nicht gut genug bin?«

»Nein, keineswegs!«, ruft Sandra aus. »Eher im Gegenteil. Ich meine nur, dass du es dir wirklich genau überlegen solltest. Denn sie wird dir niemals das geben können, was du haben möchtest. Das weißt du, oder nicht?«

»Was meinst du?«, entgegnet er.

»Ingrid«, sagt Sandra. »Sie ist nicht so wie du.«

Sie lehnt sich zu ihm, sieht ihn intensiv und konzentriert an. »Kannst du Ingrid das geben, was sie braucht?«, fragt sie. »Und noch wichtiger: Kann *sie* dir das geben, was *du* brauchst? Kann sie dir Nähe, Fürsorge, Stabilität geben? Glaubst du, sie ist bereit, dir Kinder zu schenken? Ein Familienleben?«

»Und woher weißt du, dass es genau das ist, was ich brauche?«, fragt er.

Sandra sieht ihn lange an. »Tor«, sagt sie. »Hast du vergessen, dass wir drei Jahre verheiratet waren? Ich habe immer gewusst, was du brauchst.«

Nein, jetzt reicht es.

»Ich habe in keiner Weise vergessen, dass wir drei Jahre verheiratet waren«, sagt er und steht auf.

Auch Sandra erhebt sich. Sieht ihn an. Er kennt sie so gut, weiß, wie manipulierend sie ist. Aber er hat auch nicht vergessen, wie nah er ihr einst war, welche Träume er hinsichtlich ihres gemeinsamen Lebens hatte. Offensichtlich will sie die Tür zu diesem Leben jetzt wieder aufstoßen. Durch diesen Türspalt sieht er aber auch das Bild von sich selbst, allein auf dem Bahnhof von Dalen, nachdem Sandra den Zug nach Oslo und aus seinem Leben heraus genommen hatte.

»Aber *du*, Sandra, hast vielleicht vergessen, dass du es warst, die gegangen ist?«

Jetzt findet er die Worte. Er ist wütend, und die Wut gibt ihm Kraft. »Ich habe so gut ich konnte versucht, hier für uns ein gutes Leben zu erschaffen. Lange habe ich geglaubt, dass es funktionieren würde, dass wir es hinbekommen könnten. Du aber hattest genug, hattest es satt, hast du gesagt, hattest mich satt, meine Eltern, die Schafe und Dalen.«

Er breitet aufgebracht die Arme aus. »Da musst du doch wohl verstehen, dass ich es seltsam finde, dass du zurückkommst, als wäre nichts geschehen. Dass du mir Nachrichten schickst und bei meinen Eltern auftauchst – das ist doch nicht normal, Sandra!«

Sie sieht ihn mit großen Augen an.

»Aber ... aber ich dachte, du *wolltest* Kontakt haben? Das ist doch nicht böse gemeint, Tor.«

»Damals wollte ich das«, sagt er. »Kontakt haben. Als ich dachte, dass aus uns vielleicht wieder etwas werden könnte.

Allerdings habe ich vor langer Zeit begriffen, dass daraus nichts wird. Und jetzt habe ich mich weiterentwickelt. Und dann lädst du dich selbst bei meinen Eltern ein, sitzt hier und erzählst mir, was mit meiner neuen Freundin nicht stimmt? Das ist einfach armselig, Sandra.«

»Ja«, sagt Sandra und streckt eine Hand nach ihm aus, bevor sie sie zurückzieht, ohne ihn berührt zu haben. »Entschuldige nochmals. Es ist nicht meine Absicht zu ...«

Ihre Stimme ist nun viel leiser. Als sie fortfährt, ist es kaum mehr als ein Flüstern.

»Es ist nicht meine Absicht zu kritisieren, weder dich noch Ingrid. Du hast vollkommen recht. Ich bin meiner Wege gegangen. Ich habe kein Recht, dir auch nur irgendetwas zu erzählen.«

Sie seufzt, hebt die Hände, schenkt ihm ein kleines Lächeln. Mit einem Mal sieht er einen Hauch von der Sandra, die er vor vielen Jahren kennengelernt hatte. Das süße, muntere Mädchen, in das er sich verliebt hatte, ohne Vorankündigung und so heftig, dass er kaum geglaubt hatte, nach der Trennung wieder auf die Beine zu kommen. Ach Sandra.

»Ich weiß, dass ich kein Recht habe, mich einzumischen, Tor«, sagt sie. »Aber ... aber du bedeutest mir noch immer etwas.« Jetzt zittert ihre Stimme leicht. »Daher dachte ich, ich müsse es sagen, bevor es zu spät ist.«

Sandra nimmt eine Serviette vom Tisch. Vorsichtig wischt sie sich eine Träne aus dem Augenwinkel.

»Ja, es ist viel Zeit vergangen. Und auch ich habe mich verändert, Tor. Heute sehe ich die Dinge anders als damals. Ich musste gehen. Es hat wehgetan, doch es musste sein. Es war ein Teil meiner Lebensreise. Aber, Tor, jetzt bin ich *hier*. Eines Tages wusste ich es einfach. Ich musste hierher zurück.«

Sie beugt sich zu ihm und umschließt mit ihrer kleinen,

zierlichen seine große Arbeitshand. Er will seine Hand zu sich zurückziehen, schafft es jedoch nicht.

»Ich wusste …«, fährt Sandra fort. »Ich wusste, dass ich zu dir zurückmusste.«

Kapitel 43

Zuerst ist das Wasser unsichtbar. Lediglich ein feuchter Lufthauch, während sich die Wolkendecke zuzieht. Schließlich sammelt es sich auf seinem Weg nach unten, dann fällt ein Tropfen. Dann noch einer. Die ersten Tropfen landen auf dem Asphalt, woraufhin dieser ein Aroma freisetzt, das er über Wochen und Monate angesammelt hat: mit Kies und Sand auf warmer Fahrbahn, mit Staub von warmen Autoreifen, Pollen, altem Heu und Vogeldreck.

Aufgefangen werden die Tropfen auch vom Gras am Straßenrand, das seinen eigenen Duft verströmt, den Geruch von frischer, grüner Dankbarkeit dafür, dem Tod durch Verdursten entgangen zu sein. Sie landen auf Espen und Erlen, die ihre Blätter schütteln, und den Blumen im Pfarrgarten, die sich nach der Feuchtigkeit strecken.

Pfarrersfrau Mari, die sich draußen um die Rosen kümmert, hebt eine Hand und blickt fragend nach oben. War das ein Regentropfen? Ja, das war einer. Und nicht nur einer. Es herrscht kein Zweifel – es regnet! Und als die Tatsache erst statuiert ist, scheint es, als würde der Himmel beschließen, sämtliche Schleusen zu öffnen. Kaum eine Minute ist vergangen, bis es wie aus Eimern schüttet.

Toril Seter blickt aus dem Fenster. Die Wolken haben sich wie ein Deckel über das Tal gelegt. Die Berggipfel sind nicht zu sehen. Das Baugrundstück für die Hütten am Berghang sieht sie hingegen noch immer. Eine Landschaft voller Bagger.

»Sie verspeisen meine Wälder«, sagt Toril zu sich selbst, unsicher, woher sie diese Zeile hat.

»Was sagst du?«, fragt Torbjørn vom Sessel aus. Er legt das Rätsel in den Schoß und sieht seine Frau über den Brillenrand an. Er hat heute frei, Tor und Roger werden sich auf der Alm um den Besuch der Schulklasse kümmern.

Puh, was für ein Pech, dass es gerade heute regnen muss, mit all den Kindern vor Ort. Auf der anderen Seite brauchen sie den Regen mehr als dringend. Es ist so lange so trocken gewesen. Die Blätter der Himbeersträucher im Garten schütteln sich unter den dicken Tropfen. Anfangs ist der Boden nicht in der Lage, das Wasser aufzunehmen. Da die Gemeinde in den letzten Wochen den Einsatz von Rasensprengern untersagt hatte, ist die Oberfläche steinhart. Sollte es jedoch so nass werden, dass das Wasser tief in den Boden sickert, können sich die Wurzeln der Pflanzen vollsaugen. Ist es bereits zu spät, oder können sich die leicht eingetrockneten Himbeerblüten doch noch zu großen, saftigen Früchten entwickeln?, fragt sich Toril. Es gibt so viel, was sie sich momentan fragt. Woran sie denkt. Worauf sie vielleicht hofft. Nein, sie weiß nicht recht.

»Nichts«, sagt Toril. »Aber du? Ich kann mich nicht daran erinnern, dass Trockenheit bisher jemals ein Problem gewesen ist. Spielt mir die Erinnerung einen Streich?«

»Tja, nein ...«, entgegnet Torbjørn, schiebt die Brille wieder hoch und widmet sich erneut seinem Rätsel. Gut, gut. Sie hatte sowieso keine Antwort erwartet.

Im Laufe des Tages nimmt der Regen an Intensität zu. Im Dorf prasselt das Wasser auf die Hausdächer und rauscht in den Dachrinnen. Es blubbert in Gullis und Straßengräben. Der Fluss wird reißender und wechselt seine Farbe von grün zu grau.

Wer einen ordentlichen Schirm hat, zum Beispiel einen

Knirps Duomatic T 200 Windproof, der automatisch geschlossen und geöffnet werden kann, der nutzt ihn. Die meisten aber bleiben drinnen.

Im Gebirge flitzt eine dänische Familie zurück zum Hotel, während Schafe in Unterständen und im Eingang einer alten Grube Schutz im Trockenen suchen.

Diejenigen, die mit der Schule die Alm besuchen, begeben sich so schnell wie möglich nach drinnen. Der von den Schafen zertrampelte Boden verwandelt sich umgehend in ein Schlammbad, sodass die Turnschuhe der Siebenjährigen binnen Sekunden durchweicht sind.

»Hier rein!«, ruft die Lehrerin. Sie drängen sich in der alten Hütte zusammen, während sie auf den Minibus warten, der sie wieder nach unten zur Schule bringt. Der Boden ist mit Schlamm bedeckt, das aber mache nichts, teilt Hussein mit, er und Tor könnten anschließend wischen. Die Lehrerin lächelt und klopft ihm auf die Schulter. »Das ist die richtige Einstellung«, sagt sie.

Nachdem die anderen abgefahren sind, setzen Tor und Hussein sich in den Pick-up. Der Dieselmotor brummt; über den Feldweg geht es hinauf zum Hotel.

»Ist es gefährlich, wenn es blitzt?«, fragt Hussein.

»Nicht, wenn wir im Auto sitzen«, sagt Tor.

»Du hast denselben Namen wie der Donnergott«, stellt Hussein fest.

»So ist es«, bestätigt Tor mit einem Lächeln.

Eine halbe Stunde später sitzen sie beide in trockenen Sachen mit einer Tasse Kakao vor sich in der Küche des Hotels. Maja hat den Tisch gedeckt, und Ingrid, Alfred und Aisha haben sich zu ihnen gesellt, während der Regen gegen das Küchenfenster trommelt.

Als Hussein einen großen Schluck Kakao nimmt, landet Sahne auf seiner Nase.

»Kann ich den Hof übernehmen, wenn du alt wirst?«, fragt er Tor.

Tor lacht. »Das werden wir sehen«, sagt er. »Aber es ist ja noch lange hin, bis ich alt werde.«

»Nicht so lange«, wendet Hussein ein und trinkt mehr Kakao. »Ich mag die Lämmer. Die sind so süß. Besonders Lillegull. Werden du und Tante Ingrid welche bekommen, bevor es zu spät ist?«

»Lämmer?«, fragt Tor.

»Nein, Kinder!«, lacht Hussein.

»Hussein!«, weist Aisha ihn zurecht. »So etwas fragt man nicht.«

»Ja, aber, ich hab doch nur überlegt!«, protestiert Hussein. »Das ist doch wohl nicht so seltsam?«

Tor lächelt und wirft Ingrid einen Blick zu, die mit dem Rücken zu ihm am Kühlschrank steht. Sie war aufgestanden, um etwas zu holen, und jetzt hält sie bei geöffneter Kühlschranktür inne, ohne sich umzudrehen.

»Das weiß ich nicht«, antwortet Tor.

Hussein sieht ihn nachdenklich an.

»Na, ich bin ja sowieso größer als die Kinder, die ihr bekommt«, sagt er. »Ich würde dann sozusagen ihr Onkel sein. Da ist es wohl das Beste, wenn ich mich um den Hof kümmere. Wenn wir nicht doch zurück nach Jordanien müssen.«

Mit einem Karton Milch in der Hand kehrt Ingrid an den Tisch zurück.

»Hast du für morgen keine Hausaufgaben auf?«, fragt sie.

Hussein lacht laut auf. »Morgen ist doch letzter Schultag, Tante Ingrid!«, klärt er sie auf. »Da essen wir nur Süßigkeiten und fahren wieder nach Hause.«

»Das klingt nach einem guten Tag«, sagt Tor. »Ein paar Arbeitstage in der Art würden mir auch gefallen.«

»Möchte jemand ein Karamell?«, fragt Ingrid und kramt eine halb volle Packung Smørbukk aus der Tasche ihrer Jacke, die über der Stuhllehne hängt.

»Nein, das geht jetzt zu weit«, sagt Maja.

»Was?«, fragt Ingrid mit einem erschrockenen Blick auf die Bonbontüte. »Entschuldige. Ich wollte das Essen nicht sabotieren. Du kannst morgen Karamell essen, Hussein. Nimm zum letzten Schultag morgen eine Tüte mit in die Schule.«

»Nein, das meinte ich nicht«, meldet sich Maja zu Wort und legt ihr Handy weg. Seit sie Instagram, Snapchat und die sibirische Katze Bella für sich entdeckt hat, steckt sie ihre Nase unentwegt ins Smartphone. Daran sind Vegard und Perle schuld, denkt Ingrid. Sie hätten Maja ihre Skepsis gegenüber den sozialen Medien lassen sollen, dann würde sie ihre Zeit weiterhin auf das Essen und gute Geschichten verwenden können.

»Nein, es geht um Sandra«, sagt die Köchin. »Jetzt hat sie auch noch angefangen, mit den Toten zu sprechen.«

»Was sagst du da?«, hakt Ingrid nach. Sie spürt, wie allein durch die Erwähnung des Namens Sandra das Unbehagen von ihr Besitz ergreift.

»Nun, also, sie hat doch dieses Geschäft für Gesundheit und Wohlbefinden eröffnet. Tarot und solche Sachen. Im Dorf reden sie darüber, es ist ziemlich beliebt. Fast alle Frauen gehen hin und bekommen das zu hören, was sie hören wollen. Zudem bietet sie Schönheitsbehandlungen an. Sie hat auch ein Instagram-Profil. Kassandra Truth Beauty ... hast du davon schon gehört?«

Ingrid schüttelt den Kopf und schielt zu Tor hinüber, der dazu auch nichts zu sagen hat.

»Aber«, fährt Maja fort. »Jetzt gibt sie also an ...« Sie verweist auf ihr Handy auf dem Tisch, um zu zeigen, woher sie diese Information hat. »Dass sie mit Menschen ›auf der anderen Seite‹ kommunizieren könne.«

»In Vrangsida?«, fragt Hussein. »Da fahren wir morgen hin und gehen in die Konditorei!«

Alfred lacht laut auf. »Ja, da musst du auf dich aufpassen!«, sagt er.

Maja hingegen schüttelt Unheil witternd den Kopf.

»Aber sind die Toten in Vrangsida?«, fragt ein offensichtlich verwirrter Hussein weiter. »Ich dachte, die wären auf dem Friedhof, nicht auf der anderen Seite des Flusses.«

»Nein, sie meint nicht die andere Seite des Flusses«, klärt Maja ihn auf. »Sie meint die andere Seite des Lebens. Das Jenseits. Dass sie mit den Geistern der Verstorbenen kommunizieren kann.«

Aisha legt eine Hand auf den Anhänger ihrer Halskette, eine Hand mit einem Auge in der Mitte. Eine instinktive Geste, um Gefahr und Unheil abzuwehren.

»Ja«, sagt Maja mit einem ernsten Nicken. »Das sind gefährliche Dinge, denen sie sich da widmet. Mit den Toten zu sprechen. Sie hat keine Ahnung, was für Kräfte sie dabei freisetzen kann. Mit dunklen Kräften spielt man nicht.«

Aisha schüttelt den Kopf.

»Miau«, kommentiert Svartlaug unter dem Tisch.

Perle kommt durch die Seitentür vom Hof in die Küche.

»Was für ein Wetter!«, sagt sie und hängt ihre Regenjacke an einen der Kleiderhaken gleich hinter der Tür. »Ich hoffe, dass es nicht zu einem Erdrutsch oder so was kommt.«

»Hier oben sind wir Erdrutschen und Überschwemmungen zum Glück nicht so ausgesetzt«, sagt Ingrid. »Aber du musst vorsichtig sein, wenn du ins Dorf runterfährst, Tor.«

Tor nickt. Ein Signalton informiert darüber, dass auf seinem Handy eine Nachricht eingegangen ist, er holt es jedoch nicht hervor, um nachzusehen.

Perle versorgt sich mit einer Tasse Kakao, garniert das Ganze mit einer großen Portion Schlagsahne aus der Schüssel, die Maja hingestellt hat, und setzt sich anschließend neben Hussein und Aisha auf die Bank.

»Hoffen wir, dass es zur Hochzeit nächstes Wochenende besseres Wetter wird!«, sagt sie.

»Ja, das sollten wir wirklich hoffen«, bestätigt Ingrid. »Vegard hat mich bereits angerufen und gefragt, wie wir das Ganze sonst organisieren wollen. Wir haben also einen Plan B und einen Plan C.«

Sie schenkt sich eine Tasse Kaffee ein und gibt einen ordentlichen Schluck Milch dazu.

»An diesem Wochenende soll übrigens Davids Junggesellenabschied stattfinden. Vegard und sein Trauzeuge haben Unmengen an Plänen gemacht.«

»Wer ist sein Trauzeuge?«, fragt Perle neugierig. »Ist es jemand, den du kennst?«

»Nein, es ist jemand, mit dem er zusammenarbeitet. Kevin heißt er. Wir werden ihn zur Hochzeit ja kennenlernen. Ihn und einige weitere seiner Kollegen.«

Alfred stellt seine Tasse ab und räuspert sich.

»Schlagen diese Finanzleute nicht furchtbar über die Stränge?«, fragt er mit einer Furche zwischen den buschigen Augenbrauen. »Kokain, Prostituierte und so?«

»Pssst, ein Kind ist anwesend!«, zischt Maja, den Blick auf Hussein gerichtet.

»Ich weiß nicht, was Kokain und Prostituierte sind«, sagt Hussein. »Ich bin erst sieben Jahre alt.«

Ingrid gelingt es nicht, ein Lächeln zu verbergen, Aisha hingegen betrachtet Hussein mit einem nachdenklichen Gesichtsausdruck.

Perle wendet sich an den Hausmeister. »Ich wusste nicht, dass du *Exit* gesehen hast, Alfred?«

Alle lachen. Die Fernsehserie über die dekadentesten Auswüchse des Osloer Finanzmilieus hat offensichtlich eine große Reichweite.

»Sie beschäftigen sich nicht *nur* mit so was«, erklärt Perle.

»Zumindest David nicht«, sagt Ingrid. »Ihr habt ihn doch kennengelernt! Der süßeste Kerl der Welt.«

»Sein Trauzeuge allerdings ist da sicher ganz anders drauf«, flüstert Perle Alfred zu. »Dieser Kevin. Vielleicht ist es das Beste, du bittest den Polizeichef, während der Hochzeit besonders wachsam zu sein?«

Alfred sieht aus, als würde er den Vorschlag in der Tat überdenken, weshalb Perle ihm versichern muss, nur Spaß gemacht zu haben.

*

»Wir sehen uns morgen!«, sagt Ingrid. »Ich freu mich schon!«

»Ich mich auch«, entgegnet Tor. Er küsst sie unter dem Vordach beim Haupteingang, dann läuft er durch den Regen, der an Intensität zwar etwas nachgelassen, aber noch immer nicht aufgehört hat, über den Parkplatz. Sie sieht ihn wegfahren, bevor sie durch das Foyer zur Treppe geht.

Auf dem Weg nach oben denkt sie an Handys. An Maja, die sich durch Instagram scrollt, wo Sandra behauptet, mit Menschen im Jenseits zu kommunizieren. Tor, der ständig Nachrichten bekommt, die er nicht mit ihr teilt. Was geht hier vor sich? Sie fühlt sich unruhig und gestresst. Vegards Anruffrequenz liegt derzeit bei zwei pro Tag, wobei es um immer neue

Details in Verbindung mit der Hochzeit und dem Junggesellenabschied geht, bei dem David hinters Licht geführt werden soll. All dieser Schabernack im Namen der Liebe!

Aber es stimmt auch, was sie zu Tor gesagt hat: dass sie sich freut, weil er sie zu einem Ausflug eingeladen hat! Morgen Nachmittag wollen sie nach Lillehammer fahren und dort in einem der Hotels übernachten, und am Samstag ihren Geburtstag mit einem Mittagessen und einem Kinobesuch feiern.

Sie wird 35 Jahre alt, nur ein halbrunder Geburtstag, weshalb sie nicht vorgehabt hatte, groß zu feiern. Als Tor jedoch den Vorschlag gemacht hatte, was äußerst ungewöhnlich war, wusste sie, dass sie zuschlagen musste.

Sie klopft an die Tür zur Kårstua.

»Herein!«, erklingt die Stimme der Großmutter.

Borghild und Sofie haben die Alben und Archivsachen inzwischen mit in Borghilds Wohnung genommen, damit es in der Bibliothek nicht so unordentlich ist und die Gäste dort ein paar ruhige Minuten mit einem Buch oder einer Tasse Kaffee verbringen können, ohne das Gefühl zu haben zu stören.

Jetzt sitzen die beiden alten Damen mit Bergen von Notizen vor sich an Borghilds Esstisch.

Ingrid gesellt sich zu ihnen und lehnt die angebotene Tasse Kaffee ab. »Ich habe unten in der Küche schon viel zu viel getrunken«, sagt sie. »Und, wie ist die Lage?«

»Was?«

Einige Sekunden lang sieht Mutter Borghild sie abwesend an, so als frage sie sich, wer Ingrid sei und was sie gefragt habe, dann aber zaubert sie ein Lächeln hervor und verweist mit der Hand auf einen Dokumentenhaufen.

»Es ist großartig!«, sagt sie. »Wir finden so viel Interessantes heraus, du kannst dich darauf freuen, es zu lesen!«

Ingrid nickt. »Prima!«

Sie betrachtet die Großmutter. Findet, dass sie erschöpft aussieht, vertraut nicht ganz darauf, dass sie so gesund ist, wie sie vorgibt. Die Schatten unter den Augen treten deutlicher hervor als bisher. Und ist sie nicht manchmal ein bisschen verwirrt? Wie eben zum Beispiel? Oder liegt das nur daran, dass sie so in die Arbeit vertieft ist?

Es ist schwierig, sie eingehender nach ihrer Gesundheit zu fragen, besonders, wenn Sofie dabei ist. Aber Mutter Borghild hätte es doch erwähnt, sollte es etwas geben, das Ingrid wissen sollte? Oder nicht?

Kapitel 44

Ist der Sommer schon vorüber?, denkt Ingrid, als sie die Haustür öffnet und sieht, dass der Parkplatz voller Pfützen ist. Ein bisschen Regen brauchten sie nach der langen Trockenheit, das aber ist zu viel. Es kommt ihr vor, als hätte der Herbst Einzug gehalten. Der Regen platscht herunter, es gießt in Strömen, trommelt gegen die Fenstervorsprünge und auf das Vordach über dem Haupteingang. Sie öffnet den Schirm und hält ihn mit der rechten Hand über sich und Aisha, in der linken hat sie den Koffer, und dann beeilen sich die beiden Frauen, um zu Aishas Auto zu kommen.

Nachdem Ingrid ihr Gepäck im Kofferraum verstaut hat, schlüpft sie auf den Beifahrersitz. Als Aisha losfährt, dreht sie sich um und wirft einen Blick nach hinten auf das Hotel und die Landschaft, zumindest auf das Wenige, das sie unter der Wolkendecke sehen kann. Die weißen Quasten des Wollgrases sind nass, zudem zwingt die Schwere der Nässe ihre Stängel beinahe in die Knie. Die Pflanzen in den Bergen waren nicht genauso durstig wie die unten im Tal. Das Himmelfjell war lange vom Schmelzwasser des Schnees bedeckt gewesen und hatte Sümpfe und Bachbecken gefüllt. Jetzt trinken aber auch Blaubeeren und Preiselbeeren. Hier oben sind die Beeren später dran als unten in Dalen, noch sind sie unreif.

Vorsichtig und ruhig fährt Aisha die Straße hinunter ins Dorf. Im Lokalradio hatten sie gehört, dass einige der Schotterwege überschwemmt seien und der Campingplatz unten in Stranda die flussnahen Bereiche hatte schließen müssen. Die asphaltierten Straßen hingegen sind bisher gut befahrbar, weshalb sie ihr Versprechen an Hussein für den letzten Schultag vor den Sommerferien halten können: Sie werden ihn in der Schule abholen und sein allererstes Schuljahr mit Kuchen in der Konditorei in Vrangsida feiern.

Es sind nicht viele Leute zu sehen, als sie das Dorf erreichen. Die eine oder andere arme Seele, die draußen etwas zu erledigen hat, eilt in Regenjacke und Gummistiefeln durch die Straßen des Zentrums. Als sie am Grundstück von Moschus Maschinen vorbeikommen, sind mehrere Bagger damit beschäftigt, Schotter beiseitezuräumen und Gräben für die Wasserfluten auszuheben. Dem Wetterdienst zufolge solle man vorbereitet sein.

Sie halten direkt vor dem Schultor. Als es klingelt, kommen die Kinder herausgerannt, die Erstklässler vorneweg. Sie haben Regenjacken an und rote Wangen, und zwischendrin sind ein rosa Regenschirm mit Katzenohren und ein grüner mit Froschaugen zu sehen. Ihre Rucksäcke sind voll mit Selbstgebasteltem und Süßigkeitenpapier. Die Schulbänke sind leer geräumt, die Schulbücher abgegeben, die Lehrerin hat Zeichnungen und Umarmungen bekommen, und bis die zweite Klasse beginnt, sind es noch zwei Monate. Ein Meer an Zeit.

Mit der Kapuze seiner Regenjacke auf dem Kopf kommt Hussein über den Schulhof gestürmt. Er öffnet die hintere Autotür, wirft seine Schultasche auf die Rückbank und springt direkt hinterher. »Ferien!«, ruft er.

Aisha dreht sich mit einem Lächeln zu ihm um. »Ja, stell dir nur vor, dass dein erstes Schuljahr vorüber ist«, sagt sie. »Und das in Norwegen, stell dir das nur vor! Das hätten wir niemals gedacht, als wir Jordanien verlassen haben.«

»Nein«, bestätigt Hussein. »Kein anderer in Jordanien kann Norwegisch und Ski fahren, glaube ich.«

Aisha startet den Motor und fährt los. Der Regen platscht auf das Auto. Die Scheibenwischer laufen auf Hochtouren.

»Aber, du Mama?«, fragt Hussein. »Dauert es noch lange, bis Papa kommt?«

Aisha schweigt einige Sekunden lang, bevor sie antwortet.

»Ich weiß nicht, wann er kommen kann, mein Junge«, sagt sie. »Es dauert länger, als wir dachten, um all das mit den Papieren zu regeln.«

»Aber er sollte doch nach Neujahr kommen«, beschwert sich Hussein. »Das habt ihr Weihnachten gesagt. Und jetzt ist Sommer, und das ist doch superlange nach Neujahr. Will er nicht herkommen?«

»Doch, selbstverständlich will er herkommen«, beruhigt Aisha. »Aber darüber entscheiden andere.«

Ingrid weiß, dass es sich als weitaus schwieriger herausgestellt hat, Husseins Vater, Mohammed Noor, nach Norwegen zu holen. Sie weiß nicht, ob das nur Problemen mit dem Visum geschuldet ist oder ob es auch mit noch anderen Dingen zu tun hat. Aisha und Mohammed haben es nicht leicht, sie kommen aus einer Region mit großen Herausforderungen und großen Gefahren.

»Wir hoffen, dass er zumindest bald einmal zu Besuch kommen kann«, sagt Aisha. »Es gibt etwas, das nennt sich Besuchsvisum.«

»Besuch!«, sagt Hussein. »Aber wir wollen doch richtig zusammen sein, für immer.«

»Ja, und das werden wir«, bekräftigt Aisha. »Das wird sich klären. Inschallah.«

Die Scheibenwischer laufen. Als sie durch eine tiefe Pfütze fahren, klatscht das Wasser gegen das Auto. Sie befinden sich auf der alten Hauptstraße, der einstigen E6. Sie fahren an mehreren Wohnhäusern und regennassen Birken sowie ein weiteres Mal am Grundstück von Moschus Maschinen vorbei. Jetzt nähern sie sich der Kirche, und dort in der Kurve befindet sich das ehemalige Geschäft von Lilly Hammer mit dem lächerlichen Schild im Fenster. Kassandra. An der Veranda lehnt ein Fahrrad, auf dessen Lenker ein schwarzer Vogel sitzt.

»Guten Tag, Herr Saatkrähe«, begrüßt Hussein ihn und winkt ihm zu. »Wusstet ihr übrigens, dass in einem einzigen kleinen Regentropfen dreihundert Trillionen Wassermoleküle stecken?«

Kapitel 45

Puh, diese Wassermassen, denkt Olga Plassen. In dem strömenden Regen findet kaum einer den Weg zu Dalen Burger & Benzin, obwohl es Freitagnachmittag ist und die Sommerferien begonnen haben.

Als ein Auto auf den Bahnhofsvorplatz einbiegt, reckt Olga den Hals. Ist das nicht der Skoda von Torbjørn Seter, der dort vor dem Bahnhofsgebäude hält? Sie blickt auf die Uhr. Es sind zehn Minuten, bis der Zug aus westlicher Richtung kommt. Erwarten sie womöglich Besuch? Wer könnte das aus dieser Richtung sein? Torbjørn und Toril haben eine Tochter in Bergen, vielleicht kommt sie mit ihrer Familie vorbei?

Denn Torbjørn selbst wird ja wohl kaum irgendwo mit dem Zug hinfahren. Zumindest nicht ohne Toril. Er bleibt am liebsten in Dalen.

Die Minuten vergehen. Der Wind hat an Stärke zugenommen, weshalb der Regen nunmehr fast seitwärts auf die Fensterscheiben und die Eingangstür von Dalen Burger & Benzin trifft.

Das Auto von Seter bleibt dort stehen, im Leerlauf, wie es aussieht.

Nach einer Weile geht die Tür auf der Beifahrerseite auf, und der Sohn, Tor, steigt aus. Er zieht sich die Kapuze seiner Regenjacke über den Kopf, läuft nach hinten zum Kofferraum und nimmt ein kleines Gepäckstück heraus. Von der Rückbank steigt Ingrid Berg aus, und sie überqueren die Schienen am Übergang nur eine Minute, bevor die Schranke sich senkt und der Zug in den Bahnhof einfährt. Als sich der Zug gen Südosten wieder in Bewegung setzt, sind sie verschwunden. Bevor Torbjørns Skoda jedoch weiterfährt, geht die andere Hintertür auf, und eine robuste Frau im Regenmantel steigt aus, bevor das Auto startet, um das Bahnhofsgebäude biegt und außer Sichtweite gerät.

Bei der Frau handelt es sich um Maja Seter, und sie kommt direkt auf den Burgerladen zu. Um Himmels willen. Torbjørns Schwester – und Tors Tante – rennt hier wahrhaftig nicht die Türen ein. Was kann sie wollen? Wohl kaum eine Portion Pommes frites mit Käse und Gewürzmischung kaufen. Die Arme verschränkt setzt Olga sich auf dem Schemel zurecht.

*

»Das waren richtig gute Pommes frites, Olga«, sagt Maja. »Das kannst du!« Sie kaut den letzten Bissen mit großem Genuss und wischt sich anschließend die Finger an einer weißen Papierserviette ab. »Knusprig und gut, und in ordentlichem Fett zubereitet. Ich verstehe, dass du nicht zu jenen gehörst, die billig einkaufen und es wiederverwenden, bis es ranzig wird, nein.«

Wäre Olga Plassen in der Lage, vor Stolz zu strahlen, dann hätte sie es jetzt getan. Dass Maja Seter höchstselbst, die Köchin vom Himmelfjell, das Essen lobt, das dürfte in Dalen dem Erhalt eines Michelin-Sterns gleichkommen.

»Du brühst vermutlich auch guten Kaffee, nehme ich an«, fährt Maja fort. »Ich nehme gern eine Tasse.«

Sie hat sich an den Tisch ganz hinten im Lokal gesetzt und den Regenmantel über einen Stuhl gehängt. Sie ist noch immer der einzige Gast. Als Olga mit dem Kaffee und der Sahne kommt (ja, sie hat guten Filterkaffee, und ordentliche Sahne, keinen kleinen Plastikbehälter oder – Gott bewahre – solches Pulver, das man mancherorts bekommt), sagt Maja: »Du, Olga, es gibt etwas, das ich dich gern fragen würde. Es geht um das neue Geschäft von Sandra. Weißt du, ob es stimmt, dass sie Kontakt zu den Toten hat?«

Olga stellt das Tablett mit Kaffee und Sahne auf den Tisch und platziert anschließend ihre Hände auf einer Stuhllehne. Dann holt sie tief Luft, zieht den Stuhl vor, setzt sich hin und beginnt zu erzählen.

»Séance!«, ruft Maja Seter aus. »Ich frage mich, ob Sandra weiß, was sie da treibt. Welche Kräfte sie riskiert heraufzubeschwören.«

»Es war nur Jons Vater«, sagt Olga. »Jimmy Plassen. Da sind nicht allzu viele Kräfte zu befürchten.«

»Ihr habt also Jimmy im Jenseits gesucht?«, fragt Maja.

»Ja!«, bestätigt Olga. »Seit zwanzig Jahren warte ich auf die Gelegenheit, ihm zu sagen, dass er ein verdammter Drecksack ist. Ich war so geduldig, habe geschuftet und mich abgerackert, während er mit dieser Brita aus dem Nachbarhaus rumgemacht hat. Bevor er auf eine so idiotische Weise gestorben ist und mich mit Jon und dem Burgerladen hängen lassen hat.«

»Aber …«, sagt Maja und sieht Olga ernst an. »Ist es euch gelungen? Habt ihr Kontakt zu Jimmy aufnehmen können?«

»Ja«, bestätigt Olga. »Ich hab ihn zwar nicht gesehen, und er hat auch nix gesagt. Aber am Geruch habe ich es gemerkt. Der ganze Raum stank nach Silo.«

Kapitel 46

Tor singt unter der Dusche, so laut, dass es beinahe die gedämpfte Musik übertönt, die aus der Soundanlage des Hotelfernsehers strömt. Heute ist ein Festtag, trotz allem.

Sie nimmt das Schmuckkästchen aus dem Koffer. Es ist ein winzig kleines Kästchen mit Silberüberzug, mit zwei Fächern und einem Deckel, der mit einem Silberstab durch einen Ring verschlossen wird. Sie setzt sich aufs Sofa und öffnet den Deckel. Das Kästchen ist mit rotem Samt gefüttert. Sie nimmt die goldenen Ohrringe ihrer Mutter heraus und legt sie an.

Sie betrachtet sich im Spiegel. Die Ohrringe bilden einen schönen Kontrast zu ihrem kobaltblauen Hosenanzug.

Das einzige andere Schmuckstück in dem Kästchen ist ein kleines goldenes Kreuz, an einer Kette, die für einen viel kleineren Hals als den von Ingrid gedacht ist. Ein Schmuckstück für ein Kind. Auch das hatte ihrer Mutter gehört und wurde zur Taufe an Ingrid weitergegeben. Sie kann die Kette nicht tragen, hat sie jedoch gern als eine Art Talisman bei sich, ein Gruß von Mama und Papa.

Mama und Papa. Sie sieht sie vor sich, wie sie auf dem Hochzeitsfoto aussehen, das zu Hause im Himmelfjell auf ihrem Schreibtisch steht. Mama in dem langen, burgunderfarbenen Kleid, mit braunen Locken, die das Gesicht einrahmen. Papa mit Bart und Smoking und einem zärtlichen Stolz im Blick. Wie jung die beiden waren, denkt Ingrid. Mitte zwanzig. Im Jahr darauf wurde sie geboren. Drei Jahre hatten sie zusammen als Familie. Als sie starben, waren sie jünger, als sie selbst es jetzt ist.

Sie schaut aus dem Fenster. Dort draußen zieht ein großer weißer Vogel seine Kreise. Möwen so weit im Landesinneren, das ist neu. Vielleicht glauben sie, der Mjøsa sei das Meer. Der Vogel glänzt im strahlenden Sonnenschein. Oben im Himmelfjell regnet es bestimmt noch immer, aber hier in Lillehammer ist es heiter und schönes Wetter. Seltsam, wie groß die lokalen Unterschiede sein können.

Hurra! Hurra!, scheint die Möwe zu schreien, so als wolle sie Ingrid zum Geburtstag gratulieren. Als sie klein war, hat sie sich immer gefreut. Der komplette Juni war ein langes Fest mit ihrem Geburtstag als Höhepunkt. Manchmal hatte sie am ersten Tag der Schulferien Geburtstag, manchmal fiel er mit dem Schulabschluss und Klassenfesten zusammen. Ab und an wurde die Geburtstagsfeier mit dem Mittsommerfest zusammengelegt, da gab es Lagerfeuer, gegrillte Würstchen, Spiele für die Kinder und Musik von lokalen Künstlern.

Nachdem sie von zu Hause ausgezogen war, hatte sie ihren Geburtstag in Studentenbuden in Oslo, in Nachtclubs in New York, auf der Expedition durch Grönland und in der Basis am Kilimandscharo gefeiert. Es ist lange her, dass sie ihn im Himmelfjell gefeiert hat. Sie hatte vorgehabt, selbst etwas zu organisieren, allerdings war das vollkommen ins Hintertreffen geraten bei all den anderen Dingen, um die sie sich zu kümmern hat. Daher ist es besonders schön, dass Tor auf diese Idee hier gekommen war. Sie freut sich darauf, ihren Geburtstag mit ihm zu verbringen. Nachdem sie gestern mit dem Zug angekommen waren, hatten sie es sich im Hotelrestaurant mit Bier und Pizza gut gehen lassen. Heute wollen sie im Hotel frühstücken, eine Ausstellung besuchen, in einem neuen Restaurant zu Mittag essen und sich den neuen Tom-Cruise-Film anschauen, bevor sie in der Abenddämmerung den Zug zurück nehmen.

Ihre Freunde hatten sie damit immer ein wenig aufgezogen, aber Ingrid hatte schon immer eine Schwäche für Tom Cruise. Bereits bevor sie auf der Welt war, hatte er in coolen Filmen mitgespielt, und es macht Spaß zu sehen, wie er von Film zu Film immer dramatischere Herausforderungen meistert. *Er macht seine Stunts selbst, weißt du*, hatte sie Tor erzählt, als sie den Film ausgesucht haben. *Und er ist zweiundsechzig!* – *Ein guter Geburtstagsfilm also*, hatte Tor entgegnet. *Zeigt, dass du dich vor dem Alter nicht fürchten musst.*

Sie lässt den Blick wieder aus dem Fenster wandern. Folgt der Möwe, während auch ihre Gedanken schweben und abheben. Geburtstag. Mittsommer. Für Mutter Borghild muss diese Zeit des Jahres stets eine schmerzhafte gewesen sein, jedoch war es ein Schmerz, den sie niemals auf Ingrid übertragen hat. Erst als sie größer wurde, wurde Ingrid bewusst, dass ihre Eltern ausgerechnet an Mittsommer, dem größten Festtag des Jahres im Dorf, bei einem Autounfall ums Leben gekommen waren.

Wenn es nie geschehen wäre? Wenn der Vater nicht zu schnell gefahren wäre, wenn er nicht die Kontrolle über den Wagen verloren hätte – da wären Engeline und Marius jetzt Anfang sechzig. Im gleichen Alter wie Maja und Alfred. Und Tom Cruise.

Wie würde das Leben dann aussehen? Das Leben der Eltern – und ihres?

Wären die Eltern noch immer verheiratet? Würden sie noch immer im Himmelfjell wohnen und das Hotel betreiben? Etwas anderes kann sich Ingrid nicht vorstellen. Hätte sie Geschwister? Das glaubt sie. Würden sie so aussehen wie sie? Würden sie sich gut verstehen?

Ihr eigenes Leben wäre vermutlich anders verlaufen, wenn sie eine große Familie um sich herum gehabt hätte. Wäre das Fernweh dennoch genauso stark gewesen? Würde sie selbst dieselbe Person sein? Würde sie nun trotzdem die Direktorin des Himmelfjell sein? Diese Fragen lassen sich kaum beantworten. Schließlich hätten auch einige der nun nicht existierenden Geschwister Kandidaten für die Übernahme des Hotels sein können. Sie sieht eine geschäftige Schwester mit einem äußerst gut entwickelten Verwaltungstalent vor sich. Einen geschickten, jüngeren Bruder, der es geliebt hätte, das altehrwürdige Gebäude instand zu halten.

Aber nun hat sie keine Geschwister. Jetzt ist es, wie es ist, und Ingrid hat ihren Platz gefunden.

Vom Tisch neben ihr erklingt ein melodisches *Pling*. Es ist Tors Handy, das aufleuchtet, weil eine Nachricht eingegangen ist. Sie will nicht neugierig sein, beugt sich aber doch über den Tisch, um zu sehen, von wem sie ist.

Kapitel 47

Tor trocknet sich mit dem Handtuch schnell die Haare, bevor er es um die Hüfte wickelt und die Badezimmertür öffnet. Er ist auf dem Weg zum Sofa, um Ingrid einen Kuss zu geben, die im Morgenlicht so hübsch aussieht. Er denkt an das Geschenk, das er für sie gekauft hat, ist gespannt, was sie sagen wird, wenn sie es bekommt. Sehr gespannt. Es ist mehr als ein gewöhnliches Geschenk. Vielleicht ist es zu viel, vielleicht hat er es zu weit getrieben, zu schnell. Aber er muss es wagen. Er will ihr zeigen, dass er es ernst meint.

Als er das Zimmer betritt, gibt sein Handy, das er idiotischerweise auf den Tisch am Fenster gelegt hat, einen Ton von sich. Er hofft, dass Ingrid die Nachrichten nicht sieht, sollten sie von Pia oder Vegard sein. Ingrid weiß nicht, was sie planen, und manchmal ist es schwierig, sich daran zu erinnern, was vor wem geheim gehalten werden soll.

»Guten Morgen, Geburtstagskind!«, sagt er. »Ich habe etwas ...«

Aber es ist zu spät. Ingrid sitzt mit seinem Handy in der Hand auf dem Sofa.

»Tor! Was ist das?«

Sie fixiert ihn mit dem Blick. Wirkt so ernst. Er versteht nicht recht, warum sie so heftig reagiert. Zwar ist es ein wenig ungewöhnlich, dass er Kontakt zu ihren Freunden hat, aber ...

Dann dämmert es ihm. Die Nachricht ist nicht von Pia oder Vegard. Es ist schlimmer.

Es muss sich um eine Nachricht von Sandra handeln. Verdammt. Er hatte wirklich vorgehabt, diese Sache zu klären.

»Warum schickt Sandra dir Nachrichten?«, fragt Ingrid. »Ist es das, was dich in den vergangenen Wochen so abgelenkt hat?«

»Oh, verdammt, Ingrid«, antwortet er. »Ich dachte ...«

Er lässt sich neben sie aufs Sofa fallen.

»Scheiße.«

»Was hast du gedacht?«, hakt sie nach. »Dass ich es nicht entdecken würde?«

Er hört die Anspannung in ihrer Stimme, spürt den Blick ihrer grauen Augen auf sich, die ihn prüfend ansehen.

»Tor? Ist da was zwischen euch? Zwischen dir und Sandra?«

»Nein!« Er springt vom Sofa auf. Bleibt stehen und hält das Handtuch mit einer Hand fest, während er mit der anderen in Ingrids Richtung gestikuliert. »Nein!«, wiederholt er. »Da war nichts. Ich ... Es ist nicht so, wie du glaubst, Ingrid.«

Er vernimmt selbst umgehend, dass dies der unbeholfenste aller Erklärungsversuche ist. Der Refrain aller untreuen Männer. Aber es *ist* doch nun mal nicht so, wie sie glaubt!

Ingrid nimmt sein Handy und liest laut vor: »*Tor! Es hat so gutgetan, sich mit dir auszusprechen.* Wann habt ihr euch *ausgesprochen*? Die Nachricht hat sie heute geschickt. Ich dachte, ihr habt euch nicht wieder gesehen, nachdem du sie am Sonntag ins Dorf gefahren hast. Aber offensichtlich habt ihr mehr Kontakt, als ich es begriffen habe.«

Er schluckt und bleibt für eine Weile still. Dann setzt er sich wieder hin, bevor er erklärt: »Ich habe sie bei meinen Eltern getroffen. Sie wollte gern mit mir reden.«

»Mit dir reden?«

Er nickt.

»Ich hätte dir davon erzählen sollen, Ingrid, aber ich dachte ...«

In diesem Moment geht eine weitere Nachricht ein. Ingrid sieht ihn an, bevor sie die Nachricht öffnet. Ihr Gesicht läuft rot an, und sie schüttelt den Kopf.

»*Ich bin sicher, dass du + ich = füreinander bestimmt sind*«, liest sie laut vor, bevor sie ihm das Handy vors Gesicht hält. »Was zur Hölle ist das, Tor?«

Er schüttelt nur den Kopf und spürt, wie die Schamesröte an seinem Hals auflodert, als ihm plötzlich bewusst wird, dass er auch noch halbnackt, lediglich mit einem Handtuch um die Hüfte dasitzt.

Ingrid gibt ein Geräusch von sich, etwas, das einem Lachen gleicht, jedoch keines ist. Ihr Gesicht lacht zumindest nicht. Dessen Ausdruck erschreckt ihn, ist hart und unbekannt. Als sie ihn erneut ansieht, sind ihre Augen schmal.

»*Füreinander bestimmt?!*«

Sein Kopf ist leer.

Der Hotelfernseher ist auf einen Radiosender eingestellt, NRK P1, und aus dem kleinen Lautsprecher dröhnt ein altes Lied. *Det lukter trøbbel, det lukter trøbbel av deg*, Du riechst nach Ärger, du riechst nach Ärger. Das war so beklemmend auf den Punkt gebracht. *Sei nicht so dumm, etwas Smartes zu sagen.* Er hat keine Ahnung, was er sagen soll, ihm fällt weder etwas Dummes noch etwas Smartes ein.

Auf jeden Fall stimmt es: Hier riecht es nach Ärger. Es riecht nach Sandra. Und nach ihm selbst. Er versucht zu denken, will versuchen zu erklären, fühlt sich jedoch wie ein Verbrecher auf dem Weg zum Schafott.

»Ingrid«, beginnt er nach einer langen Pause. »Ich hätte dir schon längst etwas sagen sollen. Sandra schickt mir seit einiger Zeit Nachrichten. Wie du siehst.«

Er hebt die Hände zu einer sich ergebenden Geste. »So was hat sie früher auch schon mal gemacht. Ohne dass es etwas zu bedeuten hatte. Ich habe gelernt, dass es das Beste ist, es einfach zu übersehen.«

»Es zu übersehen?« Ingrid starrt ihn an und anschließend das Handy. Unmengen an grauen Nachrichten auf der linken Seite des Bildschirms, sehr wenige blaue auf der rechten Seite.

»Du kannst doch selbst sehen, dass ich die Wahrheit sage«, gibt er an. »Überwiegend habe ich doch nicht geantwortet. Aber als sie die Nachricht schickte, dass sie zur Ausstellungseröffnung kommen wolle …«

Ingrid reißt die Augen auf. Als sie spricht, ist ihre Stimme kalt.

»Sie hat dich also darüber informiert. Ihr *hattet* Kontakt bezüglich der Eröffnung? Ich dachte, das sei nur etwas, das sie sich erstalkt hat.«

»Aber das *war* es doch auch! Sie hat es auf Facebook oder irgendwo gesehen.«

»Und daraufhin hat sie dir eine Nachricht geschickt.« Sie scrollt sich im Nachrichtenverlauf nach oben. »Hier, ja. *Ich freue mich darauf, zu deiner Ausstellungseröffnung zu kommen.* Und du …«

»Ich habe nur so einen Daumen-hoch-Emoji geschickt.«

»Ja, genau.« Sie sieht ihn entmutigt an. »Daumen hoch. Weil es doch eine richtig gute Idee war, dass sie kommen wollte.«

»Aber was hätte ich denn sagen sollen?«, fragt Tor. »Schließlich war es eine öffentliche Veranstaltung. Jeder, der wollte, konnte kommen.«

Ingrid schüttelt den Kopf. »Hilfe. Du hättest zum Beispiel antworten können, dass das keine gute Idee ist! Dass es genau genommen eine miserable Idee ist. Aber dazu bist du vermutlich nicht in der Lage. Herrgott, Tor!«

Sie schlägt mit der flachen Hand aufs Sofa.

Jetzt wird auch er wütend. »Aber verdammt noch mal, Ingrid! Ich habe doch nicht geglaubt, dass sie tatsächlich vorhatte, zu dieser verfluchten Eröffnung zu *kommen*! Ab und an gibt sie einen Laut von sich, weil sie sich vorgeblich für irgendwas enorm begeistert, und dann wird es wieder still. Ich habe herausgefunden, dass es das Beste ist, einfach Ja und Amen zu sagen, und dann geht es vorüber.«

»Ja und Amen? Und dann geht es vorüber?«

Er nickt erneut.

»Es hat nicht gerade den Anschein, als sei es vorübergegangen«, konstatiert Ingrid. Sie liest Nachricht um Nachricht.

»Sandra will dich also zurückhaben?«, fragt sie. »Das ist es, worum sich das Ganze dreht?«

»Sie war schon immer so«, sagt Tor. »Zuerst ist sie ganz sicher, etwas zu wollen, und dann will sie es doch nicht. Das ist der Grund, warum ich dir nichts gesagt habe.«

Sie antwortet nicht, und er wird erneut ungehalten. »Du sagst mir doch wohl auch nicht alles?«, wirft er ein.

»Was meinst du damit?«

»Zum Beispiel, als Preben Weihnachten wieder aufgetaucht ist. Ich musste euch Hand in Hand erwischen, bevor du etwas gesagt hast.«

»Aber er ist doch unangemeldet aufgetaucht!«

»Ja, das sagst du. Und dann dieser Marcus Zepperlink. Mit ihm hattest du doch auch viel zu tun.«

Sie schmeißt das Handy regelrecht auf den Tisch. »Jetzt reicht es aber! Was fällt dir ein, Tor? Willst du *mir* die Schuld dafür geben, dass du Dinge vor mir verheimlichst? Dass du Liebeserklärungen von deiner Exfrau bekommst und das vor mir geheim hältst? Du weißt ganz genau, dass ich weder mit Preben noch mit Marcus was laufen habe. Während du ... Was soll ich eigentlich glauben, wenn ich so was wie das hier sehe?« Sie verweist mit der Hand auf das Handy.

Autsch. Jetzt hatte er sich tatsächlich ein bisschen zu weit aus dem Fenster gelehnt. *Sei nicht so dumm, etwas Smartes zu sagen ...*

»Entschuldige«, sagt er. »Das war nicht so gemeint. Das war idiotisch von mir.«

»Ja, das war es wirklich«, bestätigt Ingrid. Sie steht abrupt auf und durchquert das Zimmer. Hält an der Tür inne, um sich die Schuhe anzuziehen.

»Wo willst du hin?«, fragt er. »Willst du raus?«

»Ich muss eine Runde laufen.«

»Du willst eine Runde laufen? Alleine? Jetzt? Was ist mit unseren Plänen für heute?«

»Ich weiß nicht genau, wie ich mit dem Ganzen umgehen soll, Tor. Ich muss nachdenken.«

»Aber ...«

Tor unterbricht sich selbst. Die Dinge, von denen sie weiß, dass sie geplant sind, das ist eine Sache, aber was war mit all dem anderen, von dem er nichts sagen konnte? Sollten all die Vorbereitungen umsonst gewesen sein?

»Aber es ist doch dein Geburtstag!«, ruft er verzweifelt.

Sie öffnet die Tür, bleibt auf der Schwelle stehen und sieht ihn an, wie er dort auf dem Sofa sitzt, noch immer nur mit dem Handtuch um die Hüfte gewickelt.

»Ja, es ist mein Geburtstag. Und nein, ich habe auch nicht gedacht, dass er so anfangen würde.«

»Wann kommst du zurück?«

»Nun, das werden wir sehen. Momentan weiß ich nicht, ob mir der Sinn danach steht, überhaupt zurückzukommen.«

Die Tür fällt ins Schloss, und er sitzt da mit dem Badehandtuch um die Hüfte und fühlt sich wie ein Trottel. Und dabei hatte er gedacht, dies würde das großartigste Wochenende aller Zeiten werden.

Kapitel 48

Eine halbe Stunde später sitzt Tor im Speisesaal, eine Schale Müsli vor sich, und kaut mühsam. Das Büfett ist reichhaltig, mit Obst, Croissants, Schinken und Rührei, und normalerweise hätte er sich mit allem mehrfach versorgt, heute jedoch ist ihm der Appetit vergangen. Verflucht, was für ein Idiot er ist. Er war so mit seinem Vorhaben beschäftigt gewesen, Ingrid endlich zu zeigen, wie viel sie ihm bedeutet. Allerdings hätte er es wirklich besser wissen müssen, als zu glauben, die Sache mit Sandra würde sich einfach von selbst erledigen.

Das Geburtstagsgeschenk hatte er im Zimmer gelassen. Er muss die Stimmung abwarten, um zu entscheiden, ob sie es heute bekommen kann. Ob sie es überhaupt bekommen kann. Es ist ein besonderes Geschenk.

Er steht auf, geht zu dem Tisch mit den Getränken, holt sich ein Glas Orangensaft, trinkt einen Schluck und füllt nach, bevor er wieder zu seinem Platz geht. Soll er ein Glas für sie mitnehmen? Nein, vermutlich kommt sie nicht zurück, bevor das Frühstück vorüber ist. Mehrfach hat er versucht, sie anzurufen, aber sie geht nicht ran. Was macht sie? Hat sie sich in den Zug zurück nach Dalen gesetzt? Oder nach Oslo? Hat sie jemanden angerufen und darum gebeten, abgeholt zu werden?

Er sieht sie vor sich, auf dem Weg zur Tür hinaus, wütend und enttäuscht, aber so unendlich hübsch in dem blauen Hosenanzug, mit den wilden Locken über den Rücken fallend. Goldene Ohrringe und elegante Schuhe hat sie auch getragen.

Eine Stadt-Ingrid, im Kontrast zur Gebirge-Ingrid, die er meistens sieht. Wie üblich hatte sie die Sportuhr angelegt, die sie einst von Preben Wexelsen bekommen hatte. Irgendwie ist das seltsam, wenn er genau darüber nachdenkt. Warum trägt sie die ständig? Für die Berge ist sie prima, jedoch eine merkwürdige Wahl in Kombination mit eleganter Kleidung. Hätte sie nicht etwas tragen sollen, das besser zu den Sachen und den Ohrringen passt? Etwas Feminineres, eine goldene Uhr vielleicht? Die hätte er doch kaufen können. Aber vielleicht verwendet sie die Sportuhr auch, weil sie sie an Preben erinnert? Er hatte sich sicher gefühlt, nachdem sie gesagt hatte, die Beziehung sei definitiv vorüber; nach dem heutigen Streit jedoch zieht er alles in Zweifel.

Könnte es einen Grund dafür geben, dass Ingrid auf die Sache mit Sandra so heftig reagiert? Will sie raus aus der Beziehung? Sucht sie nach Gründen, um Schluss zu machen?

War er blind gewesen?

Vermisst sie ihren Ex? Und dann hat er, Tor, in Verbindung mit seinem Vorhaben auch noch Kontakt zu Preben aufgenommen ... Oder läuft, wie Sandra es angedeutet hatte, da etwas zwischen Ingrid und diesem Marcus Zepperlink?

Er fühlt sich elend. Stützt das Gesicht in die Hände und seufzt schwer.

Soll er seinen Plan für heute trotz allem durchziehen? Oder das Ganze auf Eis legen? Für eine Absage ist es zu spät, die meisten sind bereits hier. Aber würde sie überhaupt mitkommen? Auch seinen erneuten Anruf nimmt sie nicht an.

Verdammt aber auch. Er kommt sich vor wie ein Clown.

Fest steht hingegen, dass es keinen Zweck hat, hier weiter rumzusitzen. Er muss raus und versuchen, sie zu finden.

Kapitel 49

»*Oh when the saints! Go marching in!*«

Die ältere Dame auf der Bank neben Ingrid klatscht in die Hände und singt laut mit, während die Blaskapelle vorbeimarschiert. Sie lächelt und nickt Ingrid enthusiastisch zu, während sie singt, so als wolle sie Ingrid zum Mitmachen ermuntern. Ingrid aber gelingt es nicht, mehr als ein höfliches, kleines Lächeln hervorzupressen, bevor sie aufsteht und sich weiter auf den Weg durch den Park begibt.

Es ist nicht zu glauben: Da spaziert man schon mal, mit gebrochenem Herzen und dem Kopf voller unruhiger Gedanken, an einem Sommertag durch eine Stadt und landet inmitten eines Blasmusikfestivals. Ingrid ist vom Hotel in den Park gegangen und bereits auf vier verschiedene Blaskapellen gestoßen, die an diesem Tag Open-Air-Konzerte geben. Dabei sind Kinder aller Altersstufen, Janitscharenkapellen und Blechbläserensembles. Dazu gibt es farbenfrohe Uniformen, Ballons, Losverkäufe und überall ausgelassene Stimmung. Ingrid aber braucht Ruhe, um zu denken, um das zu verdauen, was ihr heute bewusst geworden ist.

Wie dumm sie gewesen ist. Naiv. War es wirklich nicht echt gewesen, das, was sie mit Tor zusammen hat? Wollte er die ganze Zeit eigentlich etwas anderes? Sie spürt, wie sich ihr die Brust zusammenschnürt. Zwar hatte Vegard sie gewarnt – *Keep your friends close, but your enemies closer* –, und sie hatte sich durchaus über all diese Nachrichten gewundert. Nun aber weiß sie Bescheid. Sie waren also von ihr. Und Tor hat sie zu Hause bei seinen Eltern getroffen, ohne Ingrid davon zu erzählen. War es mehrmals vorgekommen? Bestimmt. Sie denkt an die lächerliche Formulierung »füreinander bestimmt«. Tor und Sandra waren also füreinander bestimmt? Von Natur aus ist Ingrid nicht besonders misstrauisch, aber sie ist auch keine komplette Idiotin. Damit kann sie nicht leben. Aber was verdammt noch mal soll sie tun?

Ein Teil von ihr will einfach weglaufen, von allem abhauen, sich oben im Gebirge verbarrikadieren, nie wieder mit Tor reden. Aber der Zug nach Dalen geht erst später, und das Auto steht am Himmelfjell. Sie bereut es, nicht selbst gefahren zu sein, dann hätte sie einfach nach Hause zurückkehren und dort bleiben können. Dann hätte Tor einfach hier sitzen oder nach Dalen zurückfahren können – oder mit Sandra zusammen sein, oder was auch immer er nun will.

Sie setzt sich auf eine Bank weiter oben im Park. Das Telefon vibriert. Sie nimmt es aus der Tasche. Schon wieder Tor. Was erwartet er jetzt? Er glaubt doch wohl nicht, dass die Pläne in Sachen Mittagessen und Kino noch aktuell sind? Sie weiß nicht, wie sie reagieren, was sie tun soll. Sie bleibt einfach sitzen und starrt das Handy an, bis es aufhört zu klingeln. Anschließend versucht sie, Vegard zu erreichen, aber der geht nicht ran. Womöglich ist er mit den Vorbereitungen für Davids Junggesellenabschied beschäftigt. Sie schickt ihm eine Nachricht. *Ruf mich an, wenn du Zeit hast.*

Als sie von der Bank aufsteht, ist ihr so schwindelig, dass ihr schwarz vor Augen wird. Sie muss sich an der Rückenlehne festhalten. Vielleicht nicht groß verwunderlich: Sie hat heute noch nichts gegessen und nicht mehr als ein Glas Wasser getrunken, im Bad, nach dem Aufstehen. Sie muss sich irgendetwas kaufen. Ihr Blick fällt auf das Café unten im Park, doch eine der unzähligen Blaskapellen scheint sich gerade auf dem Weg dorthin zu befinden, während sie Johan Halvorsens »Einzugsmarsch der Bojaren« spielt. Dieses Lokal scheidet also aus. Sie muss wieder in die Stadt hinein und schauen, ob sie dort etwas zu essen findet.

Sie kommt in die Fußgängerzone, wo vor den Geschäften Kleiderständer stehen und es vor Menschen nur so wimmelt, die sich die angebotenen Waren anschauen und Softeis essen. Kurz darauf sitzt sie mit einem Bagel und einem überteuerten Cappuccino vor einem Café. Das süße Gebäckstück mit Frischkäse schmeckt himmlisch. Sie hatte gar nicht bemerkt, wie hungrig sie war, bevor sie den ersten Happen nahm. Vielleicht gelingt es ihr, etwas klarer zu denken, wenn ihr Blutzuckerspiegel sich normalisiert hat.

Sie lehnt sich gegen die Felldecke, die über der Rückenlehne hängt, und lässt sich von der Sonne das Gesicht wärmen. Sie war ohne Jacke nach draußen gegangen, aber es ist ein schöner Sommertag, weshalb sie nicht friert. Allmählich wird es aber wohl doch ein bisschen zu warm, um in der Sonne sitzen zu bleiben. Sie hätte die Sonnenbrille mitnehmen sollen, stellt sie fest. Warum hatte sie die Tasche und alles im Hotel zurückgelassen? Ein Glück, dass sie im Café mit dem Handy bezahlen konnte.

Ein paar Sperlinge trippeln auf der Suche nach Frühstück umher. Sie gibt ihnen ein paar Krümmel vom Bagel. Ein Junge läuft in der Fußgängerzone umher und schreckt eine Schar Tauben auf, die Sperlinge jedoch lassen sich davon nicht beeindrucken. Sie sind Menschen gewohnt und bekommen zwischen den Tischen des Cafés sicher oft einen guten Happen.

Nach dem Essen kauft sie sich eine Flasche Wasser und durchstreift das Viertel oberhalb des Parks. Sie hätte bessere

Schuhe anziehen sollen, denkt sie, als sie spürt, dass es unter der einen Ferse scheuert. Diese schmalen Pumps sind eigentlich nicht zum Herumlaufen geeignet, und vor allem nicht in der Wärme. Aber es ist nun mal, wie es ist.

Wie auf Autopilot spaziert sie weiter. Das Gedankenkarussell will nicht anhalten, die Szene im Hotelzimmer läuft wieder und wieder in ihrem Kopf ab. Tor, der, offensichtlich bester Laune, in der Dusche singt. Das abrupte Innehalten, als er feststellt, dass sie Sandras Nachrichten gelesen hat. Was war eigentlich geschehen?

Es fühlt sich so ernst an. Wie ein Wendepunkt. Im schlimmsten Fall wie das Ende von etwas.

Zum ersten Mal zieht sie die Möglichkeit in Betracht, dass Sandra in der Tat Erfolg hat mit ihrem Plan – nämlich Tor zurückzugewinnen. Hat sie Tor dazu gebracht zu glauben, dass sie es ist, die ihm das geben kann, was er in seinem Leben braucht? Dass er mit Sandra zusammen sein sollte und nicht mit Ingrid?

Worin besteht in diesem Fall ihre Motivation? Warum war Sandra gerade jetzt auf diese Idee gekommen – mehrere Jahre, nachdem Tor und sie sich getrennt hatten?

Und wenn Tor Sandra zurückhaben will, warum hat er dann sie, Ingrid, mit nach Lillehammer genommen, um ihren Geburtstag zu feiern? Hat er das Gefühl, ihr einen letzten netten Tag zu schulden – einen sanften Abschied aus der Beziehung?

Herrgott. Sie kann nicht glauben, dass das geschieht. Wie wenig sie begriffen hatte.

Sie war so mit ihren eigenen Ambitionen beschäftigt gewesen, ihren eigenen Traumata, damit, was sie braucht, ob sie bereit war, dass sie viel zu wenig darüber nachgedacht hatte, was Tor eigentlich braucht und will.

Hat sie sich seiner Liebe zu sicher gewähnt? Ist es das, wofür sie jetzt die Quittung erhält?

Sie hebt den Blick und stellt fest, dass sie sich dem Freilichtmuseum am Rand der Stadt nähert. Ihre Augen brennen von der Sonne, von Tränen und Staub. Während sie geht, wird ihr warm, und sie beginnt zu schwitzen. Dabei hatte sie sich heute Morgen so frisch und hübsch gefühlt mit dem Hosenanzug und den goldenen Ohrringen. Jetzt spürt sie, wie ihr der Schweiß den Rücken hinunterläuft; ihr Gesicht ist garantiert gerötet und die Haare zerzaust. Sie fühlt sich hässlich. Groß und hässlich, dumm und gutgläubig, ein hoffnungsloser Fall. Sie hatte sich immer sicher gefühlt mit Tor. Jetzt aber ist alles ins Wanken geraten. Sie hätte es besser wissen müssen, als auf jemand anderen zu vertrauen.

Ich komme alleine sowieso am besten klar, sagt sie sich.

Allerdings weiß sie nicht, ob sie das auch glaubt.

*

Tor findet sie hinter der Stabkirche. Sie hat den Rücken gegen die hölzerne Wand gelehnt und die Augen geschlossen.

»Ach, Ingrid, da bist du!«, sagt er. »Ich habe immer wieder angerufen.«

Sie öffnet die Augen und sieht ihn an, sagt jedoch nichts.

»Warum bist du nicht rangegangen?«, fährt er fort.

»Ich bin nicht rangegangen, weil ich nachdenken musste«, entgegnet sie. »Ich versuche zu verstehen, was hier gerade passiert.«

Sie streckt den Rücken durch und sieht ihn an. Holt Luft. Sie kann das Messer ebenso gut einfach dort hineinbohren, wo es am meisten wehtut – in sich selbst.

»Tor. Wenn es stimmt, dass ihr wieder eine Beziehung eingegangen seid, du und Sandra, dann musst du es mir jetzt sagen. Bist du mit mir hierhergefahren, um Schluss zu machen?«

Er holt tief Luft und kniet sich neben sie.

»Nein! Ingrid, ich bitte dich! Sieh mich an. Das kannst du nicht ernst meinen – mit dir hierherfahren, um Schluss zu machen, und das an deinem Geburtstag? Ich bin vielleicht ein Idiot, aber ich bin doch nicht verrückt.«

Sie hören Stimmengewirr, eine deutsche Touristengruppe nähert sich. Ingrid und Tor rappeln sich hoch und bleiben neben der Kirchenwand stehen, während der Guide die Touristen auf den kleinen Platz neben der Stabkirche lotst, um ihnen etwas über die Geschichte des Gebäudes zu erzählen.

»Ingrid, es tut mir so leid«, sagt Tor. »Entschuldige, dass ich so ein fürchterliches Chaos angerichtet habe. Ich war dumm und feige.«

Sie bleibt stumm.

»Können wir wieder in die Stadt gehen?«, bittet er. »Ich weiß, es läuft heute alles nicht wie geplant, aber wo wir nun schon den Tisch bestellt haben, können wir doch ebenso gut ins Restaurant gehen, zu Mittag essen und in Ruhe miteinander reden?«

Kapitel 50

Als sie auf dem Weg in die Stadt hinunter sind, klingelt Ingrids Handy. Es ist Vegard.

»Da muss ich wohl rangehen«, sagt sie zu Tor. »Ich hatte ihn gebeten anzurufen.«

Sie geht ein Stück zur Seite und nimmt ab. »Hallo Vegard.«

»Hei, meine Liebe!«, sagt Vegard am anderen Ende der Leitung. »Herzlichen Glückwunsch zum Geburtstag!«

»Vielen Dank!«, sagt sie. »Du erinnerst dich also daran?«

»Ja, ich hab's auf Facebook gesehen«, gibt er an. »Scherz! Nun. Du, warte kurz. Ich muss ein ruhiges Plätzchen finden.«

Sie hört Krach im Hintergrund, es klingt fast wie eine Blaskapelle.

»Tut mir leid, dass ich nicht früher angerufen habe«, sagt er. »Ich hatte zu tun, aber dann hab ich deine Nachricht gesehen und war etwas erschrocken. Ist was passiert?«

»Ja ... nein ...« Sie schielt zu Tor. »Es gab etwas, worüber ich mit dir sprechen wollte, momentan bin ich allerdings beschäftigt. Kann ich dich etwas später zurückrufen?«

»Ja, selbstverständlich!«, sagt Vegard. »Sobald ich David zum Junggesellenabschied geschickt habe, habe ich den Abend für mich.«

»Viel Erfolg!«, entgegnet Ingrid.

»Hab bis dahin einen tollen Geburtstag!«, wünscht Vegard.

»Ja, danke«, murmelt sie, als sie auflegt. »Er ist wirklich richtig super.«

Trotz der schlechten Laune muss Ingrid zugeben, dass das Restaurant genauso charmant ist, wie die Rezensionen es beschreiben. Die Einrichtung gleicht einer altmodischen guten Stube, mit Stilmöbeln und Stickereien an den Wänden sowie weißen Tischdecken mit Spitzenkante.

Sie ist auf der Toilette gewesen, hat im Waschbecken Hände und Gesicht gereinigt, doch da sie weder Puder noch Haarbürste dabeihat, waren dem Sich-hübsch-machen Grenzen gesetzt. Allerdings scheint das in diesem Augenblick eine untergeordnete Rolle zu spielen. Tor und sie sitzen an einem schön gedeckten Tisch, in einer Vase steht ein kleiner Rosenstrauß, und der Kellner hat bereits Brot, Wasser und die Speisekarte gebracht.

Sie nimmt einen Schluck Wasser sowie ein Stück von dem frischen, duftenden Brot.

»Mmh, lecker! Ich bin anscheinend einfach nicht dafür gemacht, zu leiden und zu hungern.«

Tor lächelt. »Wollen wir auch ein Glas Wein nehmen?«, fragt er. »Es sind noch viele Stunden, bis wir Auto fahren müssen.«

»Ja, vielleicht brauchen wir das jetzt«, entgegnet Ingrid.

Sie bestellen Essen, und der Wein wird serviert.

»Ach, Ingrid«, beginnt Tor, nachdem sie einen Schluck getrunken haben. »Glaubst du, wir können die Dinge klären? Gibt es dafür eine Chance?«

Sie denkt nach.

»Ja, das hoffe ich«, gibt sie aufrichtig zu. »Das ist ja auch das, was ich will. Dass wir die Dinge klären. Aber dazu muss ich wissen, was hier eigentlich los ist. Du musst also vollkommen ehrlich zu mir sein.«

Er nickt mit ernstem Gesichtsausdruck, und sie fährt fort. »Momentan bin ich mir bei nichts mehr sicher. Kann ich dir überhaupt vertrauen, Tor?«

Er nimmt ihre Hand und lehnt sich zu ihr.

»Ingrid. Du kannst mir vertrauen. Sandra und ich haben kein Verhältnis. Ich habe kein Interesse an ihr. Ich interessiere mich nur für dich.«

Ingrid schluckt.

»Ich finde, du hast eine seltsame Art, das zu zeigen«, sagt sie. »Dass du kein Interesse an ihr hast. Wenn du sie in dieser Weise agieren lässt. Jetzt hat sie sogar irgendein Geschäft eröffnet. Sie gedenkt also offensichtlich, lange im Dorf zu bleiben.«

»Ich habe es ihr gesagt«, antwortet er. »Dass ich es seltsam finde, dass sie bei meinen Eltern war. Dass sie aufhören muss, mir Nachrichten zu schicken.«

»Hm«, entgegnet Ingrid. »Es scheint, als seist du nicht deutlich genug gewesen. Es stand ja sogar in der Nachricht von heute Morgen, Tor: Sie will dich zurückhaben.«

Sie schaut ihm direkt in die Augen. »Und ich sehe *nichts*, was darauf hindeutet, dass du sie abgewiesen hast.«

Das Essen wird serviert, und obwohl Ingrid geglaubt hatte, nie wieder hungrig zu sein, muss sie einen Bissen probieren, und dann noch einen, es schmeckt so gut, dass das Gespräch zum Erliegen kommt.

»Das Thema Sandra ist noch nicht erledigt«, sagt sie nach einigen Bissen, die Gabel auf Tor gerichtet.

Das Blau seiner Augen scheint noch intensiver zu werden.

»Auch für mich ist das Thema Sandra noch nicht erledigt. Beziehungsweise, dass wir über *uns* sprechen. Du hast nämlich vollkommen recht«, sagt er. »Ich bin nicht hinreichend deutlich gewesen. Ich dachte vermutlich, es sei besser zu schweigen. So wurde ich erzogen, weißt du. Schweigen und ertragen, nimm es wie ein Mann.«

Er schüttelt den Kopf.

»Und was ist dabei herausgekommen? Dass ich ungeschickt und konfliktscheu bin. Das tut mir so leid, Ingrid. Von jetzt an ist Schluss damit! Ich werde viel deutlicher sein. Du wirst es sehen.«

Nach einer Weile kehrt der Kellner zurück und räumt die Teller ab, bevor er mit zwei weiteren Gläsern Wein auftaucht, die Tor bestellt hat. Ihr kommt in den Sinn, dass sie noch Auto fahren müssen, aber sie verdrängt den Gedanken. Das ist noch eine Weile hin. Sie muss ja auch nicht das ganze Glas austrinken.

Tor bedankt sich mit einem Nicken beim Kellner und greift erneut über den Tisch nach Ingrids Hand. Er hebt sie hoch und küsst sie, und zu ihrer Überraschung glänzen seine Augen, als er sie wieder ansieht.

»Ingrid«, beginnt er. »Ich liebe dich. Und ich werde dir beweisen, dass du mir vertrauen kannst.«

*

Als sie das Restaurant verlassen, ist der Nachmittag bereits ein gutes Stück weit fortgeschritten. Nachdem sie ein kleines Stück die Straße entlanggegangen sind, fällt Ingrid plötzlich etwas ein. An Tor gewandt sagt sie aufgebracht: »Das Hotel! Hast du uns ausgecheckt?«

»Ja, darum brauchst du dir keine Sorgen zu machen«, sagt er mit einem Lächeln.

Der Film, den sie eigentlich hatten sehen wollen, hat bereits begonnen. Doch Ingrid und Tor sind sich einig, dass Tom Cruise auf ein anderes Mal warten muss. Jetzt haben sie an wichtigere Dinge zu denken.

Die Fußgängerzone ist voller Menschen. Eine Blaskapelle marschiert vorbei und spielt »I Was Made for Lovin' You«.

Tor zieht sie an sich, woraufhin sie abwehrend einen Finger hebt. »Nein! Vergiss es, du fängst jetzt nicht an zu singen!«

Sie schlendern die Straße entlang, die aufgrund der niedrig stehenden Sonne jetzt mehr im Schatten liegt. Aber es ist noch immer angenehm warm. Viele Menschen haben sich auf den Terrassen der Restaurants niedergelassen und trinken Limonade oder ein kühles Bier. Was für ein merkwürdiger Tag, denkt sie. So viele Aufs und Abs innerhalb von nur wenigen Stunden. Das ist die erste große Differenz zwischen Tor und ihr. Differenz, Enthüllung, Missverständnis oder was auch immer es nun ist. Sie ist noch immer nicht richtig sicher, was sie von der Sache halten soll.

Jetzt aber geht es bald nach Hause nach Dalen und ins Himmelfjell, wo sie das Ganze verdauen kann. Wahrscheinlich gibt es heute Abend im Hotel Geburtstagskuchen; sie rechnet damit, dass Mutter Borghild Maja gebeten hat, etwas vorzubereiten. Als sie jedoch in die Straße zum Hotel hinunter einbiegen will, hält Tor sie zurück.

»Lass uns erst noch ein kleines Stück weitergehen. Ich möchte dir gern etwas zeigen.«

Sie sieht auf die Uhr. »Aber wir müssten doch wohl bald umkehren, wenn wir vor Abfahrt des Zuges noch das Gepäck holen wollen?«

»Es dauert nicht so lange«, beruhigt er sie.

Sie gehen weiter an einer Reihe schnuckeliger Holzgebäude vorbei. Am Ende der Straße, genau dort, wo der Fluss unter der Brücke hindurchfließt und zu einem Wasserfall wird, kommen sie zu einer alten Häuserzeile, wo sich nun mehrere Cafés und Pubs befinden. Das Wasser bildet für die Restaurants am Flussufer eine hübsche Kulisse. Als sie eine der Terrassen überqueren, sieht sie fragend zu Tor und will ihn erneut an die Uhrzeit erinnern, doch in diesem Moment entdeckt sie vor dem Pub eine bekannte Gestalt: Unter einer rot-weiß gestreiften Markise, gegen einen dunkel gebeizten Holzpfahl gelehnt, steht Vegard Vang.

Kapitel 51

»Vegard!«, ruft Ingrid verblüfft aus. »Was in aller Welt machst du hier?«

Vegards Gesicht verwandelt sich in ein einziges großes Lächeln. »Hei, Ingrid!«, sagt er und geht auf sie zu. »Lass dich umarmen!«

Er schließt sie fest in die Arme und küsst sie auf beide Wangen.

»Jetzt noch mal richtig: herzlichen Glückwunsch zum Geburtstag!«

»Danke, danke«, sagt sie. »Aber ... wieso bist du denn nicht in Oslo? Ich dachte, du hättest was zu regeln wegen David, und ...«

Sie hält inne.

»David hat Abschied vom Junggesellendasein genommen, genau wie geplant«, erklärt Vegard. »Er ist direkt in die Falle getappt und dachte, er solle zu einem Meeting.«

»Und dann bist du hierher nach Lillehammer gefahren?«, fragt sie verwirrt.

Sie schaut von Vegard zu Tor und dann wieder zu Vegard.

»Was habt ihr ausgeheckt?«

Tor lächelt vorsichtig, während Vegard breit grinst.

»Einen Augenblick«, sagt er und greift nach einer Tüte, die er neben sich stehen hat. Daraus zieht er etwas Rosafarbenes mit Glitzer.

»Aber ... was ...«

Als er die Pappkrone auf Ingrids Kopf setzt, wird Vegards Lächeln noch breiter.

»Was? Nein!« Sie greift sich an den Kopf und nimmt sie wieder ab. Als sie liest, was in Glitzerschrift darauf steht – INGRID 35 JAHRE –, lacht Vegard, dann geht er zur Tür des Pubs und öffnet sie. Als sie eintreten, ertönt es vielstimmig und lautstark: »ÜBERRASCHUNG!«

Ingrid bleibt abrupt direkt in der Tür stehen. Im Kontrast zum Sonnenlicht draußen ist es im Lokal dunkel, weshalb sie nicht sofort alles sieht. Was sie jedoch wahrnimmt, ist, dass es drinnen voller Leute ist. Und als ihre Augen sich langsam an die Dunkelheit gewöhnen, wird ihr bewusst, dass es sich dabei nicht um irgendwelche zufälligen Gäste handelt, sondern um Menschen, die sie kennt!

Am Tisch gleich bei der Tür sitzen ihre Cousinen aus Asker, die sie seit mehreren Jahren nicht gesehen hat. »Ingrid!«, rufen sie und heben ihre Gläser. Und dort, am Tresen, stehen Hilde und Silje, ihre Schulfreundinnen aus Dalen. Sie tragen die gleichen Caprihosen und die gleichen Blusen aus luftigem weißen Spitzenstoff.

An der Decke zwischen den Querbalken hängt ein Banner mit der Aufschrift: HERZLICHEN GLÜCKWUNSCH ZUM GEBURTSTAG, INGRID!

Happy Birthday to you ...

Das Lied nimmt in einer Ecke seinen Anfang, und nach und nach stimmt der ganze Pub in das Geburtstagsständchen ein.

... happy birthday to you, happy birthday, liebe Ingrid, happy birthday to you!

Ingrid schaut zu Tor, zu Vegard und der singenden Gruppe von Menschen. Sie lacht und weint gleichzeitig. Sie ist überwältigt. Vollkommen überrumpelt.

Da löst sich eine große, elegante Gestalt aus der Menge. Die Frau, die auf sie zuschreitet, hat wogende, honigblonde Locken, trägt ein grünes Sommerkleid, und ihre sonnengebräunten Beine stecken in hochhackigen Sandalen. Pia P sieht nicht aus wie eine durchschnittliche Mama im Mutterschutz, in keiner Weise.

»Pia! Was tust du hier?«, fragt Ingrid erstaunt.

Pia lacht und umarmt sie. »Wonach sieht es denn aus? Ich feire deinen Geburtstag, ist doch klar.«

Nehmen die Überraschungen an diesem Tag denn gar kein Ende? Ingrid kann kaum glauben, was gerade geschieht. Tor nimmt ihre Hand, und sie drückt fest zu und sieht ihn ungläubig an.

»Tor ... Bist du daran beteiligt?«

»Ob er daran beteiligt ist?«, fragt Pia. »Er hat das Ganze ausgebrütet!«

Und sie hatte geglaubt, der Tag könne nicht noch weitere Drehungen und Wendungen nehmen. Aber nun ... nun ist sie also hier, zusammen mit Menschen, die sie feiern wollen.

Sie wünschte, sie hätte sich mehr zurechtgemacht, ist jedoch froh, den schönen Hosenanzug anzuhaben, auch wenn dieser im Laufe des Tages ein wenig zerknittert ist. »Ich habe Puder und ein paar Stylingprodukte dabei, wir können dich gleich ein bisschen partytauglich machen«, sagt Pia, als hätte sie Ingrids Gedanken gelesen. »Aber zuerst besorg ich dir mal was zu trinken.«

Sie verschwindet in Richtung Bar, während die Anwesenden, einer nach dem anderen, zu Ingrid kommen, um sie zu umarmen und ihr zu gratulieren. »Das ist nur ein fünfunddreißigster Geburtstag«, lacht Ingrid, als eine ehemalige Studienfreundin sich zu erkennen gibt. »Ich kann nicht fassen, dass ihr so viel daraus macht. Aber es ist sehr, sehr schön«, versichert sie. Sie will nicht undankbar erscheinen, aber sie fühlt sich benommen, ja, ihr ist richtig schwindelig.

Tor hat also all das geplant, sicher seit langem. Er hatte vermutlich Hilfe von Vegard und Pia, und sie haben die Leute dazu gebracht, von Dalen und Oslo aus anzureisen. Und dann wäre aufgrund dieser idiotischen Nachrichten von Sandra fast alles den Bach runtergegangen. Nicht verwunderlich, dass Tor so verzweifelt nach ihr gesucht hatte.

»Ich glaube, ich muss mich kurz mal hinsetzen«, sagt sie zu Vegard.

»Ja, komm mit«, entgegnet dieser. »Du auch, Tor.«

Sie setzen sich an einen Tisch ein Stück weit von der Tür entfernt, und dann kommt auch Pia zurück, ausgestattet mit dem wohl verrücktesten Drink in der Geschichte Lillehammers. Er ist rosa und gelb, in einem mit Zuckerrand verzierten hohen Glas, mit Cocktailschirmchen und Strohhalm. »Ja, der ist … extravagant!«, sagt sie. Sie nimmt einen Schluck, der überraschend gut und frisch schmeckt.

Als sie eine Hand auf ihrer Schulter spürt, dreht sie sich um.

»Aber … Perle! Aisha! Seid ihr nicht auf der Arbeit?« Sie beißt sich auf die Zunge. »Also, es ist wunderbar, dass ihr hier seid, ich bin nur so verwirrt, weil heute nichts so ist, wie ich geglaubt habe. Kommt, setzt euch zu uns!«

»Borghild hat gesagt, wir könnten ein paar Stunden freinehmen«, erklärt Perle, nachdem sie und die leitende Hausdame am Tisch Platz genommen haben.

»Ja, das glaube ich gern«, sagt Ingrid lachend. Sie schaut sich im Pub um. »Aber ist sie selbst denn gar nicht hier?«

Es ist Tor, der antwortet. »Nein, sie ist nicht hier. Wir haben sowohl sie als auch Sofie und Tante Maja eingeladen, aber sie meinten, das Fest solle für ›die Jugend‹ sein, wie sie es ausgedrückt haben. Sie werden bis morgen im Hotel die Stellung halten.«

»Bis morgen? Müssen wir heute Abend nicht zurück?«

Tor lächelt verschmitzt. »Nein, das müssen wir nicht. Ich habe das Hotelzimmer bis morgen gebucht.« Dann fügt er leise hinzu, sodass nur sie es hören kann: »Und ich habe den ganzen Tag gehofft, die letzte Nacht hier nicht alleine verbringen zu müssen. Das hoffe ich noch immer.« Er drückt ihre Hand, was sie mit einem Lächeln beantwortet.

Allerdings gelingt es dem Teil ihres Gehirns, der für logische Entscheidungen zuständig ist, nicht, komplett loszulassen.

»Aber ... was ist mit all dem, was ich zu erledigen habe? Ich habe doch mit Großmutter abgesprochen, dass ... Bist du ganz sicher, dass es in Ordnung ist, wenn ich zwei Tage weg bin? Es kommen doch neue Gäste, und ...«

»Ich bin ganz sicher«, beruhigt Tor sie und fährt in Mutter Borghilds distinktem Tonfall fort: »Ich habe es bereits zuvor gesagt, und ich sage es erneut: Ich habe das Hotel mein Leben lang geführt. Selbstverständlich kann Ingrid ein paar Tage frei machen, ohne dass alles zusammenbricht.«

Ingrid lächelt, sieht aber auch das Gesicht der Großmutter vor sich. Sie hat in letzter Zeit so erschöpft gewirkt, trotz des Besuchs von Sofie und all der Freude, die ihnen die historischen Forschungen und die Familienalben bescheren.

»Herzlichen Glückwunsch zum Geburtstag, Ingrid!«

Vor ihr steht ... nein, das kann nicht wahr sein? Aber wenn es um den Mann geht, mit dem sie mehrere Jahre zusammen war, kann sie sich unmöglich täuschen: Vor ihr steht Preben Wexelsen, in strahlend weißem Hemd, mit einem grünen Partyhut auf dem Kopf und einem funkelnden Lächeln in dem sonnengebräunten Gesicht.

Sie steht auf.

»Preben?«

Er drückt sie. »Herzlichen Glückwunsch! Tor hat mich eingeladen.«

Sie dreht sich um und sieht Tor an. Er hat also ihren Exfreund eingeladen? Da muss er sich mit ihr, in ihrer Beziehung, sicher fühlen. Sie weiß nicht, ob sie diese Verschwörung, von der sie keine Ahnung hatte, als schmeichelnd oder erschreckend empfinden soll. Da kommt ihr noch etwas in den Sinn: Die Nachrichten, die Tor vor ihr geheim gehalten hat ... die waren nicht *nur* von Sandra. Die waren auch von Vegard, von Pia und von Preben – um das hier zu organisieren.

»Du hast doch wohl nicht geglaubt, dass alle wirklich deinen Geburtstag vergessen haben?«, fragt Vegard sie anschließend draußen auf der Terrasse. Sie haben die Gläser mit nach draußen genommen, während sie darauf warten, dass im Pub das Büfett mit dem Abendessen aufgebaut wird.

Vegard nimmt einen Schluck von seinem Wein. »Also, ernsthaft, Ingrid. Wie viele Jahre kennen wir uns jetzt? Habe ich jemals deinen Geburtstag vergessen?«

»Nein, das hast du nicht«, gibt Ingrid zu. »Ich war wirklich ein wenig enttäuscht, als es schien, als hätten fast alle es vergessen. Mit Ausnahme von Tor, wir wollten ja feiern, aber es ...«

Sie hält inne. In die Details des heutigen Tages musste sie Vegard ein anderes Mal einweihen.

»Also, meine Kleine«, sagt Vegard und wuschelt ihr in einer Weise durch die Haare, wie sie es einzig und allein von ihm toleriert. »Niemand hat deinen Geburtstag vergessen, ganz im Gegenteil. Wir haben ganz viel darüber gesprochen und wochenlang Nachrichten ausgetauscht.«

»Wochenlang?«, hakt Ingrid nach. Sie nippt an dem Gin Tonic in ihrer Hand.

»Korrekt!«, bestätigt Vegard. »Ich habe David hinters Licht geführt, und alle haben dich hinters Licht geführt.« Er lächelt. »Und du warst soooo stoisch.«

Sie knufft ihn gespielt verärgert in die Seite, plötzlich aber wird ihr ein wenig schwindelig. Das kann der Alkohol sein oder all das, was an diesem Tag geschehen ist, oder eine Kombination von allem. Sie stützt sich an der Umzäunung der Terrasse ab.

»Jetzt brauchen wir ein paar Snacks, glaube ich«, konstatiert Vegard und legt den Arm um sie. »Komm, wir gehen rein und essen!«

*

»Eins-zwei-drei, eins-zwei-drei, rück-seit-schließen, vor-seit-schließen«, gibt Tor den Takt an. »Au! Tritt mir nicht auf den Fuß!«

Ingrid bricht in Lachen aus. »Sorry, Tor! Du weißt, dass ich keine Tänzerin bin.«

Die Tische sind beiseitegeräumt, wodurch der Pub nunmehr eine improvisierte Tanzfläche vorweisen kann. Sie hatten die größten Hits aus ihrer Jugend und noch ältere Schlager aus den Siebzigern abgearbeitet, die die Cousinen aus Asker die Tanzfläche hatten stürmen lassen. Jetzt ertönt aus den Lautsprechern ein langsamer Song, einer, zu dem Tor offenbar der Meinung ist, er könne Walzer mit ihr tanzen. Geduldig führt er sie übers Parkett.

»Wir sind doch in Lillehammer zur Tanzstunde gegangen, als wir zwölf waren, erinnerst du dich nicht daran?«, fragt er.

»Aaaaa, ein Albtraum!«, stöhnt Ingrid. »Puh, ich sehe mich selbst noch in diesem Saal, vollkommen ohne Rhythmusgefühl und einen Kopf größer als alle anderen. Und dann diese

Tanzlehrerin mit den großen Zähnen. ›Der Samba liegt in den Armen, Mädchen!‹«

»Fräulein Andresen«, sagt Tor. »Antoinette Andresen, von Fräulein Andresens Tanzschule.«

»Allein sich ›Fräulein‹ zu nennen, um das Jahr 2000 herum«, sagt Ingrid.

»Aber sie war vermutlich um das Jahr 1900 geboren«, entgegnet Tor. »Und ihre Berufung bestand darin, der Jugend beizubringen, sich zu benehmen. Komm her, Fräulein Berg, und lass uns eine weitere Runde Walzer versuchen.«

»Da muss ich erst die hier loswerden«, lacht Ingrid und schleudert ihre Schuhe hinter den Tresen der Bar. »Mit diesen Blasen halte ich keine weitere Minute aus.«

Ein neues Lied beginnt, und Tor packt sie um die Taille. »Meine Waldelfe«, sagt er und führt sie sicher über das Parkett.

»Du kannst ja wahrhaftig tanzen«, sagt Ingrid. »Bei dir hatte Fräulein Andresen durchaus mehr Erfolg als bei mir.«

Später am Abend stehen sie am Zaun und starren in den Wasserfall, der durch den Sommerabend rauscht. Tor legt den Arm um sie und zieht sie eng an sich.

»Ich habe selbstverständlich auch ein Geburtstagsgeschenk für dich«, sagt er leise. »Ich hatte vor, es dir heute morgen zu geben, aber ... daraus ist ja nun nichts geworden. Du bekommst es später. Wenn du es haben möchtest.«

Sie küsst ihn.

»Genau jetzt ist all das hier das schönste Geschenk«, entgegnet sie und verweist mit einer Hand auf den Pub, die Stadt und die Nacht. »Tausend Dank.«

Am Bergsee 3

Der Styggfossen rauscht, Tag und Nacht. Das Wasser stürzt in weißen Kaskaden hinunter, als könne es die Felsen zermalmen. Noch ist es ihm nicht gelungen, aber das Wasser gibt nie auf.

Andere Dinge kann es durchaus zermalmen, nach unten ziehen. Ein ungeschicktes Rentier, das auf einem glatten Stein ausrutscht. Einen Menschen, der keinen anderen Ausweg sieht.

Hier hatte sie Charlie zum allerletzten Mal gesehen. Anschließend war sie gegangen und hatte so getan, als würde sie sich für die Hochzeit vorbereiten. Charlies Hochzeit. Sie ließen den Bräutigam und seinen Trauzeugen in der Kirche warten. Den Pfarrer und den Kirchendiener, die Freunde. Sie saßen dort festlich gekleidet, während Charlie die erste Etappe ihrer Reise nach Amerika antrat, mit zerbrochenen Träumen und einem Kind im Bauch. Die anderen durften glauben, dass sie in den Wasserfall gegangen war. Das war beabsichtigt, das war grausam, und es war unbedingt notwendig.

Sie hielten den Kontakt nicht aufrecht, das wäre zu riskant gewesen. Charlie hatte Briefe geschrieben, das hatte Freya erzählt, als sie sechzig Jahre später hier aufgetaucht war. Freya, Charlies Tochter, die Borghild an den Augen erkannt hatte, den grauen Augen, Granit mit goldenen Flecken. Augen, die jemals wiederzusehen sie nie geglaubt hatte.

In Amerika hatte Charlie einen guten Mann gefunden, einen, den Freya als Vater gekannt hatte. Gewiss hatten sie es gut zusammen gehabt. Charlie hatte sich ein neues Leben aufgebaut. Und Briefe geschrieben, die sie nie abgeschickt hatte.

Borghild hatte das Hotel, die Eltern und Christian gehabt. Sie hatte die Trauer beiseitegeschoben und mit Christian zusammengearbeitet, und Christian hatte sich damit abgefunden, dass es so war, wie es war.

Und dann kam Engeline zu ihnen. Sie war ein Licht, ein Sonnenaufgang, wie ein Engel, vom Himmel gesandt. Borghild war nie sonderlich religiös gewesen, die Kirche war Pflicht und Tradition, und Engel hatten sich ihr nie zuvor offenbart. Jedoch hatte sie es gespürt, als sie das kleine Kind zum ersten Mal in ihren Armen hielt: *Wenn es Gottes Engel gibt, dann sind sie wie du.* Der Name hatte sich von selbst ergeben.

Und als Engeline wieder in den Himmel aufgenommen wurde, hatte sie viel hinterlassen. Teile der Landschaft trugen ihren Namen. Die Erinnerungen blieben. Und von allem am wichtigsten: Ingrid war noch da.

Die Landschaft wurde auch zu Ingrids Landschaft, so, wie sie Borghilds, Charlies und Engelines gewesen war. Das Gebirge hat die Menschen im Himmelfjell zu allen Zeiten geformt, sowohl jene, die hier geboren wurden, als auch jene, die es hierhergeführt hatte. Die Berggipfel gehören ihnen, und die Vogelschreie. Der Wasserfall und die Geröllhalde, die harten Winter, der milde Sommertag, von dem die Lerche singt, die helle, milde Nacht mit Tau, Fährten und Ruderschlägen auf dem See. Alles gehört ihnen, und sie gehören dieser Landschaft.

Als sie heute Nacht das Boot ins Wasser gezogen hat, hatte sie an der Moor-Birke ein gelbes Blatt entdeckt. Der Herbst naht, obwohl der Sommer gerade in vollem Gange scheint. Es ist an der Zeit, sich vorzubereiten.

Jetzt regnet es, oder ist gar etwas Schnee dabei? Gewiss ist es kalt, aber die Kälte spürt sie nicht. Borghild rudert in der Nacht. Im Nebel, im Regen, in den Wolken. Sie befindet sich in der Vergangenheit, bei all jenen, die vor ihr gegangen sind. Jetzt ist bald sie an der Reihe. Bald rudert sie auf die andere Seite hinüber. Dann ist es an Ingrid, das Erbe weiterzuführen. Sie ist bereits gut dabei. Das wird schon funktionieren. Allerdings gibt es ein paar Dinge, bei denen Borghild ihr gern noch helfen möchte. Sie hofft, dass ihr das noch gelingen wird.

Kapitel 52

Ingrid wacht mit einem fröhlichen Sommerlied vom Abend zuvor im Kopf auf.

Im Traum hatte sie getanzt, und der Tanz setzt sich, noch lange nachdem der Traum beendet ist, in ihren Gedanken fort. Mit geschlossenen Augen liegt sie da und spürt, wie der komplette gestrige Tag hinter den Lidern wie ein Film noch einmal abläuft. Die Party, die Freunde, Tor, die Drinks, die Geschenke – all das dreht sich im Kreis. Vorsichtig öffnet sie erst das eine Auge, dann das andere, und stellt fest, dass sie vergessen hatten, die Vorhänge vorzuziehen, als sie in der Nacht zurückgekehrt waren. Das Zimmer badet im Sonnenlicht, nur die dünnen, weißen Voile-Gardinen trennen sie von dem Sommer dort draußen. Vogelgezwitscher und die leisen Gespräche von Passanten auf der Straße lassen sie wissen, dass der Tag begonnen hat; doch nach dem samstäglichen Partyabend ist es an diesem Sonntagmorgen in der Stadt vergleichsweise still.

Sie streckt sich. Sie hat tief und fest geschlafen. Die Erinnerung an den gestrigen Tag kommt ihr vor wie ein Traum.

Sie dreht sich zu Tor um, der neben ihr liegt. Die Bewegung macht ihn munter, er öffnet die Augen und lächelt sie an. Sie hebt die Decke hoch und schmiegt sich an ihn.

»Wie herrlich warm du bist«, sagt sie. »Und wie gut du riechst.«

Sie küsst ihn auf den Hals, was ihm ein leises Stöhnen entlockt. Seine Hände pressen sich gegen ihren Rücken.

Erleichterung durchströmt sie. Sie sind wieder auf einer Wellenlänge, sie und Tor. Die Sorgen sind nicht ganz verschwunden, jedoch haben sich andere Gefühle darübergelegt. Freundschaft. Liebe. Und Lust.

Sie setzt sich auf ihn, schaut ihm tief in die blauen Augen. Dann beugt sich hinunter und küsst ihn erneut.

Sie kommen spät zum Frühstück, allerdings ist das Büfett bis halb zwölf geöffnet. Von einem Tisch in einer Ecke des Speisesaals winkt Vegard ihnen zu. Er hat im selben Hotel übernachtet – das hatten er und Tor selbstverständlich von Anfang an geplant. Es ist ziemlich voll, was vermutlich dem Blaskapellenfestival geschuldet ist. In der von Vegard gekaperten Ecke ist es jedoch recht ruhig.

Vor ihm auf dem Tisch steht ein ganzes Arsenal von Gläsern: Orangensaft, grüner Smoothie, rosa Smoothie sowie einige kleine Becher mit diversen Joghurtkombinationen. Ingrid umarmt ihn, bevor sie und Tor sich mit Ei und Toast, Bohnen und Schinken versorgen.

Essen hat vermutlich nie zuvor so gut geschmeckt! Nicht seit gestern Mittag, korrigiert sie sich. Sie ist einfach ein unverbesserliches Leckermaul. Aber nun kann sie zumindest das Geburtstagsfrühstück nachholen, aus dem gestern nichts geworden ist, denkt sie.

»Hast du heute schon mit Pia gesprochen?«, fragt sie Vegard. »Ihr seid einfach unglaublich.«

»Nein, heute noch nicht, aber sie hat eine Nachricht geschickt, nachdem sie gestern zu Hause angekommen ist«, sagt Vegard. »Es ist alles gut gegangen mit Espen und Hilda, während sie weg war.«

»Ich kann es noch immer nicht glauben, dass ihr das alles für mich organisiert habt«, sagt Ingrid.

»Du organisierst doch die ganze Zeit etwas für andere«, hält Vegard fest. »Es fehlte noch, dass nicht auch mal jemand ein bisschen was für dich tut. Du siehst übrigens fresh aus.«

»Danke!« Sie fährt sich mit der Hand durch die frisch gewaschenen Haare. »Ja, das ließ sich mit einer Dusche erledigen. Außerdem ist es herrlich, endlich wieder etwas Bequemes an den Füßen zu haben, nach all dem Umhergerenne in den schicken Schuhen gestern.«

Vergnügt streckt sie die Beine aus. Als Tor sich aufmacht, um sich einen Nachschlag zu holen, nutzt sie die Gelegenheit, Vegard vom Auftakt zu ihrem gestrigen Geburtstag zu berichten. Bisher kennt er schließlich nur die Hälfte der Geschichte.

»Du meine Güte!«, lautet sein Kommentar, als er von dem Streit wegen der Nachrichten hört. »Das ist wirklich heftig. Hier gibt es *viel* zu bereden, Ingrid! Diese *Hexe*!«

Als Tor mit einer Portion Pfannkuchen zurückkehrt, nimmt er einen Schluck von dem Orangensaft.

»Ach, herrlicher Saft. Frisch gepresst!«, schwärmt Vegard.

Dann stellt er das Glas mit Nachdruck wieder auf den Tisch.

»Aber. Also. Ich muss euch was erzählen. Das hat auch mit Sandra zu tun.«

Als Tor überrascht von seinem Teller aufschaut, spürt Ingrid, wie sich ihr der Magen zusammenschnürt. Eigentlich will sie jetzt nicht weiter über Sandra sprechen, was Vegard ihr offensichtlich auch ansieht. Allerdings hat er eine Entscheidung getroffen.

»Doch, das müsst ihr in der Tat wissen. Es begann vor ein paar Tagen, als David und ich in dieser neuen Bar an der Aker Brygge waren. Dort kamen wir mit einem Paar ins Gespräch. Fred und Celine hießen sie.«

Vegard nimmt noch einen Schluck von dem Saft, bevor er fortfährt.

»Sie wussten offensichtlich, wer David war, denn wie sich herausstellen sollte, war auch dieser Fred Investor. Allerdings hatte ich das Gefühl, dass er irgendwie ein bisschen ... Wie soll ich es ausdrücken? Zwielichtig wirkte. Er hat versucht, Davids Interesse für irgendeine Immobilie zu wecken. Das passiert ständig, und David kann es nicht ausstehen. Als würde er sein Geld bei irgendjemandem investieren, dem er zufällig in einer Bar begegnet. Nach einer Weile sind wir weitergezogen. Für einen Investor wie David ist es schließlich wichtig, nicht mit den falschen Leuten gesehen zu werden. Das könnte bei anderen den Eindruck erwecken, dass auch er in halbseidene Geschäfte verwickelt ist.«

»Ja, und?«, wirft Ingrid ein. Was will Vegard ihnen damit nun mitteilen?

»Anschließend hat mir David erzählt, dass er bereits von der Firma dieses Kerls gehört hatte«, fährt Vegard fort. »Und nach diesem Gespräch empfahl ihm sein Bauchgefühl, sich ein bisschen eingehender damit zu beschäftigen. Gestern Nachmittag hat er mich angerufen, um zu erzählen, was er herausgefunden hat. Und *jetzt* komme ich endlich zum Punkt.«

Er sieht Tor eindringlich an.

»Wie sich also herausstellte, hat dieser Fred bei Immobiliengesellschaften und diversen anderen Dingen seine Finger im Spiel – und unter anderem war er auch Miteigentümer einer kleinen Firma, die vor kurzem in Konkurs gegangen ist. Sie hieß Kassandra Consult und war im Bereich Schönheitspflege, Weissagungen, Investitionsberatung und Gott weiß was tätig. Die Firma ist mit enormen Schulden behaftet und war möglicherweise auch in zwielichtige Geschäfte verwickelt. Und die andere Eigentümerin dieser Firma, die Fred eine immense Summe Geld schuldet – und die offensichtlich verschwunden ist, ohne reinen Tisch zu machen –, ist Sandra Seter.«

Kapitel 53

Als sie zum Zug gehen, ist es bewölkt, und kurz bevor sie den Bahnhof betreten, fällt der erste Regentropfen. Sie haben sich von Vegard verabschiedet, der in die andere Richtung fährt, nach Oslo. Was er über Sandra und ihre bankrotte Firma erzählt hat, beschäftigt Ingrid noch immer. Hier liegt also ein Teil der Erklärung dafür, warum sie wieder in Dalen aufgetaucht ist.

Tor und sie gehen Hand in Hand. Mit der anderen zieht sie ihren Koffer, während Tors Tasche über seiner Schulter hängt. Ein weiterer Regentropfen fällt, und dann noch einer. Tor drückt ihre Hand.

»Ja, nun ist der Regen auch hier angekommen, da können wir ebenso gut nach Hause fahren«, sagt er.

Sie steigen ein. Es ist eine kurze Zugfahrt, nur eine Stunde bis Dalen, nach zehn Minuten jedoch schläft Ingrid, und umgehend ist sie zurück in Träumen über Tanzen und Finanzen.

Mit einem Ruck wacht sie auf. Schaut sich um. Gegen die Zugfenster prasselt der Regen. Tor sitzt ihr mit geschlossenen Augen gegenüber, sie hingegen ist definitiv wach, mit hämmerndem Herzen und vernebeltem Geist. Warum spielt die Musik noch immer?

Ihr Handy liegt auf dem Fenstertisch zwischen ihnen. Es leuchtet und vibriert. Es dauert eine Weile, bis sie begreift, dass es der Klingelton ist, den sie hört. Doch er verstummt, bevor sie es schafft ranzugehen. Tor schläft wie ein Stein, er hat offensichtlich nichts mitbekommen. Ingrid nimmt ihr

Handy und stellt fest, dass der Anruf von Maja Seter kam. Das ist seltsam. Sie kann sich nicht erinnern, dass Maja sie jemals angerufen hat, höchstens einmal, wenn es um rein praktische Fragen rund um den Lebensmitteleinkauf ging.

Da muss im Hotel etwas geschehen sein. Ingrid will gerade zurückrufen, als Tors Handy in dessen Hosentasche brummt. Es macht einen enormen Lärm. Tor knurrt, hebt den Kopf, zieht das Handy hervor nimmt den Anruf entgegen.

»Hallo? Tante Maja?« Sein Kopf fällt nach hinten, während er redet. Es sieht so aus, als würde der Schlaf ihn wieder einholen, dann aber fährt er zusammen. »Warte kurz, Tante«, sagt er und presst das Handy gegen sein Ohr. »Was sagst du da? Mutter Borghild ist verschwunden?«

*

Wie schnell können sie mit der Suche beginnen? Tor hat seinen Vater angerufen, der sie am Bahnhof abholen und sie direkt hinauf zum Himmelfjell fahren soll, damit sie sich in der Umgebung auf die Suche nach Mutter Borghild begeben können.

Ingrid bemerkt, dass ihre Hände zittern. Mutter Borghild ist verschwunden? Es war Sofie Steen, die Alarm geschlagen hatte. Ingrid ruft sie an und erinnert sich selbst daran, leise zu sprechen, um nicht die wenigen anderen Fahrgäste im Waggon zu stören. Sofie antwortet beim ersten Klingeln.

»Ich habe zu unserer üblichen Frühstücksverabredung um acht bei Borghild geklopft«, erzählt sie. »Sie hat nicht reagiert, und ich dachte zunächst einfach, sie wolle heute etwas länger schlafen. Doch als ich um zehn zurückgekommen bin, erhielt ich noch immer keine Reaktion. Ich habe an die Türklinke gefasst, und weil nicht abgeschlossen war, bin ich reingegangen, um sie zu wecken. Aber das Zimmer war leer.«

»Leer?«, wiederholt Ingrid. »Aber sah es so aus, als wäre sie heute Nacht dort gewesen?«

»Ja, das Bett war nicht gemacht«, berichtet Sofie weiter. »Aber Borghild war nicht da. Also habe ich versucht, sie anzurufen, denn ich hatte mein Handy dabei. Aber sobald es klingelte, stellte ich fest, dass ihr Telefon auf dem Nachttisch lag. Sie hat es also nicht mitgenommen.«

»Aber seid ihr euch sicher, dass sie draußen unterwegs ist?«, erkundigt sich Ingrid. »Ihr kann nicht irgendwo im Hotel unwohl geworden sein? Oder macht sie vielleicht einen Morgenspaziergang und hat vergessen, Bescheid zu sagen?«

»Nun, das wäre bei dem strömenden Regen wohl ein wenig merkwürdig«, entgegnet Sofie. »Allerdings verhält sich Borghild in letzter Zeit auch ein wenig merkwürdig.«

Tut sie das?, dachte Ingrid. Sie war der Meinung gewesen, die Großmutter wirke müde, aber *merkwürdig*?

Sie schaut auf die Uhr. Es ist nach eins.

»Wenn ihr aber um zehn entdeckt habt, dass sie verschwunden ist, warum habt ihr mir und Tor dann erst jetzt Bescheid gegeben?«

»Nun, was hättet ihr tun sollen?«, entgegnet Sofie. »Ich habe sofort Alfred informiert. Und dann dachten wir, dass es vielleicht einfach nur ein Missverständnis sei und sie jeden Augenblick wieder auftauchen würde.

»Was ist mit der Waschküche?«, fragt Ingrid. »Oder dem Dachboden? Habt ihr dort nachgesehen?«

»Ja, mittlerweile haben sie überall gesucht.«

»Und ihr Auto?«

»Das steht draußen, auf seinem üblichen Platz«, antwortet Sofie.

»Ich rufe Henry an«, sagt Ingrid. »Er und die Jungs sind meilenweit die erfahrenste Suchmannschaft.«

Man vergisst leicht, wie sehr sich die Wetterlage mit nur wenigen Kilometern – und Höhenmetern – Abstand unterscheiden kann, denkt Ingrid. Unten in der Kleinstadt haben sie die Sonne genossen, während hier oben im Hochgebirge große Mengen Niederschlag in Form von Schneeregen heruntergekommen sind, der noch immer in feuchten Haufen daliegt. Sie biegen auf den Parkplatz ein, und ganz richtig, Mutter Borghilds Auto steht dort, wo es immer steht.

Nachdem Torbjørn geparkt hat, nehmen sie den Kücheneingang, um sich nach einer schnellen Tasse Kaffee und einer Scheibe Brot umgehend wieder nach draußen zu begeben. Ausgestattet sind sie mit Wanderkleidung, solidem Schuhwerk und Rucksäcken, die zusätzliche Decken und eine Erste-Hilfe-Ausrüstung beinhalten. Die Schläfrigkeit vom Vormittag ist wie weggeblasen.

Henry und seine Söhne kommen soeben auf dem Parkplatz an. Sie sind bereit, unverzüglich mit der Suche zu beginnen.

Auf dem Weg hinaus zum Haupteingang wird Ingrid von Sofie gestoppt.

»Ingrid«, sagt sie. »Ich hätte eher etwas sagen sollen. Ich glaube, Borghild unternimmt Touren, ohne Bescheid zu geben. Ich glaube, dass sie nachts draußen unterwegs ist.«

Ingrid meint, in der Stimme der älteren Dame ein leichtes Zittern zu vernehmen. Und als sie begreift, dass die ansonsten unerschütterliche Sofie Angst hat, überkommt auch sie die Angst.

Zusammen mit Henry und Knut geht Ingrid den Pfad an der Schlucht entlang. Ola und Tor haben einen anderen Weg genommen, während Torbjørn und Alfred weiterhin in der näheren Umgebung des Hotels suchen sollen. Es ist ausgemacht, dass sie einander eine Nachricht schicken, wenn jemand etwas entdeckt, bisher hat sie jedoch noch nichts gehört. Das kann auch der löcherigen Netzabdeckung geschuldet sein. So oder so wollen sie sich nach zwei Stunden unten am Hotel treffen. Haben sie Mutter Borghild bis dahin nicht gefunden, müssen sie den Polizeichef kontaktieren und um eine größere Suchaktion bitten.

Sie nähern sich Engelinehaugen.

»Ich gehe dort hinauf«, lässt sie Henry und Knut wissen. Während sie läuft, hält sie Ausschau, blickt an Abhängen entlang und hinter große Steine. War Mutter Borghild gestürzt oder hatte sie sich womöglich irgendwo hingesetzt, um sich auszuruhen, und dann einen Schwächeanfall erlitten?

Als Ingrid die Anhöhe erklommen hat, sieht sie den Raubvogel wieder, den sie hier schon einmal gesehen hatte, einen Raufußbussard. Im Gleitflug schwebt er über ihnen, breitet die mächtigen Flügel aus und kreist, lässt sich von unsichtbaren Luftströmen tragen.

Ist er weit geflogen?, denkt sie. Ja, ganz sicher. Sie weiß, dass der Raufußbussard in den kältesten Monaten in andere Länder zieht, weit in den Süden und weit in den Osten Europas. Im Frühjahr jedoch bricht er auf zu der langen Reise in den Norden, hierher ins heimische Gebirge, wo er einst ausgebrütet wurde. Vielleicht hat er selbst an einer der steilen Bergwände ein Nest. Vielleicht sind die Jungen bereits geschlüpft, zwei, drei oder vier weiße Knäuel, die hungrig auf Futter warten und im Nest die Schnäbel weit aufreißen?

Der Regen hat mittlerweile nachgelassen. Ein Regenbogen wölbt sich über dem Styggfossen, dessen Wassermassen sich nach all dem Niederschlag gräulich gelb und laut tosend in die Tiefe stürzen. Der Bussard fliegt nicht so nah heran, dass Wasserspritzer auf seinen Flügeln landen, nein, er hält sich weiter oben. Bis er mit flatternden Flügeln still in der Luft steht.

Vermutlich hält er nach Mäusen und Lemmingen Ausschau. Ingrid folgt ihm mit dem Blick, als er nach unten stürzt, quer durch den Regenbogen, direkt auf den kleinen Bergsee auf der anderen Seite der Geröllhalde zu ...

»Ich weiß, wo sie ist!«, sagt sie zu Henry und Knut, als sie die beiden unten auf dem Pfad wieder einholt. Die Männer sehen sie fragend an, woraufhin sie sich beeilt zu erklären. »Also, ich *weiß* es nicht, aber ich glaube, ich weiß, wo wir suchen sollten.«

Kapitel 54

Warum war ihr das nicht früher in den Sinn gekommen?

Während sie so schnell gehen, wie es ihnen in dem Terrain möglich ist, wächst in Ingrid die Unruhe. Sie sieht den kleinen, dunklen Bergsee vor sich, und in ihren Gedanken verbinden sich lose Fäden wie Seerosenwurzeln miteinander.

Sie erinnert sich an die Touren mit Mutter Borghild, als sie klein war. Wie lange es her ist, dass sie daran gedacht hatte! Jetzt aber ist sie wieder dort. Sieht die Großmutter vor sich, wie sie damals war, mittleren Alters, sehnig und stark, mit nur wenigen weißen Strähnen in dem dunklen Haar. Die Großmutter, die den Rucksack mit Thermoskanne und Butterbroten packte, die Ingrid dabei half, die Wanderschuhe zu schnüren, und die der Enkelin die Welt der Berge näherbrachte, ihr von Tieren und Vögeln erzählte.

Die Großmutter, die ihr beibrachte zu rudern. Auf dem Bergsee.

Sie sieht das Boot vor sich, das feucht war, als Tor und sie kürzlich baden waren. So als hätte es gerade jemand benutzt.

Sie durchdringen das Gestrüpp, Ingrid voran, außer Atem, sie schieben die Zweige zur Seite – und dort, im Heidekraut, liegt Mutter Borghild. Eine kleine Gestalt, bekleidet mit Strickjacke, langer Hose und flachen Schuhen. Ingrid stürzt nach vorn, nimmt kaum wahr, dass Henry und Knut direkt hinter ihr sind.

Mutter Borghild liegt ganz still da. Ingrid sinkt in dem nassen Heidekraut auf die Knie und berührt sie. Ihre Sachen sind nass, ihre blasse Haut ist klamm, eiskalt. Die dünnen Haare kleben ihr am Kopf.

»Großmutter! Großmutter! Du musst aufwachen!«

Sie erkennt ihre eigene Stimme nicht wieder.

Dann scheint mit einem Mal alles um sie herum zu verschwimmen. Ingrid sitzt im Heidekraut und hört, dass Henry telefoniert. Doch sie ist nicht imstande, irgendetwas zu tun, sitzt einfach nur da und hält die Hand der Großmutter, bis jemand mit einer Trage kommt.

Kapitel 55

Wie kam Mutter Borghild auf die Idee, mitten in der Nacht alleine rauszugehen?

Inzwischen befinden sie sich in ihrer Wohnung. Der Arzt ist unterwegs. Knut und Ola waren es, die die Trage geholt und Mutter Borghild zum Hotel zurückgebracht hatten.

Ingrid hatte Angst gehabt – eine solche Angst, wie sie sie noch nie zuvor gespürt hatte.

Sollte dies das Ende sein?

Die Männer aber hatten ihr versichert, dass die Großmutter atme, dass sie zu Bewusstsein kommen würde. Jetzt hatten sie ihr trockene Sachen angezogen und den Hausarzt in Dalen verständigt, der sich, Sonntag hin oder her, sofort auf den Weg gemacht hatte. Hätten sie lieber den Rettungshubschrauber rufen sollen? Muss Borghild ins Krankenhaus? Doch Henry war sicher gewesen, dass dies nicht nötig sei. Es wäre sowieso nicht schneller gegangen, als sie selbst ins Hotel zu transportieren.

Ingrid hatte geduscht, sich umgezogen und war in der Küche gewesen, um sich eine heiße Tasse Kaffee zu holen. Maja hatte auch versucht, sie dazu zu bringen, ein Brötchen zu essen, aber sie hatte keinen Bissen runtergebracht. Tor und Torbjørn waren runter zum Hof gefahren, um sich umzuziehen und sich auszuruhen. Sie würde Tor bald anrufen. Jetzt gerade aber will sie einfach nur hier sitzen, auf einem Stuhl neben dem Bett der Großmutter, und sicherstellen, dass diese nicht wieder verschwindet.

»Was hast du dir dabei nur gedacht?«, fragt Ingrid. »Es war reines Glück, dass du bei dem Unwetter nicht erfroren bist!«

Mutter Borghild befindet sich in einer Art Halbschlaf. Sie windet sich unruhig und blinzelt, wenn Ingrid mit ihr spricht, jedoch hat es nicht den Anschein, als sei sie in der Lage zu antworten.

»Entschuldige, ich wollte nicht wütend klingen«, fährt Ingrid fort und streichelt der Großmutter über das weiße Haar. »Ich hatte nur eine solche Angst. Ich dachte, du seist tot, als wir dich dort am See gefunden haben.«

Sie steht vom Stuhl auf und setzt sich neben Sofie aufs Sofa.

»Was ist hier eigentlich los?«, fragt sie leise. »Du glaubst also, dass sie auch früher schon nachts draußen unterwegs gewesen ist?«

Sofie legt die Stirn in Falten. »Tja, ich weiß es nicht, aber sie wirkt in letzter Zeit so müde und abwesend. Kommt manchmal ein bisschen zu spät zu unseren Frühstücksverabredungen und behauptet dann, sie hätte etwas zu erledigen gehabt.«

»Aber warum? Quält sie etwas?«

Sofie schüttelt den Kopf. »Das muss sie dir selbst erzählen, Ingrid.«

Es klopft an der Tür, und kurz darauf steckt ein junger Mann den Kopf herein.

»Hallo«, sagt er. »Ich bin Bjørn Hansen, Borghilds neuer Hausarzt.«

Ingrid steht auf, Bjørn Hansen kommt ins Zimmer und streckt ihr eine Hand entgegen. Wie jung er ist, denkt sie, als sie seine Hand ergreift. Er sieht aus wie Mitte zwanzig, aber ein wenig älter wird er schon sein.

»Ingrid Berg«, sagt sie.

»Sie sind also die Enkelin?« Er lächelt. »Sie hat viel von Ihnen gesprochen.«

»Hat sie das?« Ingrid kommt das etwas seltsam vor. Sie hatte nicht gedacht, dass Borghild so oft bei dem Arzt war, dass sie bereits derart vertraut miteinander waren. Aber wie auch immer.

»Ja, ich bin das Enkelkind«, bestätigt Ingrid. »Und das ist Sofie, Borghilds Cousine.«

»Guten Tag«, sagt Sofie vom Sofa aus.

Der Arzt grüßt freundlich, bevor er auf dem Stuhl neben dem Bett Platz nimmt. Während er den Puls fühlt und den Blutdruck misst, spricht er ruhig mit Borghild.

»Wir werden ein paar weitere Untersuchungen machen, momentan jedoch braucht sie vor allem Ruhe«, sagt er zu Ingrid. »Ihr Blutdruck und ihr Puls sind in Ordnung, wenn man die Umstände bedenkt. Ich werde noch ein paar Blutproben nehmen. Aber ich glaube nicht, dass wir sie ins Krankenhaus einweisen müssen. Wahrscheinlich war sie ein wenig verwirrt oder benebelt, als sie heute Nacht rausgegangen ist, und dann ist sie gestürzt und war nicht in der Lage, wieder aufzustehen. Sie hat sich eine ernsthafte Unterkühlung zugezogen. Es war ein großes Glück, dass Sie sie zu diesem Zeitpunkt gefunden haben. Ansonsten hätte es richtig schiefgehen können.«

Erneut hat Ingrid die Situation vor Augen, die sie am Bergsee erwartet hatte. Mutter Borghild im Heidekraut. Zum Glück hatte sie geatmet, hatte ihr Herz geschlagen. Die Erleichterung darüber, dass sie am Leben war, die Verwirrung darüber, dass sie ausgerechnet dort war, am Bergsee, neben einem Boot, das halb im Wasser, halb an Land lag.

»Kann ich kurz unter vier Augen mit Ihnen sprechen?«, fragt Ingrid den Arzt. »Vielleicht könnten Sie mit in meine Wohnung kommen?«

Der Arzt nickt, und sie fragt Sofie: »Bleibst du so lange hier bei Borghild, Sofie? Kann ich dir in der Zwischenzeit etwas bringen lassen? Kaffee vielleicht?«

»Nein, danke.« Sofie schüttelt den Kopf. »Ich kann mir später etwas holen.«

»Ich verstehe gut, dass Sie sich Sorgen machen«, sagt der Arzt, nachdem sie in Ingrids Wohnung Platz genommen haben. »Aber haben Sie früher bereits erlebt, dass Borghild Dinge tut, die nicht ganz ... dass sie nicht ganz klar wirkte?«, erkundigt sich der Arzt.

»Nein, eigentlich nicht«, sagt Ingrid. »Sie war immer völlig klar im Kopf, fand ich.«

»Es kommt also nicht vor, dass sie irgendwelche Dinge vergisst oder verwirrt wirkt?«

»Absolut nicht.«

»Das ist gut, das ist gut«, entgegnet der Arzt und sieht Ingrid nachdenklich an.

»Aber Sofie, ihre Cousine, meint, sie könnte schon zuvor nachts draußen unterwegs gewesen sein«, fährt Ingrid fort. »Und ... und eigentlich war es ein Verdacht, der mich dazu brachte, dort zu suchen, wo wir sie auch gefunden haben. Als ich klein war, sind wir nämlich oft an diesem Bergsee gewesen, und ich glaube, sie hat den See seit ihrer eigenen Kindheit immer wieder aufgesucht. Es handelt sich also wohl um einen Ort, der ihr viel bedeutet. Aber ich verstehe nicht, warum sie neuerdings nachts dorthin geht. Glauben Sie, es könnte eine Form von ... Demenz sein?«

Das Wort erschreckt sie so sehr, dass sie fast nicht in der Lage ist, es auszusprechen. Die Vorstellung von Mutter Borghild in geistigem Dämmerzustand, in einem Pflegeheim womöglich, ist nicht auszuhalten. Und die Großmutter sagt selbst immer:

Das Himmelfjell zu verlassen und in ein Pflegeheim zu ziehen, das kommt definitiv nicht infrage.

»Nein, ich habe keinen Anlass zu glauben, dass sie an Demenz leidet«, sagt der Arzt. »Aber sie hat schließlich andere ...« Er hält abrupt inne. »Hat Borghild in letzter Zeit mit Ihnen über ihre Gesundheit gesprochen?«

»Nein ... das hat sie nicht«, sagt Ingrid. »Mir ist aufgefallen, dass sie in ihren Bewegungen etwas steifer ist als früher und dass sie ab und an erschöpft wirkt, aber schließlich ist sie auch über achtzig.«

Der Arzt nickt. »Wissen Sie, ob Sie irgendwo als ihre nächste Angehörige aufgeführt sind, zum Beispiel im Hinblick auf Besuche im Krankenhaus?«

»Besuche im Krankenhaus? Nein, davon weiß ich nichts«, antwortet Ingrid.

Sie sieht, dass der Arzt die Stirn runzelt, und fragt sich, was er ihr *nicht* sagt.

Was soll bitte schön noch alles an diesem seltsamen Geburtstagswochenende geschehen? Ingrid kommt es beinahe absurd vor. Plötzlich dreht sich alles um Mutter Borghild. Ingrid begleitet den Arzt nach unten. Sie haben abgemacht, dass sie ihn anruft, sollte sich Borghilds Zustand in irgendeiner Weise verschlechtern. Anschließend geht sie in die Bar und nimmt sich eine Cola.

Als sie in die Kårstua zurückkommt, ist Borghild wach, und nach einer Weile ist sie in der Lage, ein bisschen Saft zu trinken und einen Keks zu essen. Ihr Blick ist klar, doch vermittelt sie ihrer Enkelin, dass ihr die Kraft fehlt, viel zu sprechen.

»Ich muss mich nur ein bisschen ausruhen, meine Liebe«, sagt sie, nachdem Ingrid ihr auf die Toilette und wieder ins Bett zurück geholfen hat. »Später können wir mehr reden.«

Dann schläft sie wieder ein.

Nur ein bisschen ausruhen, denkt Ingrid. Das hatte die Großmutter auch nach der behaupteten Gurkenvergiftung gesagt. *Ich muss mich nur ein bisschen ausruhen, dann geht es mir wieder gut, du wirst schon sehen.*

*

Als sie ein wenig später nach unten in die Bibliothek geht, findet sie dort Sofie mit einem Geschichtsbuch auf dem Schoß vor. Ansonsten ist der Raum leer. Lediglich der ausgestopfte Bär, Bjørnar, betrachtet sie mit seinem üblichen unergründlichen Blick. Einige Sekunden später klappt Sofie das Buch zu und entdeckt Ingrid.

»Komm, setz dich ein bisschen zu mir«, sagt sie, und Ingrid folgt der Aufforderung.

Sofie räuspert sich. »Der Arzt hat Schweigepflicht, wie du weißt. Meiner Meinung nach aber praktiziert er sie zu streng. Sie sollte kein Hindernis dafür darstellen, dass jemand Hilfe bekommt. Und ich bin der Ansicht, dass es dir jemand erzählen muss. Daher habe ich beschlossen, dass ich das übernehme.«

»Mir was erzählen?«

Sofie sieht zu Bjørnar auf, so als hätten sie sich vorab beraten.

»Borghild leidet unter einem seltenen Nierendefekt«, sagt sie schließlich. »Das ist eine gefährliche Geschichte. Und erblich ist sie auch. Wir haben das in der Familie bereits mehrfach erlebt, die meisten waren jedoch weitaus jünger, als sie krank wurden. Im Grunde ist es überraschend, dass sich nicht früher gezeigt hat, dass Borghild damit belastet ist. Ansonsten war es so, dass diejenigen von uns, die die sechzig symptomfrei überschritten hatten, im Großen und Ganzen damit rechnen konnten, nicht betroffen zu sein. Allerdings habe ich die Anzeichen erkannt, als ich sie gesehen habe. Und jetzt hat sie die Bestätigung dafür erhalten.«

»Davon habe ich noch nie etwas gehört«, sagt Ingrid bestürzt. »Mutter Borghild hat mit keinem Wort erwähnt, dass sie krank ist. Obwohl ich mich in letzter Zeit durchaus ab und an gefragt habe, ob es etwas gibt, das sie mir nicht erzählt.«

»Ja«, bestätigt Sofie. »Es gibt Dinge, die sie nicht erzählt hat. Sie wollte dich nicht belasten, weil du dich um so viel anderes kümmern musst. Und schließlich wissen wir alle, dass es ziemlich langweilig sein kann, wenn alte Leute nur noch von Krankheit und Tod sprechen.«

Ingrid reißt die Augen auf. »Langweilig? Das ist nicht gerade das Wort, das mir dazu in den Sinn kommt. Aber ... seit wann weißt du es?«

»Ich habe sofort, als ich herkam, begriffen, dass Borghild Schmerzen hat«, erklärt Sofie. »Daher habe ich sie gezwungen, es mit dem Hausarzt zu besprechen. Doktor Hansen. Selbst dieser blutjunge Arzt hat verstanden, dass es etwas Ernstes ist, als er ihre Blutwerte und ihren Allgemeinzustand gesehen hat. Deshalb hat er sie zu Untersuchungen ins Krankenhaus nach Lillehammer geschickt.«

»Ah. Jetzt verstehe ich ... Das war es also, was ihr zu erledigen hattet«, sagt Ingrid. »Unten in Dalen und in der Umgebung. In Wirklichkeit seid ihr im Krankenhaus gewesen?«

Sofie nickt. »Ja, das waren wir.«

»Ich ...« Ingrid weiß nicht, was sie sagen soll. »Ich kann nicht *fassen*, dass sie mir nichts erzählt hat. Glaubt sie wirklich, dass ich es nicht ausgehalten hätte zu erfahren, dass sie krank ist?«

»Sie hätte es dir sagen müssen. Ich habe mehrfach mit ihr darüber gesprochen«, sagt Sofie. »Sie aber will, dass du deine Kräfte momentan auf andere Dinge verwendest.«

Es ist, als würde die übliche Schärfe von Sofie Steen ein wenig aufweichen. »Wenn ich dir das jetzt erzähle, dann geschieht dies gegen Borghilds ausdrücklichen Wunsch. Nachdem ich jedoch gründlich darüber nachgedacht habe, habe ich beschlossen, es trotzdem zu tun. Sodass ihr, du und Borghild, miteinander sprechen könnt, solange noch Zeit ist.«

Sofie legt das Buch auf den Tisch, setzt ihre Brille ab und streicht sich mit der Hand über den Nasenrücken.

»Leider ist es auch so, dass sich mit Voranschreiten dieser Art von Krankheit eine gewisse kognitive Beeinträchtigung bemerkbar machen kann.«

Das versetzt Ingrid einen Stich. Hatte das bereits eingesetzt? Die Geheimnisse, die nächtlichen Touren, die kleinen Episoden von Verwirrtheit. Ist die Krankheit im Begriff, ihr die Großmutter zu nehmen?

»Ich bin der Meinung, dass du davon wissen solltest, damit du vorbereitet bist«, sagt Sofie. »Aber so ist der Lauf des Lebens, weißt du. Borghild hat für sich akzeptiert, dass gegen die Krankheit, an der sie leidet, wahrscheinlich nicht so viel unternommen werden kann.«

»Aber ... man muss es doch behandeln können!«, platzt es aus Ingrid heraus. »Und schließlich ist es doch auch für mich relevant zu wissen, dass wir in der Familie eine tödliche Erbkrankheit haben! Was, wenn das etwas ist, worauf ich mich testen lassen sollte? Oder wenn sie eine Bluttransfusion oder eine Spenderniere braucht? Die Chancen dafür, dass so etwas erfolgreich ist, sind doch wohl viel besser, wenn man verwandt ist?«

»Das mag sein, aber – ihr seid nicht verwandt«, sagt Sofie Steen.

Damals

Ein Windhauch fegt um die Ecke, eiskalt, er bringt Schneeregen und Geheimnisse mit sich. Borghild schaudert es, sie zieht den Mantel enger um den Körper. Wickelt den Schal ein weiteres Mal um den Hals und strafft den Gürtel um den Bauch. Den Bauch, der viel flacher ist, als er es sein sollte, wenn die Umstände so wären, wie die Leute glauben.

Aber nichts ist so, wie die Leute glauben. Den gesamten Herbst und Winter über haben sie alle hinters Licht geführt, Christian und sie. Sie hatte sich auf seinen Plan eingelassen, oft hegt sie jedoch Zweifel. Lässt es sich wirklich vermeiden, dass ihr Umfeld Verdacht schöpft?

Während sie und Christian in Trondheim sind, führen ihre Eltern das Hotel. Sie kennen die Wahrheit. Die Mutter hat es als Erste erfahren. Das war unvermeidbar. Christian möchte so gerne, dass alle glauben, das Kind sei ihr eigenes, aber die eigene Mutter täuscht man nicht so leicht. Sie hatten all die Jahre zu nah beieinandergelebt, als dass Borghild neun Monate lang etwas hätte vorspielen können. Dennoch war sie überrascht darüber, wie schnell die Mutter ihren Segen gegeben hatte. Sie hatte genickt und gesagt, so sollten sie es machen. So als sei es eine ganz normale Sache, auf ein Kind zu warten, das eine andere gebärt, und es als das eigene auszugeben.

So ist es von alters her, glaubt Borghild: Über Kinderlosigkeit – oder Adoption – spricht man nicht. Das hat mit dem Gerede der Leute zu tun und der Tradition und der Fortfüh-

rung der Familie Berg. Der Familie Berg, die seit ewigen Zeiten schon am Himmelfjell gewohnt hat. Es ist das Beste, wenn so wenige wie möglich davon erfahren, dass die Linie unterbrochen ist.

Die Mutter hat den Vater in das Geheimnis eingeweiht, während der Vater und Borghild nie direkt miteinander darüber gesprochen haben. Sie tun einfach so, als sei alles in schönster Ordnung. Spielen ein Spiel, in dem Borghild schwanger ist und im März gebären soll, und sie und Christian auf ganz natürliche Weise Eltern eines ersehnten Kindes werden.

Sie umrundet eine Ecke und erblickt eine Konditorei. Die goldene Brezel über der Tür schaukelt im Wind. Sie will hineingehen, sich hinsetzen und eine Tasse heiße Schokolade trinken. Ein bisschen in dem Buch lesen, das sie in ihrer Tasche hat, und sich aufwärmen, bevor sie ihre rastlose Wanderung durch die Stadt fortsetzt. Sie findet, die Zeit vergehe schneller, wenn sie jeden Tag rausgeht und umherspaziert, aber in der Hauptstadt von Trøndelag ist es nass und kalt, ständig weht ein beißender Wind. Das hat sie ein wenig überrascht; sie hatte nicht damit gerechnet, hier im Flachland mehr zu frieren als in den Hochgebirgswintern oben im Himmelfjell.

Der Umstand jedoch, dass Winter ist, hat das Narrenspiel einfacher werden lassen. Ab dem Zeitpunkt, da die Schwangerschaft hätte sichtbar sein müssen, hatte sie großzügig geschnittene Sachen tragen können, weite »Umstandskleider« mit Jacken darüber. Dem Hotelpersonal und den Leuten im Dorf hatten sie erzählt, nach Ansicht der Ärzte könne es eine schwierige Geburt werden und eine Hausgeburt könne sie nicht riskieren. Offiziell ist das der Grund, warum sie, direkt nach Weihnachten, hierher, nach Trondheim gefahren waren: damit Borghild in der Nähe des Krankenhauses war und in den letzten Monaten der Schwangerschaft unter Beobachtung stand.

In Wirklichkeit wohnt sie in einer Pension und spaziert am Nidelva und am Nidarosdom entlang, den sie nunmehr seit fast einhundert Jahren restaurieren. Sie war auf der Festung und im Kunstverein, und Christian und sie haben sogar im Spiegelsaal des ehrwürdigen Hotel Britannia zu Abend gegessen. Sie hatte dem berühmten Hotel schon immer mal einen Besuch abstatten wollen. Es ist alt – sogar älter als das Himmelfjell Hotel. Imposant und elegant. Das ganze Abendessen hindurch hatte sie jedoch Angst gehabt, jemand würde hereinkommen und sie ansprechen. Sie kennen zwar niemanden, der in Trondheim wohnt, aber schließlich konnten sich auch andere auf Reisen begeben.

Christian teilt seine Zeit zwischen ihr und dem Himmelfjell auf. Schließlich kann er sich nicht die ganze Zeit über in Trondheim aufhalten, das hätte er auch nicht getan, wenn sie wahrhaftig schwanger gewesen wäre. Schließlich hatte er einer Arbeit nachzugehen. Das habe ich auch, denkt Borghild. Aktuell besteht meine Arbeit jedoch darin, unsichtbar zu sein.

Sie hatte sich darauf eingelassen. Sie ist nicht ganz überzeugt, ob die Art und Weise, in der sie es tun, richtig ist, aber sie ist sicher, dass sie Christian das schuldig ist. Er hat auf so viel verzichtet – mehr als irgendjemand ahnt. Nicht einmal ihre Eltern wissen, dass sie nicht in »dieser« Weise zusammenleben. Wenn sie nun dennoch die Möglichkeit bekommt, ihm das zu geben, was er sich im Leben am allermeisten wünscht, findet sie nicht, dass sie eine Wahl hat.

Kapitel 56

»Ist es wahr, dass wir nicht miteinander verwandt sind?«

Ingrid hatte vorgehabt zu warten, vorsichtig vorzugehen, jedoch hatten die Informationen von Sofie die ganze Nacht über ihre Gedanken in Schach gehalten, weshalb die Frage aus ihr herausplatzt, sobald sie die Großmutter sieht.

Es ist Montagmorgen. Draußen regnet es noch immer leicht, aber es ist hell; irgendwo hinter den Wolken hat sich die Sonne aufgerappelt, und auch Mutter Borghild hat sich aufgerappelt, wie sich zeigt. Sie sitzt in einem Sessel am Fenster, komplett angekleidet, und dreht sich abrupt um, als Ingrid in die Wohnung kommt, in den Händen ein Tablett mit Kaffee, Saft und einem Käsebrötchen.

»Wir sind nicht miteinander verwandt?«

Eine Weile sitzt die Großmutter nur wie festgefroren da. Ohne etwas zu sagen, sieht sie Ingrid an. Ingrid stellt das Tablett auf dem Tisch ab und nimmt auf einem Stuhl Platz. Ihre Hände zittern, ihre Haut kribbelt.

Sie kann nicht glauben, was Sofie gesagt hat. Das kann nicht wahr sein. Dass Mutter Borghild ernsthaft unter einer Nierenkrankheit leidet, von der sie nicht einmal etwas gehört hat. Und dass sie selbst nicht die Veranlagung zu der Krankheit hat, weil Mutter Borghild und sie gar nicht verwandt sind. Noch ein Geheimnis. Das ist nicht zu glauben.

Oder ist das alles vielleicht nur Unsinn? Hatte Sofie von sich selbst gesprochen? War sie es, die dement geworden war? Zwar hatte bisher nichts darauf hingedeutet, jetzt aber war sie womöglich verwirrt und erschöpft nach all dem Drama um Borghilds Verschwinden und die Suchaktion. Schließlich muss es auch für sie eine Herausforderung gewesen sein, ihre Cousine in so fragilem Zustand zu erleben – ja, sie zwischen Leben und Tod schweben zu sehen. War das für Sofie so traumatisch gewesen, dass es bei ihr Wahnvorstellungen hervorgerufen hatte?

Nein. Am Blick der Großmutter erkennt Ingrid, dass das, was Sofie erzählt hat, kein Hirngespinst ist.

»Sie hat es dir also gesagt«, konstatiert Mutter Borghild. Ihre Stimme ist ruhig, fast tonlos.

»Ja, Sofie hat es mir gestern gesagt«, antwortet Ingrid. »Aber du bist es, die es mir hätte sagen müssen. Hattest du gar nicht vor, es mir zu erzählen?«

Sie hatte mehr Zögern und mehr Schweigsamkeit erwartet. Desto größer ist die Überraschung, als die Großmutter direkt antwortet.

»Damals war es nicht so üblich, über das Thema Adoption zu sprechen.«

Eine Art Welle durchfährt Ingrid, sie weiß nicht, ob diese heiß oder kalt ist.

»Es stimmt also? Mama wurde adoptiert?«

»Ja.«

»Aber was ist passiert? Warum? Konntet ihr selbst keine Kinder bekommen?« Die Fragen purzeln einfach aus ihr heraus.

Mutter Borghilds Blick streift sie, bevor sie wegsieht und irgendetwas vor dem Fenster fixiert. Sie schüttelt den Kopf.

»Nein.«

Ingrid lehnt sich vor. Tränen steigen ihr in die Augen.

»Aber, Großmutter! Warum hast du mir nie etwas gesagt?«

Jetzt dreht sich Borghild zu Ingrid um und schaut ihr tief in die Augen.

»Ach, mein Mädchen. Warum hättest du das wissen sollen?«, bricht es aus ihr heraus. »Engeline war unser Kind, das wir geliebt haben, und du bist ihr Kind. Die Biologie hat damit doch nichts zu tun.«

»Die Biologie hat damit nichts zu tun?«, wiederholt Ingrid aufgebracht. »Aber warum hast du es dann vor mir geheim gehalten? Mich angelogen? Du hast doch erst vor ein paar Tagen mit Vegard und mir zusammengesessen und erzählt, dass du Mama irgendwo oben in Trøndelag bekommen hast! In Trondheim.«

Mutter Borghild schüttelt den Kopf.

»Ich habe erzählt, dass sie in Trondheim *geboren wurde*. Und das stimmt ja auch.«

Ingrid spürt, wie eine weitere Welle durch ihren Körper geht, dieses Mal von heißer Wut ob der Ungerechtigkeit dessen, was die Großmutter sagt.

»Du verdrehst die Worte, als sei das hier eine Art Spiel! Dabei geht es doch um unser Leben.«

Kopfschüttelnd fährt Ingrid fort: »Warum habt ihr nicht einfach gesagt, wie es war? Adoption ist doch etwas völlig Normales. Ich kenne viele, die adoptiert sind.«

Mutter Borghild nickt.

»Ja, später wurde es üblicher, als es mit Adoptionen aus dem Ausland losging. Aber das war erst in den siebziger Jahren. Und das war etwas vollkommen anderes. Da war es doch von vornherein ganz offensichtlich, dass man adoptiert hatte.«

»Da Mama aber Norwegerin war, konntet ihr so tun, als hättet ihr sie selbst bekommen«, sagt Ingrid. »Hat sie es *gewusst*? Dass sie adoptiert war?«

Borghild schüttelt den Kopf.

»Was?«, Ingrid schreit förmlich. »Das ist ja unfassbar.«

»Für Christian war es so wichtig, dass wir so taten, als hätten wir sie auf natürliche Weise bekommen«, erklärt Borghild. Ihre Stimme zittert leicht. »Ja, heute klingt das vollkommen unfassbar, das verstehe ich. Aber es war nicht ganz ungewöhnlich, es zu verbergen. Viele sagten sogar, es sei so am besten.«

»Warum sollte das am besten sein?«

»Nun, man dachte, das Kind würde eine stärkere Bindung zu den Eltern haben, wenn man nichts sagte. Oder, dass es sich abgelehnt fühlen könnte, wenn es wüsste, dass es adoptiert war. Vielleicht anfangen würde, nach seiner biologischen Familie zu suchen.«

Für einen Moment ist Ingrid sprachlos. Sie betrachtet das unberührte Frühstück auf dem Tisch. Plötzlich kommt es ihr absurd vor, dass sie in dieser Situation Kaffee trinken sollen.

»Aber ich ... ich bin Mamas und Papas leibliches Kind, nicht wahr?«

»Ja, das bist du.«

»Aber was ist mit der Krankheit?«, fragt Ingrid. »Hattest du vor, die auch nicht zu erwähnen?«

»Hat dir Sofie davon also auch erzählt.«

Das war eine Feststellung, keine Frage.

»Ja, sie hat es mir erzählt. Ich weiß, dass sie Zweifel hatte, sie hatte gehofft, du würdest es mir selbst sagen. Vermutlich hat sie aber gesehen, dass dies nicht geschehen würde. Und schließlich haben wir begriffen, dass du krank bist, und ich war unsicher, ob es vererbbar ist, und ... und du wanderst nachts draußen umher, und jetzt verstehe ich überhaupt nichts mehr.«

Erst jetzt bemerkt Ingrid, dass ihr Tränen über die Wangen kullern.

»Wie kann ich dir da vertrauen?«, bricht es aus ihr heraus. »Wenn alles, was ich geglaubt habe ... wenn nichts so ist, wie ihr es gesagt habt.«

»Ach, meine Liebe«, sagt Borghild. »Komm her, sei so gut.«

Ingrid steht auf, nimmt aus dem Behälter auf dem Beistelltisch ein Papiertaschentuch, trocknet sich die Tränen, putzt sich die Nase. Dann schiebt sie ihren Stuhl näher an den Sessel der Großmutter heran, sodass sie sich am Fenster gegenübersitzen. Mutter Borghild beugt sich nach vorn und nimmt Ingrids Hände. Ein weiteres Mal fällt Ingrid auf, wie klein die Hände der Großmutter sind, wie klein die Großmutter überhaupt mittlerweile ist. Sie, die einst alles war, das in Ingrids Leben groß und sicher war.

»Weißt du«, beginnt Mutter Borghild, »als Freya im Winter hierhergekommen ist und alles auf den Kopf gestellt hat, als du das mit Charlie erfahren hast … da hatte ich das Gefühl, jetzt könne alles auf den Tisch kommen. Ich wollte nicht auf weiteren alten Geheimnissen sitzen. Oder neuen, was das betrifft.«

»Nein, genau«, sagt Ingrid. »Warum brauchte es dann also eine tatkräftige Cousine, die mir erzählt, was du vor langer Zeit hättest erzählen sollen?«

»Ich war kurz davor, auch das zu erzählen«, antwortet Borghild. »Aber dieses Gefühl, dass alles geteilt werden konnte und sollte, das hielt nur einen Moment lang an. Du hattest so viel um die Ohren, mit dem Hotelbetrieb und all dem anderen. Wozu sollte es gut sein, dich auch noch damit zu belasten? Ich wusste doch, dass es dir viel Unruhe bescheren würde.«

Mit einem leichten Lächeln schüttelt sie den Kopf. »Jetzt, da du Tor gefunden hast und so glücklich bist. Sollte ich da noch mehr Probleme anschleppen? Nein, ich kam zu der Überzeugung, dass in exakt diesem Punkt das alte Sprichwort gilt: Was ich nicht weiß, macht mich nicht heiß.«

»Aber die Krankheit. Die beschäftigt *dich* doch.«

»Ja, wie Sofie dir erzählt hat, habe ich ein Problem mit den Nieren. Ab und an habe ich Schmerzen, und vieles ist nicht so, wie es sein sollte. Das war der Grund, warum ich in letzter Zeit so müde war.«

»Aber ich möchte dir helfen!«

»Ich werde dich in Zukunft mehr einbeziehen, Ingrid. Und ich weiß, dass es seltsam klingt, aber du musst dir wirklich nicht so viele Sorgen machen. Du kannst es dir nicht zur Aufgabe machen, auch das zu regeln. Das ist der Lauf der Natur, weißt du. Alte Leute werden irgendwann krank und sterben.«

»Sterben?«, bricht es aus Ingrid heraus. »Du wirst doch wohl nicht sterben?«

Sie hört selbst, wie kindlich das klingt.

»Wir alle werden sterben«, konstatiert Mutter Borghild. »Wir wissen nur nicht wann. Aber ich habe begonnen, mich vorzubereiten.«

»Bist du deswegen nachts draußen unterwegs gewesen?«, fragt Ingrid. »Weil du an den Tod denkst?«

Die Großmutter zögert ein wenig, sagt dann aber: »Ja, so ist es. Beziehungsweise, vor allem wohl deswegen, weil ich so schlecht schlafe. Und dann fing ich an, an die Dinge zu denken, die ich in jungen Jahren gemacht habe. Die Orte, die mir etwas bedeutet haben. Und die Menschen, mit denen ich sie geteilt habe.«

Sie drückt Ingrids Hand.

»Eines darfst du nicht vergessen, mein Mädchen. Familie entsteht nicht durch Blutsbande, sondern vielmehr durch die Gefühle, die uns miteinander verbinden.«

Kapitel 57

Ingrid hat sich das Album schon so oft angeschaut. Jetzt blättert sie es erneut durch, zusammen mit Tor, und sieht alles mit ganz anderen Augen.

Das dünne Pergamentpapier knistert, als sie den burgunderfarbenen Einband öffnet. Zuerst kommen die Fotos von ihren Eltern, von Borghild mit Füllhalter in schön geschwungenen Buchstaben beschriftet: »Engelines und Marius' Hochzeit«. Engeline ist hübsch in dem burgunderroten Kleid, die Locken fallen ihr weich über die Schultern. Sie ist fast genauso groß wie Marius, der Smoking und Bart trägt und ein sympathisches Lächeln zeigt. Zu beiden Seiten werden sie von den Eltern flankiert. Borghild reicht der Tochter gerade einmal bis zur Schulter, und auch Großvater Christian ist nicht sonderlich groß.

»Warum habe ich mir darüber bisher nie Gedanken gemacht?« Ingrid runzelt die Stirn. »Dass Mama und ich so groß wurden, wenn weder Mutter Borghild noch Großvater Christian es waren?«

Tor schüttelt den Kopf.

»Denkt man an so was? Du hattest doch keine Ahnung von der Sache.«

»Es sind nur so enorm viele Dinge, über die ich bisher nie nachgedacht habe«, sagt Ingrid. »Dass es keine charakteristischen Familienähnlichkeiten gibt wie bei so vielen anderen. Viele Familien haben doch zum Beispiel eine typische Nasenform oder abstehende Ohren, die weitervererbt werden.«

»Was hat Borghild über die Herkunft deiner Mutter erzählt?«, erkundigt sich Tor.

Ingrid ertappt sich dabei, dass sie den Kopf schüttelt. So, als wolle sie, dass die Puzzleteilchen an ihren Platz fallen?

»Es war so wenig, was es zu erzählen gab«, antwortet sie. »Die biologische Mutter war ein junges Mädchen. Sie ist ihr nie begegnet. Das Ganze sollte so anonym und geheim wie möglich ablaufen.«

»Es gibt ein Gesetz, demnach man ein Recht darauf hat, seinen biologischen Ursprung zu kennen«, gibt Tor zu bedenken.

»Gilt das nur für die adoptierte Person?«, fragt Ingrid. »Oder auch für deren Kinder? Also mich?«

»Das weiß ich nicht«, sagt Tor. »Aber das können wir rausfinden. Würdest du von dieser Möglichkeit denn Gebrauch machen wollen?«

»Ich weiß es nicht«, antwortet Ingrid. »Ich habe da draußen doch bestimmt Verwandte. Onkel und Tanten vielleicht? Und ...« Sie denkt nach. »Vielleicht lebt meine biologische Großmutter noch, die junge Frau, die ihr Kind weggegeben hat?«

»Das ist nicht unwahrscheinlich«, meint Tor. »Ob sie jedoch Kontakt haben will, steht auf einem anderen Blatt. Und noch wichtiger: Würdest *du* das wollen?«

»Nein, ich weiß es nicht«, sagt Ingrid erneut. »Wahrscheinlich hat auch sie dieses Geheimnis ihr Leben lang bewahrt. Vielleicht tut sie das noch immer. Was sollten wir einander zu sagen haben?«

Dennoch sieht sie diese unbekannte Frau als eine ältere Ausgabe ihrer selbst vor sich: hochgewachsen und kantig, mit großen Händen und lockigen Haaren. Ganz anders als Mutter Borghild.

Wo ist sie jetzt? Was macht sie?

Seite für Seite blättert Ingrid das Fotoalbum durch und gelangt schließlich zu »Ingrids Taufe«.

Feierlich stehen Eltern und Paten vor der Kirche aufgereiht. Ingrid selbst ist lediglich ein Bündel, eingehüllt in weiße Spitze. Auf einer Nahaufnahme jedoch schenkt sie dem Fotografen ein zahnloses Lächeln.

»Wie süß du warst.« Tor betrachtet versonnen Baby Ingrid. »Du bist natürlich noch immer süß«, sagt er mit einem Lächeln. »Allerdings war es gut, dass du Zähne bekommen hast.«

Sie blättert weiter und gelangt zu einem geschmückten Weihnachtsbaum. Unter dem Baum liegen Geschenke, und davor ist ein rundliches Kind zu sehen, das inzwischen aufrecht sitzen und einen Ball greifen kann. »Ingrids erstes Weihnachten.«

»Viele Feiern und große Anlässe«, sagt Tor. »Es musste irgendwie immer ein wenig festlich sein, um fotografiert zu werden.«

»Ja, zu dieser Zeit, bevor das Handy aufkam, knipste man nicht unentwegt drauflos«, antwortet Ingrid.

Da war die Familie auf der Treppe während der großen Jubiläumsfeier des Hotels, mit der Blaskapelle der Dalener Schule auf dem Platz davor. Hier waren sie bei einem Ausflug nach Maihaugen. In Trachten vor dem Rathaus unten in Dalen. »17. Mai, Nationalfeiertag.« Familie, die ganze Zeit Familie.

Und dann ist da die Mutter in langem Kleid mit einem Blumenkranz auf dem Kopf, während sie dem Fotografen zuwinkt. Ingrid erblickt in ihr etwas von sich selbst, in der Haltung, den Wangenknochen, dem Winkel der Augenbrauen. Diese Details, die ihr jetzt plötzlich auffallen. Im Hintergrund sind die Gestalt und die dunklen Haare des Vaters in einem Volvo Kombi auszumachen. »Engeline und Marius an Mittsommer«.

Tor drückt ihre Hand. Er weiß, dass dies die letzten Fotos sind, die von Ingrids Eltern aufgenommen wurden. Dann folgt eine leere Seite, die noch immer, mehr als dreißig Jahre danach, eine offene Wunde darstellt, einen Verlust, einen Übergang. Die nächste Doppelseite wurde von derselben Hand, mit demselben Stift beschriftet: »Engelines und Marius' Beerdigung«.

»Ist es üblich, Bilder von Beerdigungen in Familienalben zu haben?«, fragt Ingrid.

»Ich habe keine Ahnung«, entgegnet Tor. »Ist es überhaupt üblich, bei Beerdigungen zu fotografieren? Ich glaube nicht, dass wir so etwas in unseren Familienalben haben.«

Aber Ingrid hat nur dieses eine Album. Und diese eine Familie. Von der kaum noch jemand übrig ist. Jetzt sind es nur noch Mutter Borghild und sie. Und vielleicht, bald, ist auch Mutter Borghild nicht mehr ... Sie schiebt den Gedanken beiseite.

Einige der Fotos vom Grab sind aus weiter Entfernung aufgenommen. Ein Haufen mit Erde und Gestecken, Kränzen, Schleifen. Schwarz gekleidete Menschen mit ernsten Gesichtern. Im Hintergrund ragt, vor dem hellen Sommerhimmel, alt und dunkel die Dalener Kirche empor. Leute aus dem Dorf stehen in Grüppchen zusammen, sie erkennt einige Verwandte.

»Die aus Oslo stehen für sich und die aus den Gebirgsgegenden ebenso«, stellt sie fest. »Die aus Westnorwegen sind hier drüben. Das glaube ich zumindest. Genau genommen weiß ich nicht, wer sie alle sind.«

Es gibt auch ein paar Bilder, die Menschen an der Kaffeetafel im Speisesaal des Himmelfjell zeigen.

»Die Frauen hier sind Mutter Borghilds Cousinen«, erzählt sie.

»Sofie ist leicht zu erkennen!«, sagt Tor und zeigt auf sie. Und ganz richtig: Dort sitzt sie, klein und aufrecht, mit einem geraden Pagenschnitt, damals jedoch noch dunkelhaarig.

Sie hat einen Dessertteller in der Hand und scheint in ein Gespräch vertieft zu sein.

»Die dort hinten sind meine Großeltern väterlicherseits«, sagt Ingrid.

Sie sind mittlerweile verstorben; Ingrid und Borghild waren zu den Beerdigungen beider nach Oslo gefahren, als Ingrid ein Teenager war. Als das Bild gemacht wurde, können sie nicht älter als in ihren Fünfzigern gewesen sein, jedoch sehen sie alt aus, zusammengesunken, den Blick vom Fotografen abgewandt.

»Erst als Erwachsene habe ich wirklich verstanden, wie entsetzlich das war, was sie gerade durchgemacht hatten«, sagt Ingrid. »Sowohl meine Großeltern als auch Mutter Borghild hatten bei dem Autounfall ein Kind und ein Schwiegerkind verloren.«

»Ja, stell dir das nur vor«, sagt Tor. »Die nächste Generation, die, die alles weiterführen sollte, plötzlich aus dem Leben gerissen. Das muss vollkommen unwirklich für sie gewesen sein.«

»Dann war nur noch ich da«, sagt Ingrid. »Drei Jahre alt. Ich frage mich, wo ich war, als die Fotos gemacht wurden.« Sie überlegt. »Ich glaube nicht, dass ich mit zur Beerdigung war. Ich nehme an, dass ich mich daran erinnern würde. Vielleicht war ich bei einem Kindermädchen.«

Woran sie sich erinnern *konnte*, und das ganz deutlich, war der Verlust der Eltern. Das Unbegreifliche, dass sie plötzlich nicht mehr da waren. Sie erinnert sich an die Abende, an denen Mutter Borghild auf der Bettkante saß, ihr über die Haare strich und sang. Sie erinnert sich an die Katze Svartpus, die unten am Fußende schnurrte und sie die langen Nächten hindurch tröstete. An den Tag der Beerdigung hingegen erinnert sie sich nicht, der besteht für sie lediglich aus diesen leicht verblassten, mehr als dreißig Jahre alten Bildern in einem Album, von Menschen, von denen sie kaum weiß, wer sie sind.

Sie schaut aus dem Fenster und drückt erneut Tors Hand.

»Es hat aufgehört zu regnen!«, sagt sie.

Kapitel 58

Nach dem Regen scheint alles eine Nuance intensiver: Das Gras ist grüner, die Sonnenblumen, die Bauer Gjerstad neben dem Feld gepflanzt hat, ragen höher empor, die Vögel zwitschern lauter, und die Rosen im Pfarrgarten duften stärker als je zuvor. Die Sonnenstrahlen sind wärmer, und indem das Regenwasser verdampft, steigt Dunst vom Boden auf.

Die Menschen im Dorf hingegen sind unruhig. Ist es wirklich vorüber? Oder wird es noch mehr Regen geben?

Göran auf dem Campingplatz hofft inständig, dass es vorüber ist. Er hatte das halbe Areal absperren müssen, weil der Fluss über die Ufer getreten war. Ein Stück von der Einfahrt wurde ausgeschwemmt, und jetzt wartet er auf einen Bagger von Moschus Maschinen, der Kies auffüllen soll, damit das Fahren wieder sicher wird. Das wird teuer. Und die Versicherung hat bereits Begriffe wie »Risikoabwägung« und »Eigenanteil« fallen lassen. Manchmal bereut er es, aus dem Hochhaus des Stockholmer Vororts hierhergezogen zu sein. Allerdings hält das Bereuen nie lange an. Schon seit der Klassenfahrt in der Siebenten hatte er davon geträumt, in Norwegen einen Campingplatz zu betreiben. Und jetzt zieht er das durch, in guten wie in schlechten Zeiten.

Bauer Gjerstad seinerseits betet zu höheren Mächten, dass die Sintflut vorüber sein möge. Sein Feld ist von Wasser gesättigt, es kann jetzt nicht mehr kommen, ohne dass es die Ernte zerstört. Die Weide der Kühe ist überschwemmt, weshalb sie eine Zeit lang in den Stall müssen, bis er eine bessere Lösung gefunden hat.

Auch im Himmelfjell Hotel hoffen sie, dass das schlechte Wetter vorüber ist. Wenn man eine Sommerhochzeit arrangieren soll, sind Schlamm, Regen und sieben Grad Außentemperatur gleichbedeutend mit einer Katastrophe. Es sind nur noch wenige Tage, und diejenigen, die an höhere Mächte glauben, beten inständig dafür, dass die Straßen befahrbar und die Wiese hinreichend trocken sein mögen, damit das Fest wie geplant stattfinden kann. Borghild befindet sich auf dem Weg der Besserung, und somit kehrt der Alltag mit seinen praktischen Aufgaben, den kleineren und größeren Sorgen zurück.

Im Radio reden sie von Trockenheit, Hitzewellen und Waldbränden. Auf Rhodos wurden neunzehntausend Touristen evakuiert. Urlaubsreisen auf mehrere Inseln wurden abgesagt. Auch für die Einheimischen sind die Zustände unerträglich – um erst gar nicht von jenen zu reden, die in den Flüchtlingslagern untergebracht sind. Dort gibt es nicht genug Schatten, Essen und Trinken.

»Was wir hier in Norwegen haben, sind jetzt wirklich keine so großen Probleme«, lässt Maja Seter verlauten, während sie den Brötchenteig auf die Arbeitsplatte schleudert. »Viele von diesen Menschen würden alles geben, um hierherzukommen. Eine Hochzeit auf die Beine zu stellen, sollte uns doch wohl gelingen, Regen hin oder her. Einen Schleier, der nass werden könnte, wird es doch wohl nicht geben, aber trotzdem.«

Kapitel 59

Ingrid ist bei Tor, als Vegard anruft. Sie stellt auf Lautsprecher, damit sie alle sich an dem Gespräch beteiligen können. Das erste Gespräch zwischen ihr und Vegard nach dem Wochenende in Lillehammer hatte sich ausschließlich um Mutter Borghilds Verschwinden und ihre Genesung gedreht.

»Wie geht es ihr jetzt?«, erkundigt sich Vegard. »Glaubst du, wir können das am Samstag durchziehen?«

»Ja, selbstverständlich!«, versichert Ingrid. »Glaub mir, Vegard, es müsste schon *sehr* viel passieren, damit wir es abblasen. Schließlich ist es für das Hotel das Ereignis des Jahres – und die Hochzeit meines besten Freundes!«

»Ja, schon«, entgegnet Vegard. »Aber würde es Mutter Borghild sehr schlecht gehen, fände ich es nicht so nett, ein Fest zu feiern, sondern eher unpassend.«

»Es geht ihr gut«, beruhigt Ingrid ihn. Sie hat Vegard noch nichts von den dramatischen Enthüllungen erzählt. Sie wird es tun, vorläufig jedoch sind sie und Tor sich einig, nicht mit anderen über die Adoption und auch nicht über Mutter Borghilds Krankheit zu sprechen.

»Eigentlich hatte ich gedacht, jetzt zu den Hochzeitssorgen überzugehen«, sagt Vegard. »Zuerst muss ich jedoch noch eine andere Sache erwähnen. Ich habe dir und Tor den Link zu dem Konkursbegehren geschickt. Und noch ein paar Sachen. Schaut euch das mal an. Ihr müsst wissen, womit ihr es hier zu tun habt. Ruft mich anschließend zurück.«

Sobald sie das Gespräch beendet haben, öffnen sie die Links, die Vegard ihnen geschickt hat, und was sie da erwartet, ist ziemlich überwältigend. Kassandra Konsult war die Firma, die Frauen bei allem helfen konnte, von Investitionen und Beratungen bis hin zu kosmetischen Behandlungen sowie dem Legen und Deuten von Tarotkarten – vorausgesetzt, sie konnten dafür bezahlen. Vegards Mail zufolge ist Sandra angeklagt, ohne Zulassung als Krankenpflegerin praktiziert zu haben. Sie hat offensichtlich viel Geld verdient, aber dennoch enorme Schulden angehäuft.

»Shit«, entfährt es Ingrid. »Wir reden hier von einer Frau, die sich selbst richtige Probleme eingebrockt hat.«

Ihr erster Impuls ist, allein mit Vegard über das Drama sprechen zu wollen, ihn anzurufen, wenn sie später im Auto sitzt. Doch dann entscheidet sie sich dagegen. Hier geht es um ihre und Tors Zukunft, weshalb sie dieses Gespräch gemeinsam führen sollten. Sie ruft Vegard zurück, während sie noch mit Tor im Wohnzimmer sitzt.

»Ja, es scheint offensichtlich, dass sie Pläne hat, sich erneut in Dalen niederzulassen – zusammen mit Tor«, bestätigt Vegard. »Wahrscheinlich, um von anderen Problemen wegzukommen.«

Ingrid sieht Tor an, der langsam nickt.

»Sie war seltsam drängend«, räumt er ein. »Dieses Gerede, dass wir *füreinander bestimmt* seien – das wirkte selbst für Sandras Verhältnisse ein bisschen zu heftig. Dabei war es also in Wahrheit eine Art von Fluchtversuch?«

»Ja«, bestätigt Vegard. »Will man einstigen Partnern und Gläubigern entkommen, hilft es ein wenig, verheiratet zu sein und in einem abgelegenen Dorf zu wohnen.«

»Abgelegen?«, schnaubt Tor. »*So* abgelegen ist Dalen ja nun auch wieder nicht!«

»*No offence!* Aber eine Metropole ist Dalen nun auch nicht gerade«, sagt Vegard.

»Verheiratet?«, bricht es aus Ingrid heraus. »Sie meint doch wohl nicht ...«

»Ich schätze, das ist ihr Ziel, ja«, bestätigt Vegard. »Das gibt größere finanzielle Sicherheit und eine Form von sozialer Respektabilität. Damit wäre es womöglich leichter, alte Bekannte auf eine Armlänge Abstand zu halten.«

»Ist das nicht ein äußerst seltsamer Plan?«, fragt Ingrid. »Hätte sie stattdessen nicht ins Ausland fliehen können?«

»Doch, wenn sie Geld gehabt hätte.«

»Du glaubst also, darauf läuft das Ganze hinaus?«, sagt Ingrid, während sie versucht, die Zusammenhänge zu entschlüsseln. »Der Grund dafür, dass sie zurückgekommen ist und sich bei allen einschmeichelt und schlecht über mich redet, während sie versucht, Tor zurückzubekommen ... sind Geldprobleme?«

»Das wäre noch ein wenig verharmlosend ausgedrückt«, vertieft Vegard. »Sie steht wirklich am Abgrund. Sie ist pleite, hat keine Zulassung als Krankenpflegerin, ist wohnungslos, hat hohe Schulden. Und die Leute, denen sie Geld schuldet, sind bestenfalls unangenehm. Schlimmstenfalls gefährlich.«

»Also all das Gerede darüber, eine Familie zu gründen und traditionell zu leben ...«

»... ist bloß Bullshit«, vollendet Vegard den Satz.

»Aber diese Sachen mit Séancen und so? Warum tut sie das?«

»Vermutlich ist das eine brauchbare Methode, um gutgläubige Menschen auszunutzen?«, unternimmt Vegard einen Deutungsversuch. »Das bringt ihr Einnahmen, und sie erfährt etwas über die Leute im Dorf. Das ist ganz sicher von Vorteil, um das zu bekommen, was man haben will. Oder was weiß ich? Vielleicht glaubt sie selbst daran. Die Götter wissen, was in ihrem Kopf vorgeht.«

»Es deutet wohl einiges darauf hin, dass sie nicht ganz rational handelt«, sagt Ingrid. »Das merkt man auch, wenn man mit ihr spricht.«

»Ja«, räumt Vegard ein. »Es gibt Leute, die in einer Art Phantasiewelt leben. Vielleicht bildet sie sich tatsächlich ein, das Universum habe eingegriffen, um sie und Tor wieder zusammenzuführen.«

»Jetzt bist du aber großzügig«, findet Ingrid.

»Ja«, gibt Vegard zu. »Ich kann auch etwas zynischer sein und es so ausdrücken, dass es *basically* so wirkt, als wolle sie Tor ausnutzen, sozial und finanziell.«

Ingrid dreht sich zu Tor um. Anfangs scheint er komplett gelähmt, dann beißt er kurz die Zähne zusammen und sagt schließlich: »Ja, als wir verheiratet waren, hat sie auf meine Kosten gelebt, und nun hatte sie sicher vor, das erneut zu tun.«

»Auf dem Hof liegen aber doch noch immer Schulden«, bemerkt Ingrid.

»Es ist nicht sicher, ob Sandra das weiß«, sagt Vegard. »Und, meine liebe Ingrid, das ist im Grunde hier wohl auch nicht das Hauptproblem, oder? Das Problem ist, dass sie hier ist, um *dich* auszubooten.«

»Das wird nicht passieren«, sagt Tor bestimmt. »Jetzt gibt es nur eins zu tun. Wir müssen schlicht und einfach mit ihr reden.«

Kapitel 60

Sandra betrachtet sich im Spiegel und richtet ihr Kleid ein wenig. Sie tauscht ein paar Kerzen aus, verschiebt die Kristalle und bereitet sich darauf vor, die nächste Kundin zu empfangen. Sie sieht auf die Uhr. Kann sie das schon sein? Noch ist ein bisschen Zeit bis zum vereinbarten Termin, jedoch hört sie deutlich, dass ein Auto vorfährt.

»Ah, du bist das?«, begrüßt sie die Frau, die zur Tür hereinkommt. »Ich habe in einer halben Stunde eine Konsultation. Aber sei herzlich willkommen.«

Wenig später sitzen sie zusammen am Tisch. Sie haben die Karten befragt und Antwort erhalten.

»Das hätte ich niemals gedacht, Sandra«, sagt die Frau. »Als du Dalen verlassen hast. Dass du hierher zurückkehren würdest und ...« Mit einer Geste verweist sie auf den sie umgebenden Raum. »Und all das gelernt hast.«

»Es ist viel, was wir damals nicht wussten«, sagt Sandra ernst. »Ich weiß, dass es für alle brutal war, dass ich gegangen bin. Aber auch das war Schicksal. Es gab Dinge, die ich tun musste, Wissen, das ich mir aneignen musste, bevor ich bereit war, mich fest niederzulassen. Ich musste die Flügel ausbreiten, in die Welt hinausfliegen. Das war lehrreich, im Guten wie im Schlechten. Und es hat mir eine neue Klarheit verschafft.«

Sie seufzt. »Das war beinahe wie eine Offenbarung, das kann ich dir sagen. So stark habe ich es gefühlt, dass ich hierher zurückmusste.«

Sie packt die Karten zusammen, streckt ihre Hand aus und legt sie über die der Frau. »Du weißt, Toril, dass auch Tor nicht reif war«, fährt Sandra fort. »Damals. Auch wenn er es geglaubt hat. Aber jetzt … ja, ich glaube, dieses Mal befinden wir uns auf einem ganz anderen Niveau. Wir können einen ganz neuen Kontakt aufbauen. Geistig. Und dann ist da noch eine Sache. Wie du weißt, habe ich es nie geschafft, meinen Nachnamen zu ändern, nachdem wir geschieden wurden. Lange glaubte ich, das sei nur Faulheit meinerseits, jetzt aber verstehe ich, dass dem ein tieferer Sinn innewohnt. Und es gibt noch etwas, das ich dir erzählen muss, Toril. Als du neulich hier warst, habe ich etwas gesehen. Etwas, das in deinem Leben geschehen wird. Ein neuer Mensch, der ein Teil deiner Familie werden wird.«

Fest drückt sie Torils Hand.

Toril Seter hat Tränen in den Augen und Schmetterlinge im Bauch. Sie ist nicht abergläubisch, sie hatte vor allem deshalb reingeschaut, weil es beim letzten Mal durchaus spannend war, aber … Das, was Sandra gesagt hat, saust in ihrem Kopf umher.

Ein neuer Mensch? Ein neues Familienmitglied? Kann das bedeuten … ein Enkelkind? Dass Torils allergrößter Wunsch – neues Leben auf dem Hof – endlich in Erfüllung geht?

*

Ingrid und Tor haben bei der Ausfahrt zur Kirche geparkt, wo die Vögel in den Bäumen Freudengesänge angestimmt haben, nachdem die Sonne zurückgekehrt ist. Kieselsteine knirschen auf dem Asphalt, als sie die wenigen Meter zum ehemaligen Geschäft von Lilly Hammer hinaufgehen. Jetzt geht es ums Ganze, denkt Ingrid.

Eine Glocke läutet heiter, als Tor die alte Tür aufschiebt und ihnen Weihrauchduft entgegenströmt. Der Raum hinter den schweren Gardinen ist dunkel, wird lediglich von flackernden Kerzen erleuchtet. Aus einem Lautsprecher auf dem einstigen Verkaufstresen erklingen New-Age-Rhythmen. An einem Tisch sitzen zwei Frauen, eine in den Dreißigern, die andere älter. Die ältere scheint vollkommen gedankenversunken, springt jedoch erschrocken auf, als Tor und Ingrid den Raum betreten.

»Aber, Mutter!«, bricht es aus Tor heraus. »Was in aller Welt tust du hier?«

Auch Sandra steht auf und sieht die beiden an. Sie trägt ein langes Kleid und altmodische Schnürstiefel.

»Großer Gott. Hier herrscht ja richtig Rushhour. Ihr seid also auch gekommen, um Hilfe und Beratung zu erhalten?«, fragt sie mit zuckersüßer Stimme. »Ich muss schon sagen, das hatte ich nicht erwartet.«

Sie sieht von Tor zu Ingrid und wieder zurück. »Zumindest nicht, dass ihr zeitgleich kommen würdet. Allerdings muss ich euch bitten, draußen zu warten, bis wir hier fertig sind. Toril und ich sind mitten im Gespräch.«

Ingrid sieht sich im Raum um und geht einen Schritt auf Sandra zu. In letzter Zeit hat sie sich beinahe wie gelähmt gefühlt, das Absurde an der Situation hingegen gibt ihr Kraft. Sie blickt Toril an, die dort mitten im Raum steht, sie wirkt klein und verletzlich. Sie betrachtet Sandra, die ihrem Blick, unter langen Wimpern, mit Kälte begegnet. Etwas Heißes breitet sich in Ingrid aus. Wie Lava steigt die Wut in ihr auf.

»Mit welchem Unsinn fütterst du Toril dieses Mal, Sandra?«, fragt sie. »Du spielst dich als Helferin auf, in Wirklichkeit aber bist du nur darauf aus, die Menschen auszunutzen.«

In dem Raum ist es nun vollkommen still, abgesehen von der Musik, die noch immer aus dem Lautsprecher auf dem Tresen dudelt. Ingrid schaltet ihn aus, geht zum Fenster und zieht die schweren Samtgardinen zur Seite. Das Sommerlicht strömt in den Raum und legt alles bloß: Den Staub, der durch die Luft wirbelt. Die verblasste Tischdecke. Sandras nachgewachsenen, ungefärbten Haaransatz.

Mit der rechten Hand deutet Ingrid auf die Dinge im Raum – die Kerzen und Tarotkarten, die exotischen Dekofiguren, die Schränke mit Schönheitsprodukten hinter dem Tresen.

»Du schmückst dich mit hübschen Worten, Gesten und Symbolen. Aber das ist alles nur Schauspiel. In Wirklichkeit bietest du nichts an. Du saugst nur das auf, was *du* brauchst. Aufmerksamkeit, Anerkennung, Geld. Glaubst du wirklich, dass wir dich nicht durchschaut haben? Du glaubst, du kannst vor den Problemen davonlaufen, die du dir selbst eingebrockt hast. Aber du bist hier nicht willkommen, Sandra.«

Sandra lacht höhnisch.

»Du glaubst also, du entscheidest, wer in Dalen willkommen ist, Ingrid? Nun, dann solltest du umdenken. Es gibt genug Menschen hier, die mich erneut willkommen geheißen haben. Toril und Torbjørn zum Beispiel.«

Sandra weist auf ihre ehemalige Schwiegermutter, die nunmehr wieder auf den Stuhl herabgesunken ist und ein wenig blass wirkt, trotz der Sonnenbräune, die ihr die vielen Stunden Gartenarbeit jeden Sommer einbringen.

»Per und Lilly haben mich willkommen geheißen und in ihr Haus aufgenommen!«, fährt Sandra mit entschlossener Stimme fort und zeigt an die Zimmerdecke, wohl um auf die Hauseigentümer in der darüberliegenden Etage zu verweisen. »Olga Plassen. Die Familie Dalen. Ich habe genug Freunde hier, Ingrid.« Ihre Augen werden schmaler. »Hast *du* welche? Vielleicht bist in Wirklichkeit *du* es, die sich fragen sollte, ob sie willkommen ist?«

Dann zeigt sie auf Tor. »Bei Tor bin ich jedenfalls willkommen!« Sie geht zu ihm, legt ihre Hände auf seine Oberarme

und sieht ihm in die Augen, bevor sie sich zu Ingrid umdreht.
»Hinter all dem steckt ein Sinn. Das weißt du, Tor, und du weißt es auch, Ingrid. Der Sinn ist, dass ich zu *ihm* zurückkehren sollte.«

Tor wird knallrot und sieht anfangs so aus, als wolle er sich nur losreißen und durch die Tür abhauen. Aber er bleibt stehen, holt tief Luft. Streckt den Rücken durch und befreit sich von Sandras Händen. Er sieht sie ein paar Sekunden lang an, bevor er spricht.

»Ich war ein Idiot, Sandra. Ich war ein Idiot, dich nicht schon früher in die Schranken gewiesen zu haben. Ich war es nicht, der dich gebeten hat, nach Dalen zurückzukommen.«

Sandra wirkt erschüttert. Offensichtlich hatte sie nicht erwartet, dass Tor ihr widersprechen würde.

»Du hast dich hier reingedrängt«, fügt er schließlich hinzu. »Du hast die Menschen um dich herum manipuliert, so wie meine Eltern. Und ich bin so dumm gewesen, mich ebenfalls von dir manipulieren zu lassen. Du hast Lügen über Ingrid verbreitet und Intrigen inszeniert. Ich verstehe es nicht ganz. Hast du wirklich geglaubt, dass dieser irre Plan funktionieren würde?«

»Aber Tor!«, ruft Sandra mit Tränen in den Augen. Sie streckt die Hände nach ihm aus. »Du und ich ...«

»Nein!«, sagt Tor. »Es gibt kein *du und ich*. Und deine Tränen kannst du dir sparen. Auf diesen Trick bin ich früher mal reingefallen. Nein, du und ich, wir sind wirklich *nicht* füreinander bestimmt. Das haben wir beide vor vielen Jahren eingesehen. Und jetzt kommst du her und tust so, als wärst du voller Liebe. Aber das ist keine Liebe, Sandra. Liebe bedeutet, etwas zu *geben*. Du bist nur daran interessiert, was du *nehmen* kannst. Ich glaube nicht eine Sekunde, dass du mich liebst. Und ich liebe dich nicht. Ingrid ist es, die ich liebe.«

Tor geht zu Ingrid und legt den Arm um sie, woraufhin sie eine schwindelerregende Freude durchfährt. Endlich! Tors Worte hallen in ihrem Kopf wider. Er liebt *sie*, Ingrid, und er sagt es laut.

Sandra windet sich, während sie von einem zum anderen schaut. Was mag jetzt in ihrem Kopf vorgehen?, fragt Ingrid sich. Plötzlich ist es, als würde Sandras Gesicht komplett in sich zusammenfallen. Sie schluchzt.

»Du hast alles, Ingrid!«, sagt sie. »Du bist so stark, und hübsch, und erfolgreich! Während ich pleite bin!«

»Sandra«, beginnt Ingrid. »Ich verstehe nicht ganz, warum es für dich so schlecht gelaufen ist und wie du es geschafft hast, dir so viele Probleme einzuhandeln. Ich glaube, du hast mentale Probleme, für die du dir Hilfe suchen solltest. Was genau mit dir nicht stimmt, verstehe ich nicht ganz. Eins aber weiß ich auf jeden Fall, und das ist, dass du nicht dumm bist. Daher begreifst du jetzt, dass du nicht hier sein kannst. Dass du dir irgendwo anders ein eigenes Leben aufbauen musst.«

Sandra weint jetzt, sie schluchzt. Ingrid sieht die Tränen fließen und mit ihnen die Schminke und spürt etwas, das sie niemals geglaubt hatte, für Sandra zu empfinden: Sie hat in der Tat Mitleid mit ihr.

Bevor noch jemand etwas sagen kann, rennt Sandra zur Tür und reißt diese auf. Die Glocke darüber läutet, und Sonnenschein strömt herein. Im Türrahmen rennt sie direkt in die Arme von Olga Plassen.

Viele Jahre lang wird es Gerüchte darüber geben, wie Sandra Seter, geborene Hansen, sich mit Lilly Hammers Fahrrad auf den Weg Richtung Abendzug nach Oslo davonmachte, mit flatterndem Kleid und altmodischen Schnürstiefeln, während Ingrid Berg ihr Tarotkarten und Räucherstäbchen hinterherwarf. Selbstverständlich entsprach das nicht den tatsächlichen Geschehnissen. In Wirklichkeit ging Sandra nach oben, packte und präsentierte Per und Lilly Hammer ihre Version der Geschichte, bevor sie neue Pläne schmiedete, wie sie sich Geld beschaffen und andernorts Fuß fassen könnte. Olga Plassens Version jedoch ist amüsanter, und sie wird wilder und wilder und besser und besser, je öfter Olga sie erzählt – etwas, dessen sie niemals überdrüssig wird.

Kapitel 61

Der Sommer in Norwegen ist kurz, vor allem im Gebirge. Ein paar mit Sonne gefüllte, warme Wochen sind es, von der Schneeschmelze im Frühjahr bis zum Einsetzen der Herbstwinde. Daran kann man an Mittsommer jedoch nicht denken, wenn die Nächte hell sind und die Sommersonnenwende, der längste Tag des Jahres, ansteht.

Rund um die Dalener Kirche duftet es nach Rosen. Die Frau der Pfarrerin, Mari Meyer, hat einen ganzen Schwung davon im Arm, die sie nun auf Vasen verteilt. Die Wege sind getrocknet, der Campingplatz ist wieder komplett geöffnet, und Göran preist sich ein weiteres Mal glücklich darüber, nach Dalen gezogen zu sein. Die Frauen halten sich, bekleidet mit kurzärmeligen Blusen und geblümten Röcken, draußen auf. Sie kümmern sich um den Garten und machen Besorgungen in der Konditorei in Vrangsida. Die Dorfältesten sitzen auf der Bank beim Bahnhof und plaudern. Am Straßenrand hat der Urenkel von Hallgrim Dalen einen Stand aufgebaut und verkauft Erdbeeren. Die Jugendlichen, die vor Dalen Burger & Benzin abhängen, genießen das Leben. Eine gute Woche nach Ferienbeginn haben sie vergessen, jemals in die Schule gegangen zu sein. Sie haben Hausaufgaben und Verpflichtungen vergessen, Unwetter und Kälte, sie haben vergessen, überhaupt Dinge wie Gummistiefel, Mützen, Winterboots, Handschuhe und Daunenjacken zu besitzen. Sie werden sich nicht daran erinnern, bis ihre Mütter die Sachen im Herbst wieder hervorholen, wenn der Frost kommt, der Reif den Boden bedeckt und die Vogelbeeren, die heute gerade erst blühen, zu farbenfrohen Eisperlen gefroren sind. Aber das ist noch sehr, sehr lange hin.

Es war kalt in Dalen, und es wird wieder kalt werden, kalt, nass und dunkel – heute jedoch, an diesem wunderbaren Junitag, riecht es nach Diesel und Asphalt, nach frittiertem Essen und Flieder, nach Heu, Erdbeeren und Sommerglück.

Im Himmelfjell Hotel wird mit Hochdruck gearbeitet. Perle richtet Zimmer her, Maja bereitet Essen zu, Aisha geht die Bestellungen durch, und Ingrid justiert ein weiteres Mal die Gästeliste. Ein Onkel hat abgesagt, sodass jemand anderes das Zimmer bekommen kann, das in der ersten Etage für ihn reserviert war. Welches Zimmer ist für Vegards Eltern am besten geeignet? Wann reisen die anderen Gäste ab, diejenigen, die nicht zur Hochzeitsgesellschaft gehören?

Sie legt die Liste auf den Campingtisch. Pia, Maja und sie haben sich auf der Terrasse hinter dem Anbau zu einer Kaffeepause eingefunden.

»Wann kommen Vegard und David?«, fragt Perle.

»Irgendwann heute Abend«, antwortet Ingrid. »Was die beiden betrifft, ist das die genaueste Information, die man bekommt.«

Die Gäste werden ab Donnerstag gruppenweise erwartet. Die letzten sollen am Samstag eintreffen. Einige Freunde des Bräutigampaares aus Oslo planen, direkt zur Kirche zu fahren, wo die Hochzeit um ein Uhr mittags beginnen soll. »Ich verstehe nicht ganz, dass sie das wagen«, sagt Maja. »Stellt euch vor, wenn unterwegs etwas passiert und sie zu spät kommen.«

»Nun, zur Party werden sie jedenfalls noch rechtzeitig da sein«, merkt Perle an.

Alfred kommt angeschlendert und fragt, ob es einen Schluck

Kaffee gäbe. Maja schenkt ihm eine Tasse ein, während Ingrid aufbricht, um nachzusehen, wie es der Großmutter geht. Borghild und Sofie haben in den vergangenen Tagen viel auf der Terrasse gesessen und die Sonne genossen, während Borghild langsam wieder zu Kräften kommt. Sie hat versprochen, nachts nicht mehr alleine rauszugehen und dass Ingrid dabei sein darf, wenn sie das nächste Mal zur Untersuchung ins Krankenhaus muss. Ingrid hat noch immer viele Fragen, zur Krankheit und nicht zuletzt auch zur Adoption. Momentan ist es jedoch hektisch, weshalb sie findet, dass die richtig guten, langen Gespräche bis nach der Hochzeit warten müssen.

»Kann ich euch etwas bringen?«, erkundigt sich Ingrid.

»Wie nett, dass du fragst«, sagt Borghild. »Aber wir hatten gerade eben etwas zu essen und Kaffee.«

Sofie bestätigt das mit einem Nicken.

Da klingelt Ingrids Handy. Sie schaut verwundert aufs Display, bevor sie rangeht.

»Hallo, bist du das, Toril? Ob Tor und ich heute Nachmittag zu euch kommen können? Ja, das sollten wir hinbekommen ...« Sie sieht auf die Uhr und entfernt sich ein paar Schritte von den älteren Damen. »Was meinst du damit, dass du mich um Entschuldigung bitten musst?«

*

Der Zwischenfall bei Kassandra stellte im Verhältnis von Toril Seter zu ihrer ehemaligen Schwiegertochter zwar einen Wendepunkt dar, was aber letztlich zum Sargnagel wurde, war der gestickte Läufer.

»Selbstverständlich habe ich die ganze Zeit begriffen, dass da etwas nicht stimmt«, sagt Toril, als sie Ingrid Kaffee nachschenkt. »Allerdings verstehe ich erst jetzt, wie schlimm es ist. Dass sie einfach nur gelogen hat – bei allem. Seht euch das an!«

Toril schiebt einen Kerzenhalter beiseite und nimmt den Läufer vom Tisch. »Heute habe ich genau so einen bei Sparkjøp gesehen.«

Sie dreht das Deckchen um und präsentiert die Beweise. »Seht hier! Diese heraustehenden Fäden. Da hat sie die Waschanleitung abgeschnitten.«

Ingrid sieht Tor an. Sie weiß nicht, ob sie darüber lachen oder weinen soll, dass gerade dieses Detail bei der Mutter das Fass zum Überlaufen gebracht hat.

»Und dir hat sie gesagt, dass sie ihn selbst genäht hat?«

»Ja! Sie sagte, sie habe so an Torbjørn und mich gedacht und wolle uns etwas schenken, in das sie Zeit und Liebe investiert hat. Und dann hat sie es bei Sparkjøp gekauft.«

Torbjørn schüttelt den Kopf: »Dass man so armselig sein kann.«

Tor räuspert sich, während Toril Ingrid beschämt ansieht.

»Ja, eigentlich war ja nicht der Läufer das Hauptproblem«, sagt sie und hält Ingrid die Platte hin: »Nimm doch noch ein Stück Apfelkuchen. Ich hab ihn selbst gebacken.«

Ingrid nickt anerkennend. »Der ist wirklich köstlich«, sagt sie und nimmt noch ein Stück, obwohl sie eigentlich satt ist. Sie wartet darauf, dass Toril Mut fasst, das zu sagen, was sie ihr sagen will, und wenn es dafür eine Extraportion Apfelkuchen braucht, dann soll es so sein.

»Ja, genau genommen wollte ich eigentlich nur um Entschuldigung bitten«, fährt Toril fort. »Dafür, dass wir nicht verstanden haben, wie dumm es war, Sandra zu Besuch kommen zu lassen und so. Wir haben nicht darüber nachgedacht, wie belastend das für dich gewesen sein muss, Ingrid. Und auch nicht, dass du in eine solche Klemme geraten würdest,

Tor. Um ehrlich zu sein, haben wir wohl nicht verstanden, was da vor sich ging. Sie war so ... einschmeichelnd.«

Ingrid nickt, weiß nicht genau, was sie sagen soll. Sandra hat das Dorf verlassen, und es fühlt sich so an, als sei eine Gefahr gebannt. Dass ihre Anwesenheit jedoch eine Belastung war, ist keineswegs übertrieben.

»Danke, dass du das sagst, Toril«, entgegnet Ingrid nach einer Weile.

»Aber, Mutter«, ergreift Tor das Wort. »Diese Sache mit den Weissagungen. Was war das?«

»Ja, ich hätte begreifen müssen, dass auch das nur Unfug war«, räumt Toril ein. »Ich war nur dort, weil sie darauf gedrängt hat. Und dann hat sie Unmengen an Dingen vorgebracht, die ... nein.«

Sie schüttelt den Kopf. Aber ist da in ihrem Gesicht nicht auch ein wehmütiger Zug, überlegt Ingrid. Ist es vielleicht so, dass sie eigentlich nicht ganz von dem ablassen will, was auch immer Sandra ihr versprochen hat? Sie weiß es nicht. Aber wir alle haben unsere Wünsche und Träume. Es ist leicht, darauf hereinzufallen, wenn jemand behauptet, er könne einem bei ihrer Verwirklichung helfen.

»Das war wohl auch etwas Neues im Vergleich zu Sandras letztem Aufenthalt im Dorf?«, fragt Ingrid. »Dass sie plötzlich ›hellsehen‹ konnte?«

Tor nickt bestätigend. »Ja, früher war sie nicht besonders spirituell veranlagt.«

»Wisst ihr«, fährt Toril fort und stellt ihre Kaffeetasse auf dem Tisch ab. »Zuerst habe ich ihr geglaubt. Ich weiß nicht ...« Sie schielt zu Ingrid hinüber und wirkt dabei ein wenig verlegen.

»Sie wirkte so aufrichtig. Ab und an jedoch waren es seltsame Gespräche. Einmal war sie sehr daran interessiert, ob der Hof jetzt schuldenfrei sei. Ich habe es nicht über mich gebracht, ihr zu sagen, das dem nicht so ist. Allerdings fing ich da an, mich durchaus zu fragen, was sie eigentlich wollte. Ich hätte sie viel früher zurückweisen müssen. Ich war noch nie so verlegen wie in dem Moment, als ihr zur Tür hereingekommen seid und ich da an ihrem Tisch saß, mit all den Karten und den Kristallen. Da ging mir plötzlich auf, wie leichtgläubig ich gewesen bin.«

»Da bist du nicht die Einzige«, sagt Tor.

Für eine Weile wird es still.

»Oh, beinahe hätte ich es vergessen!«, sagt Ingrid. »Ich habe ein paar der neuen Himmelfjell-Produkte für dich mitgebracht, Toril.«

Vegard hatte sie daran erinnert, dass es eine gute Idee sei, der potenziellen Schwiegermutter – wenn sie Toril nun so nennen sollte? – eine Freude zu bereiten, und wie sich herausgestellt hatte, schätzte Tors Mutter den kleinen Luxus einer neuen Hautcreme und eines wohlduftenden Öls aus Naturprodukten. In ihrem langen Leben als Bäuerin und Ehefrau eines Mannes, der oft für finanzielles Chaos gesorgt hatte, war ihr vermutlich nicht so viel Luxus widerfahren.

»Bitte sehr«, sagt Ingrid, als sie ihr die kleine Schachtel mit einigen hübsch eingepackten Produkten reicht – Gesichtscreme, Haarkur und Handcreme mit Arnika.

»Und ich kann dir versprechen, nichts davon selbst hergestellt zu haben!«

*

Als Ingrid wieder auf dem Weg hinauf zum Himmelfjell ist, klingelt ihr Telefon. »Ingrid, es herrscht Krise!«

Sie seufzt. »Nein, Vegard, jetzt veräppelst du mich, oder?«

Was kann denn nun schon wieder los sein?

»Ja, du hast recht, ich veräpple dich.« Er lacht entzückt. »Ich habe beide Anzüge dabei. Und David!«

Kurz nachdem sie selbst geparkt hat, rollt das Auto der beiden über den Platz. Perle und Ingrid stehen auf der Treppe und heißen sie winkend willkommen. Vegard und David werden in der Peer-Gynt-Suite untergebracht sein, die nunmehr zur Hochzeitssuite hochgestuft und mit frischen Blumen bestückt wurde.

Kapitel 62

David hatte erzählt, dass seine Tante aus London ein Esszimmer habe, das vom Spiegelsaal in Versailles inspiriert sei, und das ist nicht schwer zu glauben, wenn man sie sieht: Tante Mey trägt teure Kleidung, große Schmuckstücke und führt sich auf wie eine Königin. Eine warmherzige, nette und großzügige Königin – zum Glück –, die ihren Neffen in die Arme schließt und sich daranmacht, Hochzeitsgeschenke hervorzuzaubern, sobald Alfred ihre Koffer aus dem Taxi hereingetragen hat. Dann spricht sie mit Mutter Borghild und Sofie englisch und verleiht ihrer enthusiastischen Bewunderung der norwegischen Natur Ausdruck.

Vegards Eltern sind am Donnerstag angekommen und scheinen den vergangenen Tag mit ausgelassenen Gesprächen mit dem Personal verbracht zu haben. Sie wollen alles wissen über die Geschichte des Hotels, Flora, Fauna, Essenstraditionen, die Rentierjagd, die Tischdekoration, Wanderpfade und Blumenarrangements.

»Jetzt verstehe ich, woher Vegard seine Energie hat«, lacht Perle nach einem langen Gespräch mit Vegards Mutter über das Servieren von Cocktails.

Kevin, Davids Trauzeuge, kommt mit der Frau, mit der er diese Woche offensichtlich zusammen ist. Und sobald Kevin seine Begeisterung für Alfreds selbst gebrautes Bier kundtut, überwindet der Hausmeister seine von der Serie *Exit* inspirierte Skepsis gegenüber Leuten aus der Finanzbranche.

Am Freitag, an Mittsommer, sind die meisten Gäste bereits da. Sobald Zimmer und Wohnungen verteilt, die Koffer hineingetragen und die obligatorischen Runden der Verwirrung im Hinblick auf Ankunftszeiten überstanden sind, kehrt langsam Ruhe ein. Wie sich herausgestellt hat, verträgt Vetter Thomas doch Gurken, und Onkel Einar und Tante Kari wollen doch gern zusammensitzen. Den ganzen Tag über war Ingrid auf den Beinen und hat organisiert, in der Abenddämmerung jedoch gönnt sie sich, zusammen mit Mutter Borghild und Sofie, auf der Terrasse eine kleine Pause. Um sie herum sitzen Gäste in kleinen Gruppen zusammen, während Perle und Inga mit Tabletts umhergehen und dafür sorgen, dass alle etwas zu trinken und Snacks bekommen.

Ingrid hat sich gerade mit einem Glas sprudelnder Himbeerlimonade versorgt, als Vegard ruft: »Ingrid! Jetzt kommen Pia und Co.«

Und ganz richtig, da biegt ein Auto auf den Parkplatz, aus dem Pia und ein großer, gut aussehender Mann aussteigen. Pia öffnet eine der hinteren Türen und nimmt einen Kindersitz heraus, mit einem schlafenden, einem Engel gleichenden kleinen Wesen darin. Espen seinerseits müht sich mit einem mit Fell bekleideten Etwas ab, das sich als die berühmte sibirische Katze Bella herausstellt, die dem Anlass entsprechend mit einem festlichen kleinen Strickpullover bekleidet ist.

»Nein, aber da ist sie ja!«, ruft Maja, die sich dem Willkommenskomitee angeschlossen hat. »Svartlaug! Svartlaug! Komm her und begrüß Bella!«

Das Einzige jedoch, was von Svartlaug zu sehen ist, sind ein Paar leuchtend grüner Augen unter der Terrasse.

Als die Sonne sich langsam Richtung Gebirge herabsenkt, entzünden sie das Mittsommerfeuer.

»Seid ihr euch ganz sicher, dass das erlaubt ist?«, fragt Vegards Mutter. »Ich dachte, in der Natur dürfe man kein Feuer machen.«

»Solange man eine sichere Feuerstelle hat, ist es erlaubt«, erklärt Ingrid. »Diese hat Alfred, mit Genehmigung der Gemeinde, gebaut.«

»Zudem liegt, sicherheitshalber, der Wasserschlauch bereit«, ergänzt Alfred.

Perle und Inga haben auf der Terrasse eine lange Tafel eingedeckt und helfen Maja dabei, Rømmegrøt, gepökeltes Fleisch und Brezeln herauszutragen, als ein weiteres Auto auf dem Parkplatz vorfährt. Es ist Tor, der den ganzen Tag auf der Alm gearbeitet hat, zum Abschluss jedoch auch ein wenig Mittsommerstimmung abhaben möchte.

»Wie schön es ist, dich zu sehen«, sagt er und küsst Ingrid, als sei das letzte Mal lange her. »Meine Liebste.«

Als sie auf die Terrasse zugehen, teilt er mit: »Ich habe heute übrigens neues Geschirr gekauft.«

»Machst du Witze?«, lacht sie.

»Nein«, entgegnet er entschlossen. »Ich habe es bei Figgjo bestellt. Im Internet. Zum ersten Mal in meinem Leben habe ich selbst Geschirr für die Küche gekauft. Im Grunde genommen war es also an der Zeit.«

»Aber was machst du mit dem, das du bereits hast?«

»Sandras Service? Das geht zum Flohmarkt.«

»Das war doch ein recht hübsches Service.«

»Ja. Und es gibt sicher jemand anderen, der es haben möchte.«

Nachdem Tor wieder gefahren ist und sich die meisten Gäste nach drinnen zurückgezogen haben, hat Ingrid zum ersten Mal an diesem Tag Zeit für sich alleine. Sie schlendert über die

Wiese hin zu der Bank mit der schönen Aussicht. Vielleicht sollte sie früh zu Bett gehen, um für den großen Tag morgen bereit zu sein, aber zuerst will sie ein wenig hier sitzen und über alles nachdenken.

Die Sonne ist nunmehr fast untergegangen, und langsam wird es kühl. Sie zieht die Strickjacke enger um sich. Da vernimmt sie Schritte. Es ist Mutter Borghild.

»Kann ich mich ein bisschen zu dir setzen, meine Liebe?«, fragt sie.

»Selbstverständlich«, antwortet Ingrid. »Wie ist es dir heute ergangen?«

»Es ist wirklich schön, mit so vielen Leuten hier«, sagt die Großmutter. »Obwohl Mittsommer seit Engelines und Marius' Tod für mich immer so ein wehmütiger Tag gewesen ist.«

Ingrid verspürt einen Kloß im Hals und greift nach der Hand der Großmutter. Die ist in ihrer so klein.

»Aber es ist auch ein schöner Tag«, sagt Borghild. »So viel Licht. Und so viel Dunkelheit.«

Sie sieht Ingrid an und erwidert den Händedruck.

»Ich hoffe, du kannst mir verzeihen für all das, was ich nicht erzählt habe«, sagt sie. »Ich habe alles in der besten Absicht getan. Aber ich habe eingesehen, dass das falsch war. Ich hätte Engeline die Wahrheit sagen müssen. Und du hättest das alles vor langer Zeit schon erfahren müssen.«

Kapitel 63

Über Dalen läuten die Glocken. Vom Turm der alten, braun gebeizten Kreuzkirche ausgehend breitet sich der tiefe Klang über Felder und Wiesen, Höfe und Wälder aus. *Kommt-kommt, kommt-kommt, kommt-kommt!*

Und die Menschen strömen herbei. Zu Fuß, mit dem Auto und dem Zug kommen sie, in ihren schönsten Sachen, aus der Großstadt, aus den Bergen und aus dem Dorf, zwischen den Birken hinauf, die in ihrem sommergrünen Kleid die Allee säumen. Durch das große Tor, den Kiesweg hinauf, überqueren sie den Friedhof und gehen durch die weit geöffneten Kirchentüren hinein. Denn heute wird in Dalen Hochzeit gefeiert.

Als die Glocken verstummen, breitet sich im Kirchenraum eine feierliche Ruhe aus. In der Sakristei steht Hanne Kristoffersen im Talar bereit und denkt über den Bibelvers nach, über den sie heute predigen wird. »Lege mich wie ein Siegel auf dein Herz, wie ein Siegel auf deinen Arm. Denn Liebe ist stark wie der Tod und Leidenschaft unwiderstehlich wie das Totenreich. Ihre Glut ist feurig und eine gewaltige Flamme. Viele Wasser können die Liebe nicht auslöschen noch die Ströme sie ertränken.«

In der Tür steht Hussein, bald sieben Jahre und drei Monate alt, bekleidet mit Anzug, Weste und Krawatte, und verteilt an die Ankommenden Programmhefte mit Bildern und Liedern. Während sich die schmalen, alten Holzbänke mit Menschen in

Trachten, Kleidern und Anzügen füllen, ist gedämpftes Plaudern und Knarren zu hören. Auf zwei Stühlen beiderseits des Altarrings sitzen die Trauzeugen: eine große, blonde Frau in Tracht und ein braunhaariger Mann in Jackett, mit Rosen am Revers.

Dann läuten die Glocken zum zweiten Mal. Das durch die alten, schmalen Fenster eindringende, mehrfarbige Sonnenlicht erzeugt auf dem Holzboden Muster. Oben auf der Galerie hat sich eine Wespe verirrt; der Organist wedelt sie zerstreut beiseite, während er durch die Noten blättert. Der Kirchendiener schließt die Türen von außen und positioniert sich auf der Treppe davor, bereit, sie bald wieder zu öffnen. Wenige Minuten später verstummt das Läuten, woraufhin sich erneut eine erwartungsvolle Stille über die Anwesenden legt. Dann gehen die Türen auf, und umspielt von Sonnenlicht und Orgelklängen kommen die beiden herein, die sich das Jawort geben wollen.

Kapitel 64

»Ist das Bier zu schwach, ist das eine große Schande für die Gastgeber«, gibt Alfred Haug bekannt.

»Ja, so besagt es die Tradition. Sicherheitshalber sollten wir unbedingt kontrollieren, ob es die richtige Stärke hat«, sagt Tor.

Sie schleichen sich an Maja vorbei, um sich heimlich ein Glas von dem selbst gebrauten Bier zu genehmigen.

Die Frischvermählten sind mit Pferd und Kutsche vorgefahren, und der Platz vor dem Hotel ist voller festlich gestimmter, schick gekleideter und mit Blumenkränzen ausgestatteter Gäste. Das Wetter ist wunderbar, die Vögel singen, und es ist alles haargenau so schön, wie man es sich nur erträumen konnte.

Hussein leitet ein Gruppe von Kindern an der Kletterwand auf der Wiese an, obwohl Aisha versucht, ihn zur Vorsicht mit dem schicken Anzug zu ermahnen. Die Tische sind draußen gedeckt. Die sibirische Katze trägt ein Spitzenkleidchen und hat einen eigenen Platz am Tisch neben Espen, jetzt aber hat sie sich mit Svartlaug zusammen von dannen gemacht, weshalb für einen Moment große Aufregung herrscht, bevor beide wieder eingefangen sind.

Maja stehen die Schweißperlen auf der Stirn, während sie, Inga und Perle die großen Platten und Schüsseln mit dem Abendessen nach draußen bugsieren. Als Vorspeise gibt es Räucherlachs und Dillkartoffeln und als Hauptgericht gegrilltes Lamm. Dem folgt das Dessert. Im Laufe des Abends wird dann selbstverständlich noch Kuchen serviert. Eine große Hochzeitstorte mit Marzipan sowie von Maja selbst zubereitete Kransekaker. Als nächtlicher Imbiss stehen Rømmegrøt und Gepökeltes auf dem Plan. Erst nachdem der Kaffee serviert ist, wird Maja einen Gang runterschalten können.

Bei Ingrid tritt die Erleichterung ein, nachdem die Rede der Trauzeugin überstanden ist. Danach erinnert sie sich kaum mehr, was sie gesagt hat, aber sie weiß, dass die Anwesenden gelacht und geklatscht haben und dass Vegard sich eine Träne aus dem Augenwinkel gewischt hat.

»Mein Kauz«, sagt Vegard in seiner Rede für David. »Du bist höflich, klug und ruhig.«

»Mein Eichhörnchen«, sagt David in seiner Rede für Vegard. »Du bist gesellig, lustig, fleißig und sehr, sehr gut im Planen von Hochzeiten.«

»Danke, dass du dir die Zeit genommen hast zu kommen«, sagt Vegard.

»Danke, dass ich eingeladen wurde«, entgegnet David, woraufhin alle lachen.

Nach dem Abendessen öffnet *Hans' und Perles Mittsommerbar*, und alsbald ist Zeit für das Konzert. Als die Dorfbewohner herbeiströmen und der Parkplatz sich mit Pick-ups und dicken Autos füllt, verspürt Ingrid einen kleinen Anflug von Unruhe. Nicht auszudenken, wenn es Ärger gibt. Aber »es gibt keinen Krach«, konstatiert Hallgrim Moschus Dalen. Er ist zusammen mit seinem Enkel Karl gekommen. Und oft wird es so, wie Moschus sagt.

War die Stimmung zuvor ausgelassen, legt sie nun noch mal um einige Umdrehungen zu, als Hanna & The Hearts aufspielen. Zum Auftakt singt Hanna ein schönes Liebeslied, dann folgt der Walzer, den das Hochzeitspaar sich ausgesucht hat. Dann kracht das Konzert so richtig los und hat für jeden Geschmack etwas zu bieten. Die Band hat eine perfekte Mischung aus eigenen Hits und Evergreens im Repertoire, was nach und nach auch die ältere Garde aufs Tanzparkett lockt. Einen Fiedelspieler sowie einen Akkordeonspieler haben sie auch dabei, und im Laufe des Abends steigt die Temperatur weiter an, während die Gäste zu den von folkloristischer Musik inspirierten, rockigen Liedern tanzen.

»Habt ihr schon mal davon gehört, die Seele an den Teufel zu verkaufen?«, fragt Hussein mit großen Augen. Mit einer Cola in der einen und einem Stück Kuchen in der anderen Hand steht er neben Ingrid und Tor.

»Was hast du gesagt?«, fragt Ingrid.

»Ja, Frau Maja hat davon erzählt«, führt Hussein weiter aus. »Dass ein Mann vom Teufel das Fiedelspielen gelernt hat, und wenn er spielte, konnten die Leute nie aufhören zu tanzen.«

»Ja, das ist einer der ältesten Mythen der Welt«, bestätigt Tor.

»Er handelt davon, dass man viel dafür bezahlen muss, um das zu erreichen, was man will. Über den Gitarristen Robert Johnson gab es auch solche Gerüchte. Und eine Reihe anderer.«

»Aber man kann den Teufel auch täuschen oder überlisten, oder Hilfe bekommen«, sagt Ingrid mit einem Lächeln.

»Ja, eines Tages werde ich dir darüber ein paar gute Geschichten erzählen.«

Im Laufe des Abends tanzen fast alle. Aisha tanzt mit Hussein, und Pia und Espen tanzen mit Baby Hilda zwischen sich. Alfred und Maja tanzen miteinander. Die zierliche Sofie Steen tanzt mit Davids hochgewachsenem Vetter aus London, und …

»Sieh dir das an!«, sagt Tor zu Ingrid. »Mutter Borghild tanzt – mit Hallgrim Dalen!«

»Die Zeit des Wunderns ist nicht vorüber«, lacht Ingrid, fast ein wenig gerührt. Schließlich weiß sie, dass es mehr als sechzig Jahre her ist, seit die beiden zum letzten Mal miteinander getanzt haben.

Hallgrim ist noch immer ein alter Moschus, schwer, groß und mürrisch. Doch etwas scheint sich in den vergangenen Monaten an ihm verändert zu haben. Er ist der Häuptling von Dalen und Moschus Maschinen, krümmt den Nacken jedoch nicht mehr so tief wie zuvor, scharrt nicht mehr genauso derb mit den Hufen.

Der Takt ändert sich. Eine ruhige Melodie hüllt die Sommernacht in zarte Töne.

»Möchtest du tanzen?«, fragt Tor, woraufhin Ingrid ihm ihre Hand gibt und sogleich die Wärme und Kraft seiner spürt.

Dann tanzen sie. Sie halten einander umschlungen, und Ingrid weiß, dass sie jetzt, in diesem Moment, alles loslassen kann, all das, was sie in den vergangenen Wochen geplagt hat.

Sie befindet sich einzig und allein im Hier und Jetzt, zusammen mit Tor. Sie holt tief Luft. Es duftet nach den Blumen um sie herum, es duftet nach ihm. Sie ist ihm so nah. Die Musik ist überall, die Nacht ist so hell.

Er zieht sie an sich heran.

»Ingrid«, sagt er. »Ich liebe dich.«

»Ich liebe dich auch«, entgegnet sie.

»In einer Sache hatte Sandra recht«, sagt er.

Sie zuckt zusammen. »In welcher?«

»Dass ich mir eine Frau wünsche. Und vielleicht Kinder. Sie lag nur falsch, was die Person dafür betrifft. Es sind viele Jahre vergangen, seit ich dachte, sie sei die richtige. Ich wünsche mir ein Familienleben. Nur ist es nicht sie, mit der ich das haben möchte. Sondern mit dir. Und deshalb gibt es da etwas, das ich dich fragen möchte.«

Sie hält die Luft an.

»Möchtest du mich heiraten?«

Sie legt den Kopf in den Nacken und sieht zu ihm auf. Seine blauen Augen sind ernst, als sich ihre Blicke treffen. Sie tanzt weiter, wiegt sich, schwebt ...

Was hat er da gesagt?

Ob sie ihn heiraten möchte?

Möchte sie das?

Die letzten Wochen waren nervenaufreibend. Sie denkt an die Enttäuschung, die sie empfunden hat, und die Angst beim Gedanken daran, Tor zu verlieren. Mehrfach war sie kurz davor gewesen aufzugeben. Etwas in ihr hat dem Zweifel auch Raum gegeben. Eine innere Stimme hat gesagt, dass es keinen Sinn habe. Dass es Tor ohne sie besser ginge. Dass sie selbst es alleine besser habe. Sie weiß, dass sie manchmal hart wirken kann. Abweisend. Als würde sie andere nicht brauchen. Allerdings ist dies eine Art, sich selbst zu schützen. Schließlich braucht sie andere. Sie braucht Tor.

Es waren einige gediegene Hindernisse, die sich ihnen in den vergangenen Wochen in den Weg gestellt haben. Sie haben den Halt verloren, sind gestrauchelt und ja, vielleicht sind sie auch ein Stück gefallen, aber sie haben nicht aufgegeben, Tor und sie. Sie haben es weiterhin versucht. Wenn man es nur wieder und wieder versucht, wenn man es wirklich will, dann schafft man es auch letztendlich. Wenn man Stärke, Vertrauen und Ausdauer besitzt. So ist es mit dem Klettern, so ist es mit dem Hotelbetrieb, so ist es mit der Liebe, so ist es mit dem Leben.

Sie tanzen, und Ingrid denkt an die Monate, die vergangen sind, seit Tor und sie sich in einer kalten Dezembernacht zum ersten Mal geküsst haben, während die Chaoskräfte um sie herum wüteten. Sie denkt an die vielen Küsse, die seither dazugekommen sind. Die Nächte in seinen Armen, den Armen, die sie jetzt um sich spürt.

Sie spürt seine Ruhe, seine Fürsorglichkeit. Sie sieht die Tränen in seinen Augen im Restaurant in Lillehammer vor sich. Seither ist gerade einmal eine Woche vergangen, aber es scheint wie eine Ewigkeit. Sie denkt an die Party, die er für sie organisiert hat. An die Verlegenheit, die er überwunden hat, um sich mit ihren Freunden in Verbindung zu setzen – wenn man bedenkt, dass er Preben eingeladen hat! –, um sie an ihrem Geburtstag zu überraschen.

Vor allem denkt sie an die Kraft, die sie in ihm gesehen hat, als er Sandra Einhalt geboten hat. Er hatte es laut gesagt – zu Sandra, zu seiner Mutter, zu Ingrid selbst: dass Ingrid diejenige ist, die er liebt.

Sie weiß, dass sie mit Tor zusammen sein will. Aber will sie heiraten? Kann sie das? Ist sie bereit dafür, sich in dieser Weise an eine andere Person zu binden? Wie sollen sie das mit all dem Praktischen regeln, mit dem Hof und dem Hotel? Wann ist man eigentlich bereit, so eine Verpflichtung einzugehen?

In den vergangenen Jahren hat sie viel über diesen Begriff nachgedacht – Verpflichtung. Sie hat sich gegenüber dem Hotel und der Großmutter verpflichtet gefühlt, dem Erbe, das zu bewahren sie bestimmt ist. Wie sie es jedoch jetzt sieht, ist sie eigentlich nur sich selbst gegenüber verpflichtet. Dazu, ihr eigenes Leben in die Hand zu nehmen, das zu finden, wofür es wert ist zu kämpfen. Liebe, Kraft und Vertrauen zu finden – zu sich selbst und zu denen, die ihr am nächsten stehen.

Ob sie Tor heiraten möchte? Ihr Leben an das seine binden? Ist es überhaupt möglich, das zu halten, was man verspricht, wenn man sagt, einen anderen Menschen für den Rest des Lebens zu lieben und zu ehren?

Tutto è possibile!, sagt eine Stimme in ihr. *Alles ist möglich!*

Ebenso denkt sie an das, was Mutter Borghild zu ihr gesagt hat: Familie entsteht nicht durch Blutsbande, sondern vielmehr durch die Gefühle, die uns miteinander verbinden.

Die Musik wogt um sie herum, und alle tanzen weiter, jetzt aber sind dort nur sie beide, Ingrid und Tor. Sie beide, die Berge und die Nacht. Ingrid hat Blumen im Haar, und sie legt die Arme um ihn, mit dem sie tanzt, zieht ihn an sich und küsst ihn, spürt ihn mit Leib und Seele. Ob sie ihn heiraten möchte?

»Ja«, sagt sie. »Ja, das möchte ich. Ja.«

Und plötzlich wird in ihr ein Feuerwerk ausgelöst, sie weint und sie lacht. Sie hat sich so viele Sorgen gemacht, die sie nun beiseitelegen will. Und dann sind da diese Dinge, die leuchtend übrig bleiben: die Liebe. Die Berge. Der Himmel. Dieses eine Leben, das man hat.

Als sie auf Vegard und David treffen, purzelt es einfach aus ihr heraus, sie trinken Champagner, und sie weint noch ein wenig, dann begibt sie sich auf die Suche nach Mutter Borghild.

*

Es ist fast Morgen. Die Musik ist verstummt, die Tische sind abgeräumt, die meisten Gäste sind ins Bett gegangen. Tor und Ingrid sitzen auf der Bank bei der Wiese. Die Sommernacht um sie herum ist still. Tau legt sich allmählich auf das Gras.

»Hier ist es«, sagt Tor, indem er etwas aus seiner Anzugjacke zieht. »Das Geschenk, das ich eigentlich für deinen Geburtstag gekauft hatte. Ich hatte dich da fragen wollen, an dem Morgen, aber ...« Er lächelt. »Aber daraus ist ja nun nichts geworden.«

Sie öffnet die kleine Schachtel und sieht den goldenen Ring im Lichtschein der Laterne funkeln.

»Darf ich ihn dir anstecken?«, fragt Tor.

Sie bringt kein Wort heraus, nickt bloß.

»Im nächsten Sommer sind wir an der Reihe«, sagt er und küsst sie.

Epilog
Mütterheim Heineåsen

Die kleine Elsa war am selben Morgen getauft worden, an dem sie geboren wurde. Auch um das Leben der jungen Mutter hatte man gebangt, aber sie hatte es überstanden, und nach einigen Wochen der Pflege war sie nach Hause geschickt worden, wo immer das auch sein mochte, während Elsa blieb und sich als kerngesundes und aufgewecktes kleines Wesen erwies.

Schwester Lovise nimmt den schlafenden Säugling aus dem Bettchen und hält ihn eine Weile im Arm, während sie aus dem Fenster des Mütterheims schaut. Durch die gehäkelte Decke spürt sie die Wärme des kleinen Körpers.

Wer bist du?, denkt sie. *Und was soll aus dir werden?*

Wer gibt sein eigenes Kind weg?

Schwester Lovise weiß, dass es auf diese Frage viele mögliche Antworten gibt. Es kann aber auch eine ganz einfache sein: jemand, der dieses Kind nicht haben kann. Der nicht in der Lage ist, nicht den Willen hat oder dem es nicht erlaubt ist, sich seiner anzunehmen. Auf jeden Fall ist es besser, als zu den sogenannten Engelmacherinnen zu gehen, denkt Schwester Lovise. Sie hat so viele gesehen, die darüber zerbrochen sind. Ja, manch eine ist bei dem Versuch, das unerwünschte Leben loszuwerden, sogar gestorben.

Es sind so viele Geschichten, so viele Schicksale. Mädchen, die von einem sogenannten Freund getäuscht wurden, andere, die nicht einmal wissen, wer der Kindsvater ist. Die tragischen Geschichten über gewalttätige Übergriffe. Einige Mädchen gebären im Verborgenen, vielleicht mit Hilfe einer weiblichen Verwandten, und geben das Neugeborene in einem Kinderheim ab. Oder finden jemanden, der das für sie übernimmt. Die meisten Kinder im Mütterheim Heineåsen sind jedoch dort geboren. Die gefallenen und unglücklichen, meist jungen, unverheirateten Frauen, kommen während der Schwangerschaft ins Heim, gebären und fahren ohne das von ihnen in die Welt gesetzte Kind wieder nach Hause. Viele womöglich, ohne dass ihr Umfeld jemals davon erfahren wird, was geschehen ist. Sie sollen zurückkehren und so tun, als sei nichts geschehen, vielleicht vorgeben, auf der Hausfrauenschule gewesen zu sein oder zu Besuch bei Verwandten in einem anderen Landesteil.

Dieses Mädchen jedoch hat etwas Eigenartiges an sich. Schwester Lovise legt die kleine Elsa, die bald neue Eltern bekommen soll, auf den Wickeltisch. Das Mädchen schlägt die graublauen Augen auf und betrachtet sie ruhig, mit einem Blick, in dem viel mehr Klugheit liegt, als seinem so jungen Alter angemessen wäre. Schwester Lovise löst die stramme Decke, in die es gewickelt ist, und zieht ihm die weißen Baumwollsachen aus, damit sie die Windel wechseln und die Kleine waschen kann. Sie trocknet sie mit einem weichen Handtuch ab, pudert sie und kleidet sie an. Dann hängt sie ihr das kleine goldene Kreuz um den Hals. Eigentlich ist es den Schwestern nicht erlaubt, die Kinder persönlichen Besitz behalten zu lassen, aber die junge Mutter hatte Tränen in den Augen gehabt, als sie beim Verlassen des Mütterheims Schwester Lovise das Kreuz in die Hand gedrückt hatte. Und Lovise war nicht in der Lage gewesen, sich zu widersetzen. Jetzt legt sie das Schmuckstück direkt auf die Haut, unter den kleinen Pullover, und vertraut darauf, dass die neuen Eltern kein Aufhebens darum machen, wenn sie es finden.

»Schwester Lovise! Wir sind hier so weit!« Die Oberschwester kommt aus dem Büro, gefolgt von einem Ehepaar – Elsas neuen Eltern. Sie wirken ernst und feierlicher Stimmung. Eine kleine Frau, deren dunkle Haare im Nacken zu einem Dutt zusammengefasst sind, mit einer modernen Strickjacke über dem gut sitzenden Kleid. Ein Mann mittlerer Größe im Anzug, mit zurückgekämmten Haaren. Das Ehepaar kommt von weit her, weiß Schwester Lovise. Es sind anständige Leute, das hatte sie erfahren. Sie betreiben oben im Hochgebirge ein Hotel, sind seit ein paar Jahren verheiratet, haben jedoch noch keine eigenen Kinder. Sie haben den besten Leumund. *Dort hinauf sollst du also, Elsa*, denkt Schwester Lovise. *Hinauf in die Berge.* Aber sie sagt nichts, macht nur einen Knicks und reicht den beiden das kleine, in eine weiße Häkeldecke eingewickelte Bündel.

Die Frau streckt die Arme aus und nimmt das Kind entgegen.
»Oh, meine Kleine. Willkommen bei uns«, sagt sie. »Wir werden dich Engeline nennen.«

REZEPTE

Vegards und Davids Hochzeitsbrei (Rømmegrøt)

Zutaten für vier Portionen
500 ml Crème fraîche   500 ml Milch
120 g Weizenmehl   ½ TL Salz

Zubereitung:
- Crème fraîche fünf Minuten kochen.
- Die Hälfte des Mehls hineinsieben und kräftig rühren.
- Den Brei bei schwacher Hitze kochen lassen, bis die Butter (das Fett) austritt. Die Butter mit einem Löffel abnehmen und aufheben. Anschließend das restliche Mehl einrühren.
- Zwischendurch immer wieder mit etwas Milch verdünnen. Jedes Mal gut umrühren. Den Brei bei schwacher Hitze ca. fünf Minuten kochen lassen und anschließend mit Salz abschmecken.
- Den Brei mit Zucker, Zimt und der Butter von der Crème fraîche servieren.

Haben Sie Appetit auf etwas Salziges dazu? Rømmegrøt und gepökeltes Fleisch sind eine bewährte Kombination. Berechnen Sie pro Person 100 g verschiedener Sorten gepökeltes Fleisch (Lammkeule, Dauerwurst). (Und achten Sie darauf, dass Sie genügend Bier vorrätig haben, meint Alfred Haug, denn all das gepökelte Fleisch macht durstig.) Wird Rømmegrøt mit etwas Herzhaftem serviert, kann als Topping zudem frischer oder getrockneter Thymian verwendet werden.

Sollten Sie zu viel Rømmegrøt zubereitet haben, kann der Rest als Basis für Kartoffelsalat verwendet werden (geben Sie dafür Schnittlauch und in Stücke geschnittene gekochte Kartoffeln dazu) – oder auch als Dessert (schlagen Sie den Brei luftig auf und servieren Sie ihn zum Beispiel mit Beeren, Schokolade oder kleinen Stücken Brunost).

Majas gebratene Forelle mit Gurkensalat

Zutaten für vier Portionen

1 kg Kartoffeln (gern kleine frisch geerntete)	Gurkensalat:
	1 Gurke
800–1000 g Forellenfilet	4 EL Wasser
2 TL Salz	2 EL Essig
2 TL gemahlener Pfeffer	1 TL Salz
Öl oder Margarine zum Braten	1 EL Zucker
Schnittlauch	
Sauerrahm	
Zitronensaft	

Zubereitung:
- Die Kartoffeln ca. 15 Minuten lang kochen.
- Die Gurke waschen, schälen und in dünne Scheiben schneiden (ggf. können Sie dafür einen Käsehobel verwenden). Zucker, Salz, Essig und Wasser zu einem Sud verrühren und über die Gurkenscheiben geben.
- Die Forellenfilets mit Salz und Pfeffer würzen. Die Filets mit Öl oder Margarine von beiden Seiten in einer heißen Pfanne braten.
- Den Schnittlauch klein schneiden und in einer Schale mit dem Sauerrahm vermischen. Mit Zitronensaft zu einem Dressing abschmecken, das vor dem Servieren über den gebratenen Fisch gegeben wird.

Tipp von Erle Pedersen (Perle), basierend auf Erfahrung:
Essen Sie kein Gemüse, das Sie nicht abgewaschen, gekocht oder geschält haben!

Verschleierte Bauernmädchen

Zutaten für vier Portionen

Apfelmus:
7 Äpfel
90 g Zucker
50 ml Wasser

Sonstiges:
3 EL Butter
ca. 400–500 g zerbröselter Zwieback oder Plätzchen / Kekse / Pfefferkuchen
3 EL Zucker
½ TL gemahlener Zimt
300 ml Schlagsahne
1 TL Vanillinzucker

Zubereitung Apfelmus:
- Die Äpfel schälen und in kleine Stücke schneiden.
- Die Apfelstücke, den Zucker und das Wasser in einen Topf geben und kochen, bis die Äpfel mürbe sind und zerfallen.
- Das Apfelmus abkühlen lassen.

Zubereitung Rest:
- Die Butter in einer heißen Bratpfanne schmelzen.
- Den Zwieback oder die Kuchenkrümel mit Zucker und Zimt vermischen und 3–5 Minuten lang goldbraun und knusprig braten. Abkühlen lassen.
- Sahne und Vanillinzucker zu einer luftigen Creme schlagen. Apfelmus, Creme und Gebäckstückchen schichtweise in Gläser geben.

Kransekake – der norwegische Festkuchen Nummer 1!

Kransekake ist nicht das einfachste Gebäck, weshalb es sinnvoll ist, ausreichend Zeit einzuplanen und mitunter einen Testlauf zu machen, bevor der Kuchen für den großen Tag benötigt wird. Kransekake ist zum Einfrieren geeignet.

Zutaten für acht Portionen
500 g Mandeln
500 g Puderzucker
4 Eiweiß

Eiweißglasur:
75 g Puderzucker
½ Eiweiß
½ TL Rumessenz oder Zitronensaft

Um einen traditionellen Kransekake zu backen, der aus Ringen in verschiedenen Größen zusammengesetzt wird, benötigen Sie entsprechende Backformen. Alternativ können Sie den Teig zu Rollen formen, die Sie vor dem Backen in passende Stücke aufteilen.

Zubereitung:
- Brühen Sie die Hälfte der Mandeln, indem Sie sie für 3–4 Minuten in kochendes Wasser legen, und drücken Sie sie dann aus der Schale. Lassen Sie die gehäuteten Mandeln gut trocknen, gern über Nacht auf der Arbeitsplatte oder für eine Stunde bei 50 °C im Backofen.
- Alle Mandeln, mit und ohne Schale, in der Mandelmühle oder einem Schnellmixer zweimal mahlen.
- Den Puderzucker sieben und zu den Mandeln geben. (Für einen geschmeidigeren Teig können Sie ½ TL Tragant hinzufügen.)
- Eiweiß hinzufügen, jedoch nicht mehr als benötigt. Das letzte Eiweiß portionsweise hinzugeben, bis der Teig die richtige Konsis-

tenz hat. Den Teig kneten, bis alles gut miteinander verbunden ist und man leicht damit arbeiten kann. Ist der Teig zu trocken, geben Sie etwas mehr Eiweiß oder einige Tropfen neutrales Speiseöl hinzu. Ist er zu weich, kneten Sie etwas mehr Puderzucker unter.
- Den Teig kalt stellen, gern bis zum nächsten Tag.
- Den Backofen auf 200 °C vorheizen.
- Den Teig zu fingerdicken Rollen formen. Die Kransekake-Formen mit Öl ausstreichen, mit Mehl ausstreuen und die Teigrollen hineinlegen. Beginnen Sie mit der kleinsten Form.
- Die Kransekake-Formen auf ein Backblech setzen und auf der mittleren Schiene ca. 10 Minuten backen. Abkühlen lassen. Wenn sie ganz abgekühlt sind, die Ringe aus den Formen nehmen und auf einen Rost legen.
- Puderzucker und Eiweiß miteinander verrühren und für den Geschmack Rumessenz oder Zitronensaft hinzugeben. Die Glasur sollte so dick sein, dass sie die Form behält. Die Glasur in einen Spritzbeutel mit rundem Ende geben oder aus Backpapier eine spitze Tüte formen. Den Kuchen nach und nach zu einem Turm zusammensetzen und dabei auf jeden Ring die Masse im Zickzackmuster auftragen.

Hochzeitsbrauch, bevor der Kuchen in servierfähige Stücke geteilt wird: Mit verbundenen Augen hebt das Brautpaar die Spitze des Kuchens ab. Wie viele Ringe sind es? Altem Aberglauben zufolge gibt die Anzahl der abgenommenen Ringe an, wie viele Kinder die Eheleute bekommen werden.

Danksagung

In einer Ausgabe der Radiosendung *Sommer i P2*, die mich sehr beeindruckt hat, hat die Bergsteigerin Paula Voldner lebhaft davon erzählt, wie sie sich beim Klettern einer schwierigen Wand einfach nur darauf freut, wenn es vorüber ist. Das Einzige, worauf sie sich freut, ist, den Gipfel zu erreichen und all die Mühe hinter sich zu lassen. Sobald sie jedoch sicher wieder unten ist, macht sie sich umgehend an die Planung, wie sie die nächste Wand bewältigen kann.

»Diese Art von Bergsteigen ist so, als würde man sich mit einem Hammer gegen den Kopf schlagen, weil es so gut ist, wenn man aufhört«, sagte Stein P. Aasheim in der ergreifenden Dokumentation *Trango – triumf og tragedie*, die im NRK ausgestrahlt wurde.

Ohne die Parallelen allzu weit ziehen zu wollen, fühlt sich das kreative Arbeiten manchmal auch so an, als würde man sich mit einem Hammer gegen den Kopf schlagen. Das Bergsteigen ist mit größerem Ernst verbunden als beispielsweise das Schreiben eines Romans. An der Bergwand verlieren Menschen in der Tat ihr Leben. Vor der Tastatur kommt das glücklicherweise selten vor. Inmitten von all dem Enthusiasmus erlebt man mitunter auch beim Schreiben, dass das, was anfangs ein Spiel war, zu einer Herausforderung und manchmal zu einer Strapaze wird. In dem Fall ist es gut, tolle Leute um sich zu haben. Die Redakteure Ida Cleve und Tron-Petter N. Aunaas von meinem norwegischen Verlag Cappelen Damm haben sich mehrfach durch *Sommer im Himmelfjell Hotel* gearbeitet und mich bei schwierigen Passagen mit Ingrid, Tor, Mutter Borghild und all den anderen begleitet. Danke für die Geduld und für alle Justierungen und Vorschläge, die die Erzählung kompakter und besser gemacht haben. Herzlichen Dank an Alf Roar Rasmussen und Anne Marte Hagen, die das Manuskript gelesen und zwischendurch nützliche und kreative Ratschläge beigesteuert haben.

Danke an die Übersetzerinnen, die das erste Buch, *Weihnachten im Himmelfjell Hotel*, in englische, dänische und deutsche Sprachtracht gekleidet haben. Ihre Fragen und Betrachtungsweisen habe ich in meine Arbeit an *Sommer im Himmelfjell Hotel* einfließen lassen. Übersetzerinnen und Übersetzer lesen so gut und gründlich, dass ich manchmal denke, es dürfte uns nicht erlaubt sein, unsere Bücher zu veröffentlichen, bevor sie nicht zuerst übersetzt wurden.

Danke an meinen Verlag Cappelen Damm, an meine Agentur und an meine Verlage im Ausland. Ich bin geehrt und dankbar für alles, was ihr tut, um die Bücher in die Welt hinauszubringen.

Tausend Dank an euch alle, die ihr lest und lauscht, danke auch für eure tollen Rückmeldungen!

Und nicht zuletzt danke ich meinen Freunden und meiner Familie, die mein Leben mit Freude, gemeinsamer Zeit und Liebe füllen. Ohne euch wäre dieses Buch nicht möglich gewesen!